사랑에 관한

특별법

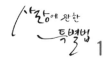

삶에 관한 특별법 1

**초판 1쇄 인쇄일** 2014년 3월 24일
**초판 1쇄 발행일** 2014년 3월 27일

**지은이** ㅣ 임희정
**펴낸이** ㅣ 김기선
**펴낸곳** ㅣ 와이엠북스(YMBOOKS)

**출판등록** ㅣ 2012년 7월 17일 (제382-2012-000021호)
**주소** ㅣ 경기도 의정부시 의정부동 490-4 삼승프라자 10층 102호
**전화** ㅣ 031)873-7768 / 팩스 ㅣ 031)873-7764
**E-mail** ㅣ ymbooks@nate.com

ISBN 979-11-5619-096-7 04810
ISBN 979-11-5619-095-0 (set)

# 사랑에 관한 특별법

YMBOOKS ROMANCE STORY

1

임희정  지음

YM
BOOKS

목차

Prologue

　띠리리리리.

　시끄럽게 울기 시작하는 자명종을 여유로운 손길로 껐다. 평소라면 일어나기 싫어서 몇 번이나 자명종과 싸웠을 테지만 오늘은 다르다. 오늘은 내가 너보다도 먼저 일어났다고.

　아인은 뿌듯하게 웃으며 다시 거울을 바라보았다. 그녀는 세안을 말끔히 끝낸 얼굴을 뚫어져라 살피며 입술로 끝없이 되뇌었다. 단정하게, 단정하게, 단정하게.

　머리를 몇 번이나 빗고 화장도 몇 번이나 고친 후 침대 위에 놓아두었던 새 정장을 집어 들었다. 몸에 대보니 또 벅찬 마음이 끓어올랐다. 좋아서 어쩔 줄 몰라 하며 키득키득 웃던 그녀는 앞으로는 이렇게 가볍게 웃는 것도 자제해야겠다고 생각하며 짐짓 무거운 표정을 지어 보였다. 그래도 계속 웃음이 나서 결국 포기하

곧 쿡쿡거리며 옷을 정갈하게 다 차려입었다.

치장을 다 끝내고 나오자 아빠가 활짝 웃으며 양손으로 따봉을 지어 보였다.

"이야, 우리 검사님!"

웃음을 숨길 수가 없다.

그래, 나, 김아인. 오늘부로 대한민국 검사다.

"잘해야 돼, 우리 검사님."

"네, 다녀오겠습니다!"

식사도 맛있게 끝내고, 가족들의 응원도 한껏 받고 집을 나섰다. 살짝 쌀쌀한 듯한 날씨가 오히려 상쾌하다.

시간을 넉넉하게 두고 나섰지만 지체 없이 버스정류장으로 향했다. 혹시라도 지각을 할지도 모르니까. 검사는 지각 같은 거 안 하니까.

이른 시간이라 그런지 버스에 빈 좌석이 보였다. 하지만 노약좌석이라 그냥 서서 가기로 했다. 검사는 노약좌석에 함부로 앉으면 안 되니까.

얼마 후 버스 내에 사람이 많아졌고 노약좌석의 빈자리도 채워졌다. 아인은 마치 자리를 양보한 듯한 뿌듯한 기분을 느끼며 유리창을 바라보았다.

나는 오늘부터 법을 수호하고 국가를 위해 헌신할 공익의 대표자가 되었다.

이제부턴 정말 정의로운 사람이 되어야 한다, 그리 생각하니 이제껏 느꼈던 기쁨만큼이나 부담감도 차올랐다. 그래도 기분 나쁠 정도의 부담감은 아니라 스스로 격려하듯 씩 웃는 중에 안내방

송이 흘러나왔다. 이제 곧 있으면 내려야 했다.

정차 벨의 위치를 미리 확인해두는 게 좋겠단 마음으로 고개를 두리번거릴 때였다. 아인은 예상치 못했던 장면을 발견하곤 깜짝 놀라 반사적으로 고개를 되돌렸다.

내가 잘못 봤나.

미간을 살짝 찌푸리며 이상한 풍경을 다시 한 번 흘낏거렸다.

헉, 잘못 본 게 아니다.

동공이 커지고 가슴이 쿵쿵 뛰기 시작했다. 손에서 땀이 나고 침이 바싹 말랐다.

어떻게 해야 하지? 나는 어떻게 해야 하지?

쉽게 판단이 서지 않아 망설이는 중에도, 정장을 말끔히 잘 차려입은 남자가 앉아서 졸고 있는 한 여자의 팔이며 허벅지 따위를 슬금슬금 만지는 짓은 계속되고 있었다. 아인은 점점 더 과감해지는 남자의 손길을 계속해서 흘낏거리며 마른침을 삼키고 또 삼켰다.

내가 뭐라도 해야 해. 내가 뭐라도……!

"이……."

하지만 목소리조차 함부로 나가지 않았다. 그녀가 초조해하는 중에 안내방송이 또 한 번 흘렀다. 그 때문에 더 초조해졌다.

이번에 내려야 하는데, 그 전에 뭐라도 해야 하는데!

"이, 이보세요!"

한참 후 용기를 내어 소리를 질렀다. 승객들의 시선이 모두 이쪽으로 꽂힌 가운데 아인은 남자에게 다가갔다.

"당신을 강제추행……!"

붙잡으려는 순간, 하차 문이 열리는 소리가 나더니 치한이 아인을 거칠게 밀쳤다. 아인은 쿵 소리와 함께 넘어졌다.

"아야!"

눈물이 날 만큼 아프다. 하지만 아파할 시간 같은 건 없었다. 아인은 자리에서 일어서기도 전에 닫히려는 문을 향해 필사적으로 손을 뻗으며 버스 기사를 향해 소리쳤다.

"아저씨, 안 돼요!"

다시 열리는 문틈으로 미끄러지듯 내려서는 치한을 찾기 시작했다.

멀리 못 갔을 텐데…… 저기 있다!

아무렇지도 않은 척 여유롭게 걸어가는 뒷모습을 보니 더 괘씸하다. 아인은 주먹을 꾹 쥐며 성큼성큼 다가가 남자를 덥석 붙잡았다. 남자는 고개를 휙 돌려 아인을 내려다보았다.

"당신을 강제추행 현행범으로 체포하겠습니다!"

체포한다고 말은 했는데 수갑이 없다. 어쩔 수 없이 남자의 팔을 붙든 손에 더 큰 힘을 주는 걸로 대신하며 잠깐 갈등했다. 이젠 여기서 어떻게 해야 하는 거지…….

"당신은!"

일단 목소리를 크게 키우고 봤다. 하지만 저를 빤히 내려다보는 남자의 기세가 보통이 아니라 왠지 모르게 다리가 후들거리고 손에도 힘이 빠지려 들었다. 아인은 손에 준 힘만큼은 빼면 안 된다고 생각하며 나머지 팔까지 뻗어 남자의 팔을 붙들었다.

"다, 당신은! 그래요, 묵비권을 행사할 수 있고!"

그래, 침착해. 침착하게 하면 돼. 차분하게 하는 거야.

"묵비권을 행사할 수 있고……!"

그래, 묵비권 다음.

"행사할 수 있고……."

갑자기 눈앞이 캄캄해졌다. 등에서 땀이 흘렀다.

기억이 안 난다. 마치 지운 듯 새카맣다. 묵비권……. 묵비권……. 묵비권 다음이!

생각났다!

"변……!"

"변호사를 선임할 수 있으며."

남자가 찬찬히 뱉은 말에 겨우 떠올린 것도 다시 잊어버리고 멍한 표정을 지었다. 남자는 그녀를 내려다보면서 미간을 찌푸렸다.

"법정에서 불리한 진술에 대해 입장을 거부할 권리가 있습니다. 또한 변호사를 선임할 수 없으면 법정은 국선변호사를 선임해 줄 것입니다."

"어?"

"이게, 어렵습니까?"

당황해서 또 손에 힘이 빠지려 든다.

"아, 변호사까지는 생각났었는데……."

기어가는 목소리로 웅얼거리자 남자가 눈을 내려 제 팔을 붙든 아인의 손을 바라보았다. 그러더니 다시 아인을 바라보았다.

"뭐 어쩌라는 겁니까?"

아인은 고개를 살짝 내저었다. 휘둘리면 안 된다. 미란다원칙을 줄줄 꿰고 있는 건 그만큼 자주 들었단 소리겠지. 그만큼 나쁜 짓을 많이 해본 사람이라는 거다. 단호하게 눈을 마주치며 힘 빠진 손에 다시 힘을 꾹 주었다.

"당신은 묵비권을 행사할 수 있으며…… 행사할 수 있으며…… 아, 변호사를 선임할 수 있고, 또…… 변호사를, 아니, 이건 했고…… 맞아, 진술!"

"우리나라에선 굳이 그렇게까지 말할 필요는 없습니다."

아, 맞다.

내가 왜 이러지. 분명히 배웠는데.

"다시. 당신은 변호사를 선임할 수 있으며 변명의 기회가 있습니다."

눈을 감고 차곡차곡 떠올려 겨우 간단하게 외운 후 남자를 잡아끌기 시작했다.

"가요."

경찰서로 데리고 가야 하는데 남자가 꿈쩍도 안 한다. 아인은 계속해서 당기다가 발을 동동 구르기 시작했다.

경찰서에…… 경찰서에 데리고 가야 하는데!

매달리듯 붙어서 안간힘을 써도 한 발도 안 움직인다.

"가요! 자꾸 이러시면!"

남자가 주머니에 양손을 푹 찌르더니 따분하다는 표정을 지었다. 입술을 꾹 깨물던 아인은 결국 휴대폰을 꺼내 들었다.

그리고 남자가 들으란 듯이 크게 외치듯 말을 꺼냈다.

"여보세요! 거기 112죠?"

1부 _ 초잉경사

우, 울고 싶다.

"정말요?"

"그래. 그래서 오늘 둘 다 지각한 거 아냐."

아침에 경찰서에 다녀오는 바람에 지각을 해 다른 신임 검사들
과 함께 검사장님과 차장검사님께 인사드리는 자리를 놓쳐 뒤늦게
혼자 인사하러 갔을 때부터, 오늘 온종일 주야장천 들은 소리다.

"이야, 살다 살다 내 참. 하필이면 쪽팔리게 성추행이 뭐야,
성추행이?"

무려 차장검사님이 웃으신 일이다. 부장님은 온종일 놀리신다.
심지어 다른 부서의 사람들도 아인의 검사실을 지나가며 쿡쿡거
리곤 했었다.

"잘하면 신문에 크게 났을 텐데 말이야. 성추행 검사 짠 하고.

히야, 그럼 우리 권도진이 얼굴 참 볼만했을 텐데."

아인은 눈을 질끈 감았다.

이 바보, 바보.

이 바보 멍청아, 착각할 사람이 따로 있지, 왜 하필.

"어이, 거기 성추행 검사 권도진이. 내 잔 한 잔 받지?"

왜 하필 같은 부서 선배 검사냐고.

"하하하, 너무 웃긴다. 아인 씨, 어떻게 된 거예요? 자세히 좀 설명해봐."

부서의 유일한 여자 선배인 혜수가 배를 잡고 웃으며 아인을 붙들었다. 아인은 난감한 표정으로 맞은편에 앉아 있는 말끔한 선배를 힐끔 쳐다보다가 고개를 숙였다.

정말 미안해서 쳐다볼 수조차 없어.

"그게, 저는, 버스에서 봐서…… 아, 저는 정말, 그게 정말 그 사람이라고 생각해서 그랬는데."

"하하, 잠시만, 잠시만. 그러니까 뭐야? 권도진이 치한처럼 생겼다는 거 아냐?"

여자 선배는 바닥까지 치며 깔깔거리고, 다른 선배들도 큭큭거리며 꼭 한마디씩 한다. 아인은 심장을 잔뜩 졸인 채 물을 연거푸 들이마셨다.

"에, 그러니까 결론인즉, 대한민국이 아주 밝아요. 밝습니다. 우리 젊은 인재가, 그것도 여성이! 불의를 보고 참지 않고, 첫 출근에 지각까지 각오하고 정의를 행했어요. 나는 참으로 그 뭐냐, 감동! 그래, 감동이 큽니다. 아주 기뻐요. 자, 그런 의미에서."

부장검사가 아인에게 폭탄주를 건넸다. 아인은 얼른 물컵을 놓고 폭탄주를 받아 들었다.

"우리 초임검사가 앞으로도 그 고운 마음 잃지 않고 정의 사회를 실현하는 데 큰 힘이 될 수 있길 바라며……."

술잔을 든 채 부장님의 긴 연설을 듣던 아인은 다시 한 번 용기를 내어 맞은편의 선배를 힐끗 보았다.

그렇게 놀림감이 되었는데도 어쩜 얼굴에 붉은빛 하나 안 돌까. 화가 났나? 창피한 것도 못 느낄 정도로?

순간 선배의 고개가 이쪽으로 홱 돌아왔다. 눈이 딱 마주친 아인은 화들짝 놀라며 저도 모르게 술을 꿀꺽꿀꺽 마시기 시작했고, 연설을 하던 부장님은 커다란 눈을 뜨며 말을 멈췄다. 한 잔 쭉 들이켜고 나서야 자신이 부장님의 말이 끝나기도 전에 술을 다 마셔버렸단 걸 깨달은 아인은 놀란 마음에 딸꾹질을 하며 부장님을 빤히 쳐다보았다.

"죄, 죄송합니다."

딸꾹거리며 술병들을 마구 집어 들었다. 다시 얼른 채워놔야 한다는 마음으로 급하게 소주와 맥주를 섞어 한 잔 가득 부은 그녀는 죄송스러움이 가득한 얼굴로 부장님을 바라보았다. 부장님은 위로하듯 웃어주며 잔을 높이 들었다.

"아니 뭐, 더 할 말은 없고, 건배할까? 우리 초임을 위하여? 자, 건배!"

"건배!"

그래, 마시자. 마시고 잊자.

연거푸 두 잔, 게다가 두 번째는 급한 마음에 맥주에 소주 담은 게 아니라 소주에 맥주 담듯 만든 폭탄주를 갑자기 밀어 넣으니

컵을 내려놓을 때쯤 정신이 휘청거렸다. 선배들이 자기네들끼리 무슨 이야기를 나누는 것 같은데 그 말소리에 집중이 잘 안 될 정도로 어지러웠다.

벌써 취하면 안 되지, 그리 생각하며 잔을 붙든 채 가만히 정신을 가다듬는 중에 옆에서 말소리가 들려왔다.

"괜찮아?"

아인이 오기 전까지는 부서의 제일 막내 검사였지만 오늘부로 아인의 바로 위 선배가 된 강주였다.

"네? 아, 괜찮아요. 이거 잘 마셔야 된다고 그래서 집에서 연습도 한걸요."

"연습?"

"검사는 폭탄주 잘 마셔야 한다고. 아빠가 이거 만드는 법도 가르쳐주셨는데."

시키지도 않았는데 주섬주섬 강주의 잔을 챙겨 배운 대로 폭탄주를 만들어보기 시작했다. 집에서는 곧잘 한 것 같은데 취기가 돌아서인지, 아니면 온종일 몸에 긴장이 크게 든 게 아직 안 풀린 건지 생각처럼 썩 안 된다. 탐탁지 않은 완성품을 제 앞에 놓고 고개를 갸웃거리던 그녀는 강주를 향해 잔을 내밀었다.

"이거, 허접스럽긴 한데."

"어? 나 주는 거야? 고마워."

잔을 받았으면 저도 채워주는 게 인지상정. 강주는 얼른 술병을 들었지만 금방 다시 놔야 했다. 아인이 조금 전보다 심각한 표정으로 제 컵에 술들을 붓고 있으니 끼어들 틈이 없었다.

아인은 비장하기까지 한 표정으로 한 잔 더 비빈 후, 만족했는지 활짝 웃었다. 그녀는 잔을 든 채 약간의 뿌듯함이 묻어나는 표정으로 강주를 쳐다보더니 그의 손에 컵이 들린 걸 보고는 다른 곳으로 고개를 휘 돌렸다.

그러다가 동작을 우뚝 멈췄다.

"저."

이쪽을 빤히 보고 있던 도진과 눈이 마주치자 용기를 내어 팔을 뻗었다.

이 선배는 왜 이렇게 무섭냐. 내가 죄지은 게 있어서 그런가.

"됐어."

간단한 거절에 더 내밀지 못하고 중도에 멈추자 다른 손이 끼어들었다.

"이거 웃긴 자식이네. 귀여운 후배가 직접 바치는데 어디서 감히 거절해? 당장 못 받아?"

혜수가 아인의 손에서 냉큼 컵을 받아다가 도진의 앞에 놓았다. 도진은 제 앞에 놓인 컵을 내려다보다가 강주를 향해 손을 내밀었다. 갸웃거리던 강주는 눈치껏 도진에게 제가 들고 있던 소주병을 건네주었다.

콸콸콸.

아인의 눈이 눈썹 있는 곳만큼 올라갔다.

"마셔."

맥주잔을 가득 채운 소주를 보고 강주와 혜수의 눈도 동시에 동그랗게 커졌다. 그러다 강주는 저보다도 선배인 도진의 잔을 제가 먹어라 마라 할 수 없어 난감하다는 표정만 짓고, 혜수는 지금 상황이 재미있어 말리는 대신 눈을 빛내며 입을 쭉 찢는 중에, 도진이 아인에게서 받은 폭탄주를 한 번에 쭉 들이켰다. 그 모습을 보던 아인의 얼굴이 사색이 되었다.

화난 거야. 진짜 나한테 화난 거야.

덜덜 떨리는 눈길로 제 앞에 놓인 소주를 바라보던 아인은 일순간 입을 꾹 다물었다. 그러더니 가방에서 뭔가를 꺼내기 시작했다. 강주와 혜수가 뭔가 싶어 유심히 보는 중에 아인의 손을 따라 중간 크기의 우유가 딸려 나왔다.

괜찮아. 우유 마시면 덜 취한다니까.

비장한 마음으로 우유를 한 모금씩 삼킨 후, 맥주잔을 들어 올렸다.

"어어? 아인……."

혜수가 말릴 틈도 없이 소주를 쭉 마신다. 그리고 그대로 필름이 끊겨버렸다.


띠리리리리.

습관적으로 자명종을 끄기 위해 손을 내밀다가 정신이 번쩍 들어 잠에서 깼다. 그러자 간신히 잊었던 새벽의 고통이 다시 밀려오기 시작했다. 아인은 얼른 욕실로 달려가 토악질을 해댔다.

"으이그, 이 미련한 것아! 술을 얼마나 퍼마신 거야?"

엄마가 당장 달려와 등을 퍽퍽 때리는 바람에 아인의 몸이 손길 따라 들썩들썩 움직였다.

"잘 마시지도 못하는 걸 얼마나 밀어 넣었으면 아침까지 이래?"

"어제 첫 출근이니 환영회 했겠지. 술 좀 마실 수도 있는……."

아버지가 변호를 해주려 슬쩍 나서보지만 엄마의 사나운 기세에 금방 움츠러들어 버렸다.

"아니, 마셔도 정도껏 하지! 첫날부터 사내놈 등에 업혀 오고, 잘한다. 잘했어, 이 아가씨야!"

"나 업혀 왔어? 누구한테?"

"몰라. 선배란다. 이름이 뭐더라. 강 뭐였던 것 같은데…… 아유, 모르겠다."

강? 강주 선배님인가.

"뭘 멍 때리고 있어? 얼른 씻지 못해?"

벼락같은 엄마 목소리에 강아지처럼 깨갱거리며 얼른 출근 준비를 했다.

엄마가 해준 맛 좋은 해장국도 잘 먹고 약국에서 약도 한 병 사먹었는데 왜 이리 어깨가 무겁기만 한지. 지친 한숨에서 벗어나지 못하던 그녀는 '검사 김아인'이라는 문패가 박힌 제 검사실 문 앞에 서자 언제 그랬냐는 듯 밝게 웃어 보였다.

내가 이 방의 주인이란 말이지. 그리 뿌듯한 표정을 짓다가 슬며시 문을 열고 들어서자 앞으로 자신을 도와 함께 일할 수사관인 신 계장과 실무관인 미영이 보였다. 아인은 반가이 인사를 전하고 제 책상으로 차분하게 걸어갔다.

어제는 정신이 없어 미처 만끽하지 못했던 검사가 된 기분을 한껏 즐기던 그녀는, 아침에 엄마가 했던 말을 떠올리고는 곧장 강주의 검사실로 찾아갔다.

"어제 저 데려다 주셨다면서요? 말씀 들었어요. 고맙습니다. 죄송하기도 하고."

"음?"

강주가 고개를 갸웃거렸다. 그러더니 피식 웃었다.

"나 아닌데?"

"예? 그럼 누구?"

서, 설마!

"아."

설마가 사람 잡는다더니.

제 사무실 책상에 앉은 아인은 사건 기록을 읽으며 자꾸만 맥
없는 탄성을 흘렸다. 누가 보면 사건이 어려워 그러나 싶겠지만
실상 탄성의 이유는 따로 있었다.

힐끔힐끔, 벌써 한참 전부터 메신저 목록을 주시하던 그녀는
결국 큰마음을 먹고 사건 기록을 손에서 내려놓았다. 그리고 심호
흡을 한 후 마우스를 움직여 채팅창을 열었다.

음, 뭐라고 불러야 하지? 선배님? 권 선배님? 권 검사님?

마침표를 찍어야 하나? 물음표? 으음, 조금 딱딱한가? 이모티
콘 써도 되나? 어떻게 하지?

심사숙고 끝에 최종적으로 결정된 문장.

[권도진선배검사님*^^*]

이모티콘이 너무 가벼운가? 별을 오른쪽에 하나만 붙일까? 둘
다 뗄까?

"헉!"

고민하다가 저도 모르게 엔터를 쳐버렸다. 으악, 안 되는데! 별
하나 떼야 하는데!

하지만 이미 엔터를 친 걸 후회해봐야 소용없었다. 아인은 인

상을 잔뜩 찌푸린 채 고개를 푹 숙였다가 한참 후에야 떨리는 마음으로 고개를 들어보았다.

왜 답변이 없지?

손가락을 까딱거리다가 시계를 보았다. 말을 걸고 꽤 시간이 지난 것 같은데 여전히 묵묵부답이다. 결국 다시 한 번 불러볼 마음으로 자판을 꾹꾹 누를 때 드디어 도진에게서 메시지가 왔다.

[다른 사람들은 나 그렇게 안 부른다]

"음?"

그럼 다른 사람들은 뭐라고 부르지? 고개를 갸웃거리다 아, 하고선 자판을 건드렸다.

[권도진 님]

한참 후에야.

"헉."

내가…… 내가 대체 왜 이러는 거야.

[아니! 권 선배님!]

아직 어제 놓친 정신을 못 주운 거니, 술이 덜 깬 거니, 제발 정신 좀 차려, 김아인!

너무 당황하는 바람에 왜 말을 걸었는지 용건조차 잊어버렸다. 손가락을 자판 위에 늘어놓은 채 굳어 있다가, 내가 왜 말을 걸었을까 천천히 되새기던 중 혜수로부터 메시지가 왔다.

[우리 막내^ㅇ^ 오늘 밤 총무 해야 하는데 메뉴는 정했어? 나는 아무거나 괜찮아~]

검사들은 같은 부서라고 해도 각기 다른 검사실에서 따로 일을 하기 때문에 식사만큼은 꼭 부서 검사들끼리 같이하며 팀워크를 다지는 편이었다. 보통 다른 초임들은 한 달 정도 근무한 후에 밥 총무가 되지만, 아인의 부서는 어제 회식 자리에서 부장님이 기분 대로 아인에게 밥 총무 감투를 내려주시는 바람에 오늘부터 아인이 직접 메뉴를 고르고 예약을 해야 했다. 아인은 부랴부랴 부장님께 메뉴를 뭐로 할지 여쭤보았다.

점심 메뉴를 고르느라 도진과의 채팅은 서서히 잊어가던 중, 무심결에 모니터를 보고 아직 대화창이 열려 있다는 걸 깨달았다. 아인은 급하게 허리를 곧추세우며 자판을 타다닥 쳤다.

[점심은 뭐 드시고 싶으세요?]

으음, 근데…… 이게 아닌 것 같은데. 점심 메뉴 묻는 게 아니라 분명 다른 용건이 있었던 것 같은데…….

[밥]

간단명료한 대답에 맥이 탁 풀렸다. 아인은 더 꼬치꼬치 캐물을까 하다가 더는 용기를 내지 못하고 '네' 하고만 대답했다. 그러고는 용건을 기억해내야 한다는 생각마저 잊고서는 검찰청 주변의 식당을 이리저리 탐색하기 시작했다.

심사숙고 끝에 식당과 메뉴를 정해 예약을 한 그녀는 의자에 허리를 편안하게 기대며 손에서 놓았던 사건 기록을 다시 살피기 시작했다. 그러다가 갑자기 고개를 갸웃거리며 강주의 검사실로 향했다.

"선배님?"

자문하려면 부장검사님이나 수석검사님께 여쭤보라지만 아무래도 그분들보다는 강주가 훨씬 편해서, 딱히 어려운 질문도 아니고 하니 이리로 왔다. 책상 옆에서 서성거리던 강주는 들어서는 아인을 반가이 맞아주었다.

"이게요. 여기 사진 보면……."

손으로 증거 사진을 짚어가며 이것저것 물었다. 강주는 유심히 들어주다가 사진을 자세히 들여다보기 위해 허리를 숙였다. 아인은 그가 조금 더 편하게 볼 수 있도록 뒤로 물러섰다. 그러다가 그만 옆에 있던 의자에 아프리만큼 세게 툭 부딪혔다.

"아야, 어?"

아픈 곳을 문지르다가 제가 의자에 걸려 있던 강주의 재킷을 바닥에 떨어뜨렸다는 걸 깨달았다. 아인은 놀라며 얼른 재킷으로 손을 뻗었다.

"죄송해요!"

아, 출근한 이래 가장 많이 뱉은 말이 죄송하단 말이 아닐까.

"괜찮아."

강주가 대수롭지 않다는 듯 웃으며 재킷을 건네받아 다시 의자에 걸었다. 그러던 중 재킷 주머니에서 뭔가 빠져나와 아래로 떨어졌다. 아인은 반사적으로 무릎을 굽혔다.

"음?"

줍고 보니 이상하다. 손거울?

아인은 화려한 꽃무늬가 박힌 빨간 손거울을 든 채 강주를 올려다보았다.

"저기, 선배님, 이거……."

이, 이런 취향이셨구나.

어설픈 미소와 함께 손거울을 건네자 강주의 얼굴에 눈에 띄게 당황스러움이 스쳤다.

"아니, 이게, 내가 아니라……."

아인은 미소를 더 짙게 지어 보였다. 마치 이해한다는 듯.

얼굴이 붉은 걸 보니 꽤 민망한가 보다. 들키고 싶지 않았나 보네.

"걱정 마세요. 소문 안 낼 거예요."

주변의 계장이나 실무관이 듣지 못하도록 속삭이며 다짐하듯 고개를 끄덕이자, 강주가 허탈하게 웃어버렸다. 그는 손거울을 바지 주머니에 집어넣고는 이거나 보라며 사건 기록을 톡톡 쳤다.

얼마 지나지 않아 곧 점심시간을 맞았다. 아인은 선배들이 자신이 고른 메뉴를 싫어하진 않을까 내심 긴장하며 예약한 식당으로 선배들을 죄다 모시고 갔다.

"어머, 나 이 식당 좋아하는 줄은 어떻게 알았을까?"

혜수가 귀엽다는 듯 아인을 바라보며 칭찬을 해주었다. 아인은 금방 뿌듯한 티를 내며 좋아했다.

곧 한 상 가득 음식이 차려져 나오고 식사가 시작되었다. 아인은 밥을 야금야금 먹으며 선배들이 사건에 관한 이런저런 대화를 나누는 걸 듣다가 문득 도진을 힐끗거렸다.

그러고 보면 찜찜하다. 뭔가 크게 잊은 듯한 이 기분은 뭐지?

골똘히 상념에 잠겨 있던 중 옆에서 쿡 찌르는 게 느껴져 쳐다보니 강주가 부장님 좀 보라는 눈짓을 주고 있었다. 고개를 돌려보니 부장이 의아한 표정으로 저를 바라보고 있었다.

"무슨 생각을 그렇게 해? 사람이 말 거는 것도 모를 정도로."

"어? 죄송해요…… 죄송해요."

"죄송할 것까진 없고. 그래서 남자 친구가 있어, 없어?"

부장님이 사람 좋게 웃으며 말씀하셨다.

"하하, 없어요."

남자 친구는커녕 남자인 친구도 없는걸요.

"재미없네. 어쩔 수 없다, 박 검사. 박 검사 이야기나 좀 해야 겠다. 이제 슬슬 이실직고하시지? 박 검사 사귄다는 사람, 특수2 부 그놈 맞지?"

"몇 번을 말해요? 아니라니까요."

혜수가 어이없다는 듯 대꾸했다.

"이상하다. 맞는 것 같은데. 둘이 데이트하는 거 봤다는 사람 도 있어."

"누가 그래요? 이상한 사람이네. 부장님도 이상한 말 옮기지 마세요. 그 사람 진짜 제 취향 아니거든요?"

"취향이 아니야? 왜? 그만하면 사내답고 됐지."

"싫어요. 전 그런 사람 딱 질색이에요."

"그럼 누구야? 분명 우리 검찰청 안에 있는데. 애인 사진 하나 도 안 가지고 다니면서 숨기는 거 보면 분명 사내연애거든. 그거 아니면 애인 없는데 있는 척하는 거야. 박 검사, 미리 말하지만 그 럴 거면 그냥 특수2부 그놈 받아줘. 더 늦기 전에 시집가야지!"

"어? 부장님? 그거 성희롱!"

"인마, 이게 무슨 성희롱이야? 이건 애정 담긴 조언이고, 하려 면 권도진이 정도는 해줘야 성희롱이지!"

부장님 근처에 앉아 있던 정 수석과 소 검사가 동시에 웃음을 터트렸다.

그 웃음소리를 듣는 순간 아인은 물 마시다 말고 콜록거리기 시작했다. 도진에게 어제 아침의 일을 사과하려다가 까맣게 잊고 있었단 걸 이제야 깨달았다. 그녀는 간신히 빠져나온 구렁으로 다시 밀리는 느낌을 받으며 얼른 도진의 눈치를 살펴보았다.

말이 없다. 웃지 않아. 밥만 먹는다.

화난 거야. 아직 화가 난 거야! 사과해야 해. 더 늦기 전에!

아인이 손에 땀을 쥐며 입을 벙긋거릴 때였다.

"음?"

식사를 다 마친 혜수가 가방을 뒤지더니 미간을 찌푸렸다. 아인은 말을 꺼내다 말고 그녀에게로 시선을 꽂았다.

"왜 그러세요?"

"거울이 없어져서. 좀 보려고 하니까 없네."

거울?

"아끼는 손거울이 있거든. 빨갛고 꽃 박힌 거."

빨갛고…… 꽃 박힌 거?

"어제 남자 친구네 집에서 데이트하다 두고 왔나."

혜수가 선배들 들으란 듯이 위풍당당하게 흘린 말에 아인의 눈이 동그랗게 커졌다.

"어? 어?"

아인이 강주와 혜수를 번갈아 가리키며 어버버거리기 시작했다. 강주는 얼른 아인을 낚아챈 후 식당 밖으로 빠져나갔다.

화장실에서 손을 씻은 후, 아인은 거울을 바라보며 풋 하고 웃었다. 지난 몇 개월 동안 누구에게도 안 들킨 걸 바로 어제 첫 출근한 초임검사에게 들킬 줄은 몰랐다며 허탈하게 말하던 강주의 얼굴을 떠올리니 어째 스스로가 자랑스러워진다.

즐거운 마음으로 지나간 유행가를 허밍으로 읊으며 제 검사실로 향했다. 그러다가 문득 걸음을 멈추고 가만히 섰다.

"아."

그러고 보니 또 잊을 뻔했다. 강주와 혜수에 대한 생각에 정신이 팔려 하마터면 오늘도 넘길 뻔했다. 아인은 지금이라도 자각해내어 다행이라고 생각하며 도진의 검사실 문을 슬쩍 밀었다.

"무고죄라니! 검사라는 놈이 백성이 억울하다는데 풀어줄 생각은 안 하고 무고가 어쩌고 저째? 목격자 놈들 전부 거짓말하는 거라니까! 나는 그 새끼 안 때렸어. 때린 건 그 새끼고 맞은 건 나라니까!"

누군가가 방방 뛰고 있었다. 아인은 깜짝 놀라며 뒤로 살짝 물러섰다.

"무고죄가 왜 무서운 줄 아십니까?"

도진의 목소리가 들려왔다. 아인은 퍼뜩 고개를 돌렸다.

"엄마한테 형이 나 때렸다고 거짓말해서 엄마가 형 때리면, 이건 엄마하고 형 둘 다 엿 먹이는 짓입니다. 국가한테 저 새끼가 나 때렸다고 거짓말해서 국가가 저 새끼 때려주면, 이건 국가하고 저 새끼하고 둘 다 엿 먹이는 겁니다. 나중에 국가 엿 먹인 거 들킨 후에 감당할 자신 있으면 고소하십시오."

그러고는 상대방을 빤히 쳐다보기 시작했다. 저에게 향한 시선이 아님에도 아인이 움찔거릴 정도로 매서운 눈길이다 싶더니, 상대방이 금세 기세가 죽어 주변의 계장과 실무관의 눈치를 슬슬 살폈다. 그러더니 고소 취하하려면 어째야 하느냐고 은근히 묻고는 계장 책상 쪽으로 슬금슬금 물러났다.

도진은 뭔가 기록을 하기 시작했고 아인은 숨을 죽인 채 그에게 조심스럽게 다가갔다.

"저기, 선배님?"

그가 자신을 바라봐주길 기다리며 엉거주춤 서 있던 그녀는 아무리 기다려도 도진의 고개가 이쪽으로 돌아오지 않자 한 번 더 입을 열었다.

"저기, 선배님?"

삼매경에 빠졌는지 또 돌아보질 않는다. 아인은 결국 얼굴을 바짝 들이밀었다.

"저기, 선배님?"

그제야 도진이 저를 힐끗 바라봐 주었다. 아인은 어색하게 입술을 쪽 찢었다.

"드릴 말씀이 있어서요."

"해."

아인은 주변을 휘 둘러보았다. 주변에 보는 눈이 있어 불편하지만, 그래도 바빠 보이는데 따로 시간 내달라고 할 염치는 없었다. 아인은 다시 사건 기록을 향해 고개를 돌린 도진을 보며 심호흡을 한 후, 더는 망설이지 않도록 말을 두다다다 쏟아냈다.

"어제 아침에 정말 죄송했어요. 괜히 저 때문에 지각하고, 놀림감 되고. 곤란하게 만들어서 죄송해요. 다시는! 다시는 선배님이랑 다른 사람이랑 착각하지 않을게요, 그리고."

어제 집까지 바래다주어서 고맙다는 말도 덧붙이려는 찰나, 도

진이 이쪽을 바라보았다. 아인은 왠지 모르게 말이 쑥 들어가는
걸 느끼며 입을 다물었다.

"어제 사과했잖아."

"어제요? 하하, 저 어젠 사과 못 드렸……."

그 순간.

"미안하다고!"

뇌리에 파묻혔던 기억이 스멀스멀 기어오르기 시작했다.

"미안하다고! 미안하다고 몇 번을 말해! 얼른 안 받아줘?"

서…… 설마…… 꿈, 꿈, 꿈이겠지!

"조용히 해라."

"네가 사과를 받아줘야 조용히 하지!"

"받아줄 테니까 조용히 해."

"야! 사과받아 준 표정이 왜 이래? 화해를 했으면 웃어야지!
자, 따라 해봐. 웃어요, 웃어!"

아닐 거야…… 그러지 않았을 거야…… 아무리 부인해봐도 제
손가락으로 도진의 입을 쭉 찢었던 장면이 너무도 또렷하고 생생
하기만 하다.

"일어나라."

"헤헤, 너 웃으면 일어나지. 웃어봐. 웃으면 일어나 줄게."

길가에 앉아서 추태 부리다가 결국 업힌 것까지 모조리 생각났다. 아인은 사색이 되어 돌처럼 굳었다.

"서, 선배님. 제가, 그게, 술을…… 술이…… 소주가, 그렇게, 맥주잔으로, 그래서……."

"한 계장, 김민태 통화내역 도착했나?"

"아직, 조금 기다리셔야 할 것 같습니다."

서류를 획획 뒤지는 도진을 보며, 아인은 급하게 입을 열었다.

"선배님, 죄송해요!"

"사과했다고 말했을 텐데?"

"아니요. 지금 죄송하다는 건 어제 아침에 그 사건 말고, 다른 거, 그러니까 밤에, 제가, 그렇게……."

도진의 따가운 시선이 느껴졌다.

"지금 바쁜 거 안 보여?"

"죄, 죄송해요!"

뭐야, 대체. 왜 이렇게 자꾸 죄송한 게 쌓여가!

"너 앞으로 사과하지 마."

"예?"

"아무리 미안해도 사과하지 마. 나가."

결국 쫓겨나 버렸다. 아인은 도진의 검사실 밖에서 가슴을 퍽퍽 치다가 시무룩하게 제 사무실로 돌아왔다.

날이 지날수록 봄이 점차 깊어져 갔다. 봄이 깊어지는 만큼 갓 부임한 초임검사들의 업무량도 차츰 늘어만 갔다.

"부장님!"

봄날의 나른함에 살짝 졸던 형사2부의 부장검사는 깜짝 놀라며 고쳐 앉았다. 늘 그렇듯 또 막내다. 요사이 큰 사건도 없고 업무량도 많지 않아 다들 평소보다 한가한데, 이 의욕적인 막내 검사는 갓 잡아 올린 생선처럼 쉬지 않고 파닥거렸다.

별것도 아닌 사건을 들고 와서는 별 시답잖은 걸 참 깊고도 넓게 끝없이 묻는다. 그 모습이 참 귀엽긴 한데 부장도 사람인지라 요즘 들어 조금 지친다.

"그러니까 이럴 때는……."

하품을 곁들여 설명을 해주니 눈을 반짝반짝 빛내며 듣는다. 거기다가 대고 이런 건 좀 알아서 하라고 핀잔을 줄 수도 없고.

"고맙습니다."

호기심이 해결된 게 기쁜지 걸음걸이에서 신 난 게 느껴졌다. 부장은 고개를 내젓다가 기지개를 쭉 켰다. 그러고는 아인을 상대하느라 쌓인 피곤함도 해소하고 졸음도 쫓을 겸, 커피 한잔하기 위해 휴게실로 향했다.

"오, 부장님! 저는 밀크커피."

"인마, 뭘 또 나한테 사달래?"

그러면서도 밀크커피를 한 잔 뽑아 혜수에게 건넸다. 혜수는 냉큼 받으며 배시시 웃었다.

"맞다, 부장님. 이호중 사건이요. 자매 강간."

"야야, 나한테 묻지 마. 너라도 나한테 묻지 마. 가서 정수철

이한테 물어."

"정 선배님 바쁘잖아요."

"그럼 소가한테 물어. 귀찮아 죽겠어, 아주 그냥."

"왜요?"

"아따, 그게, 초임 상대하기 힘들데. 제대로 하나 계속 봐줘야 하는 것도 그렇고 와서 자꾸 뭐를 물어. 이게 은근히 귀찮아. 쯧, 강주는 혼자서 알아서 따박따박 잘했던 것 같은데 말이다."

"그건 강주가 이상한 거고. 초임이 당연히 물어보면서 해야죠. 저는 초임 때 뭐 안 묻고 혼자 저질러서 욕 엄청 먹었어요."

부장의 눈이 쭉 찢어졌다.

"하기사, 박혜수 뒤치다꺼리하는 거보다 백번 낫겠다만. 아, 지도검사제 다시 살려야 되는데. 그게 없어지니까 초임들이 자기 지도검사한테 안 가고 죄다 부장한테 달려오잖아."

"그럼 부장을 관두세요."

"뭣이라?"

부장의 미간이 찌그러지는 가운데 혜수가 뭔가 깨달은 듯 눈을 크게 떴다.

"아니면 지도검사처럼 아무나 붙여버리세요. 교육하라고."

부장이 찌푸렸던 인상을 활짝 폈다.

"이야, 박혜수, 머리 좋네."

혜수가 자신만만하게 웃으며 종이컵을 입가로 가져갈 때였다.

"어이."

부장이 혜수의 등 뒤를 향해 손짓을 했다. 혜수는 컵을 입에 문 채 뒤돌아보았다. 그리고 곧 눈과 입을 양쪽으로 쭉 찢으며 속으로 끌끌 웃었다.

"저는 블랙."

도진이 툭 뱉듯 말하자 부장이 발끈했다.

"이 자식들은 내가 자판기로 보이냐?"

그러면서도 주섬주섬 동전을 챙겨 넣었다. 커피는 곧 준비되었다. 부장은 친히 커피를 꺼내 도진의 손에 쥐여준 후, 메기 눈으로 그를 유심히 지켜보았다. 그러다 도진이 별 의심 없이 커피를 한 모금 마시는 순간 냉큼 입을 열었다.

"권검이 맡아라."

도진이 종이컵을 입에서 떼고 '뭘요?' 하는 표정을 지었다.

"초임 좀 맡아. 나 요즘 많이 바빠. 아주 바빠. 눈을 뜰 수가 없어. 초임까지 못 봐. 내가 사준 커피 마셨으니까 시키는 대로 해. 알겠지? 무조건 해. 거절해도 소용없어. 부장 명이야. 안 그러면 아동 사건만 죄다 줘버린다."

도진은 탐탁지 않은 표정으로 종이컵 안쪽을 빤히 쳐다보더니 입을 열었다.

"알겠습니다."

다시 커피를 마시는 도진을 바라보던 혜수가 갑자기 고개를 저었다.

"부장님, 쟤 성격 모르세요? 가르쳐준다고 해놓고선 묻는 말에나 겨우 어. 아니. 그래서? 왜? 뭐가? 왜 모르는데? 가서 혼자 생각해. 이럴걸요? 그래서 무슨 교육이 돼요? 막내 입장에선 완전 어색하고 공포죠."

혜수가 도진의 무표정과 툭툭 던지는 말을 흉내 내자 부장이 머리를 긁었다.

"그런가? 그럼 다른 사람한테……."

"아니, 그러지 마시고!"

혜수가 얼른 부장을 붙들었다. 그녀는 공작을 꾸미는 표정을 짓더니 이내 활짝 웃었다.

"조건 붙여요. 적어도 하루에 한 번은 권도진이가 막내한테 먼저 말 걸어주기."

"권도진이가 먼저? 묻는 말에 대답도 잘 안 하는 놈이?"

"그렇죠!"

"오, 그거 재밌다. 콜."

부장과 혜수가 흥미진진한 표정으로 도진을 빤히 쳐다보기 시작했다. 도진은 천천히 커피를 마시며 그 시선들을 마주했다.

"하루에 한 번이면 되죠?"

도진이 마시던 커피를 손에 든 채 제 방으로 사라져 갔다. 부장과 혜수는 서로를 쳐다보며 끌끌 웃었다.

2

"부장……!"

뭘까. 저 강한 거부의 손바닥은.

"막내! 앞으로는 이리로 오지 말고! 내가 요즘 바빠. 많이 바빠. 아주 바빠. 그래서 우리 막내를 봐줄 시간이 도저히 없어. 그래서 내가 다른 사람한테 따로 부탁했거든?"

"누구? 수석검사님이요?"

당장 달려갈 준비를 하는데 청천벽력 같은 소리가 들려왔다.

"아니. 권 검사."

찰나 동안 한 열 번씩 떠올린 것 같다.

문 부장님, 정 수석님, 소 검사님, 박혜수 선배님, 김강주 선배님…… 문 부장님, 정 수석님, 소 검사님……!

없어…… 없어…… 권도진 검사 외에는 권 검사가 없어!

"권 검사가 아주 흔쾌히 승낙했는데 막내가 자꾸 다른 사람한 테 질문하러 다니면 기분 나쁘겠지? 어여 가봐."

부장님이 명하고 선배가 흔쾌히 승낙했다는데 감히 막내 주제 에 좋다 싫다 말을 어찌하겠는가. 아인은 작은 목소리로 '네' 하고 대답한 후 부장실을 빠져나왔다.

도진의 검사실 앞에 선 그녀는 마른침을 삼킨 후 주먹을 들었 다. 문이 열려 있으니 그냥 들어서면 될 테지만, 왠지 여긴 반드시 노크를 해야만 할 것 같다.

똑똑 문을 쳐보지만 피의자 조사를 하느라 한창 바쁜 도진은 거들떠봐 주지도 않았다. 아인은 사건 기록을 손에 든 채 난감한 표정을 짓다가, 급한 건이니 기다릴 참으로 조심스럽게 안으로 들 어갔다.

"그럼 이숙희 씨의 칼이란 말입니까?"

"예."

도진과 피의자의 대화 소리가 들려왔다. 아인은 방해되지 않도 록 조심스럽게 자리를 잡고 앉았다.

"이숙희 씨의 집엔 처음 간 거라고 하지 않으셨습니까? 처음 방문한 집에서 식칼의 위치는 어떻게 알고 찾으셨죠?"

"예? 그거야 원래 칼은 다들 보통 칼 꽂는 데 두니까요."

"이숙희 씨 가택 내에 다른 칼은 모두 그릇 밑에 깔려 있었는 데, 그 칼 하나만 칼꽂이에 꽂혀 있던가요?"

"예…… 예, 예."

"칼꽂이라면 정확히 뭘 가리키시는 겁니까? 수저통 같은 게 세워져 있었습니까?"

"아니요. 거 왜…… 싱크대 밑에 문 열면 문에 달려 있잖아요……."

"그 싱크대 문에 칼꽂이 같은 건 없었을 텐데요?"

피의자의 긴장이 여기까지 전해져 온다. 아니, 그의 긴장이 전해졌다기보다는 스스로 느끼는 긴장이라는 게 더 맞는 표현이지 싶다. 아인은 숨을 죽이며 도진을 바라보았다.

정말 사람 무섭게 본다.

"아니! 칼꽂이가 아니라 싱크대 안쪽에 놓여 있었어요. 문 열고 찾는데 없어서 휙휙 둘러보다 보니까 거기 있더라고요. 거기 안쪽에."

"싱크대 안쪽이라면 정확히 어딜 말씀하시는 겁니까?"

"설거지하는 통이요. 움푹 파인 데 있잖아요?"

"그날 그 안은 배추로 가득 차 있었을 텐데 그 안에 놓인 걸 어떻게 보셨습니까?"

"예? 그러니까 제 말은! 싱크대 안에는 배추가 있고 그 위에!"

"칼이 배추 위에 놓여 있었단 말씀이십니까?"

"예…… 예! 예, 배추 위에……."

"그럼 바로 직전까지 이숙희 씨가 칼을 쓰던 중이었겠군요."

"그렇지요?"

도진은 양손을 깍지 낀 채 책상에 내려놓았다.

"그런데 왜 이숙희 씨 지문은 없을까요?"

"예?"

"칼을 설거지한 후 건드린 적 없다면 몰라도, 직전까지 쓰던 칼이라면 피해자의 지문이 남아 있어야 정상이 아닐까요?"

"……."

"어째서 이숙희 씨가 사용 중이던 칼로 우발적으로 찔렀는데 흉기에는 본인의 지문만 남았는지 설명하실 수 있습니까?"

"저, 검사님……."

"어디서부터 거짓입니까?"

아인은 피해자를 따라 마른침을 삼켰다. 그 이후로 피의자는 계속 모른다, 기억이 안 난다는 말만 뱉어냈다. 피의자는 곧 검사실 밖으로 빠져나갔고 도진은 포스트잇에 볼펜으로 뭔가 줄줄 적어 나갔다.

아인은 그의 옆에 쪼그리고 앉아 그가 뭐라고 적나 유심히 살피기 시작했다. 그녀가 꽤 가까운 거리임에도, 도진은 시선 한 번 주지 않았다. 아인은 이리저리 고개를 움직이며 최선을 다해 흘낏 거리다가 저도 모르게 입을 열었다.

"문제가 우발적 살인이냐, 고의적 살인이냐, 이거예요? 선배님은 그럼 흉기에 피해자 지문이 없으니까, 실은 피해자가 사용하던 게 아니라 피의자가 따로 챙겨 왔다고 생각하시는 거예요?"

그제야 도진이 이쪽을 휙 쳐다보았다. 아인은 움찔하며 놀랐다. 도진은 그녀를 빤히 쳐다보더니 다시 메모로 시선을 돌렸다.

"어."

어? 대답을 해준다? 어째 들뜨는 걸 느끼며 아인은 또다시 말을 걸었다.

"살해 후에 지문을 닦았을 수도 있잖아요?"

"그럼 피의자 지문도 같이 사라지겠지."

"아아, 그러네요. 어? 그럼 이건요? 피해자가 장갑을 끼고 있었을 수도 있잖아요. 배추가 많았다면 김치 담그려던 것 같은데. 우리 엄마는 김치 담글 때 고무장갑 꼭 끼시거든요?"

도진은 살짝 인상을 굳히더니 다시 아인을 바라보았다. 아인은 흥미진진한 눈길로 도진을 마주하다 다시 입을 열었다.

"장갑 없어요? 피해자가 장갑은 안 끼고 있었어요? 나중에 벗은 건 아닐까요? 그러니까 칼로 배추 다듬을 땐 장갑을 끼고 있다가…… 왜요?"

아인이 도진의 눈길에 내심 긴장하며 입을 슬쩍 닫았다. 또 귀찮으니 나가라고 할까 봐 그녀의 심장이 잔뜩 졸아들었다.

"현장에 장갑 같은 건 없었다."

하지만 도진은 의외로 순순히 대답을 해주었다. 아인은 반가움을 느끼며 다시 눈을 빛냈다.

"피의자가 범행 후에 증거 없애려고 갖다 버린 게 아닐까요?"

도진의 옆얼굴에 약간의 짜증이 스쳤다.

"용건이나 말해라."

"아니, 그 전에, 장갑이요. 갖다 버렸을 수도 있잖아요."

"……."

"아니에요?"

"……."

"아닌가요?"

"야."

"예?"

"너 같으면 흉기를 두고 장갑을 치울래?"

"그럼 장갑 말고……!"

도진이 이쪽을 휙 노려보았다.

"내가 용건 말하라고 했을 텐데?"

아인은 입을 꾹 다물며 도진을 올려다보던 시선을 거두었다. 나름대로 아무렇지도 않은 척하려 하지만 시무룩한 기색이 묻어나는 가운데, 그녀는 들고 왔던 사건 기록을 주섬주섬 꺼내 들었다. 그러면서 조심스럽게 본래의 질문을 하자 도진이 종이를 휙휙 넘기며 살펴봐 주었다. 아인은 여전히 쪼그린 상태로 그를 하염없이 올려다보았다.

왜 이렇게 높냐.

"가서 다시 읽어."

그걸로 가르침은 끝. 아인은 쫓겨났다.

제 책상으로 돌아온 아인은 한숨을 후 내쉬며 기록을 다시 들춰 보았다. 그러다 구석에 줄이 쓱쓱 그어진 부분을 발견하곤 시선이 끌리는 걸 느끼며 그 부분을 읽어보았다.

너무 사소해서 미처 인식하지 못하고 놓쳐버린 부분이다. 아인은 얼굴이 화끈거리는 걸 느끼며 지우개를 집어 들었다.

그냥 이 부분 다시 읽어봐, 하고 짚어주면 되지. 아니, 줄을 그을 거면 조금 예쁘게 긋든가 성의 없이 휙휙 이게 뭐야……. 그래도 연필이라 다행이다. 지울 수 있으니까. 볼펜 쥐고 있는 것 같았는데 언제 연필로 바꿔 쥔 거지?

이런저런 생각을 하며 지우개질을 하던 중 웬 젊은 남자가 그녀의 검사실 안으로 들어섰다. 오늘 조사하기로 한 피의자였다. 피의자는 무거운 얼굴로 아인의 맞은편에 앉은 후, 이어지는 아인의 질문들에 고분고분 대답을 하기 시작했다.

사기죄로 고소당한 사람이라 굉장히 영악하고 무례할 줄 알았더니 의외로 단정하고 예의 바른 모습이었다. 아인은 뜻밖이라고 여기며 차분히 이야기를 들어주었다.

"그럼 다 인정하신다는 거네요?"

"예! 예, 제가 그랬습니다."

갑자기 피의자가 흐느끼며 어깨를 들썩거리더니 주먹으로 입을 틀어막았다. 아인은 당황하여 눈을 커다랗게 떴다.

"괜찮으세요?"

"괜찮아요. 죄송합니다. 제가, 제가…… 제가 못난 놈이라!"

어찌할 바를 모르고 할 말을 찾던 그녀는 의아한 눈으로 이쪽을 바라보는 실무관 미영을 향해 미안한 미소를 지어 보였다.

"실무관님, 죄송한데 물 한 잔만 부탁드려요."

곧 미영이 물을 내어왔다. 피의자는 연거푸 거절하다가, 검사님이 이리 권하신다면…… 하는 말과 함께 받아 들었다.

"좀 괜찮으세요?"

"아, 제가 정말 이러려고 한 게 아닌데. 반성도 많이 했고, 제 죗값은 달게 받자고 다짐도 많이 하고 왔는데…… 크흑…… 어머니가! 시골에 계신 어머니가 생각이 나서!"

진정했나 했더니 이전보다 훨씬 더 격하게 몸을 들썩이는 피의자의 행동에 흠칫 놀라며, 아인은 난감한 표정으로 주변 사람들을 둘러보았다. 그러다 조심스럽게 입을 뗐다.

"어머니가 왜?"

"별거 아닙니다. 어디에나 있을 법한 흔한 이야깁니다."

"어떤?"

"별 이야기 아닙니다. 그냥…… 어머니께서 암 때문에……
흑."

"암이요?"

"그냥 암 때문에 앞으로 얼마 못 사신다고."

놀라는 표정을 짓자 피의자가 울며 손사래를 쳤다.

"아, 누구나 겪을 수 있는 일이니까요. 대단한 일도 아니고요.
괜찮습니다. 전 괜찮아요. 별일 아닌걸요."

할 말을 잃고 먹먹히 쳐다보기만 했다. 피의자는 계속해서 별
일 아니라는 말과 흐느낌을 번갈아 쏟아내더니 티슈에 코를 세게
풀었다.

"죄송합니다. 그냥 이대로 형 살게 되면 어머니는 어쩌나 싶
어서. 사실 돈이 필요했던 것도 어머니 병환 때문에……."

"그러셨군요."

측은한 눈빛과 목소리를 흘리자 피의자는 더 크게 울었다.

"제가 죽일 놈이죠. 능력 없어서 남 등쳐먹는 거 말고는 효도
하는 법도 모르고, 흐흑."

아인이 직접 티슈를 뽑아 건네주었다.

"진정하세요. 실형이 아니라 벌금형이 될 수도 있으니까……."

"벌금! 병원비가 없어서 어머니 암 말기 될 동안 아무것도 못
해드렸는데…… 벌금!"

이젠 목 놓아 우는 피의자를 보곤 마음에 바위가 내려앉았다.

"아니! 이 경우엔 집행유예가 가능할 것 같거든요? 보니까 사
정도 딱하시고, 반성도 많이 하시는 것 같으니까……."

갑자기 피의자가 아인의 손을 덥석 붙잡았다. 원래 접촉하면

안 되지만 당황해하던 그녀로선 고스란히 손을 내어줄 수밖에 없었다.

"제가 진짜 반성 많이 하거든요? 정말 그렇게만 해주시면 이 은혜…… 이 은혜 어떻게든!"

"네, 너무 걱정 마세요."

아인이 안심시키듯 웃어 보였다. 피의자는 눈물을 닦으며 연신 고마워하더니 곧 밖으로 빠져나왔다. 아인은 가엾다는 눈빛으로 그의 지친 뒷모습을 끝까지 지켜봐 주었다.

밖으로 나온 피의자는 바로 누군가에게 전화를 걸었다.

"여보세요? 나다…… 그래! 완전 짱이지. 어. 젊은 여검사. 딱 봐도 초짜던데?"

현장 조사를 마치고 들어오던 도진이 그를 흘낏 바라보았다.

"야야, 걱정하지 마. 나랑 같이 울겠더라니까? 벌금도 없……."

말을 하던 피의자는 도진의 눈길을 느끼고는 그제야 검찰청 안이란 걸 인식하고 급히 목소리를 낮추었다. 그는 도망치듯 자리를 떴고 도진은 그를 계속 바라보았다.

"김아인 검사님 방에서 나오는 것 같죠?"

도진의 수사관인 한 계장이 도진과 눈길을 함께하며 물었다. 도진은 아인의 방을 힐끔 쳐다본 후 제 방으로 돌아갔다.

야근을 하는 날보다 안 하는 날을 세는 게 더 빠르지 않을까.

낮에는 보통 조사를 하느라 시간에 쫓기므로 주로 밤에 사건 기록을 읽고 결정문을 작성해야 했다. 아인은 아홉 시를 넘어 달려가는 시계를 멀뚱히 바라보다가 졸음을 쫓기 위해 잠깐 세수를 하고 왔다.

　돌아와 보니 책상 스탠드 하나를 제외하곤 온통 불이 꺼진 제 검사실 안에 누군가 서 있었다. 강주인가 싶어 반갑게 다가가던 그녀는 도중에 뚝 멈췄다.

　"어? 권 선배님?"

　도진이었다. 그는 아인의 책상에 쌓인 사건 기록을 살피고 있었다. 왜 도진이 여기서 이러고 있을까 의아해하던 그녀는, 도진이 부장님 대신 자신을 봐주기로 했다는 사실을 깨닫고는 곧 이해했다. 원래 부장님도 아인이 일을 제대로 하나 안 하나 살피기 위해 직접 찾아와 주시곤 했었으니.

　"저요, 오늘 고소인이 거짓말하는 거 딱 집어냈어요."

　으레 부장님께 그리하였듯 도진에게도 칭찬해달라는 듯 뿌듯하게 말해보았다.

　음, 통하리라 생각했던 게 웃긴 거다. 아인은 입을 꾹 다물며 책상으로 향했다. 책상으로 향할수록 도진과 가까워지는 터라 발걸음을 옮길 때마다 긴장감이 훅훅 커진다. 의자 앞에 도착한 그녀는 어깨를 잔뜩 웅크린 채, 꼭 제 방이 아니라 남의 방에 억지로 붙들려 간 사람처럼 불편하게 앉았다.

　시계 소리가 째깍째깍 울린다. 아인은 도진의 눈치를 살피며 망설였다. 뭐라도 말을 걸어볼까? 딱히 궁금하진 않지만 아무거나 물어볼까? 뭘 물어보지?

　고민하느라 입을 못 떼고 침묵을 지키고 있는데 도진이 서류를 손에서 놓고 문을 향해 움직였다. 아인은 눈을 동그랗게 떴다.

　이상하다. 보통 부장님은 조언도 해주시고 질문도 하고 그러시던데. 음, 내가 일을 완벽하게 해서 지적할 게 없는 건가?

도진이 문을 짚은 채 이쪽을 뒤돌아봤다. 아인은 미소 지은 채 그를 마주했다.

"넌 죄지은 사람들 편들어주려고 검사 하냐?"

아인의 얼굴에서 미소가 사라졌다. 도진은 뒷말을 붙이지 않고 멀리 사라져 갔다.

무거운 몸과 마음을 끌고 귀가하자 아빠가 반겨주었다.

"피곤하지? 아가씨가 이렇게 늦게 다녀서 어떻게 하냐? 앞으로 야근하면 아빠한테 전화해. 내가 시간 맞으면 마중 나가게."

"아유, 시끄러워! 드라마 보는 거 안 보여?"

엄마가 소리를 지르자 아빠가 손가락질을 하며 고개를 절레절레 저었다.

"저거 본다고 나도 본 척 안 하더라. 배는 안 고프냐?"

"응, 안 고파. 아빠 나 좀 씻을게."

"기집애야! 아빠한테 반말하지 말랬지? 다 큰 계집애가, 그것도 검사가 아빠한테 반말 찍찍 하는 거 보기 안 좋다고 했지?"

엄마가 그 좋아하는 드라마를 보면서도 귀신같이 듣고 꼭 한마디 했다. 아인은 응응, 하고 대충 대답하며 씻을 준비를 했다. 아빠는 지친 딸의 모습을 물끄러미 지켜보았다.

샤워를 끝낸 아인은 곧장 방으로 들어가 침대에 엎어졌다.

검찰청에서도, 집에 올 때도, 샤워할 때도 그러더니, 이렇게 침대에 누운 순간조차 도진이 했던 말이 귀에 맴맴 돈다.

"넌 죄지은 사람들 편들어주려고 검사 하냐?"


울컥해지는 걸 느끼며 베개에 눈을 파묻을 때였다. 바깥에서
소란이 일었다.

"당신 거기서 뭐 해?"

"아니야. 아무것도 안 해."

"왜? 배고파?"

"아냐, 아냐. 드라마나 계속 봐."

"드라마 다 끝난 지가 언젠데. 어? 케이블에서 뭐 해주네?"

곧 잠잠해지는가 싶더니 방문 열리는 소리가 났다. 아인이 슬
며시 돌아보자 아빠가 검지를 입에 댄 채 살금살금 다가오고 있었
다.

"자자, 이거 먹어."

아빠가 참치 캔을 소리 나지 않게 따며 말했다. 아인은 부스스
하게 일어나 앉았다.

"엄마가 한 번만 더 훔쳐 먹으면 진짜 가만 안 둔댔는데."

"괜찮아. 아빠가 며칠 전에도 하나 까먹었는데 모르더라. 예
전 같지 않아. 이제 이런 거 개수 안 세. 네 엄마도 늙었어."

아빠가 뿌듯하게 웃으며 포크로 참치를 쿡 찍어 아인에게로 내
밀었다. 아인은 익숙하게 포크를 받아 들어 입에 넣었다.

아인이 먹는 모습을 가만히 지켜보던 아빠도 한 입 들었다. 그
러면서 은근히 물었다.

"일이 힘드냐?"

아인은 아빠를 바라보지 못하고 참치를 꾹꾹 씹기만 했다.

"누가 괴롭혀?"

눈에 띄게 서러워지는 딸의 얼굴을 따라서 아빠도 처연한 표정을 지어 보였다. 아인이 곧 웃는 얼굴로 바꾸긴 했지만, 원체 표정을 못 숨기는 놈이라 웃는 중에도 불쌍해 보였다.

"왜? 무슨 일인데? 아빠가 가서 혼내줄까?"

"아니, 그냥······. 아빠, 있잖아. 죄지은 사람도 사람이잖아."

아인이 참치 캔 안을 계속 뒤적거렸다. 한참 뒤적거리다가 손톱만큼 집어 입에 가져가며 다음 말을 이었다.

"죄는 나쁘지만, 그 사람도 사정이란 게 있으니까 봐줄 만해서 봐주는 건데······ 그게 죄지은 놈 편들어주는 걸까?"

"음, 글쎄다."

잘 먹지 못하는 딸을 위해 아빠가 참치 살점 덩어리를 크게 푹찍어 또 한 번 내밀었다. 아인은 의욕이 없는 모습이긴 해도, 습관적으로 날름 잘 받아먹었다.

"아빠는 잘 모르지만 말이다, 원래 검사는 죄지은 놈들 혼내주는 거 아니냐? 변호사가 죄지은 놈들 편들어주는 거고. 뭐, 사람이야 다 사연은 있겠지. 그래도 그놈 죄 때문에 가슴에 대못 박힌 사람들 생각하면 너무 쉽게 봐주면 안 될 것 같다, 나는?"

"그런가?"

"뭐 네가 봐줄 만해서 봐주겠지만, 앞으로는 이놈 봐줄까? 싶을 때는 그놈 때문에 해 입은 사람들을 먼저 생각해. 검사는 그래야 하는 거 아니냐?"

"그렇겠지?"

"그래. 그놈들은 변호사도 살 수 있잖아? 변호사가 그놈 편들

어주면 너는 해 입은 사람 편을 들어줘야 이게 싸움이 되지. 안 그
러냐?"

"그러네."

"물 갖다 줄까?"

아인이 고개를 끄덕이자 방문이 활짝 열리며 엄마가 나타났
다.

"내 이럴 줄 알았어! 내가 그거 반찬 해야 한다고 먹지 말랬
지? 저번에 김도 당신이 먹었지? 왜 밥 차려놓으면 안 먹고!"

"아이고, 아이고, 피곤하다. 자러 가자, 자러 가자."

아빠가 엄마를 밀며 밖으로 빠져나갔다. 아인은 엄마가 아빠에
게 잔소리를 늘어놓는 걸 듣다가 곧 잠에 빠져들었다.


다시 출근한 아인은 평소에 비해 다소 어둡고 신중한 표정으로
하루 업무를 준비했다. 곧 오늘 만나기로 한 피의자가 출석했고
조사가 시작되었다.

"신발이랑…… 가방이네요."

아인은 입술을 깨물며 눈에 힘을 주었다.

"절도 전과가 있네요. 아직 누범 기간이고요."

"그게, 검사님……."

아인은 고개를 내저었다. 듣지 않겠다는 뜻이었다. 피의자는
머뭇거리다가 말을 않고 고개를 푹 숙였다.

"본인 혐의 다 인정하시는 거죠?"

최대한 눈을 마주치지 않으려 애쓰며 모니터만 뚫어져라 쳐다
보았다.

"아들놈이……."

아인은 입술을 더 세게 깨물었다. 그녀의 귀에 아주 약하게 떨리는 피의자의 목소리가 천천히 와 닿았다.

"제가 마흔 줄 들어서 본 자식인데……."

서글픈 목소리가 아인의 가슴 문을 톡톡 두드렸다.

"이제 중학교 3학년인데, 돈 없다고 학교에서 잘 놀아주지도 않고 그런다대요……. 메이커, 메이커 노래를 하면서 애비 꼴도 보기 싫다고 하니까……."

피의자가 거친 손을 마주 잡는 모습이 시야의 끝에 걸렸다. 아인은 눈을 질끈 감았다.

"메이커 있으면 애들이 놀아줄까 싶어서…… 가방만 딱 탐을 냈는데 애 신발에 구멍 난 게 하필 생각이 나서……."

피의자가 결국 흐느끼기 시작했다. 아인이 살짝 눈을 떠보니 울지 않으려고 입을 막는 모습이 역력했다.

"애 엄마는 도망가고 없습니다."

안 되는데…….

"저까지 잡혀가면 애는 천애 고아가 돼요……."

눈앞이 뿌옇게 변한다. 아인은 얼른 피의자에게서 고개를 돌렸다. 그러다가 문 앞에 서 있는 도진을 발견했다.

감시받는다. 아인은 주먹을 꾹 쥐며 시야를 다잡기 위해 노력했다. 그러면서 흐느끼는 피의자를 향해 사나울 만큼 강한 눈을 떴다.

"죄를 지으셨으면 벌을 받아야죠. 본인 자녀만 소중하고 피해자 입장은 생각 안 하시는 건가요? 참 이기적이시네요. 저한테 그렇게 말씀하셔도 소용없으니까 그만두세요."

조사를 마친 피의자는 자리에서 일어서 아인에게 엉거주춤 인사를 하고는 문을 향해 갔다. 그러고는 심각한 표정의 도진을 지나쳐 밖으로 빠져나갔다.

아인을 물끄러미 쳐다보던 도진도 곧 자리를 떴다.

그렇게 모두가 완전히 사라지자마자……

"검사님?"

"예?"

"왜, 왜 그러세요?"

"네? 제가 왜요? 흐윽."

결국 입을 가리며 어깨를 들썩였다. 그녀는 그 이후로 계속 퉁퉁 부은 눈으로 업무에 임했다.

강주가 휴게실에 들어서자 혜수가 기다렸다는 듯 잡아끌었다.

"김강주, 뭐래?"

"그게, 권 선배한테 한 소리 들었나 보던데요?"

자기를 이름에도, 도진은 저와는 상관없는 이야기라는 듯 가만히 음료를 마시기만 했다.

"무슨 소리?"

강주는 혜수가 시킨 대로 아인에게서 알아온 이야기들을 천천히 늘어놓기 시작했다. 그러자 혜수가 도진을 사납게 째려보았다. 도진은 무시하고 음료를 마시는 데만 열중했다. 그러면서 살포시 인상을 쓰자 혜수가 다가가 주먹으로 그의 어깨를 쾅 때렸다.

"인마, 왜 그렇게 못된 소리를 했어?"

"난 시키는 대로 한 건데."

"누가."

"네가."

"내가 언제?"

"하루에 한 번은 말 걸라며."

"아오, 내가 이 자식을 먼지 나게 패고 감방 갈까?"

도진은 발을 동동 구르는 혜수를 무시하며 심각한 표정으로 강주를 바라보았다.

"그래서? 그 피의자한테 실형으로 구형한다고?"

"그런다더라고요."

강주가 어깨를 으쓱거리며 대답하자 이번엔 혜수가 그의 어깨를 콩 쳤다.

"야! 그걸 그냥 듣고 있었어? 안 말리고?"

"말렸죠. 소용없더라고요. 죄지은 사람 아니냐면서."

도진은 귀찮다는 표정을 지으며 음료 캔을 일그러뜨렸다. 그러고는 흥분한 혜수와, 미소 지은 얼굴로 그녀를 말리느라 정신이 없는 강주를 두고 먼저 휴게실을 빠져나갔다.


곧 가로등 불빛이 총총한 밤이 되었다.

오늘도 아인은 야근을 해야 했다. 퉁퉁 부은 눈 때문이었는지, 어두운 마음 때문이었는지, 낮에 좀처럼 업무에 집중할 수가 없어 일을 원활히 처리하지 못한 까닭이었다.

날 밝을 때 안 되던 집중이 날 어둡다고 갑자기 될 리는 없었다. 도무지 일할 마음이 들지 않아 기껏 새로 배당받은 사건들의 공소시효들만 확인했다. 그마저도 간신히 끝내고 멍하니 앉아 있던 그녀의 머리에 오늘 있었던 일들이 찬찬히 지나갔다.

오늘은 피의자들을 꽤 냉정하게 대했다. 피해자 편에서 생각했고, 피해자를 위해 생각했고, 피해자의 입장이 되어 생각했다.

피의자들의 상처 받은 눈빛을 생각하면 아직도 마음이 콕콕 쑤시지만, 중요한 건 해를 입은 사람이다. 그녀는 마치 세뇌하듯 머릿속으로 피해자란 단어만 되뇌었다.

그러던 중 스탠드 불빛이 내려앉은 책상 위에 누군가의 긴 그림자가 드리워졌다. 고개를 들어 보니 도진이었다.

그는 책상 앞에 오더니 말없이 서류 더미를 뒤지기 시작했다. 아인은 그를 멀뚱히 바라보다가 오늘 처리한 사건들을 일부러 골라내 그의 앞으로 은근히 내밀었다. 피해자의 입장에서 가해자를 엄중히 벌한 사건이노라 알려주자는 뜻이었다. 도진은 책상에 걸터앉아 그녀가 내민 기록들을 스탠드에 비추었다.

사락사락 넘어가는 종이 소리를 들으며, 아인은 판결을 기다리듯 긴장했다.

잘했다고 할까? 잘했다고 하겠지? 죄지은 사람들 편 안 들고 혼내줬으니.

"넌 그냥 변호사 해라."

도진의 메마른 목소리가 들려왔다. 아인은 상처가 담긴 눈동자를 그에게로 들어 올렸다.

"검사 하지 말고."

옅은 스탠드 불빛뿐이지만, 도진이 얼마나 매정한 표정을 짓고 있는지는 알 수 있었다. 도진은 인상을 쓴 채 아인을 한참이나 쳐다보다가 밖으로 빠져나갔다.

그가 나간 후, 아인은 고개를 떨어뜨렸다.

나 진짜 싫어하나 보네. 이래도 싫고, 저래도 싫고.

에이, 아까 멈췄다고 생각했는데 덜 멈췄던 건가? 왜 또 눈물이 나는 거야?

스탠드만 켜진 방 안에서, 쓱쓱 눈물을 훔친다.


혼자가 되니 울컥한 기분이 차오르는 걸 도저히 누를 수가 없다.

아인은 양변기 위에 다리까지 끌어 올려 웅크리고 앉아서는 무릎에 얼굴을 파묻었다. 그저께 밤, 그리고 어젯밤 도진이 했던 말이 자꾸만 그녀를 때리며 아프게 했다.

내가 정말 검사로서 자격 미달인 걸까? 그렇게 싫어할 정도로?

결국 눈물이 났다. 그녀는 눈에 닿은 무릎이 축축하게 열기를 띠는 걸 느끼다가 저도 모르게 흐느끼는 소리를 입 밖으로 흘렸다.

공중화장실이란 걸 자각하고 얼른 입을 막았지만 한발 늦은 행동이었다. 밖에 있던 이가 소리를 탐색하듯 화장실 문을 열어 뒤지는 것 같더니, 곧 아인이 들어 있는 칸에다 노크 소리를 보냈다. 아인은 눈을 대충 닦고는 화장실 문을 열었다.

"어?"

노크를 한 이가 혜수였다. 아인은 얼른 돌아서서 눈을 더 닦아냈다. 그러곤 억지스러운 웃음과 함께 다시 혜수를 보았다.

혜수는 안타까운 눈빛으로 그녀를 보다가 급히 표정을 환하게 밝혔다. 그러면서 손에 들고 있던 봉지를 아인의 앞으로 불쑥 내밀었다.

"이거! 소화제야. 막내 속 안 좋다고 해서 사 왔어."

점심시간에 우울한 기분으로 말없이 밥만 먹던 중 혜수가 어디 아프냐고 물어보기에 속이 아프다고 둘러댄 터였다. 아인은 고마움을 느끼며 봉지를 받아 들었다.

"고맙습니다."

"고맙긴. 안에 양갱도 있어. 내가 좋아해서 샀는데 안 좋아하면 부장님 갖다 드려도 돼."

"안 싫어해요. 좋아해요."

"다행이네."

혜수는 아무렇지도 않은 척 씩 웃어 보이고는 얼른 돌아섰다. 그러고는 아인을 두고 얼른 화장실 밖으로 빠져나왔다.

밖으로 나온 그녀는 제 검사실보다도 먼저 다른 곳으로 성큼성큼 향했다.

"야! 권도진!"

방 안의 모든 이, 조사 중이던 피의자까지 깜짝 놀랐지만 도진만큼은 익숙한 듯 별 반응이 없었다. 모두의 시선이 쏠리자 혜수는 살짝 움찔했다가 목소리 톤을 살짝 낮췄다.

"권 검사, 잠깐 나 좀 보죠?"

말을 던진 후 홱 하니 돌아서서 먼저 휴게실로 향했다. 그녀가 한참 기다린 끝에 도진이 이쪽으로 느긋하게 다가왔다.

씩씩거리던 혜수는 주먹으로 도진을 세게 쾅 때렸다. 도진이 기분 나쁘다는 표정을 짓자 혜수가 한 대 더 때렸다.

"너 진짜 내가 이런 말 해봐야 소용없는 거 아는데!"

한 대 더 때리려다가 참고 손을 거두어들였다.

"막내한테 좀 잘해줘. 부탁이야."

"넌 부탁을 때리면서 하냐?"

전혀 협조적이지 않은 태도에 혜수는 발끈했다.

"맞을래? 너 진짜 세게 맞아볼래? 나 요즘 운동하는데 진짜 아프게 한번 맞아볼래? 진짜 눈물 나게 해줄까?"

"커피 마실래?"

결국 참지 못하고 한 대 더 콱 때렸다.

"사람이 심각하게 이야기하는데. 아, 마음 너무 안 좋아. 괜히 내가 부장님 부채질해서 너 같은 자식한테 그딴 소리 듣게 한 거 아닌가 싶어서. 화장실 갔더니 거기서 혼자 울고 있더라. 뭐 해? 뭐 뽑는 거야? 야, 나 밀크밖에 안 마시는 거 몰라?"

도진은 방금 뽑은 블랙커피를 제 입으로 가져가며 손에 들고 있던 동전을 혜수에게 툭툭 던져주었다. 그러고는 백 원 모자라다는 혜수의 말을 들은 척도 않고 제 방으로 사라져 버렸다.

그러고 보면 오늘은 도진과 말을 한마디도 섞지 않았다. 원래 먼저 말 걸어주진 않는 사람이니 자신이 먼저 질문하지 않는 이상 말 섞을 기회가 없는 게 당연하다는 생각을 하며 터덜터덜 퇴근길을 밟을 때였다.

복도에서 도진과 딱 맞닥뜨려 버렸다. 아인은 티가 날 정도로 흠칫거리며 걸음을 멈췄다.

오늘 온종일 본체만체 인사도 안 했다지만 이리 복도에서 정확히 둘만 딱 마주친 상황에서까지 그럴 수는 없었다. 아인은 가라앉은 목소리를 최대한 밝게 띄워 말을 건네보았다.

"지금 퇴근하시는 거예요?"

"어."

도진은 아인을 빤히 바라보았다. 뭔가 유심히 살피듯 그녀의 눈가를 뚫어지게 보던 그는 갑자기 손목시계에 시선을 박았다.

"아직 오늘이네."

그러고는 영문을 모르겠다는 표정을 짓는 아인을 다시 바라보았다. 그 상태로 한참 더 마주하다가 아인이 고개를 갸웃거리자 다시금 입을 열었다.

"내일은 국수 먹자."

그 말을 남기더니 돌아서서 가버렸다. 아인은 이유 모를 안도감 속에서 그의 뒷모습을 지켜보다가, 한참 후에야 다시 걸음을 내디뎠다.

전날 밤에도 그러더니 오늘 아침에도 또다. 청사 입구에서 도진과 딱 마주친 아인은 어쩔까 고민하다가 결국 모른 척할 순 없어 조심스럽게 다가갔다.

"안녕하세요, 선배님?"

"어."

"좋은 아침이네요. 날씨가 좋아요."

하하, 하고 어색하게 웃어보지만 돌아오는 반응은 없었다. 아인은 벌 받는 학생이 선생님 쫓아가듯 도진의 뒤를 따라 엘리베이터까지 걸었다.

엘리베이터 앞에 도착한 그녀는 용기를 내어 도진을 불렀다.

"저기, 선배님?"

도진이 쳐다봤다. 아인은 준비한 말을 뱉으려고 입을 벙긋거리다가 결국 포기했다.

"아니에요."

도진의 고개가 다시 저쪽으로 돌아간 후, 마음속으로 하고자 하는 말을 다시 한 번 가다듬었다. 그러면서 찬찬히 다시 말을 뱉을 기회를 살폈지만 좀처럼 용기는 나지 않고 시간만 갔다.

말을 꺼내기 전에 엘리베이터가 먼저 도착했다. 아인은 결국 그냥 다음 기회에 이야기하자, 그리 생각하며 엘리베이터 안에 몸을 실었다.

엘리베이터 제일 뒤쪽에 자리를 잡고 가만히 정면을 쳐다보는데 사람들이 쉴 새 없이 계속 밀려들었다. 아인은 사람들에게 자리를 내어주기 위해 한 발 옆으로 물러섰다.

한 발로는 부족해 두 발, 세 발. 그러다 도진에게 스쳤다. 그녀는 소스라치게 놀라며 어깨를 잔뜩 움츠렸다.

반대쪽으로 피했어야 한다고 뒤늦게 후회해봐야 소용없었다. 아인은 사람들에게 치이면서도 도진에게는 닿지 않기 위해 최선을 다해 버렸다. 다행히 아슬아슬한 와중에 더는 밀리지 않고 엘리베이터 문이 닫혔다. 그래도 거의 도진의 품에 들어가 있다시피 가까운 거리라 잔뜩 긴장한 채 한 칸씩 올라가는 숫자판만 뚫어져라 쳐다보았다.

그러다 문이 열리자 아인의 옆에 서 있던 사람이 급하게 내리면서 아인을 밀쳐버렸다. 긴장감으로 뻣뻣하게 굳어 있던 그녀는 단번에 중심을 잃고 휘청거렸다.

으아, 하고 눈을 질끈 감을 때였다. 뒤에서 누가 확 잡아채는 게 느껴졌다.

아인은 눈을 동그랗게 뜨며 숨을 멈췄다. 뒷머리와 등에서 누군가의 촉감이 느껴진다. 목 아래로 누군가의 팔이 보인다.

나 지금 안겨 있는 건가? 누구…….

으아! 아인은 깜짝 놀라며 똑바로 서려 했지만, 도진에게 붙들려 있기도 했거니와 힘이 들어가지 않아 무리였다. 당황해 어찌할 바를 모르고 그대로 있는데, 엘리베이터 문이 다시 닫히자 도진이 놓아주었다. 아인은 그가 놓아주었음에도 불구하고 기댄 채 굳어 있다가 갑자기 정신을 번쩍 차리며 똑바로 섰다.

아니, 솔직히 말하자면 정신은 다 못 차렸다. 정신이 없어 고맙다는 말도 미안하다는 말도 못 하고 뛰는 가슴만 진정시키던 그녀는, 이해할 수 없다는 눈빛으로 도진을 힐끗거렸다.

나 싫어하는 거 아니었던가? 나랑 말 섞기도 싫어서 무시하는 줄 알았는데.

도와주기도 하네…… 죽으라고 안 내버려 두고.

곧 엘리베이터 문이 열렸다. 도진이 먼저 내리는 걸 보고 아인도 조심스럽게 따라 내렸다.

"양쪽 말을 들어. 한쪽 말만 듣지 말고."

"예?"

도진이 걷다 말고 휙 뒤돌아봤다.

"가해자랑 한마디 했으면 피해자랑도 꼭 한마디는 하라고."

어어?

"나 비빔국수는 안 먹는다."

그 말을 끝으로 제 방으로 사라졌다. 멍청히 서 있던 그녀는 아주 오랜 시간이 지난 후에야 얼떨떨한 미소를 지을 수 있었다.

나 싫어하는 거 아닌가 보네…… 어? 안 싫어하는구나.

어? 나 안 싫은가 봐.

꿈속을 걷듯 걸어 제 방으로 들어섰다. 그리고 진심으로 활짝 웃으며 모두에게 아침 인사를 건넸다.

"무슨 좋은 일 있으세요?"

수줍은 듯 고개를 끄덕인 후 자리에 앉았다. 그리고 곧 하루의 업무를 시작했다.

어제 피의자들을 조사한 사건들을 아직 결재받지 않아 다행이 었다. 아인은 조서를 찬찬히 읽으며 피해자들에게 집적 연락을 해 보았다. 다짜고짜 합의는 절대 못 하니까 무조건 감방에 넣으라고 소리를 지르는 피해자도 있었지만, 오히려 피의자를 안타까워하 는 피해자도 있었다.

—지금 신고 취소하는 건 안 되겠죠?

"지금으로선 가해자가 처벌을 피할 순 없어요."

—아유, 내가 그때는 너무 화가 나서. 요즘 도둑이 워낙 많아가 지고요. 그럼 뭐, 어떻게, 그 사람 교도소 가요? 안 갔으면 싶은 데. 합의서인가 탄원서인가, 그런 거 써줘도 안 되나?

마음이 따뜻해지는 걸 느끼며 각종 절차를 알려주었다. 그리고 피해자로부터 그 사람 좀 잘 봐주라는 부탁까지 단단히 받은 후 전 화를 끊었다. 아인은 의자에 몸을 편안하게 기댄 채 좌로 우로 리 듬에 맞춰 움직이며 어제의 사건들을 정리했다. 그러다 곧 결연한 눈빛을 지으며 몸을 단정하게 멈추더니 어디론가 전화를 걸었다.

"민수 아버님, 안녕하세요? 저 김아인 검사입니다……."

꽤나 길고 힘찬 통화였다. 어제 그리고 그제와는 다르게 의욕적이고 밝은 그녀의 모습을 보고 실무관과 수사관도 일하면서 후 훗 하고 웃었다.

통화 후에도 끊임없이 명랑하게 의욕적이었다.

"와, 오늘은 시간 엄청 빨리 가네요. 식사 맛있게들 하세요."

점심시간 인사마저 신 났다. 아인은 답례 인사들을 들으며 먼저 밖으로 쪼르르 빠져나왔다.

"막내! 오늘은 뭐 먹어?"

혜수가 손뼉을 치며 묻는 순간 문이 열리며 도진이 모습을 드러냈다. 아인은 그를 의식하며 웃는 얼굴로 대답했다.

"국수 가게 괜찮은 데 있어서 예약했는데, 괜찮으신가요?"

"응, 나 국수 완전 좋아해."

"박 선배가 싫어하는 게 어디 있어요? 항상 완전 좋지."

강주가 놀리듯 던진 말에 혜수가 새침한 눈을 떴다.

"응, 없었는데 김강주가 싫어지려고 하네."

"어? 싫어하면 안 되는데. 싫어하지 마. 싫어하지 말라니까?"

둘이서 티격태격하며 먼저 툭툭 걸어갔다.

"뭐야? 누가 또 우리 박 검사 뿔나게 했어?"

부장님과 다른 선배들도 연이어 밖으로 나오며 강주와 혜수와 발걸음을 같이했다. 아인은 무리를 바짝 쫓지 않고 은근히 걸음을 늦추며, 제일 뒤에서 걷는 도진의 옆에 슬금슬금 다가갔다.

"있잖아요, 민수 아버님이요."

조심스럽게 말을 걸며 쳐다보자 무표정한 옆얼굴이 눈에 들어온다.

"그냥 벌금으로 약식기소하려고요. 제가 그냥 봐주고 싶어서

멋대로 그러는 게 아니고요! 피해자한테 전화해봤거든요?"

대꾸 한마디 없건만 아랑곳하지 않고 계속 말을 이어갔다.

"그런데 피해자도 처벌을 원치 않아요. 고소 취소할 수 없냐고, 가방이나 신발 같은 거 얼마 안 하는데 사람 감옥 보내기 싫다고 사정사정하시더라고요. 그러니까 제가 어쩔 수 있나요? 아주 공정하게, 피해자와 피의자 양쪽 입장을 다 생각해서 벌금으로 결정을 했지요."

어쩔 수 없었다는 듯 살짝 인상을 썼다가 곧 생글거리며 얼굴을 활짝 폈다.

"그런데 벌금도 부담될 것 같아서 제가 직접 전화해서요!"

드디어 이쪽을 쳐다봤다. 아인은 더욱더 흥겹게 종알거렸다.

"사회봉사로 대체 신청하시라고, 그것도 다 알려드렸어요. 잘 모르시는 것 같아서 제가 나중에 신청할 때 직접 도와드리기로 했어요."

도진은 아인을 보던 눈길을 거두며, 목이 뻐근한지 고개를 이리저리 움직이기 시작했다.

"저 잘했죠?"

비록 대꾸 한마디 없지만.

"잘했죠? 잘한 것 같죠?"

결코 굴하지 않고.

"저 계속 검사해도 될 것 같죠?"

끝까지 생글거린 결과.

"어, 계속해."

도진의 입이 열렸다. 아인의 미소가 한없이 짙어졌다.

솔직히 말하자면 오늘 아침까지만 해도 너무도 속상해서, 저를 미워하는 선배가 저도 미워서, 진심 반 심통 반으로 선언하려 했었다. 앞으로 다른 선배들한테 가르침 받을 테니 저를 신경 쓰지 말라고.

용기가 부족해 그 말 못 꺼낸 게 천만다행이지. 아인은 입을 가리며 풋 웃고는 걸음에 점점 속도를 내어 저 앞에 걸어가는 혜수에게로 붙었다. 그리고 곧 유쾌하게 사람들과 대화를 나누기 시작했다.

"양갱이 어때서요?"

"막내가 뭘 아네. 양갱이 어때서요?"

"아, 이 노처녀 참말로 못쓰겠네. 음식 가리는 법도 없고 양갱 같은 거나 좋아하고 말이야. 막내, 박혜수랑 놀지 마. 안 좋은 거 배워."

"그럼 저 누구랑 놀아요?"

"나랑 놀아, 나랑."

"에이, 귀찮아서 저 다른 사람한테 미루신 분이."

"누가 그래? 박혜수가 그래? 김강주야? 아니면 소검, 너냐?"

즐겁게 웃으며 뒤를 힐끔 보았다.

봄바람이 참 따사롭다. 그 속에서 찬찬히 걷는 이를 보니 왠지 더 웃음이 난다.

아인은 하늘을 향해 살며시 고개를 꺾었다.

맑다.

오늘은 아침부터 참 날씨가 좋다.

2부_ 외출

휘유웅. 덜컥덜컥.

비바람이 세차게 몰아치며 창문을 때리고, 그에 을씨년스러운 나뭇가지들이 저마다 괴기스러운 춤을 추며 음습한 실내에 그물 같은 그림자를 드리울 때.

"으악!"

"악!"

갑자기 뒤에서 소리를 지른 아빠 때문에 간이 바닥으로 떨어졌다. 아인은 한숨을 몰아쉬며 가슴을 쓸어내렸다.

"아빠 너무했다. 나 너무 놀랐다. 아, 아, 아, 놀라라."

"뭐 해? 이 좋은 주말 낮에 집에 틀어박혀서는? 귀신 영화 보냐? 재밌어?"

아빠가 음산한 풍경이 가득한 컴퓨터 화면을 가리키며 물었다.

아인은 아직도 놀란 가슴을 톡톡 다독이다가 모니터를 꺼버리고 는 바닥에 내려와 앉았다. 그리고 아빠가 챙겨 온 귤을 까며 입을 열었다.

"재미 하나도 없어. 그냥 담력 좀 키우려고."

"담력? 왜? 검찰청에서 수련회 가냐?"

"아니. 생각 못 하고 있었는데 어제 강주 선배님이 변사체 검시 나가는 거 보고 깨달았어. 원래 변사체가 발견되면 검사들이 타살인지 아닌지 검시를 하거든. 나도 곧 해야 할 텐데 겁나."

"그래서 간 좀 키워놓겠다고? 그런데 사람 죽은 몸이랑 시뻘건 귀신이랑 같겠냐? 저런 거 본다고 도움 안 될 것 같은데?"

"그런가?"

"병원 시체실 같은데 들어갈 수 있으면 딱 좋겠구만. 친구 중에 의사 없냐? 있으면 한번 물어보지?"

"나 학교 다닐 때 의대 다니던 친구 있어서 물어봤는데, 걔도 병원에선 병아리라서."

아빠는 심각한 신음을 흘리더니 갑자기 귤을 한입에 넣고 손을 탈탈 털었다. 그러더니 갑자기 등을 대고 누웠다.

"아빠 죽었다 생각하고 한번 봐봐라. 시체려니, 하고."

"뭐? 싫어!"

"안 하는 것보다는 안 낫냐? 나 아니면 이런 거 해줄 사람도 없으니까 한번 봐봐. 자, 나 숨 안 쉰다."

아인은 어이없다는 듯 웃다가 곧 목을 큼큼 가다듬고는 아빠 곁으로 다가갔다. 정말로 숨을 멈췄는지 평소라면 주기적으로 볼록볼록 움직였어야 할 아빠의 배가 미동도 없다. 아인은 배 위에 가만히 손가락을 가져다 댔다가 고개를 갸웃거렸다.

"음, 사인이 과식인가 봐요?"

"아하, 이것 참. 요새 입맛이 너무 돌더라니."

아빠가 한쪽 눈만 뜨며 대꾸했다.

"조금 덜 드셔야겠어요?"

"그냥 먹고 죽으련다. 아까 그거 컴퓨터 틀어봐. 무서운 거 틀어놓고 내가 이래 누워 있으면 진짜 시체 같지 않겠어?"

"됐어."

웃으며 퉁기자 아빠가 일어나 앉으며 손뼉을 탁 쳤다.

"아니면 네 엄마 잘 때 몰래 살짝 봐. 코 골다가 갑자기 컥컥하고 나서는 진짜 숨넘어간 것처럼 조용해지는데, 내가 놀라서 죽었나 안 죽었나 눈 뒤집어 본 게 한두 번이 아니거든?"

"하하, 됐어. 그게 무슨 소리야, 대체."

마주 보며 웃던 부녀는, 결국 시체 놀이는 관두고 여기가 폐란다, 여기가 심장이란다, 사람 갈비뼈가 총 몇 개란다 하며 아는 해부학 지식을 죄다 털어 논하고는 곧 대화의 장을 파했다.

아빠가 방에서 나간 후, 별생각 없이 모니터를 다시 켠 아인.

"으아!"

화면 가득 얼굴을 들이밀고 웃고 있는 처녀 귀신에게 놀라 식겁을 한 후, 결국 담력 훈련을 포기했다. 컴퓨터를 끄면서 어차피 당장 닥친 일도 아니니 미리 겁먹지 말자, 그리 생각했건만.

월요일, 부장실에서 회의를 마친 후 다들 편안하게 잡담을 나누던 중 부장님이 갑자기 무릎을 탁 쳤다.

"맞다, 검시 건 있다."

"또요? 저번 주 토요일에 강주가 검시 나가지 않았었나?"

소 검사의 말에 부장이 인상을 썼다.

"몰라. 이번에 누구 차례야?"

"김 검사 다음이면 박 검사 차례죠."

정 수석의 말에 혜수가 마녀처럼 씩 웃었다.

"전 안 가요."

"왜 안 가? 가야지. 임신했어? 임신한 거 아니면 가. 임신해도 꼬박꼬박 검시 잘 다니는 검사가 몇인데 시집도 안 간 처녀가! 잔 말 말고 썩 가."

"서럽네. 진짜 결혼을 하든가 해야지."

"그전에 남자부터 구해야지. 특수2부 그놈 아직도 생각 없어?"

혜수가 한숨과 함께 고개를 젓더니 턱으로 누군가를 가리켰다.

"권도진이 저한테 빚진 거 있어서 저 대신 한 번 가주기로 했어요. 권도진 시키세요."

모두의 시선이 도진에게 쏠렸다. 도진이 아무 말 없이 모두의 시선을 담담히 받아내기만 하자 강주가 대신 해명을 했다.

"저번에 권 선배가 가정폭력 건 하나 맡았잖습니까? 그때 박 선배가 좀 도와줬거든요."

모두의 눈에 아, 하는 눈빛이 스쳤다. 아인만이 무슨 소리인가 하고 고개를 까딱이는데 도진의 목소리가 들려왔다.

"제가 가죠."

그렇게 도진이 변사체 검시를 맡기로 하고 모두 부장실에서 빠져나왔다.

다른 모든 선배들이 각자의 방 안으로 들어가고 아인도 제 검사실의 문을 열 때였다.

"야."

도진이 불렀다. 그가 먼저 불러주는 건 이례적인 일이라 놀람을 금치 못하고 돌아섰다.

"예?"

"같이 갈래?"

그러니까 문제는 이례적이라는 것. 통상적이지 않다는 것. 흔치 않다는 것. 기록할 만한 일이라는 것.

그래서 얼떨결에 크게 네, 하고 대답해버린 게 문제였다.

"그…… 시신이 말이에요."

도진의 차를 타고 함께 검시를 하러 가는 길에, 조수석에 앉은 아인이 최대한 긴장하지 않은 척 말을 뱉어보았다.

"갑자기 살아나는 경우도 있다는데 그런 적은 없으셨어요?"

도진의 수사관인 한 계장이 웃는 소리가 뒷좌석으로부터 들려왔다. 아인은 그를 돌아보며 변명하듯 얼른 말을 뱉었다.

"살아나는 건 아니어도 배에 뭐가 차면 벌떡 일어나기도 한다던데?"

그래서 시체 닦다가 졸도했다는 사람 이야기를 분명히 들었는데 말이지. 아인의 표정은 심각해졌지만 한 계장의 웃음은 더 커졌다.

이런저런 질문을 더 쏟아내던 중 병원에 도착했다. 차에서 내린 아인은 심호흡으로 마음을 다잡은 후 침착하자고 수없이 되뇌며 병원 안으로 들어갔다.

병원은 그냥 아플 때 찾아와도 묘하게 위압감을 주는데 시신을 보러 왔다고 생각하니 걸음걸이마저 뻣뻣해진다. 그렇다고 거침없이 나아가는 도진의 앞에서 저 혼자 겁먹은 기색을 내보일 순 없었다. 아인은 일부러 평소보다 더 보폭을 크게 해서 성큼성큼 걸었다.

부자연스러운 미소까지 내걸며 아무렇지도 않은 척해보지만, 저도 모르게 꾹 닫아버린 입까지는 도저히 열리지 않았다.

"김 검사님?"

"예?"

한 계장이 부르는 소리에 흠칫 놀라며 대답하자 그가 난감하다는 표정으로 웃어 보였다.

"거기, 엄지 넣으셔야 하는데."

얼굴이 화르륵 붉어졌다. 아인은 부랴부랴 장갑의 방향을 돌려 제대로 끼며 수없이 반복하던 헛손질을 종료했다.

아인은 곧 소독약 냄새가 가득한 곳으로 들어섰다. 어둑한 공간을 보니 그저께 컴퓨터로 봤던 영상들이 기다렸다는 듯 뇌리에 스쳤다. 아인은 고개를 휘휘 저으며 입을 굳게 다물었다. 그리고 도진을 따라 부검 테이블로 천천히 다가갔다.

도진의 지시에 따라 영안실 직원이 시신을 덮고 있던 흰 천을 걷어냈다. 동시에 아인은 눈을 질끈 감았다.

괜찮아. 괜찮아. 괜찮다. 할 수 있어.

주먹을 꾹 쥐며 다시 눈을 떠 보니 도진의 차가운 눈이 저를 따갑게 찌르고 있었다. 아인은 얼른 보란 듯이 눈을 둥글게 키웠다.

그러자 도진의 눈이 부검 테이블 쪽으로 돌아갔다. 아인은 안도하며 도진의 눈빛을 슬금슬금 좇았다.

　가느다란 팔과 얇은 어깨, 머리카락이 차례대로 보인다. 시선을 조금 더 움직여보니 젊은 여성의 새파란 얼굴이 한눈에 들어왔다. 순간 몸의 모든 기능이 정지하는 듯한 기분을 느끼며 저도 모르게 눈을 감아버린 그녀는, 이러다가 도진에게 들키면 또 차가운 눈빛을 받아야 한다는 생각에 어떻게든 다시 눈을 뜨려 노력했다.

　눈 떠! 눈 뜨라고!

　하지만 한번 닫힌 눈꺼풀은 다시 움직일 줄을 모르고, 그에 속으로 발을 동동 굴러가며 스스로를 채찍질하고, 남몰래 심호흡을 수 번이나 하던 중.

　"너 손톱 기냐?"

　도진이 갑작스레 던진 질문에 아인은 얼른 눈을 뜨고 손을 꺼내 보여주었다. 아차, 장갑 때문에 손톱이 안 보이는구나, 주섬주섬 장갑을 벗으며 호기심을 드러냈다.

　"왜요?"

　"여자 손톱이 얼마나 잘 부러지나 보려고."

　장갑을 다 벗으니 손톱이 드러났다.

　"어? 짧네."

　아인이 민망한 듯 말하자 도진이 어이없다는 듯 쳐다보더니 다시 시신의 손을 향해 고개를 돌렸다. 다시 장갑을 잘 장착한 아인도 도진의 어깨너머로 그가 붙든 시신의 손을 힐끗거렸다.

　검지와 중지, 약지의 손톱 끝이 다 깨져 있었다. 아인은 호기심이 이는 걸 느끼며 조금 더 바짝 가까이 다가갔다. 미간을 찌푸린 채 시신의 손을 바라보던 그녀는 곧 반대쪽 손을 끌어다 잡고선 제 눈앞에 바짝 가져다 댔다. 그리고 코끝에서 시신의 손톱을 모조리 살핀 후 입을 열었다.

"잘은 몰라도 이 정도면 꽤 신경 써서 관리받은 손톱 같은데요? 다른 멀쩡한 손톱 보면 원래 길이가 그렇게 긴 것도 아니고, 뭘 세게 긁거나 하지 않는 이상 쉽게 부러지진 않을 것 같은데."

아인의 말에 도진이 심각한 표정을 지으며 한 계장을 보았다.

"손톱 밑에 피부 조각이 남아 있을 수 있어. 검사해야 할 것 같아."

도진의 말에 아인이 얼른 고개를 들었다.

"피부 조각이요? 타살인가요?"

"검사 요청해."

도진은 아인을 무시하고 한 계장을 지휘하기만 했다. 아인은 굴하지 않고 또 물었다.

"타살이에요?"

도진은 귀찮다는 표정으로 아인을 빤히 바라보았다. 평소라면 이쯤 쳐다보면 알아서 먼저 꼬리를 내릴 그녀지만 오늘은 의욕적으로 계속 도진의 눈을 마주했다.

"손톱이 사건 중에 부러졌을 가능성이 있다."

결국 도진의 말문이 열렸다. 아인은 눈을 빛내며 귀를 쫑긋 세웠다.

"그렇죠. 그럴 수 있죠!"

"그럼 죽어가던 시점에 손톱이 부러질 정도로 긁은 게 뭘까."

아인은 골똘히 생각해보았다. 변사자는 산속에서 나무에 목을 맨 채 아침에 발견되었다. 나무밖에 없는 곳에서 손톱이 부러질 만큼 단단하게 긁을 거라곤…… 마지막에 본능의 의해 살고 싶어졌다거나 아니면 다른 모종의 이유로 자기 자신을 세게 긁었다고 친다면 몸에 상처가 남았을 텐데 긁힌 자국은 없으니 스스로를 긁은 건 아니고…… 그럼 정말 변사자가 긁을 거라곤…….

"나무?"

나무뿐인데.

아인은 시신의 손을 다시 유심히 살펴보았다. 나무를 긁었다고 하기엔 손이 너무 멀쩡하다. 손톱에 나무껍질 같은 것도 남아 있지 않고 상처도 없고.

그럼 나무가 아니면 뭘까? 주변엔 나무밖에 없는데. 나무 말고 뭔가 있었다가 어디론가 사라졌나?

나무 외에 분명히 그곳에 존재했다가 후에 사라질 수 있고, 긁어도 큰 흔적이 남지 않으며 긁을 만한 이유가 있는 것이라면.

"가해자."

멍청하게 읊조리며 도진을 보았다. 그러다 의아한 눈을 떴다.

"그런데요, 이건 사건 중에 손톱이 부러졌다고 가정했을 때만 성립하는 거잖아요."

"어."

"그럼 사건 중에 부러진 게 아니면?"

"그럼 피부 조각이 안 나오겠지."

"나올 수도 있죠! 자살하기 전에 다른 사람이랑 싸웠으면."

"손톱이 부러질 정도로?"

"예."

"누군가와 손톱이 부러질 정도로 싸운 후에 자살을 했다……
의심해보는 게 당연한 거 아닌가?"

"어? 그러네. 그럼요, 싸운 게 아니라 다른……!"

도진이 이제 그만해라, 하는 표정으로 아인을 바라보았다. 아
인은 입을 꾹 다물며 시신의 얼굴을 바라보았다.

그러고 보니……. 갑자기 몸에 한기가 솟았다. 타살일지도 모
른다는 생각에 빠져 잊고 있었더니 이제껏 끝없이 주물럭거리던
게 시신의 손이다.

턱. 아인은 시신의 손을 떨어뜨렸다. 그러다 미안해져 사과할
마음으로 시신의 얼굴을 봤다가, 얼른 고개를 다시 돌려버리고는
있는 용기 없는 용기 다 짜내어 간신히 손만 다시 들었다. 떨어뜨
렸던 손을 자리에 곱게 놓아주고선, 아인은 시신에서 멀찌감치 떨
어졌다.

검시를 모두 끝낸 후 병원 밖으로 빠져나왔다. 아인은 도진의
지시에 따라 어디론가 사라지는 한 계장의 뒷모습을 지켜보다가,
제 양손을 내려다보았다.

방금 내가 만진 게 정말 시신이었나.

처음 시신을 대면했을 때의 소름이 온몸을 훑고 지나가며 그녀
를 떨게 했다. 아인은 눈을 감고 으으, 하는 소리를 내다가, 뺨에
와 닿는 도진의 시선을 느끼곤 흠칫거리며 옆을 바라보았다.

"아니에요! 저 하나도 안 무서워요."

묻지도 않은 말에 먼저 대답하며 손사래를 쳤다. 이깟 거 별거

아니라는 듯 호탕한 웃음을 짓는 것도 잊지 않았다.

한데 도진의 반응이 영 신통찮다. 어째 저를 못 믿는 것 같기도 하고.

왠지 겁먹었다는 인상을 주면 안 될 것 같단 말이다. 분명 실망하거나 한심해할 텐데. 어떻게 해야 겁이 없다는 걸 어필할 수 있을까.

"제가 혼자서 귀신 영화 같은 것도 잘 보는데……."

쭈뼛거리며 웅얼거리던 중 도진이 말했다.

"배고프다."

"뭐 드시고 싶으세요?"

선배의 배고프다는 말에, 반사적으로 대답하며 머릿속으로 메뉴와 가격을 계산했다. 밖에 나왔으니 굳이 밥 총무 노릇을 안 해도 된다는 걸 깨달은 건 이미 늦은 후였다.

"밥."

밥 진짜 좋아하는 것 같아……. 밥도 한두 가지여야 말이지. 어떤 밥이 좋을까, 한식 같은 게 좋겠지? 주변에 괜찮은 식당이 어디에 있나 두리번거리는데 도진이 어디론가 먼저 움직였다. 아인은 간판 읽기를 관두고 부랴부랴 따라갔다.

"내장탕 2인분 주십시오."

묻지도 않고 제멋대로 주문해버린다.

내장탕…… 원래도 잘 못 먹는데. 하물며 시신 보고 난 다음에 바로 내장 같은 걸 먹으라니. 저를 놀리려는 건가 싶지만, 그렇다고 대들 배짱은 없어 속으로 조용히 걱정만 했다.

평소라면 침묵을 견디기 힘들어서라도 뭐라고 입을 열었을 아인이 지금은 입을 꾹 다물고 있을 정도로, 내장탕에 대한 근심이 큰 가운데 식사가 한 상 차려졌다.

아인은 굳센 의지로 수저를 들었다. 수저 쥐는 것까지야 어렵지 않았지만, 탕에는 도저히 손가락이 가지 않아 밑반찬으로 깨작거리며 먹는데 도진의 시선이 느껴졌다. 아인이 끔뻑거리며 마주하자 그가 상 위로 손을 뻗더니 밥그릇을 통째로 들고 가버렸다.

"어어?"

왜…… 왜! 덜어 먹는 그릇도 따로 있는데!

내장탕 건더기에 듬뿍 절여져 돌아온 제 밥그릇을 허망하게 쳐다보았다. 그러다 약간의 원망을 담아 올려다보자 도진이 아까 시신 앞에서 눈 감았을 때보다도 더 차갑게 느껴지는 눈으로 저를 보고 있었다.

"먹어."

따질 용기도, 거절할 용기도 나지 않는다. 그저 네, 하고 작게 대답한 후 숟가락을 가져갔다.

아무리 내장은 제쳐놓고 밥알만 먹으면 되지, 그리 생각해도 마음속 깊은 곳에서 우러나오는 거부감을 어쩌질 못하니 자연히 수저를 움직이는 힘도, 횟수도 줄어만 갔다. 밥 먹고 싶은 생각이 안 드니 관심은 결국 밥 아닌 다른 곳으로 향했다.

그러고 보면 도진과는 사석에서 이리 둘만 마주한 게 처음이다. 다른 선배들은 업무 외에 휴게실에서 마주치거나 하면 이런저런 농담도 주고받고, 사생활 이야기도 하곤 하는데 도진은 마주쳐도 휙 쳐다보고 휙 가버리곤 했으니.

사적인 잡담을 좀 꺼내볼까. 무슨 이야기를 하지?

"요즘 드라마 하는 거 있잖아요!"

아, 화제를 잘못 선택한 것 같다. 이건 엄마 기분 달래줄 때 쓰는 화제고.

"제가 그저께 인터넷에서 공포 이야기, 뭐 이런 걸 봤는데요."

아, 이건 나한테 무리다. 겨우 잊은 걸 왜 다시 살려.

음, 무슨 이야기를 꺼내야 하지?

"주말엔 보통 뭐 하세요?"

"왜."

"아니, 그냥……"

아니, 그냥…… 너무 물어볼 게 없어서 그냥 꺼낸 말이에요. 진지하게 캐묻지 말아주세요.

"일해."

"주말에도요?"

"해야 하면."

"해야 하면? 안 해도 되면요?"

너무 캐물었나? 은근히 후회할 때.

"운동해."

귀가 솔깃해졌다.

"무슨 운동이요?"

음, 역시 너무 캐물었나? 그냥 아, 네, 하고 말 걸 그랬나.

"농구."

눈도 동그랗게 커졌다.

"와, 농구 잘하세요? 그거 뭐라 그러지? 페이드 어웨이? 이런 것도 하고 그러세요? 덩크슛도 하고? 누구랑 하세요? 농구도 뭐,

조기 축구회처럼 조기 농구회 같은 게 있는 거예요?"

이번엔 진짜 너무 캐물었다. 도진이 대답을 하지 않음에 스스로 납득을 한 그녀는, 민망함을 감추려 괜히 더 줄줄 늘어놓기 시작했다.

"일본 만화 중에 슬램덩크라고 있잖아요. 어릴 때 저희 오빠가 그 만화를 엄청 좋아해서 막 사들이고 그랬거든요. 솔직히 말하자면 다 큰 지금도 좋아해요. 하여튼 오빠 때문에 저도 봤는데 재밌더라고요? 멋있기도 하고. 농구 하는 사람 멋있어요. 전 잘 모르지만 가끔 동네 지나가다가 농구 하는 사람들 보면 멋있더라고요."

"야."

"예?"

너무 좋알거려서 거슬렸나?

"왜 안 먹어? 다 먹어."

"네."

"건더기도 먹어라."

"……네."

좋알거리기를 멈추고, 시키는 대로 밥 한 그릇을 다 비웠다. 내장들은 안 볼 때 몰래 버린 후 곧 식당을 빠져나왔다.


늦은 밤 집으로 돌아온 그녀는 당장 아빠를 붙들고 영웅담을 늘어놓기 시작했다.

"어! 진짜 차가워."

"썩는 냄새 같은 건 안 나더냐?"

"소독약 냄새 때문에 모르겠던데?"

그 뒤로도 손짓 발짓 섞어가며 열심히 이야기를 하자 엄마가 귤 바구니를 들고 오며 대화에 끼어들었다.

"그러니까 지금 억울하게 죽은 젊은 여자 주물럭거리다 왔다는 거네."

"응? 그렇지?"

엄마가 귤을 까며 뭔가 알겠다는 듯 고개를 끄덕였다.

"왜?"

"아니, 난 아까부터 누가 그렇게 네 옆에 가만히 앉아 있나 했더니 그 여자였구나?"

깜짝 놀라며 옆으로 고개를 돌리자 엄마가 반대쪽을 가리켰다.

"거기 말고. 이쪽에. 앉아 있잖아. 안 보여?"

"어, 엄마, 왜 그래?"

"안 보여? 지금 네 옆에, 여기 여자."

"하지 마!"

당장 소파에 등부터 댔다. 이런 이야기 들으면 항상 등 뒤가 제일 무섭더라. 그 상태로 몸을 부르르 떨던 그녀는 재미난 구경났다는 듯 웃고 있는 부모님을 보며 가슴을 쓸다가 곧 목욕하러 욕실로 들어갔다.

엄마 때문에 괜히 심장만 졸였네. 아인은 안심한 듯 허탈한 듯 웃다가 욕조의 수도꼭지를 틀고 머리를 빗기 시작했다.

몰랐더니 머리가 많이 길었다. 늘 묶고 다녀서 몰랐는데 미용실에 가서 한번 다듬어야 하려나 그리 생각하며 거울을 보는데 왠지 으스스한 기분이 들었다.

움찔하고 어깨를 움츠렸다. 거울 속 머리를 풀어 헤친 여자는 분명 자기 자신이란 걸 알면서도 선뜻 쳐다보기가 힘들었다. 왠지 등 뒤에 누가 있는 것 같고, 거울 속에서 누가 저를 바라보며 웃을 것만 같아 눈을 질끈 감았다.

한데 눈을 감았더니 청각이 맑아져 버린다. 욕조에 물 떨어지는 똑똑, 소리가 핏줄을 타고 흐르며 소름을 일으켰다.

"어, 어, 엄마!"

떨리는 목소리를 뱉었다.

"왜? 샴푸 다 떨어졌어?"

다행이다. 밖에 엄마가 있어. 급격하게 안심을 하며 한숨을 후 내쉬었다.

"아니. 엄마 나 씻고 나갈 때까지 자면 안 돼!"

애절하게 말하자 아빠가 네 엄마 드라마 끝날 때까지는 절대 안 자니 걱정 말라고 하신다. 아인은 안심하며 욕조 속으로 들어갔다.

물속에서 누가 튀어나오는 상상, 물이 피로 변하는 상상, 천장에서 누가 머리카락을 늘어뜨리는 상상 죄다 물리치고 욕실 밖으로 나온 그녀는, 결국 그날 밤 다 큰 계집애가 뭐 하는 짓이냐는 핀잔 속에서 엄마를 꼭 안고 잤다.


톡톡, 강주가 아인의 검사실 문을 부드럽게 두드린 후 커피를 권했다. 아인은 흔쾌히 승낙했다.

휴게실에 도착한 후 커피 한 잔 받아 들고는 어제 겪은 첫 검시에 대해 이야기를 나누었다. 약간의 과장을 곁들여 열심히 설명하자 강주는 고개를 끄덕이며 즐거이 들어주었다.

"그리고 나서 배고프다면서 내장탕 사주시는 거 있죠? 가뜩이나 소름 끼치는데."

아인이 원망을 가득 드러내자 강주가 소리 내어 웃었다.

"원래 그런 거야. 검시 처음 하러 가면 비위 강해지라고 선배들이 신경 써주는 차원에서 그런 거 사줘. 난 권 선배가 그걸 신경 써준 게 더 의외다."

신경 써준 거구나……. 그러게, 의외네, 그런 생각을 하고 있을 때였다.

"저리 가."

갑자기 강주가 뜻 모를 말을 뱉었다.

"네?"

"아니. 너 말고. 네 옆에 떠 있는 여자."

무심결에 휙휙 둘러보다가 얼굴이 하얗게 질렸다.

"지금 뭐라 그러셨어요?"

"어? 아, 네 옆에 여자가 하나 붙어서 계속 쫓아다니네."

"예?"

"몰랐어? 나 귀신 보잖아. 아마 어제 너 검시 갔을 때 붙은 애 같은데."

사뭇 심각하기까지 한 강주의 얼굴에 이게 농담인지 진담인지 구분도 안 되는데, 강주가 손을 뻗어 아인의 얼굴 옆을 휘휘 쓸었다.

"지금은 내가 보냈어. 커피 다 마실 때까진 안 올 거니까 걱정하지 마."

그럼 커피 다 마시고 난 후엔……?

"맛있게 먹어."

강주가 미소 가득한 얼굴로 굳은 아인의 어깨를 툭툭 쳐주고는 제 방으로 향했다.

"선배님! 지금 장난하신 거죠?"

손을 내밀어 다급하게 발발 떨며 물어도 돌아오는 건 잘 있으라는 손짓뿐. 아인은 섣불리 움직이지도 못하고 굳어 있다가 겨우 커피를 버린 후 겨우 제 방으로 돌아왔다.

일부러 의자에 등을 딱 대고 꼿꼿하게 앉았다. 왠지 모르게 왼쪽에서 한기가 느껴지지만 애써 외면했다.

출석한 고소인과 이야기를 나누다 보니 강주가 했던 말도, 왠지 모를 한기도 서서히 잊혀간다. 그리 아인이 공포 따위는 잊고 업무에 집중하고 있을 때 메신저를 통해 메시지가 왔다.

[막내 검사, 지금 머리 위에 앉은 사람 누구야?]

응? 하고 고개를 위로 들었다가 또 돌처럼 굳었다.

왜 점잖은 정 선배님까지 이러시는 거야!

다시금 상기된 공포에 한껏 몸을 움츠리자 고소인의 시선이 느껴졌다. 아인은 내색하지 않으려 애쓰며 조사를 끝마쳤다.

"후."

화장실에 온 아인은 거울을 보며 한숨을 내쉬었다. 오늘은 어째 평소보다 한층 더 피로하다. 뻐근한 어깨를 톡톡 두드리며 거울 속의 자기 자신을 바라보던 아인은 문득 생각했다.

혹시 어깨가 이렇게 무거운 이유가…….

"으!"

인상을 쓰며 고개를 세차게 내저었다. 그러면서 얼른 화장실 칸 안으로 들어갔다.

한데 좁은 공간 안으로 들어오니 어째 더 겁이 났다.

"괜찮아, 괜찮아."

무서움을 쫓기 위해 괜히 혼잣말을 뱉었건만, 목소리가 벽에 부딪혀 울리는 바람에 오히려 역효과였다. 게다가 지금 이 화장실 안에 자기 혼자뿐이라는 자각마저 더해져 이제까지와는 비교도 할 수 없는 공포가 스멀스멀 엄습했다.

괜찮겠지……?

겁에 질린 채 눈동자를 이리저리 굴리던 그녀가 무심결에 위를 쳐다본 순간이었다.

"아악!"

머, 머, 머리…… 머리카락!

머리카락!

아인은 너무 놀라 가슴을 붙든 채 거칠게 호흡을 했다. 차마 다시 위를 쳐다볼 생각은 못 하고 격앙된 숨소리만 뱉어내는데, 웃음소리가 들려왔다.

"하하, 미안, 미안. 나야. 놀랐어?"

놀라다 못해 눈물까지 난다. 아인이 숨을 몰아쉬자 혜수가 얼른 아인에게로 늘어뜨렸던 머리를 거두고 옆 칸에서 빠져나와 아인이 들어 있는 칸의 문을 톡톡 두드렸다.

"막내야, 많이 놀랐어? 미안해."

"선배님, 진짜…… 아, 정말……."

"하하, 진짜 미안, 그런데 진짜 재밌다. 하하하, 강주가 재미 있을 거라고 하긴 했지만 그래도 너무 재밌다."

"아, 저 진짜…… 진짜 너무 놀라서……."

자각 없이 눈물을 줄줄 흘리며 문을 열고 나오자 혜수가 그새 머리를 단정히 묶고 저를 향해 웃고 있었다. 혜수는 미안하다는 말과는 달리 재미있어 죽겠다는 듯 끝없이 웃으며 아인의 등을 토닥여주었다. 아인은 십년감수한 기분으로 가슴을 쓸며, 손과 눈을 씻고 밖으로 빠져나왔다.

후배 한번 놀려보겠다고 몇 시간 전부터 아인이 화장실 가기만 기다렸다가, 미영으로부터 연락을 받자마자 피의자 조사까지도 잠깐 멈추고 달려왔다는 혜수의 말을 들으니 화보다도 웃음이 났다. 아인은 아직도 눈물이 찔끔찔끔 나오는 눈을 손가락으로 닦으며 연신 가슴을 쓸어내렸다.

"청심환 하나 사다 줘?"

혜수가 아직도 즐거운 기색이 가득한 음성으로 물었다. 아인은 안도의 한숨 소리를 끝없이 뱉어내며 거절을 한 후 제 방으로 돌아왔다.

아인은 문 앞에까지 나와 참고인을 배웅했다. 참고인이 지팡이를 짚는 노인인 데다 여섯 시가 지날 때까지 잡아둔 바람에 송구한 마음이 한가득인 그녀였다.

"조심해서 가세요. 차 조심하시고요."

"됐어, 슨상님, 들어가. 나 혼자 갈 수 있당께."

할머니가 웃으며 손짓을 했다. 콜록거리며 엘리베이터로 향하는 할머니를 안쓰럽게 지켜보던 아인은 곧 제 책상으로 돌아왔다.

"검사님, 그럼 수고하십시오."

실무관과 수사관도 곧 퇴근을 했다. 혼자가 된 아인은 기지개를 쭉 켜며 의자에 몸을 축 늘어뜨렸다. 그 상태로 시계를 끔뻑끔뻑 쳐다보는데 노크 소리가 들려왔다.

"막내!"

부장님이었다.

"퇴근하세요?"

"응, 오늘은 집에 일이 있어서. 정 검사랑 소 검사도 오늘은 일찍 간다네? 그러니까 우리 저녁은 신경 안 써도 된다."

저녁 식사 때는 굳이 밥 총무 노릇 안 해도 되건만, 언제나 성실하게 선배들의 식사를 챙기는 막내를 위해 부장검사가 일부러 알려주었다.

"네, 조심히 들어가세요."

"어? 귀신?"

이젠 안 속는다. 아인이 피식 웃자 부장검사도 따라서 웃더니 간다는 말을 하고 자리를 떠났다.

아인은 지금부터 읽어야 할 서류를 탁탁 정리하면서 가만히 계산을 해보았다. 강주랑 혜수가 오늘이 무슨 기념일이라 데이트를 한다고 했다. 퇴근 시간 되면 바로 나간다고 했으니 저녁은 안 먹을 테고, 부장님이랑 정 선배님, 소 선배님을 빼면…… 남는 사람은 권 선배님뿐.

아인은 메신저를 쓸까 하다가 직접 움직이기를 택한 후 자리에서 일어섰다. 도진의 방 수사관과 실무관도 퇴근을 했는지 그는 혼자 있었다.

"선배님, 식사 안 하세요?"

도진이 책상에 놓인 빵을 들어 보였다. 아인은 고개를 끄덕인 후 조용히 제 방으로 돌아왔다.

혼자서는 밥 먹을 기분이 안 나서, 냉장고 옆에 놓여 있는 과자를 꺼내 들었다. 그걸로 저녁 식사를 간단히 해결하면서 아인은 사건 기록들을 읽었다.

"후음."

과자 몇 개 먹은 것도 식사라고, 뭘 먹고 나니 졸음이 밀려왔다. 게슴츠레한 눈으로 방금 읽은 문장을 읽고 또 읽던 그녀는 삼십 분만 눈을 붙였다가 일어나야겠다고 생각하며 책상에 엎드렸다. 그리고 금방 잠에 빠져들기 시작했다.

얼마나 잤을까. 서서히 현실 세계로 돌아오는 걸 느끼며 아인은 눈을 떴다. 아니, 뜨려 했다.

눈이 뜨이질 않았다. 지금 자신이 어디에 누워 있는지, 어떻게 누워 있는지 정확하게 인지할 수 있는 걸 보면 현실로 돌아온 건 분명한데 눈이 떠지지도, 몸이 움직이지도 않았다.

아인은 눈을 뜨려고 노력하며 손가락에 있는 힘껏 힘을 줘보았다. 하지만 마치 몸에 힘주는 법을 잊어버린 것처럼 힘은 손끝까지 닿지 않고 갑갑한 머리만 때렸다.

몸이 무겁고 힘 조절이 안 된다. 한데 그보다 더 견디기 힘든 건, 분명 눈을 감고 있는데도 눈앞의 풍경이 인식이 된다는 사실이었다. 책상 위의 각종 자재와 서류 더미가 선명히 눈에 들어왔다.

까딱, 손가락이 겨우 움직였다. 아인은 손가락으로 책상을 타다다닥 때리기 시작했다. 누구라도 와주길 바라며 계속해서 책상을 때리자 문 열리는 소리가 났다. 그와 함께 발소리가 들렸다.

발소리는 아인이 있는 곳으로 또각또각 다가왔다. 아인은 더 세차게 손으로 책상을 쳤다. 자신을 좀 깨워달라고 있는 힘껏 요청했다. 한데 다가온 이는 저를 깨워주지 않았다. 주변에서 계속 발소리를 내며 돌아다니기만 했다. 문이 열렸다가 닫히는 소리도 계속 들려왔다.

나를 좀 깨워줘!

그러다 문을 여닫고 발소리를 내는 자, 현실의 인물이 아님을 깨닫는 순간.

꺄아아악!

"헉."

순식간에 일어나 앉은 아인은 계속해서 숨을 몰아쉬었다. 어두운 검사실 내를 천천히 눈으로 훑던 그녀는, 방금 코앞에서 기괴한 표정으로 소리를 지르던 여자를 애써 잊으려 노력하며 얼른 일어나 사무실을 환하게 밝혔다.

그리고 다시 돌아와 의자에 앉은 후 마른침을 계속해서 삼키며 가슴을 꾹꾹 눌렀다.

정신이 들고 나니, 엎드려 있을 때 현실이라고 생각했던 것들이 사실은 현실이 아니었다는 걸 눈치챌 수 있었다. 감은 눈앞에 놓여 있던 서류 더미들은 사실 머리 뒤에 놓여 있었고, 손으로 책상을 탁탁 쳤다고 생각했더니 사실 손은 움직인 적도 없다.

꿈과 현실의 경계에서 몸이 마비되고 환상을 겪은 게다.

처음 있는 일은 아니었다. 예전부터 주로 공부하다가 잠깐 잘 때 몸이 움직이지 않고 마비되는가 싶더니 발소리나 혹은 뭔가 톡톡 부딪치는 소리, 혹은 사람이 웅얼거리는 소리를 듣곤 했었다. 친구들이나 부모님에게 말하면 가위눌린 거라고 말을 하지만 아인은 절대 인정하지 않았었다.

그럴 리 없다. 심신이 허약하고 기가 쇠해져서 마비 증상이 왔을 뿐이야! 공부하다 잘 때만 그런 거 보면 단순한 마비일 게 분명해! 그렇게 우겨왔었지만 이번엔 무리였다.

어제 검시했던 변사체의 시퍼런 얼굴과 조금 전 저를 향해 소리를 지르던 얼굴이 차례로 스쳐 지나가고 인터넷에서 봤던 귀신의 영상들도 떠올랐다. 네 옆에 있다는 둥, 머리에 앉았다는 둥 장난을 걸던 선배들의 말이 상기되며 오한이 들었다.

아까 박 선배님이 청심환 사준달 때 받았어야 했는데.

양옆으로 혹은 위로 고개를 돌리지 못하고 가만히 굳어 있다가, 결국 혜수가 화장실에서 저에게로 늘어뜨렸던 긴 머리카락을 떠올려낸 아인은 얼른 자리에서 일어섰다. 그리고 서류 더미와 간단한 필기구를 챙겨서는 급하게 제 검사실을 빠져나왔다.

다행이다. 아직 퇴근하지 않았어.

아인은 극도의 안도감을 느끼며 노크를 했다.

"저기."

도진의 눈길을 느끼며 안으로 살금살금 들어갔다. 그녀는 순서를 바꿔 빈 테이블에 먼저 자리를 잡고 앉은 후에야 도진으로부터 허락을 구했다.

"저 여기서 일해도 돼요?"

거절하지 못하게 테이블에 서류와 필기구를 늘어놓기 시작했다. 도진이 인상을 쓰는 게 보였지만 꿋꿋하게 모른 척했다.

"고맙습니다."

얼른 대답을 해버리고는 서류로 시선을 옮겼다. 그녀는 서류에 집중하는 척하다가 도진의 시선이 저에게서 거둬지는 걸 느끼고는 몰래 후, 하고 숨을 내쉬었다.

실내공간에 단 혼자 있을 때와 둘이 있을 때 느끼는 공포와 안도감의 차이는 단순히 두 배가 아니었다. 백만 배쯤 안정이 되고 그로 인해 기록을 검토하는 일도 술술 풀려갔다. 아인은 꽤 오랜 시간 동안 꼼짝 않는 집중력을 발휘하며 기록을 유심히 읽었다.

"뭐 좀 먹을래?"

뜻밖에 들려온 목소리에 집중을 깨고 고개를 들었다. 도진이 냉장고 문 앞에서 저를 바라보고 있었다. 아인은 반가운 기분으로 고개를 크게 끄덕였다.

"네."

"뭐?"

사실 아까 도진이 빵을 먹는 걸 볼 때부터 먹고 싶은 게 있었더랬다. 구하기 귀찮아서 대충 과자로 허기를 달래고 말았지만.

"샌드위치요! 이왕이면 방금 만든 거."

도진이 말없이 빤히 쳐다보았다. 아인은 생글거리며 마주하다가 하하, 하고 어색한 웃음을 흘렸다.

"그냥 아무거나……."

도진이 계속 쳐다보더니 밖으로 나갔다. 아인은 내가 너무 오버했나 하는 생각에 머리를 긁적이다가 다시 서류에 눈을 박았다.

얼마 후 도진이 돌아왔다. 그는 아인의 곁으로 다가와 손에 든 봉지 속에서 샌드위치를 꺼내 들었다. 아인은 의외라는 눈을 뜨며 샌드위치를 받아 들었다.

"저 때문에 사 오신 거예요?"

"어."

"와, 사 오실 줄 몰랐어요. 그냥 아무거나 던지면서 먹어, 이러실 줄 알았는데."

"내가 뭐 먹을 거냐고 물었잖아."

아인이 샌드위치를 까며 귀를 기울였다.

"뱉은 말에 책임은 져야지."

"하긴 선배님은 정말 책임감이 넘치시는 것 같아요. 어제도 박 선배님 대신에 검시 가신 거잖아요?"

도진이 대꾸 없이 샌드위치를 물었다. 아인도 따라 한 입 베며 다시 입을 열었다.

"그런데 박 선배님한테 무슨 도움을 받으신 거예요? 검시 대신 가 주기로 한 대신에?"

그가 대답 없이 우유를 마셨다. 아인도 따라 마시며 다시 입을 열었다.

"가정폭력? 박 선배님이 증거 찾아주시기라도 한 거예요?"

"너 왜 네 방 두고 여기서 일해?"

도진이 화제를 바꾸었다. 아인은 방금까지 하던 말을 잊고 금방 새 화제에 적응했다.

"아, 그게…… 제가 혼자 있다가 꿈을 좀 안 좋은 걸 꿔서."

"무슨 꿈."

"그냥 뭐, 가위 비슷하게 뭐. 그냥 뭐…… 귀신…… 나와
서…… 그랬어요."

"겁 없다며?"

"네? 아니, 없죠! 없는데, 전기도 좀 아낄 겸."

"불 켜고 왔던데?"

음, 이 사람한테 취조당하는 피의자 마음이 딱 이러려나. 아인
은 입을 꾹 다물고 샌드위치만 씹다가 다시 은근히 입을 열었다.

"선배님 무서우실까 봐요."

도진이 어이없다는 듯 미간을 잔뜩 찌푸렸다.

"어제 시신도 보셨고, 보니까 한 계장님이랑 고 실무관님도
퇴근한 것 같고…… 혼자 계시면 무서우실까 봐."

무리수란 걸 너무도 잘 알지만, 나 겁 많다고 인정해버리면 절
대 안 될 것 같아서, 그랬다간 또 검사 하지 말란 소리나 들을 것
같아서, 넌 바보냐 하고 누가 머릿속에서 발을 동동 구르지만 무
시하고 말을 드문드문 이었다. 그러다가 도진의 눈빛에 한심함이
스칠 때 결국 포기하고 이실직고했다.

"귀신은 솔직히 무섭잖아요. 그래도……."

도진이 어디 한번 계속 변명해보라는 표정을 짓고 있었다. 아
인은 우유를 마시는 척 한참이나 입을 다물고 있다가 다시 말을
이었다.

"시신 같은 거, 저 잘 만지기도 했고, 끔찍하게 사고당한 사람
도 계속 보다 보면 익숙해질 거고. 그러니까 검사하는 데는 별 지
장 없어요, 귀신 좀 무서워해도."

숨을 죽이며 반응을 기다리는데 도진이 샌드위치를 벌써 다 먹

고 일어서는 게 보였다. 그는 샌드위치 포장지와 우유 팩을 쓰레기통에 던지더니 아인을 힐끗 보았다.

"일해."

오, 별말 안 한다. 아인은 웃는 얼굴로 샌드위치를 열심히 먹은 후 다시 기록 읽기에 집중했다. 그러다 슬며시 늘어지며 도진에게로 기록을 내밀었다.

"후음, 선배님, 이거 정당방위로 봐도 되지 않을까요?"

도진은 아인이 내민 기록을 보다가 이내 기록 위에 연필로 낙서하듯 줄을 쓱쓱 그었다.

"정신 차리고 다시 읽어."

"네……."

질문을 하고 민망해하길 반복하며 열심히 일에 빠져들었다.

열 시가 넘어가자 꾸벅꾸벅 졸음이 밀려왔다. 아인은 고개를 몇 번 떨어뜨리다가 테이블에 뺨을 대고 누웠다. 그 상태로 기록을 읽는 둥 마는 둥 뒤적거리던 그녀는 결국 눈꺼풀을 이기지 못하고 서서히 정신을 놓았다.

열 시 반쯤, 도진은 오늘 할 일을 끝내고 자리에서 일어섰다. 그러다가 테이블에 엎어져 있는 아인을 발견하고는 가만히 내려다보았다.

시계와 아인을 번갈아 보았다. 이미 깔끔하게 다 정리한 서류도 쳐다보았다. 그는 다시 아인을 바라보다가 재킷과 가방을 집어들었다. 그러고는 불을 끄고 검사실 밖으로 나갔다.

열한 시쯤, 정문 바깥까지 나갔다가 다시 돌아온 그는 인상을 잔뜩 쓴 채 어둠 속에 놓여 있는 아인을 뚫어져라 바라보았다. 뼈근한 목덜미를 붙잡던 그는 결국 다시 검사실 내의 불을 밝히고 안으로 들어섰다.

캐비닛에서 내일 읽어도 좋을 기록들을 꺼내 든다. 의자에 눕듯이 편안하게 기댄 채 기록을 느긋하게 읽기 시작한다.

자정을 향해 달리기 시작하는 시계 소리만 가득하다.


아인은 느리게 이성을 되찾아가다가 갑자기 눈을 번쩍 뜨며 일어나 앉았다. 언제 잠들어버린 건지. 아직 일도 다 못 끝냈는데 시계는 벌써 자정을 넘어가고 있었다.

족히 한 시간 반은 잔 것 같다. 엎드려서 한 시간 반이라니. 수능 공부, 사시 공부할 때였다면 눈물을 흘리며 통탄했을 수면 시간이라고 생각하며 기지개를 쭉 켤 때, 도진의 모습이 눈에 들어왔다.

그는 의자에 기댄 채 잠들어 있었다. 다른 이에 비하면 단정하지만 평소보다는 약간 흐트러진 그의 모습을 보니 생소함을 넘어 신기하기까지 했다. 그에 홀린 듯 그를 쳐다보는데, 갑자기 도진의 손에 들려 있던 서류가 바닥으로 툭 떨어졌다.

깰 줄 알았더니 안 깬다. 멀뚱히 쳐다보던 아인은 조심조심 자리에서 일어서 그의 곁으로 다가갔다. 그리고 그를 건드리지 않도록 조심하며 바닥에 떨어진 서류로 손을 뻗었다.

서류 줍는 것도 일이라고 숨이 모자란다. 숨을 후, 하고 길게 내쉬며 서류를 책상 위에 놓은 그녀는, 돌아서다가 문득 도진의 얼굴에 시선을 꽂았다.

왠지 흥미가 생긴다. 아인은 그의 얼굴 곁으로 서서히 제 얼굴을 가져가 그의 모습을 뜯어보기 시작했다.

자는 얼굴은 별로 안 무섭다. 눈이 감겨서 그런가 보다. 이 선배는 사람 쳐다보는 눈이 무서우니.

고개를 옆으로 살짝 꺾었다.

잘 때도 이 꽉 다물고 인상 쓸 줄 알았더니 의외네. 티 나지 않을 만큼 살짝 열린 입술이 평온하게 새근거리는 걸 보니 내가 아는 사람이 맞나 싶다.

그의 콧대를 따라 미끄럼을 타듯 물끄러미 시선을 옮겨 그의 감긴 눈을 바라보았다. 도톰하게 감긴 그의 눈꺼풀과 그 눈꺼풀을 받쳐주는 듯한 속눈썹을 한 시야에 담아 지그시 바라보았다.

왜일까.

갑자기 묘한 기분이 들면서 서서히 가슴이 뛰기 시작했다.

간지러운 기분이 들며 자꾸만 숨을 멈추게 된다.

내가 남자 얼굴을 이리 가까이서 본 적이 없어서 긴장했나, 그리 생각하는 순간.

갑자기 열린 도진의 눈에 아인은 소스라치게 놀라며 뒤로 물러났다. 그녀는 도진의 따가운 눈길을 받아내지 못하고 시선을 여기저기 마구 꽂다가 어색한 웃음을 하하하 하고 흘렸다.

"하, 서류가 떨어져서……."

도진이 똑바로 허리를 세우고 앉았다. 아인은 뭐라도 더 변명을 할까 하다가 관두고 제자리로 돌아갔다.

일하는 중에 눈길이 몇 번이고 도진을 향해 돌아가려고 하는 걸 간신히 붙들면서 그녀는 의아해했다. 대체 아까의 그 묘한 느낌은 뭐지?

쉽사리 답을 찾지 못하고 아직도 뛰는 가슴을 서서히 진정시켜 나갈 때, 휴대폰이 울렸다. 발신자를 보니 집이었다.

－왜 안 와? 새벽이야! 거기서 밤새울 거야?

자느라고 일을 다 못 마쳤지만, 오늘은 그만하는 게 좋을 것 같았다. 너무 늦은 데다 조금 전의 묘한 기분 때문에 집중도 안 되고.

"선배님, 전 이만 들어가 볼게요. 엄마가 걱정하시네요."

도진은 아인의 말을 들으며 시계를 보았다. 자정이 지나 새로운 하루가 열린 시점이다. 그는 손에 들고 있던 서류를 놓으며 입을 열었다.

"데려다 줄게."

"안 그러셔도 되는데! 택시 타고 가도 돼요."

겉으로는 거부했지만 내심 기뻤다. 아인은 못 이기는 척 그를 따라나섰다. 그리고 평소보다 짧게 느껴지는 퇴근길을 밟아 집 앞에 금방 도착했다.

"조심해서 가세요. 운전하다 졸지 마시고요."

"어. 가라."

도진의 차가 멀리 사라지는 모습을 보면서 아인은 또 고개를 옆으로 살포시 꺾었다.

아까의 그 느낌은 정말 뭐였을까.

"아, 모르겠다."

피식 웃어버리고는 대문의 벨을 눌렀다.

늦게 귀가하는 바람에 늦게 잠들었고, 늦게 잠드는 바람에 늦게 일어났다.

"밥 먹고 가야지!"

"시간 없어! 나, 가요!"

검찰청은 출근 시간이 엄격한 데다, 가끔 청사 현관에서 지각 여부를 조사하기까지 한다. 그에 아인은 지각하지 않기 위해 모든 수를 다 동원했다. 달리고 또 달리고, 택시를 잡고, 택시 아저씨를 닦달하고, 안 믿던 하나님에게 기도도 하고.

그랬는데도 지각을 해버렸다. 다행히 현관에서 조사하지는 않았지만 스스로 제 발 저려 하며 검사실로 살금살금 향했다.

가는 길에 도진의 검사실을 힐끗 보니 그는 벌써 누군가를 조사하고 있었다. 저보다도 늦게 집에 들어갔을 게 분명한데 지각도 안 한 것 같다. 아인은 민망해지는 걸 느끼며 제 검사실로 슬쩍 들어갔다.

일을 하면서 계속 메신저를 흘낏거리곤 했다. 어제 도진이 뭐 먹을 거냐고 물어보기도 하고, 데려다 주는 호의까지 베풀었기에, 또 뭔가 배려 가득한, 아니, 배려 같은 건 없어도 뭐라도 말을 걸어주지 않을까 하는 기대 심리에서였다. 하지만 기다리는 메시지는 도통 오지 않고, 점심시간 때도 말 한마디 못 섞었다. 게다가 오늘은 퇴근도 일찍 하더라.

어째 한마디도 먼저 걸어주질 않네. 좀 친해졌나 했더니 착각이었나.

가라앉는 기분을 훌훌 털어버리려 애쓰며 야간 업무에 집중했다. 언젠가는 일주일 내내 칼퇴근하는 날이 오게 하리라 다짐을 하며 의욕적으로 결정문을 써 내려간다.

2

금요일 오후가 되었다.

이번 주 주말엔 오빠에게 만화책을 잔뜩 빌려 밤새워서 읽어야지, 하는 생각을 하며 마음을 잔뜩 부풀린 아인의 눈에 흥미를 끄는 존재가 잡혔다. 아인은 우뚝 서서 그 존재를 눈으로 좇다가, 얼른 무릎을 굽히고 앉았다. 그리고 그 존재가 제 앞을 바로 스칠 때쯤 손을 내밀어 덥석 붙들었다.

"왜? 왜 울어?"

법을 다루는 검찰청사 안에 아직 초등학교도 안 들어갔을 법한 남자애가 울면서 돌아다니는 모습이라니 시선이 가지 않는 게 더 신기했다. 아인이 남자애를 붙든 채 부모가 어디에 있나 찾으려는데, 갑자기 아이의 울음이 더 커졌다. 아인은 화들짝 놀라며 아이를 안아 들었다.

"나 나쁜 사람 아니야. 검사 누나야."

울음을 그칠 줄 모른다. 아인은 남자애를 어르며 눈물을 닦아주었다.

"검사 몰라? 경찰 알지? 경찰 같은 거야."

경찰은 아나 보다. 울음이 잦아든 게 느껴졌다.

"엄마는 어디 계셔?"

"몰라요."

그러더니 또 운다. 아무래도 엄마를 잃어버린 설움 때문에 우는 듯했다. 아인은 남자애의 등을 토닥여주며 좌우를 휘휘 살폈다. 어디서도 아이의 엄마로 보이는 이를 못 찾은 그녀는 대신 강주를 발견했다.

"뭐야, 친척?"

"아니요. 엄마 잃어버렸나 봐요."

대답하며 양팔을 한 번씩 툴툴 털자 강주가 픽 웃었다.

"무거워?"

아인은 고개를 끄덕였다. 애라고 무시했더니 꽤 무겁다.

"그런데 왜 안고 있어?"

"달래줘야 할 것 같아서요."

남자애는 아인의 어깨에 눈을 파묻은 채 여전히 울고 있었다. 강주는 어쩔 수 없다는 표정을 짓다가 아인을 향해 손을 뻗었다. 그리고 그대로 아이를 받아 갔다.

"인마, 사내자식이 뭐 때문에 울어? 응?"

남자애는 겁먹었는지 순간 울음을 멈췄지만, 곧 다시 인상을 잔뜩 구기며 한을 쏟아내기 시작했다. 아인은 기겁을 했다.

"울지 마. 이 아저씨도 경찰이야. 안 무서워해도 돼."

그러다 뭔가 생각난 듯 휴대폰을 꺼내 들었다. 버튼을 꾹꾹 눌러 인터넷에 접속한 그녀는 곧 휴대폰을 우는 아이의 얼굴 앞에 들이밀었다.

"자, 뽀로로. 뽀로로 안 좋아해?"

아이는 언제 울었느냐는 듯이 입을 꾹 다물고 휴대폰 화면에 빠져들었다. 아인은 흐뭇하게 웃으며 아이를 쓰다듬었다.

"재밌지? 맞다, 까까 줄까?"

애가 대답하기도 전에 얼른 움직여 냉장고 옆에 놓여 있던 비스킷을 몇 개 들고 왔다.

비스킷을 작게 잘라 한 조각 먹인 후, 다음 조각은 주는 척하다가 애가 입을 벌리자 제 입에 쏙 넣어버렸다. 그러자 애가 재미있다는 듯 웃었다. 아인은 맛있다는 말을 연발하며 나머지 조각을 아이에게 먹였다.

"재민아!"

그러다 외치는 소리가 나기에 돌아보니 웬 여자가 이쪽으로 급히 다가오고 있었다.

"어휴, 어디 갔었어? 엄마가 화장실 앞에 있으라고 했잖아. 애가, 지도 남자라고 여자화장실은 죽어도 안 들어간다고 해서 잠깐 세워뒀는데. 허우, 제가 잘못했어요. 재민이 너! 앞으로 고집부릴 거야, 안 부릴 거야?"

기껏 달래놓은 아이를 또 때려서 울린다. 아인은 팔을 발발 떨다가 얼른 과자 하나를 챙겨 내밀었다.

"이거 몸에 나쁜 거 아니에요. 애한테 먹여도 될 거예요."

"어머, 뭐 이런 걸 다. 재민이, 고맙습니다, 해야지?"

"고맙습니다."

애가 꾸벅 인사를 하자 엄마도 고맙다는 말을 뱉었다.

아이 엄마는 연신 굽실거리며 인사를 한 후 애를 데리고 사라졌다. 애가 돌아보며 손을 흔들자 아인도 손을 흔들어주었다.

그러다가 등 뒤에서 따가운 시선이 느껴져 돌아보니 혜수가 팔짱을 낀 채 가느다란 눈을 뜨고 있었다. 그리고 그녀의 옆에서 도진이 저와 강주를 물끄러미 바라보고 있었다.

"막내, 애기 잘 보네?"

칭찬은 그 종류를 막론하고 무조건 좋다.

"야, 내일 막내 데리고 가."

혜수가 도진을 쿡 찌르며 말했다.

"네? 어디를요?"

"권도진이 내일 아주 중요한 참고인 만나러 가야 하거든."

"출장 조사 가시는 거예요?"

"출장 조사라기보다는 워낙 입을 안 여니까 제발 입 좀 열어주십사 설득하러 가는 거지."

"아. 그런데 왜 제가 거길?"

혜수가 풋, 하고 웃었다.

"가보면 알아. 갈 거지?"

"뭐, 저는 괜찮지만……."

기껏해야 만화책 잔뜩 읽겠다는 계획만 포기하면 되니.

"잘됐다. 난 내일 바빠서 같이 못 가주겠더라고. 친구로서 참 마음이 안 좋았는데 잘됐다. 그렇지, 도진아?"

안 어울리게 다정한 목소리를 뱉으며 도진을 쿡쿡 찌르자 도진이 귀찮다는 표정을 지었다.

"그럼 내일 아침 열 시? 열 시면 되겠지? 권도진, 너 막내네 집 알지? 내일 열 시까지 데리러 가. 막내, 열 시 괜찮지?"

"네, 네."

"좋아. 해산. 난 내일 있을 데이트나 준비하러 가야겠다."

혜수가 말을 흘리며 사라지자 강주의 입꼬리가 쓱 올라갔다. 그 모습을 보고 아인도 따라 웃는데 도진의 말소리가 들려왔다.

"열한 시. 열 시까진 무리다."

그리고 도진도 사라졌다. 아인은 만화책을 보겠단 계획을 접으며 저도 제 검사실로 향했다.


도진은 제가 말한 걸 책임이라도 지듯 정말 딱 열한 시에 아인의 집 앞에 도착했다. 미리 나와서 기다리다가 다리가 아파서 잠깐 앉았던 아인은 부랴부랴 일어서 도진의 차에 탔다.

방긋 인사를 전하는데 도진의 시선이 제 얼굴이 아니라 몸에 박혀 있단 걸 깨달았다. 아인은 그 눈을 쫓아 제 몸을 내려다보다가 머리를 긁적였다.

옷차림이 마음에 안 드는 건가. 적어도 청바지 말고 면바지 정도는 입을 걸 그랬나.

"출근할 때처럼 입을까 하다가 그냥 주말이고 해서 편하게 입었는데, 가서 갈아입고 올까요?"

"아니."

도진은 간단하게 대답한 후 차를 출발시켰다. 아인은 머리에 눌러쓴 야구 모자를 꾹꾹 누르며 도진의 눈치를 살피다가 챙겨 나온 사탕을 하나 꺼내 도진에게 내밀었다.

하지만 도진이 거절하는 바람에 결국 까서 제 입에 넣었다. 그 사탕이 다 녹을 때쯤 차가 멈춰 섰다.

차에서 내려 잠시간 걷자 웬 초등학교가 보였다. 도진은 교문 앞에 멈춰 섰다. 아인도 따라 멈춰 섰다.

잠시 후 방과 후 수업을 마친 아이들이 학교 밖으로 빠져나오기 시작했다. 도진은 잠깐 지켜보더니 곧 혼자서 이쪽으로 걸어오는 어느 아이에게로 천천히 다가갔다.

아이는 도진을 보고 경계하더니 갑자기 내빼기 시작했다. 하지만 가방도 무겁고 길도 험해 제대로 달려보지도 못하고 급기야 넘어지기까지 했다. 아인은 깜짝 놀라며 아이에게 다가갔다.

"괜찮아?"

얼른 일으켜 먼지를 털어주다가 아이의 울음을 참는 얼굴과 마주했다. 아인이 안타까운 표정을 지으며 아이의 머리를 쓰다듬어주자, 아이는 다시 달리기 시작했다. 그러다가 대충 거리가 벌어지자 달리기를 멈추고 천천히 걸었다.

도진은 말없이 그 아이의 뒤를 따르기 시작했고 아인도 얼른 따라나섰다. 아이는 계속 뒤를 살피며 앞으로 계속 걸어 나갔다.

"설마 참고인이?"

아인이 적당한 거리 앞에서 더 멀어지지도 가까워지지도 않는 아이를 가리켰다. 도진은 어, 하고 대답했다.

아이가 참고인이라니 기분이 신선하다.

"이름이 뭐예요?"

"정태현."

"음, 태현이."

앞서 가던 태현은 갑자기 방향을 꺾었다. 이러다 놓치면 어쩌나 싶은데 도진은 걱정되지 않는지 속도에 변함이 없었다. 아인은 그저 잠자코 걸었다.

태현이 방향을 꺾었던 곳에서 똑같이 방향을 꺾어가며 웬 허름한 아파트 단지 안에 들어섰다. 이 정도면 재개발을 해야 하지 않을까 하는 생각을 하며 걷던 아인의 눈에 작은 머리가 들어왔다. 중간에 놓쳤던 태현이 벤치에 앉아 있는 뒷모습이었다.

아무래도 아픈 다리를 만지고 있는 것 같았다. 아인은 걸음을 멈추며 도진을 붙들었다.

"잠시만요, 이거. 애들은 이런 거 좋아하잖아요."

아인은 여기 오는 차 안에서 까먹었던 사탕을 새로이 하나 꺼내 도진의 손에 올려주었다. 도진은 사탕을 내려다보다가 태현에게로 다가갔다. 아인은 도진이 어찌하나 슬며시 지켜보았다.

태현의 앞에 당도한 도진은 우뚝 서더니 가만히 내려다보기 시작했다. 태현이 그림자를 느껴 올려다보자, 도진은 말없이 팔을 내밀었다.

"먹어."

한참 지나도 태현이 받지 않자 내밀고 있던 손을 편다. 툭 떨어뜨린다. 사탕이 태현의 무릎에 떨어져 내렸다. 주워줄 생각도 않고 손을 거둬 주머니에 꽂는 도진의 모습을 보면서 아인은 황당하다는 표정을 지었다.

"아빠가 모르는 사람이 주는 거 먹지 말랬어!"

"너 나 몰라?"

"몰라!"

"너 나 알잖아. 왜 거짓말을 하지?"

저기…… 상대는 어린애라고…… 아무리 많게 봐도 기껏해야 열 살 됐을까 싶은 어린애!

태현은 결국 울기 시작했고 아인은 부리나케 다가갔다. 그리고 태현의 무릎 위에 놓인 사탕을 얼른 집어 들어 올렸다.

"울지 마, 울지 마. 이거 먹어도 돼. 나쁜 사람이 주는 건 절대 먹으면 안 되는데! 우린 안 나빠."

아인은 말을 하다 말고 가방을 뒤졌다. 그러더니 검찰 배지를 꺼내 보여주었다.

"판사 들어봤어? 뭔지 알아?"

태현이 울면서 고개를 끄덕이자 아인이 기특하다는 듯 어깨를 톡톡 쳐주었다.

"그럼 검사는?"

"알아. 저 아저씨 검사잖아!"

태현이 더 크게 울며 소리를 버럭 질렀다. 아인은 가느다란 눈으로 도진을 올려다보다가 다시 태현에게로 방긋 웃어 보였다.

"나쁜 사람이 아니란 건 아는 거네? 사탕 싫어? 초콜릿 줄까?"

나도 참 문제다. 애가 울면 자꾸 뭘 먹이려고 하네. 그러면 엄마들이 싫어할 텐데. 뭘 사 먹이는 짓은 최대한 하지 말자고 생각하며 화제를 살짝 바꾸었다.

"우선 다쳤으니까 집에 가서 약부터 바르자."

태현의 얼굴에 어둠이 스치더니 대답 없이 입을 꾹 다물었다.

"집에 가기 싫어? 밖에 있을 거야?"

고개 끄덕임도, 대답도 없었지만 긍정이란 것쯤은 눈치챌 수 있었다. 아인은 결국 방금 먹은 마음을 깨고 유쾌하게 목소리를 높였다.

"떡볶이 사줄게, 가자!"

태현은 계속 경계하면서도 군말 없이 따랐다. 아인은 우선 약국에 들러 간단한 치료를 해준 후 태현을 분식집으로 데려갔다.

가는 내내 아인은 태현에게 어떤 말을 건네야 할지 고르고 또 골랐다. 처음 만나는 어린이에게 대체 무슨 말을 해야 하는 건지. 도진에게 할 말을 찾을 때보다 왠지 더 힘겨운 기분이다. 도진이야 말 걸었다가 안 받아주면 그뿐이지만 애는 그런 게 아니니.

"뭐 먹을래?"

결국 이렇다 할 말을 찾지 못하고 갈등만 하다가, 제일 먼저 꺼낸 말이 메뉴를 묻는 것이었다. 잠깐 기다려주던 아인은, 처음 보는 어른에게 선뜻 제가 좋아하는 걸 말할 수 있는 어린애는 별로 없을 것으로 생각하며 메뉴판을 다시 제 앞으로 끌어왔다.

"나는 순대 먹을 거야. 너 순대 싫어해?"

"아니요."

"그럼 순대랑 그리고 떡볶이랑…… 튀김은 기름 많아서 안 돼. 몸에 안 좋아. 음, 김밥이랑, 어? 만두다. 나 만두 먹고 싶은데. 만두도 튀기면 어떡하지? 어떻게 할까, 만두?"

부모님에게 자주 보이던 울상을 짓자 태현이 아주 옅게 웃으며 고개를 내저었다.

"그지? 안 먹는 게 좋겠지? 모자라면 더 시키자."

메뉴를 주문하고 기다리기 시작했다. 아인이 손가락을 까딱이며 또 무슨 말을 할까 골똘히 생각하는데 갑자기 태현이 일어나 움직였다. 태현은 정수기로 가서 물 두 잔을 받아 오더니 아인의 앞에 하나 놓고 제 앞에 하나 놓았다.

"우와, 고마워. 내가 가도 되는데."

"이런 거는 남자가 해야 하는데."

"그래?"

"아빠가 그랬어요."

"아빠가? 와, 멋진 아버지시다."

생각을 깊게 하느라 그런지 갈증이 났는데 잘됐다. 물 한 잔을 한 번에 비운 후, 아인은 맞은편에 앉은 도진을 끔뻑끔뻑 바라보았다. 도진이 그 시선을 담담히 받아내자 아인은 그에게로 빈 컵을 내밀었다.

도진이 인상을 썼다. 아인은 태현을 가리키며 배시시 웃었다.

"태현이가 하는 말 못 들으셨어요?"

태현이 물을 마시며 동그란 눈으로 도진을 지켜보고 있었다. 도진은 태현의 순수한 눈과 아인의 빛나는 눈빛을 탐탁지 않은 눈길로 번갈아 보다가 컵을 받아 들고 자리에서 일어섰다.

아인이 참지 못하고 쿡쿡 웃자 태현도 따라서 웃는 얼굴을 지었다. 그러다 도진이 제자리에 돌아오자 아인은 태현을 향해 입에 검지를 가져가 보이며 간신히 웃음을 그쳤다.

곧 주문한 메뉴가 나왔다. 아인은 즐겁게 먹기 시작했다.

"야, 나도 하트 떡볶이! 너 혼자 다 먹으면 어떻게 해? 나 줘.

내 거야. 넌 그냥 저거 먹어. 어어? 안 놔?"

태현과 함께 볼록한 쌀 덩어리를 포크로 같이 꾹꾹 눌러가며 신 나게도 먹는다. 그러다 아인이 입가를 닦아주자 태현은 거부하지 않고 가만히 있었다. 그 모습을 물끄러미 바라보면서 도진은 입에 김밥 두 조각을 한 번에 집어넣었다.

"아줌마, 검사 맞아요?"

음, 역시 옷을 잘못 입었나.

"나 검사 맞아. 아까 배지도 보여줬잖아?"

태현은 눈길을 슬쩍 돌려 도진을 바라보았다. 도진이 마주 보자 또 눈길을 쓱 거두며 떡볶이를 입에 넣고 오물거렸다.

분식집에서 나온 이후엔 아이스크림도 하나씩 사 들었다. 아인과 태현은 투덕투덕 장난을 치며 아이스크림을 나눠 먹은 후 곧 벤치에 자리를 잡고 앉았다. 뒤에서 홀로 음료수를 마시며 찬찬히 따르던 도진도 옆에 가서 몸을 낮췄다.

앞을 바라보며 아이스크림 먹기에 열중하던 아인은 문득 태현의 시선이 멀리 농구대에 꽂혀 움직일 줄 모른다는 걸 깨닫고 눈을 동그랗게 떴다.

"농구 하고 싶어?"

"나한텐 농구공 없는데……."

하고 싶어 하는 기색이 역력했다. 아인은 반가움을 느끼며 자리에서 일어섰다.

"잠시만 여기서 기다려."

여기 오는 길에 대형 마트를 봤었다. 아인은 얼른 그곳을 향해 달리듯 움직였다.

그녀가 시야에서 사라지자 도진이 태현에게 다가가, 방금까지 아인이 앉아 있던 자리에 앉았다. 그는 태현처럼 농구대에 시선을 꽂은 채 가만히 입을 열었다.

"너."

태현이 도진을 올려다보았다.

"너한테 낯선 사람이 주는 거 먹지 말라고 하고, 물은 남자가 떠 오는 거라고 가르쳐준 아빠가, 옛날 아빠야?"

"아니요."

태현은 무심결에 대답하고는 다시 농구대를 바라보았다. 도진은 더 입을 열지 않았다.

"짠! 선물."

돌아온 아인은 방금 산 농구공을 태현에게 내밀었다. 태현은 만남 이래 처음으로 소리 내어 웃더니 농구대를 향해 힘차게 달려갔다. 아인은 허리를 펴며 도진에게 반짝이는 눈을 떠 보였다.

"가서 같이하세요. 농구 할 줄 아시잖아요?"

도진이 쓱 쳐다봤다.

"같이 놀아주는 것만큼 애들이랑 친해지기 쉬운 방법이 어디 있어요? 얼른요."

아인이 도진을 살짝 밀었지만 도진은 꿈쩍도 않고 태현을 주시하기만 했다. 아인은 내심 실망하며 손을 떼고 팔짱을 꼈다.

나 같으면 농구 아니라 럭비나 미식축구라도 같이 해주겠다.

그리 생각하며 속으로 투덜거리고 있을 때 도진이 천천히 재킷을 벗고 넥타이를 풀기 시작했다. 아인은 살짝 놀란 눈으로 그를 바라보다가, 그가 넥타이를 만지는 손길에 묘한 긴장을 느껴 숨을 죽였다. 도진이 재킷과 넥타이를 바닥에 던진 후 맨 위의 단추를 풀며 앞으로 나아가자, 아인은 고개를 살살 내저으며 눈을 감았다가 떴다.

도진이 양손을 내밀자 태현이 패스해주었다. 도진은 농구공을 바닥에 몇 번 탁탁 튕기다가 다시 태현에게 던져주었다.

아인은 도진의 재킷과 넥타이를 챙겨 바닥에 자리를 잡고 앉았다. 그녀가 자리에 앉자 공이 높게 포물선을 그렸다. 방금 태현이 골을 향해 던진 공이었다.

공이 골대에 맞고 튕겨 나오는가 싶더니 도진이 뛰어올랐다. 그가 공을 낚아채는 순간, 아인의 눈이 커졌다.

도진은 공을 바닥에 탁탁 튕기며 3점슛 라인 밖으로 걸어 나갔다. 계속해서 공을 탁탁 튕기며 골대를 올려다보던 그는 잠시 후 태현에게로 시선을 꽂았다. 태현이 승리욕을 내비치며 꽤 그럴듯하게 방어 태세를 취하자 도진도 자세를 살짝 낮췄다. 그리고 본격적으로 드리블을 하며 골대로 다가가기 시작했다.

태현이 도진을 막기 위해 팔을 뻗었지만 키도, 움직임도 따라가지 못한다. 도진은 가볍게 한 골을 성공시켰다.

뭘까, 이 느낌. 두근거린다.

도진이 바닥에 떨어진 공을 주워 태현에게로 던지자 태현이 얼른 3점슛 라인 밖을 향해 달려갔다. 그리고 도진에 비해 많이 어색한 손길로 드리블을 하며 엉거주춤 달리기 시작했다.

탁, 도진이 공을 빼앗아버렸다. 도진은 살짝살짝 몸을 틀어 태현을 따돌리며 3점슛 라인을 넘었다. 그리고 그 자리에서 바로 공을 휙 던졌다.

긴 포물선을 지나 골인.

"와."

턱을 괸 채 앉아 있던 아인의 입에서 옅은 탄성이 흘렀다. 그녀는 사로잡힌 듯 도진에게서 시선을 떼지 못하다가 한참 후 문득 의아한 눈빛을 흘렸다.

농구 잘하는 사람 꽤나 많이 봤다. 당장 피를 나눈 오빠부터 그렇고, 농구장에 가면 난다 긴다 하는 프로 선수가 몇인데.

그들을 볼 때도 잘한다는 감탄을 쏟긴 했지만, 이번엔 뭔가 다르다. 잘한다는 것 외에 뭔가 하나 더.

바람이 가볍고 보드랍게 불어와 아인을 스쳐 지나갔다.

별다를 바 없는 도회지의 공기이건만.

도진을 스치고 지나가는 바람이 아인의 눈동자를 잡았다.

저이는 꼭 홀로 초원의 한가운데에 있는 것 같아.

왜인지 아련한 기분이 들었다.

문득 바람결을 따라 그녀의 눈동자도 산들 흔들렸다.

"안 돼!"

태현이 소리를 지르자 주문이 먹히기라도 한 듯 도진이 방금 던진 공이 골대에 맞고 튕겨 나왔다. 태현은 씩씩거리며 달려가 공을 줍더니 무작정 골을 향해 마구 던지기 시작했다.

지치지도 않고 계속 펄쩍펄쩍 뛰던 태현은, 공이 또 도진의 손에 들어가자 마구 달려들고, 붙들고, 매달리며 육탄전을 벌이기 시작했다.

그러니 좀 상대가 된다. 태현은 드리블도 없이 공을 들고 무작정 뛰어 골 밑으로 간 후 급하게 슛을 시도했다.

저렇게 열심히 하는데도 어째 한 골이 안 들어갈까. 하늘에서 떨어져 내린 공은 다시 도진의 손아귀에 들어가고, 도진은 온갖 반칙을 일삼는 태현을 상대로 조금 전보다는 약간 더 성의가 담긴, 하지만 여유롭기 짝이 없는 모습으로 공을 놀렸다.

살짝살짝 몸의 방향을 틀어가며 태현을 애태우던 그가 일순간 속도를 붙여 뛰어오르는가 싶더니.

아인은 손에서 턱을 떼고 그대로 굳었다.

마치 시간이 늘어난 것처럼. 도진이 허공을 갈라 가벼운 덩크에 성공할 때까지의 그 짧은 순간을 누군가 잡고 쭉 당긴 것처럼.

아니, 아예 멈춘 것 같아. 눈앞의 장면이 마치 그림처럼.

그래, 그림처럼.

숨을 쉴 수조차 없을 만큼 강하게 뇌리에 박혔다.

잘한다는 것 외에 하나 더.

……아름답다는 것.

아인은 살짝 인상을 쓰며 도진을 바라보았다. 쿵쿵 뛰는 가슴에 손을 가져갈 때, 언젠가 분명 느낀 적 있는 감정이 그녀를 휘감았다.

말로 설명할 수 없는 묘한 기분…… 살짝 멍한 듯하면서 열뜨고, 그에 몽롱함마저 느껴지지만 선명하고 정확하게 지금 이 순간을 각인시키게 되는.

아인은 주먹을 꾹 쥐었다. 과거, 지금과 똑같은 기분을 느꼈을 때 각인된 기억 하나가 그녀의 심장을 더 거칠게 뛰게 했다.

코앞에서 바라봤던 도진의 얼굴이 찬찬히 스친다. 넋을 놓고 도진을 응시하던 아인의 입이 아주 살짝 벌어졌다.

"하."

그렇구나…… 그런 거구나…….

마음이 따뜻하게 차오르며 몸에 힘이 빠진다.

나, 좋아하는구나, 저 사람.

햇살을 받으며 손가락 위에서 공을 돌리고 있는 도진을 아인은 하염없이 바라보았다. 왠지 모르게 아픈 마음이 들어 미간을 살짝 찌푸린 채, 질리지도 않고 계속 바라보았다.

"흐엉엉. 난 다리 다쳤는데……."

얼마쯤 지났을까. 그녀의 몽롱한 기분을 흩어버리는 소음이 들려왔다. 정신을 차려보니 태현이 울고 있었다.

"봐주면 되냐?"

"싫어! 봐주지 마!"

계속 져서 속상한가 보다. 아인은 아이고, 한숨을 뱉어내다가 태현에게 쪼르르 다가갔다. 그러고선 눈높이를 맞추며 태현의 어깨를 붙들었다.

"저 아저씨 나쁘다. 나랑 하자!"

아인이 팔을 걷은 후 모자를 꾹꾹 눌렀다. 자세를 낮추며 손뼉을 탁탁 치자 태현이 울음을 뚝 그치고 공을 드리블하며 달리기 시작했다.

이제껏 구경이나 했지, 직접 해본 경험이라곤 고등학교 체육시간 때 시험 치기 위해 어쩔 수 없이 몇 번 던진 숫밖에 없고, 원체 몸놀림이 둔한 그녀로선 아무리 아이라고는 해도 농구에 관심있어 이것저것 연습을 해본 태현을 도저히 따라갈 수 없었다.

결국 아인은 헥헥거리며 패배를 선언했다. 태현은 눈물진 얼굴로 환하게 웃으며 농구공을 양손으로 휘휘 돌렸다.

"시간이 많이 지났네. 이제 집에 갈까?"

태현은 살짝 망설이다가 곧 고개를 끄덕였다. 아인은 태현의 손을 붙잡은 후에야 녀석의 집이 어딘지 모른다는 사실을 자각해 냈다. 그녀는 고개를 돌려 도진을 바라보았다.

도진은 어느새 단정히 넥타이와 재킷을 차려입은 채 아인을 바라보고 있었다. 아인은 왠지 눈을 마주치기 힘들어 슬쩍 시선을 비끼면서 입을 열었다.

"안내 좀 해주세요."

도진이 다가와 아인의 곁에 섰다. 아인은 긴장이 되는 걸 느끼며 마른침을 삼켰다.

좋아한다는 사실을 인식해버려서일까. 평소에도 내가 이 사람을 의식한다는 걸 은근히 느끼긴 했지만, 그와는 비교도 안 되게끔 강하게 몸이 굳는다. 아인이 후, 하고 숨을 뱉어낼 때 태현이 아인을 올려다보았다.

"있잖아요…… 아빠 나 안 때렸어요……."

그러면서 고개를 떨어뜨린다. 아인이 무슨 소리인지 몰라 고개를 까딱일 때 도진의 목소리가 들려왔다.

"엄마는?"

태현의 대답이 없다. 아인은 상황을 파악하기 위해 눈을 가느다랗게 떴다.

"너 지금 아빠랑 살고 싶어?"

도진의 목소리가 다시 한 번 들려왔다. 태현은 떨어뜨린 고개를 끄덕끄덕 움직였다.

그걸로 대화는 끝났다. 허름한 아파트의 입구에 도착한 아인은 태현의 손을 놓아준 후 밝게 웃어 보였다.

"씻고 약 꼭 발라. 상처 나서 딱지 생기면 절대 뜯지 말고."

"네. 안녕히 계세요."

음, 이 상황에선 '안녕히 가세요.'가 맞는 것 같은데 말이지.

태현은 뒤를 힐끔힐끔 보다가 계단 위로 뛰어 올라갔다. 아인은 그 모습을 씁쓸하게 쳐다보다가 벌써 저만치 걸어가고 있는 도진의 곁으로 총총히 뛰었다.

"농구 잘하시던데요? 슬램덩크 보셨어요? 윤대협 같았어요. 제가 거기서 제일 좋아하는 캐릭터예요."

"안 봤어."

"……네."

차가 세워진 곳까지 천천히 걸으니 어느덧 시간이 오후 다섯 시를 훌쩍 넘고 있었다. 곧 여섯 시가 될 테니 함께 저녁을 먹어도 될 텐데, 하는 생각을 하며 어쩔까 갈등하던 그녀는 좀처럼 기회를 잡지 못하고 뜬 소리만 뱉었다.

"그, 어, 사탕이…… 음, 레몬 맛이 제일 맛있는 것 같아요."

또 같이 저녁 드실래요? 하는 말을 자연스럽게 꺼내지 못하고 헛소리다. 아인은 내가 대체 무슨 소릴 하는 거냐 한심해하며 씁쓸하게 차에 올랐다.

그러다 원망 어린 눈빛으로 차 앞유리를 훑었다.

먼저 밥 먹자 소리 좀 해주면 안 되나? 저녁 시간 다 돼서 후배랑 같이 있으면 선배로서 당연히 배 안 고프냐고 챙겨주는 게 인지상정이지.

"음, 저……."

한참 후 또다시 용기를 내어 목소리를 짜냈다.

"선배님은 무슨 맛 사탕이 제일 좋으세요?"

됐다. 포기하자. 무리다.

"레몬."

"어? 저도 그런데!"

"알아. 방금 말했잖아."

음, 그냥 입을 다물자. 그렇게 생각하며 침묵을 지키다가 결국 집 앞에 도착했다. 아인은 아쉬움이 가득 묻어나는 손길로 느릿느릿 안전벨트를 풀었다.

"오늘 수고했어."

평소라면 이 선배가 웬일로 이런 말을 해주나 싶어 무작정 기뻤을 테지만, 오늘은 오히려 더 진한 아쉬움만 남긴다. 아인은 모기 기어가는 목소리로 대답한 후 차에서 내렸다.

차는 곧 출발했다. 아인은 허무하고 지치는 마음을 안고 차가 떠나는 모습을 바라보다가 힘없이 벨을 딸각 눌렀다.


아인은 주말 내내 멍하니, 도진과 관련된 이런저런 사색에 잠겨 있다가 설레는 마음으로 출근했다. 출근 시간도 자연스레 빨라졌다.

평소보다 한참이나 이른 시간에 출근해서는 도진과 마주치는 순간만 은근히 기대하며 기다렸던 그녀이건만, 오늘은 도진이 오전에 현장 조사를 나가버려 마주치기는커녕 메신저에서도 보질 못했다. 오전 조사가 오래 걸리는지 점심마저 불참했다.

그러다 늦은 오후가 되어서야 비로소 기회가 생겼다.

"어?"

도진을 보고 한 번, 도진의 옆에 선 이를 보고 두 번 웃었다.

"태현아!"

태현의 옆에는 웬 여성이 서 있었다. 아인은 직감적으로 그녀가 태현의 엄마란 걸 알아냈다. 아인이 그녀를 향해 묵례하자 그녀도 고개를 숙였다.

"바쁘냐?"

도진이 아인을 향해 물었다.

"아니요. 조사는 이제 다 끝나서."

"그럼 좀 따라와."

도진은 이렇다 할 설명도 없이 제 할 말만 하고는 태현과 태현의 엄마를 데리고 어디론가 향했다. 아인이 따라가 보니 그가 도착한 곳은 여성아동조사실이었다.

"여기서 잠깐 기다려."

도진은 그렇게 말한 후 아인을 세워두고 조사실 안으로 들어가버렸다. 아인은 유치원 교실 같은 여성아동조사실 휴게실에 혼자 멀뚱히 남아 머리를 긁적거리다가 동화책을 하나 꺼내 읽기 시작했다.

조사실 내부.

지금 녹화가 진행되고 있다는 간단히 사실을 알린 후, 도진은 태현을 바라보기 시작했다. 그러자 태현도 멀뚱멀뚱 도진을 올려다보았다.

말없이 서로를 쳐다보기만 하는 두 사람 사이에서 태현의 엄마는 당혹스러운 표정을 짓더니 도진을 향해 검사님? 하고 불렀다. 도진은 태현의 엄마를 잠깐 본 후 재킷 주머니에서 뭔가를 꺼내 들었다.

작은 초콜릿이었다.

"괜찮겠습니까?"

우선 부모의 동의부터 구했다. 태현의 엄마는 고맙다는 말과 함께 활짝 웃었다. 그러면서 태현의 머리를 쓰다듬었다.

"고맙습니다, 해야지?"

도진은 태현을 향해 손을 뻗었다. 태현은 손을 테이블 아래로 내린 채 가만히 앉아 도진을 바라보며 그가 짓고 있는 표정과 똑같은 표정을 지어 보였다. 딱딱한 무표정.

주는 걸 받지는 않고 저를 가만히 응시하기만 하는 태현을 보며, 도진은 초콜릿을 제 앞으로 가져왔다. 그리고 직접 껍질을 까기 시작했다. 그리고 다시 내밀었다.

하지만 초콜릿의 껍질만 사라졌다 뿐, 좀 전과 똑같다. 도진은 무뚝뚝하게 내밀고 있고, 태현은 무뚝뚝하게 바라만 보고. 그러다 도진의 입이 열렸다.

"검사 아줌마가 준 거다."

그러자 태현의 표정이 풀렸다. 태현은 도진의 손에 들려 있던 초콜릿을 작은 손에 받은 후 입으로 넣었다. 도진은 그 모습을 여전한 표정으로 지켜보다가 곧 조사를 시작했다.

"아빠가 너를 때렸어?"

오늘도 태현은 말이 없다. 초콜릿을 씹기만 했다. 그러자 태현의 엄마가 도진의 눈치를 살피며 태현을 톡톡 쳤다.

"얘가 왜 이럴까, 얼른 검사님한테 말씀드려야지?"

"아빠가 엄마를 때렸어?"

태현은 또 대답하지 않았다. 이젠 익숙하다 못해 지치기까지 하는 태현의 묵비권에 도진의 수사관이 몰래 한숨을 내쉬었다.

"애 보는 앞에서 정말 많이 팼어요. 아마 충격이 커서……."

"태현이에게 물었습니다."

단칼에 태현 엄마의 발언을 거부한 후, 도진은 살짝 숨을 삼켰다. 그러고는 벌써 다 녹아 사라지고 없을 초콜릿을 아직도 씹는 척하는 태현을 향해, 이제까지와는 살짝 다른 질문을 던졌다.

"아침 뭐 먹었어?"

태현의 눈에 당황이 스치는가 싶더니, 이건 대답해도 되겠다 싶었는지 조심스럽게 입술이 움직이기 시작했다.

"아침 안 먹었어요."

"어제는?"

"원래 아침 안 먹어요."

"너만 안 먹는 거야?"

"아니요."

"제가 아침잠이 많아서, 원래 아침은 잘 못 챙겨줘요. 건강 생각해서 챙겨주려고는 하는데……."

두 사람이 문답을 하는 중에 태현의 엄마가 또 끼어들었다. 도진은 무시하고 태현에게 다음 질문을 뱉었다.

"어제 저녁은 먹었어?"

태현이 고개를 끄덕였다.

"뭐 먹었는데?"

"짜장면."

"엄마랑?"

"아니요."

"그럼 아빠랑?"

태현이 혼란스러워하다가 다시 입을 꾹 다물었다.

"엄마랑은 언제 같이 밥 먹었어?"

태현의 눈이 울 것 같다. 도진은 허리를 곧추세우며 서류를 넘겼다. 그러다가 은근히 입을 열었다.

"밖에 나가면 검사 아줌마 있어."

태현의 귀가 솔깃해졌다.

"대답하면 검사 아줌마랑 놀게 해줄게."

태현은 엄마의 눈치를 살피다가 울기 시작했다. 그러더니 외치듯 뱉었다.

"엄마는 나랑 밥 안 먹어!"

도진이 한 계장에게 눈짓을 하자 한 계장이 일어서 문을 열었다. 그리고 얼마 지나지 않아 아인이 들어와 우는 태현을 데리고 밖으로 나갔다. 문이 닫히자, 도진은 서류를 놓고 태현의 엄마를 응시했다.

"이만하면 충분하지 않습니까? 원하시는 만큼 충분히 조사를 해드렸습니다."

"아니, 애가, 무서워서 말을 못 하는 건데."

"누굴 무서워하는 겁니까?"

태현의 엄마가 살짝 혀로 입술을 축였다.

"그냥 내일 다시 오면 안 될까요? 내일은 제가 어떻게든 태현이 입 열게 할 수 있는데."

도진은 안타까움이 가득 묻어나는 태현 엄마의 표정을 보며 살짝 인상을 썼다. 태현의 엄마는 쉬지 않고 내일은 가능하다고 중얼거렸다. 그러던 중 도진의 입이 열렸다.

"이성호 씨는 아이를 원하지 않습니다. 그렇지 않습니까?"

갑작스럽게 거론된 애인의 이름에, 태현의 엄마가 거짓말처럼 입을 꾹 다물었다.

"그래서 태현이 친부 쪽 식구들에게 태현이를 맡기려고 연락을 취하신 게 아닙니까? 하지만 아무도 승낙하지 않았다고 들었습니다. 그럼 이성호 씨와 결혼한 후에 태현이는 어쩌실 생각이십니까? 보육원에 버리기라도 하실 겁니까?"

"그, 그게 무슨……."

태현의 엄마는 양손을 맞잡아 비비며 입술을 끝없이 축였다. 도진은 딱딱한 눈길로 그녀를 바라보며 다시금 입을 열었다.

"친모라고 해서 아이의 친권과 양육권을 이윤희 씨만 가지는 게 아닙니다. 태현이가 정형철 씨의 호적에 입양된 순간, 양부인 정형철 씨에게도 태현이에 대한 친권과 양육권이 생긴 겁니다. 무슨 말인지 알아들으시겠습니까?"

이윤희라고 불린 태현의 엄마가 눈을 가늘게 떴다.

"태현이를 정형철 씨에게 맡기고 이혼하셔도 됩니다."

"……."

"정형철 씨가 이윤희 씨와의 이혼을 거부한 이유는 오로지 태현이 때문입니다. 자신에게 태현이에 대한 권리가 없다고 생각한 겁니다. 이윤희 씨가 태현이를 포기하면 정형철 씨가 얼마든지 이혼에 합의해주실 겁니다. 굳이 이혼 사유를 만들기 위해 아이에게 거짓을 고하라 협박하고 괴롭히는 일은, 더는 안 하셔도 됩니다."

이윤희는 말이 없었다. 그녀는 민망한 얼굴로 헛기침을 했다.

"무고죄, 인정하시겠습니까?"

헛기침을 하다 말고 입술을 꾹 깨물더니 고개를 젓기 시작했다.

"정말 맞았어요. 저랑 태현이랑 둘 다……."

"징계처분이 확정되기 전에 자백을 하시면 감경은 물론 면제까지도 가능합니다. 어쩌시겠습니까? 계속 주장하시겠습니까?"

그녀는 갈등하더니 곧 꼬리를 내리고 살살 눈웃음까지 쳤다.

"워낙 이혼을 안 해준다니까……."

도진은 차가워지는 눈을 서류로 돌려버렸다. 도진의 수사관은 속으로 고개를 절레절레 저으며 기록을 했다.

"생각보다 오래 걸리네?"

여성아동조사실 휴게실에서, 태현과 놀아주던 아인이 시계를 보며 말했다. 태현도 아인을 따라 시계를 보더니 갑자기 자리에서 벌떡 일어섰다.

"아빠 올 시간이에요!"

태현이 제자리에서 펄쩍펄쩍 뛰기 시작했다. 아이들 특유의 뭔가 안달 났다는 표현이었다.

조사실의 문이 열리고 태현의 엄마가 모습을 드러냈다. 아인은 태현을 챙기며 자리에서 일어섰다. 태현과 태현 엄마는 곧 검찰청을 빠져나가기 시작했다.

왜인지 도진은 청사의 입구까지 따라나섰다. 아인도 얼떨결에 따르다 보니 벌써 현관을 지나고 있었다.

"아빠!"

입구에 서 있던 웬 남자에게로 태현이 부리나케 달려갔다. 확실히 아빠에게 맞아서 진술하러 온 아이답지는 않은 태도였다.

태현의 아빠는 도진을 향해 먼저 묵례를 했다. 혹시 돌아가는 길에 엄마가 아이를 해코지할지도 모르니 마중 나오는 게 좋겠다던 전화 속 그의 목소리를 떠올리며, 태현의 아빠는 태현을 높게 안아 들었다.

"아빠, 저 아줌마가 나 농구공 사준 사람!"

태현이 신 난 표정으로 아인을 가리켰다. 아인은 갑작스런 지목에 움찔했다가 태현의 아빠가 저에게 인사를 전하는 걸 보고 저도 곧 고개를 숙여 보였다.

"이놈아, 농구공을 아빠한테 사달라면 되지. 왜 검사 누나한테 사달래?"

어린애여도 부모가 힘들다는 건 다 안다. 그리고 아빠는 돈 없어서라는 말을 하면 안 된다는 것도 안다. 태현은 그저 아빠의 어깨에 얼굴을 파묻기만 했다.

"가보겠습니다."

태현의 아빠는 예의 바르게 인사를 전한 후 저편으로 걸어가기 시작했다. 아인은 태현이 아빠를 만나 신 났기 때문인지 저번처럼 아쉬운 눈길로 저를 뒤돌아보진 않는구나, 그런 생각을 하며 혼자서 손을 흔들어 보였다.

"권도진! 한 계장한테 들었어. 멋지게 처리했던데?"

검사실로 돌아가는 길에, 혜수가 마치 노래하듯이 말에 굴곡을 주어 크게 외쳤다. 그녀의 옆에서 강주는 어쩔 수 없다는 듯 허탈한 웃음을 흘리다가 도진을 향해 말을 걸었다.

"어린애 사건인데 잘 해결하셨네요? 애만 보면 울리느라 바쁘시던 분이."

"애 다룬 거야 순전히 막내 덕이지. 권도진이 한 게 있겠냐? 그렇지? 막내가 다 한 거지?"

"어."

도진이 툭 대답했다. 의외로 순순히 대답하는 모습에 혜수가 놀란 눈을 뜨자 도진 다시 입을 열었다.

"너보다 낫더라."

그러고선 유유히 사라졌다.

"저 자식이! 후배 앞에서 망신 주고 있어."

투덜거리는 혜수의 목소리를 들으며 아인은 그제야 제 귀를 의심하던 걸 접고 꿈꾸는 듯한 표정을 지었다.

어? 나 인정받았네…….

"뭘 그렇게 좋아해? 나보다 낫다니까 그렇게 좋아?"

혜수가 아인을 쿡쿡 찌르며 가느다란 눈을 떴다. 아인은 얼른 표정 관리를 하며 웃음을 삼켰지만, 자꾸만 길어지는 입술을 다 가리지 못했다. 혜수는 요것 봐라, 하는 표정을 지으며 아인을 계속 쳐다보았다.

"저 일할게요!"

아인이 혜수와 강주에게 인사를 하듯 고하곤 제 검사실 안으로 슬쩍 몸을 숨겼다. 그녀가 완전히 사라지는 모습을 지켜보던 혜수는 갑자기 끌끌 웃기 시작했다.

"왜요?"

이 여자가 또 뭔 재미난 짓을 꾸미려고 이러나 하는 생각으로 강주가 물었다. 혜수는 대답 않고 한참 더 끌끌거리더니 반짝이는 눈으로 강주를 올려다보았다.

"그냥. 네가 너무 좋아서."

혜수는 강주의 볼에 가볍게 뽀뽀를 해주고는 물러났다. 혹시 누가 봤을까 봐 급히 주변을 두리번거리다가 어이없다는 듯 웃는 강주를 둔 채 혜수는 벌써 저만치 걸어가고 있었다. 가는 중에도 그녀는 계속해서 끌끌 웃었다.

썩 반갑지 않은 토요일이 다시 돌아왔다. 아인은 의욕 없이 늘어져 침대 위를 굴러다녔다.

출근할 때마다 설레고, 퇴근할 때마다 아쉽다. 지치고 힘들지언정 검찰청에서 일을 하는 게 집에서 늘어져서 쉬는 것보다 훨씬 더 좋다. 검찰청에 있으면 그를 볼 수 있고, 잠깐이나마 스칠 수 있고, 눈도 마주칠 수 있는데.

그리 눈 한 번 마주치면 네 시간 이상 소요되는 피의자 조사도 그저 기꺼운 마음으로 버틸 수 있건만.

헛웃음이 나간다. 어쩌다 이렇게 사로잡혀 버린 건지.

두근두근, 그의 모습을 생각하자 또 뛰기 시작하는 가슴을 꾹 누르던 그녀는, 머리를 털며 침대에서 일어나 앉았다. 아까운 주말을 이렇게 보내지 말자, 뭐라도 하자, 그리 생각하며 의욕적으로 기지개를 쭉 켤 때 휴대폰이 울렸다.

ㅡ막내!

주말에도 힘찬 혜수의 전화였다.

"박 선배님! 무슨 일이세요?"

–오늘 나랑 같이 놀까?

뜻밖의 제안에 눈을 동그랗게 떴다. 그래도 나쁘지 않은 제안이라 귀가 솔깃해졌다.

–집 근처에 여고 하나 있지? 거기 교문 정문으로 갈게. 한 시간 후에 보자. 괜찮겠어?

음, 보통 약속을 잡으려면 언제 어디서 볼까 정하느라 쓸데없이 시간을 버리곤 하는데, 혜수는 항상 깔끔하다. 오히려 그편이 더 편하다고 여기며 아인은 외출 준비를 했다.

약속 장소에 나와보니 혜수가 벌써 도착해 있었다. 아인은 인사를 전한 후 차에 올라탔다.

"와, 저 나들이 되게 오랜만에 가요."

아인이 살짝 들떠서 말하자 혜수가 픽 웃었다.

"그런데 어디로 가시는 거예요?"

"안 정했어. 어디로 갈까? 뭐 하고 싶어?"

아인은 얼굴 가득 웃으며 잠깐 고민했다.

"영화 볼까요?"

"영화? 좋아. 또? 영화 말고 다른 건?"

"음, 글쎄요? 밥, 먹어야겠죠?"

"알겠어. 우선 어디 좀 먼저 들르고. 뭐 좀 전해줄 게 있어서."

아인은 고개를 끄덕였다.

얼마 지나지 않아 차는 멈춰 섰다. 혜수가 내리기에 아인도 따라 내렸다. 꽤 한적한 동네다, 그런 생각을 하며 주변을 휘휘 살펴보고 있을 때 혜수가 갑자기 누군가와 통화를 하기 시작했다.

"뭐? 진짜? 알았어."

뭔가 굉장히 간단한 통화 같은데.

"막내야, 어쩌지? 내가 정말 갑자기, 불시에, 생각지도 못하게 급한 일이 생겼어!"

"예? 무슨 일이요?"

"그냥 집안일. 그래서 말인데 이거 나 대신 좀 전해주면 안 될까? 내가 지금 가봐야 될 것 같거든?"

아인은 얼떨결에 혜수가 건네는 쇼핑백을 받아 들었다.

"자, 여기 약도."

약도? 뭘까. 마치 이렇게 될 줄 알았다는 듯 일부러 준비한 듯한 이 약도는.

의아해하던 중에 약도도 받아버렸다. 혜수는 전방을 손가락으로 가리키며 약도를 짚어주었다.

"여기가 이쪽. 알겠지?"

혜수는 부탁한다며 아인의 등을 톡톡 쳐주고는 얼른 차에 올라탔다. 그리고 급하다는 말을 증명이나 하듯 쌩하니 사라졌다.

멍하니 서 있던 아인은 당황스러운 눈길로 약도를 내려다보다가 머리를 긁적거렸다. 그러고는 한숨과 함께 천천히 걸음을 떼기 시작했다.

별빛고을, 별빛고을, 별빛고을 빌라……. 거참 참한 아가씨가 살 것 같은 집 이름이네. 박 선배님 친구분 댁인가?

약도 한 번, 길 한 번. 코너를 꺾은 후 전방을 바라보았다.

"오!"

발견했다. 아인은 약도와 집의 위치를 비교한 후 걸음에 박차를 가했다.

엘리베이터를 타고 올라간 그녀는 402호의 초인종을 꾹 눌렀다. 한데 주인이 부재중인지 응답이 없었다. 그녀는 다시 한 번 초인종을 누른 후 기다리다가 손에 들린 쇼핑백을 내려다보았다.

그냥 두고 갈 수도 없고. 아인은 어쩔까 고민하다가, 오는 길에 봤던 편의점에 가서 점심으로 라면이나 하나 사 먹고 다시 오자고 생각하며 계단을 타고 아래로 내려왔다.

"에이……."

그냥 집에 있을 걸 그랬다. 허무한 마음을 안은 채 바닥만 보며 타닥타닥 걷던 그녀는 무심결에 고개를 살짝 들었다. 그런 그녀의 시야에 뭔가 번뜩 스쳐 지나갔다. 아인은 다시 흘낏 바라보곤 웃었다.

허스키였네. 잘생겼다.

그녀는 고개를 급히 다시 돌렸다.

잠깐, 개를 산책시키고 있는 사람…….

"어?"

상대방도 아인을 바라보았다. 평소와 다름없는 표정과 눈빛…… 까지는 좋은데.

"어…… 어?"

언제나 새까맣게, 셔츠나 타이를 제외하곤 회색조차 용납하지 못하겠다는 듯 검은 정장만 입고 다니던 사람이, 청바지만 해도 충분히 낯설건만!

"오, 옷이 그게……."

아인이 말을 더듬으며 손가락으로 도진의 티셔츠를 가리켰다. 도진은 그녀의 손을 따라 제 가슴팍을 슬쩍 내려다보다가 다시 그녀를 응시했다.

"옷이 왜?"

"예? 아니, 선배님은 그런 색…… 그러니까 제 말은 안 어울린다는 게 아니라, 전 선배님은 그런 색상 싫어하실 줄 알았는데."

"안 싫어해."

"정말요?"

"어. 제일 좋아하는 색이다."

아인의 눈이 커다래졌다. 그녀의 눈에 설마 하는 의구심이 가득 찼다. 그런 그녀의 귀에 도진은 쐐기를 박았다.

"제일 좋아해. 핑크."

그 어느 문화권에 가야 이보다 더한 컬쳐 쇼크를 받으려나.

얼떨떨한 기분으로 도진을 쳐다보던 그녀는 곧 웃기 시작했다. 뭔가 이 사람의 이면을 봤다는 생각에 얼떨떨한 기분은 가시고 대신 뿌듯한 마음이 차올랐다.

"저는 파란색이요."

상큼한 마음을 가득 담아 말을 꺼내자 도진이 손을 내밀었다.

"그거 내놔라."

"예? 아…… 아!"

그제야 혜수가 자신을 도진에게 보냈다는 걸 파악해낸 아인은 얼른 도진에게 쇼핑백을 건넸다. 물건을 받은 도진은 지체 없이 다시 개를 데리고 걷기 시작했다. 아인은 그가 움직이는 걸 지켜보다가 아쉬운 표정을 짓다가 슬며시 입을 열었다.

"선배님, 전 그럼 가볼게요."

도진이 휙 돌아보았다.

"영화 보고 밥 먹기로 했다며."

"예? 아아, 네, 박 선배님이랑. 그런데 급한 일 있다고……."

"따라와."

간단히 말을 남기고 다시 멀어져 가는 도진을 보며, 아인은 어쩌질 못하고 머뭇거렸다. 그러다 도진이 다시 뒤돌아 빤히 쳐다보기 시작하고서야 비로소 엉거주춤 발을 떼 그의 뒤를 따랐다.

엘리베이터를 기다릴 땐 내심 긴장이 돼서, 엘리베이터를 타고 올라갈 땐 분홍색을 제일 좋아하는 것도 그렇지만 별빛고을이라는 빌라 이름도 도진과 참 안 어울린다는 생각을 하며 속으로 웃느라고, 아인은 평소와 달리 재잘거리지 않고 조용히 침묵을 지켰다. 그러다 도진이 현관문을 열었을 땐 숨까지 살짝 멈췄다.

와, 성격 드러난다. 전에 얼핏 듣기로 도진은 혼자 산다 했는데, 남자 혼자 사는 집이 어쩜 이리 깔끔한가 싶다. 집도 참 좋네. 돈이 많은가? 아, 돈이 많아서 가사도우미를 쓰는 걸까?

"밥해줄까, 사줄까?"

소파에 뻣뻣하게 앉아 몰래 집 안 구석구석을 흘낏거리고 있을 때, 도진의 목소리가 들려왔다. 아인은 짜릿하게 차오르는 행복감에 얼굴 가득 크게 웃었다가 급히 숨기며 얼른 대답을 했다.

"해주세요."

"뭐 먹고 싶은데?"

와, 내가 고르는 걸 해주는 건가. 저 사람이 나한테 무슨 요리를 해줄지 내가 고를 수 있는 거구나. 굉장히 특별한 존재가 된 기분이다. 아인은 그 기분을 만끽하며 즐거이 고민을 했다.

"라면. 라면이요."

다른 건 재료 준비며 손질이며 손이 많이 갈 테니 가장 부담스럽지 않은 걸로 골랐다. 당장 오늘 점심으로 먹으려고 했던 게 편의점 컵라면이기도 했고.

도진은 말없이 라면을 꺼내더니 물을 끓이기 시작했다. 아인은 괜히 식탁 가까이 가 수저를 났다 치웠다 돕는 척을 하며 도진을 지그시 바라보았다.

그새 익숙해져서 그런지 도진과 핑크색 티가 의외로 참 잘 어울린다는 생각을 했다. 노란색이나 오렌지색은 어떨까나 상상하며 헤실헤실 웃던 그녀는, 도진이 뒤돌아 뭐 하느냐고 따지는 듯한 눈빛을 보내자 얼른 의자에 앉아 굳은 척했다.

곧 식사가 시작되었다. 아인은 감격마저 묻어나는 눈빛으로 라면을 바라보다가 차분히 한 입 먹어보았다. 별다를 것도 없건만 유달리 맛있게 느껴졌다.

그러던 중 휴대폰에 메시지가 와 확인해보니 혜수였다. 혜수는 오늘 저과 함께하기로 한 걸 도진이 대신해주기로 했으니, 하고 싶은 게 있으면 도진에게 실컷 요구하라고 말하고 있었다. 고개를 끄덕이며 읽던 아인은 문득 묘하게 기분이 가라앉는 걸 느끼며 미소를 살짝 지웠다.

"있잖아요. 박 선배님 때문에 저한테 라면 끓여주신 거예요? 박 선배님이 그러라고 해서?"

"어."

도진은 간단하게 대답했다.

"많이 친하신가 봐요? 연수원 동기라고 들었는데."

도진의 휴대폰도 울렸다. 도진이 확인해보니 역시나 혜수였다.

아까 산책할 때 다짜고짜 전화해, 저번 주에 태현을 만나러 가는 길에 아인을 붙여준 게 자기 자신이라며 귀가 닳을 때까지 생색을 낸 후, 오늘 자신이 아인과 함께하기로 한 걸 대신해주는 걸로 빚 갚으라고 노래를 해대기에 분명 알았다, 하고 끊었건만.

영화는 보여줬느냐고, 밥은 챙겨줬느냐고 일일이 확인까지 한다. 도진은 답장하지 않고 휴대폰을 툭 던져버리고는 젓가락을 움직였다.

"저기……."

아인이 머뭇머뭇 입을 열었다. 그녀는 라면 먹는 데 열중하는 척 잠깐 뜸을 들이더니 천천히 다시 말을 뱉었다.

"박 선배님한테 진짜, 어, 그러니까 그게…… 정말 애인이 있으시거든요. 되게 괜찮고 멋지고 세련되고 자상하고 부드럽고 능력 있고 잘생기기도 했고, 또 박 선배님을 되게 좋아해주는 그런 애인분이 있어요."

도진은 대답 없이 물을 따라 마셨다. 눈빛이 어디 한번 더 늘어놔 봐라, 그리 말하는 듯했다. 아인은 주눅이 드는 걸 느끼며 간신히 말을 이었다.

"그러니까 혹시라도 박 선배님 좋아하시면 안 돼요."

말 괜히 꺼냈다. 어쩌자고 이딴 소리를 꺼내 든 건지.

"좀 좋아하고 싶다."

후회하고 있을 때 도진이 툭 대꾸했다. 아인은 도진의 말을 곱씹으며 고개를 까딱이다가, 어쨌거나 지금 좋아하는 건 아니란 말이겠거니 결론을 내린 후 저도 모르게 빙긋 웃었다. 그녀는 다시 기분이 들뜨는 걸 느끼며 식사에 집중했다.

그 어느 진수성찬보다도 만족스럽게 식사를 끝낸 후 아인은 슬그머니 소파에 자리 잡고 앉았다.

"저, 그냥 TV로 영화 봐도 될까요? 영화관 안 가고?"

이왕 같이 있을 거라면 도진의 집에 계속 머무는 편이 더 좋았다. 아인이 상기된 얼굴로 묻자 도진은 리모컨을 던져주었다.

"마음대로 해."

리모컨을 꾹꾹 눌러 영화를 찾았다. 그러면서 일부러 늑장을 부렸다. 조금이라도 영화가 늦게 시작돼야 끝나는 시간도 늦어질 거고, 그래야 여길 떠나는 순간도 자연히 밀려날 테니.

그러다 도진이 바로 옆에 와서 앉는 바람에 깜짝 놀라며 아무 영화나 재생시켜 버렸다. 장르가 로맨스라는 것 말고는 뭘 틀었는지도 모르겠다.

음, 확실한 건 잘못 골랐다는 거다. 진한 스킨십을 나누는 신이 왜 이리 잦은지. 남녀 주인공이 에로틱한 깊은 키스를 나누는 걸 보면서 아인은 인상을 썼다. 긴장되는 것도 긴장되는 거지만, 날 이상하게 생각하면 어쩌지.

그러던 차에 방금 막 잠에서 깨 어슬렁거리기 시작하는 개가 아인의 눈에 들어왔다. 아인은 아직도 키스신이 가득한 화면에서 개에게로 당장 시선을 돌리며 급하게 말을 꺼냈다.

"쟤! 쟤 강아지 이름이 뭐예요?"

"달구."

음, 참 한국적이네.

"빌라에서 키우긴 좁지 않아요?"

"키우는 거 아니야. 아는 분이 돌아가셔서. 키우겠다는 사람

나올 때까지만 맡는 거다."

"키우는 사람이 안 나오면요?"

"보호소 같은 데라도 보내야겠지."

영화 속 장면이 이미 바뀌었다. 그런 이상 굳이 이야기를 이을 필요는 없지만, 아인은 대화를 멈출 수가 없었다. 그녀는 살짝 인상을 쓰며 도진을 바라보았다.

"보호소요? 입양하겠다는 사람 안 나오면 안락사시킬지도 모르는데요?"

"걱정되면 네가 데려가."

도진의 말에 아인은 쉽사리 대답을 못 하고 입을 다물었다.

영화가 이어지는 내내 아인은 한시도 편안히 앉아 있질 못했다. 야릇한 장면이 나올 때마다 식은땀이 흐르고, 그래서 일부러 달구를 의식하면 이내 달구가 안타까워져 눈꼬리가 처지고.

영화가 끝나니 절로 한숨이 나왔다. 아인은 도진을 힐끔 쳐다보다가 그가 고개를 움직이는 순간 얼른 달구에게로 손을 뻗어 아까부터 달구를 만지고 있었던 척했다.

"집에 갈 때 말해. 데려다 줄 테니까."

도진은 그렇게 말하며 방으로 들어가버렸다. 아인은 도진이 자리를 뜨자 이전보다 더 큰 한숨을 후 뱉었다.

그 이후로 조금 더 달구와 놀며 시간을 보내던 그녀는, 더 이상은 남의 집에 붙어 있을 이유가 없단 걸 깨닫고는 아쉬운 마음으로 자리에서 일어섰다. 간다고 말하자 도진이 태워줄 요량으로 방밖으로 나왔다.

현관을 지나 엘리베이터를 거쳐 차가 세워진 곳 앞에 섰다. 아인은 뭉그적거리며 일부러 천천히 걷다가 도진의 차 문에 손을 가져갔다.

"저!"

갑자기 뱉은 목소리에 도진의 눈길이 이쪽으로 향했다. 아인은 갑작스런 제 태도에 스스로조차 놀랐다가 도진의 미간이 찌푸려지는 순간 얼른 말을 이었다.

"달구 데려갈게요!"

그리 달구 데려간단 말 한마디에 얻은 거라곤, 다시 엘리베이터를 거쳐 현관을 지나 달구가 앉은 곳까지 갔다가, 또 그 현관을 지나 엘리베이터를 거쳐 차 있는 곳으로 오기까지의 시간을 벌었다는 것뿐.

"아유, 물어보고 데려왔어야 될 거 아냐!"

"엄마! 사랑해, 봐줘!"

"그래, 여보, 봐줘!"

엄마한테 앞으로 한 달간의 잔소리를 예약하고서도, 달구를 쓰다듬는 아인은 배시시 웃기만 했다.

"친해진 것 같지?"

그 사람이랑 나, 오늘 엄청 친해진 것 같지? 그러고 보면 전에는 인정까지 받았었잖아. 내가 박 선배님보다 낫다고.

가까워진 기분이네. 그 사람이랑 나.

"손!"

강아지를 훈련한답시고 남은 주말을 모조리 허비하는 아인이었다.

3부_사고뭉치

"검사님, 어쩌죠? 제가 오늘 일이 있어서 현장 못 가보겠는데 요?"

아인의 수사관인 신 계장이 미안한 표정을 지으며 말했다.

"왜요? 무슨 일이신데요?"

"깜빡 잊고 있었더니 오늘이 결혼기념일이네요. 또 잊어버린 줄 알면 난리를 칠 텐데."

"그런 걸 잊으시면 어떻게 해요?"

웃으며 핀잔을 준 후 사건 기록을 하나 펼쳐 들었다. 자동차와 보행자의 가벼운 충돌 사건이었다. 다만 보행자는 충돌이 일어난 장소가 횡단보도라고, 운전자는 횡단보도에서 한참 떨어진 도로라고 서로 판이한 주장을 하므로 현장을 한번 조사해볼 필요가 있는 사건이었다. 오늘 퇴근하는 길에 확인해보려고 했는데 신 계장이 일이 있다니, 다른 날로 계획을 바꾸는 게 좋을 것 같았다. 그러자면 사건을 언제까지 해결하면 되는지 날짜를 확인해봐야 했다.

"내일 가봐도 되겠네요. 오늘은 일찍 들어가 보세요."

신 계장과 실무관인 미영이 곧 퇴근을 했다. 아인은 그들에게 인사를 하다가 도진이 일찌감치 퇴근하는 모습을 발견했다. 그에 그녀도 곧 퇴근할 준비를 했다, 도진이 없기 때문이 아니라 일이 없기 때문에 야근을 안 하는 거라고 자신을 정당화하며.

버스정류장까지 걷다가 문득 아직도 벚꽃이 참 화사하다는 생각을 했다. 아인은 고개를 위로 꺾은 채 걷다가, 꽃구경을 더 하고 싶다는 충동을 느끼며 버스정류장을 그대로 지나쳤다.

벚꽃이 흐드러지게 핀 산책로에 올라섰다. 여기저기 사진을 찍는 가족들과 손잡고 함께 거니는 연인들이 보였다. 강주와 혜수가 꽃 지기 전에 구경하러 가야 한다며 몰래 데이트를 나가던 모습도 떠올랐다. 아인은 땅에 떨어진 꽃가지를 주워 들고는 아련한 표정을 지었다.

저도 모르는 새, 도진과 함께 이 길을 걷는 제 모습을 상상하고 있었다. 상상 속에서조차 그는 말이 없고 저를 바라봐 주지도 않고 무표정이기만 하지만, 그럼에도 불구하고 행복감이 가득 차오른다.

"음."

그러다 상상에서 벗어나니 굉장한 허무함과 실망감이 찾아왔다. 아인은 쓸쓸한 표정을 지으며 손에 들고 돌리던 꽃가지를 버리고 가방을 뒤지기 시작했다. 여기 더 있어봐야 외롭기만 할 테고, 그렇다고 집에 일찍 들어가긴 싫으니 생각난 김에 일이나 할

참이었다.

한가한 자신이 일을 미리 해두면 신 계장의 수고도 덜어줄 수 있을 거다. 가벼운 사건이니까 혼자서도 할 수 있을 거란 생각을 하며, 그녀는 자신이 맡은 사건의 사고 현장으로 찾아가 보았다.

사건 당시에도 목격자는 없었다더니 오늘도 참 인적이 드물다. 아인은 여기도 벚꽃이 참 많구나, 그런 생각을 하며 주변을 휘휘 살펴보았다.

보행자가 충돌 지점이라고 우기는 신호등 없는 횡단보도와, 운전자가 충돌 지점이라고 우기는 차도를 오가며 누구의 말이 진실일까 곰곰이 따져보던 중, 골목에서 웬 중년의 여인이 걸어 나왔다. 운전자의 말에 따르면 보행자가 갑자기 나타났다던 바로 그 골목이었다.

여인은 좌우를 휘휘 살피더니 차가 보이지 않자 그대로 무단횡단을 했다. 그리고 반대쪽으로 난 골목으로 바로 들어가버렸다. 아인은 그녀의 움직임을 유심히 살피다가 만족스러운 미소를 띠며 곧 조사를 끝마쳤다.


점심시간을 한참 지나 나른할 시각, 휴게실에 형사2부 인원이 몇 명 모여 있었다.

"또요?"

강주가 심각한 표정을 지으며 목소리를 뱉었다.

"어. 아무리 생각해도 우연 같지는 않아."

소 검사가 말했다. 강주는 고개를 끄덕이며 동의했다.

"동일범이겠네요."

"그런데 내 촉에 의하면 말이야, 단순히 여기서 끝날 것 같지가 않아."

"여기서 안 끝나면요?"

"잘하면 앞으로 비슷한 사건이 더 일어나는 수가 있어. 이게 거대한 연쇄살인의 일부밖에 안 되는 수가 있다고."

"음, 고작 두 건으로 그렇게 속단해도 될까요?"

"뭐, 아직은 추측만 그렇게 하는 거니까. 그래도 주시할 필요는 있겠지. 만약에 정말로 그렇다고 결론이 난다면, 다들 긴장해둬. 내가 부장님한테 이 사건은 우리 부에서 맡자고 말할 거니까."

"아, 골치 아픈 거 또 늘어나겠네. 그냥 의심에서 끝나줬으면 좋겠는데."

강주가 소 검사의 말에 대꾸하며 씁쓸한 커피를 마실 때였다.

"선배님들!"

마냥 즐겁기만 한 막내가 휴게실에 짠 하고 나타났다. 강주는 심각한 표정을 풀고 미소를 지었고, 소 검사는 어린애 보듯 활짝 웃으며 막내! 하고 손바닥까지 펴 보였다. 도진은 주머니에 손을 꽂은 채, 방금 대화할 때도 그랬던 것처럼 그저 방관만 했다.

소 검사와 강주에게 인사말을 건넨 후, 아인은 도진의 앞에 다가갔다. 그리고 당당하게 말문을 열었다.

"저 어제 혼자서 현장 조사 갔었어요! 혼자서도 잘한 것 같은데 들어보세요."

도진의 미간이 찌푸려졌다. 그가 인상을 쓰는 건 익숙한지라 아랑곳하지 않고 기록을 펼쳐 사건을 설명했다. 그녀가 쉴 없이 재잘거리는 동안 도진은 한 번도 인상을 풀지 않았다.

"······자기 입으로 분명 퇴근하는 길이라고 그랬거든요? 그런데 일하는 곳에서 집으로 가려면 이 골목에서 이 골목으로 이렇게 가야 해요. 그런데 횡단보도로 길을 건너면 괜히 빙 돌아가게 되거든요? 그냥 무단횡단하면 일직선으로 쭉 가고요. 보통 사람이라면 다니는 차도 별로 없고 사람도 없으면 그냥 무단횡단하지 않을까요? 그럴 것 같죠?"

도진은 대답하지 않고 아인을 빤히 내려다보기만 했다. 기대했던 긍정적인 대답과 미약한 칭찬이 나오지 않자 아인의 얼굴엔 미소 대신 긴장이 자리 잡기 시작했다.

그녀는 자신이 무슨 말실수를 했나 묻듯이 옆에 선 소 검사와 강주를 쳐다보았다. 소 검사와 강주는 도진의 무서운 얼굴을 마주하는 아인을 안타깝게 쳐다보기만 했다.

"왜 수사관 없이 혼자 갔는데?"

드디어 도진의 입이 열렸다. 아인은 약간 주눅이 들어 조심스럽게 대답했다.

"신 계장님은 갑자기 집에 가보셔야 해서······."

"그게 이유가 돼?"

"예?"

"그게 검사가 혼자서 현장 조사 나갈 이유가 되냐고."

아인은 입을 꾹 다물었다. 도진은 손에 쥐고 있던 종이컵을 쓰레기통으로 던진 후 다시 아인을 바라보았다.

"제삼자 아무도 없는 상태에서 검사 혼자 조사 나가서 제멋대로 증거 수집하고 제멋대로 결론 내리면 그게 공정해?"

아인의 고개가 점차 아래로 떨어졌다.

"그럼 참관인이 왜 필요한데? 다른 검사들은 심심해서 꼬박꼬박 경찰한테 연락하고 계장 데리고 다니는 줄 알아?"

"야, 권검아, 심각한 것도 아니고 신 계장이 따라갔어도 결론은 똑같았을 것 같은데, 거 살살 해라. 초임이 실수할 수도 있는 거지."

소 검사가 손을 휘휘 내저으며 도진을 말렸다. 도진이 말이 없자 그는 일부러 큰 소리를 내어 하하 웃으며 목소리를 높였다.

"이게 다 강주 네놈 탓이다. 네놈이 작년에 초임 주제에 워낙 실수 잘 안 해가지고 권검이 초임은 다 너 같은 줄 알잖아."

소 검사는 어색한 분위기를 흩으려 일부러 강주의 등을 아프리만큼 세게 툭툭 쳤다. 그럼에도 둘 사이의 분위기가 완화되지 않자, 소 검사는 강주를 끌고 은근히 자리를 피해버렸다. 모두가 사라지고 나서도 아인은 숙인 고개를 들지 못했다.

"기본 정도는 갖춰라."

도진은 마지막 말을 던진 후 사라졌다. 입술을 깨물며 서 있던 아인은 착 가라앉은 마음을 추스르며 제 검사실로 돌아왔다.

그 이후로 일이 손에 잡히지 않아 그냥 일찍 퇴근하기로 했다. 퇴근하는 길에, 아인은 큰마음을 먹고 도진의 검사실 문을 두드렸다. 도진은 낮에 휴게실에 있을 때에 비해서는 한층 수그러들었지만, 여전히 매서운 눈으로 아인을 바라보았다.

"현장 조사 건은 제가 잘못했어요. 죄송해요."

"나한테 죄송할 일은 아니야."

"그래도 죄송해요."

"가봐."

"……죄송해요."

도진의 눈빛이 더 따가워졌다.

"내가 전에 나한테 사과하지 말라고 하지 않았던가?"

맞다, 그랬었다. 굉장히 귀찮다는 듯이 말했었지. 아무리 미안해도 사과하지 말라고.

아인은 입을 꾹 다물며 고개를 꾸벅 숙였다. 그러고선 총총히 검찰청 밖으로 빠져나왔다.

집으로 돌아오니 엄마가 달구에게 밥을 주고 있었다. 엄마는 개 돌보는 것도 귀찮고 정들었다가 죽기라도 하면 질색이라고 치를 떨면서도 은근히 달구를 잘 돌봐주었다. 아인은 엄마 곁으로 터덜터덜 다가가 달구를 만지작거렸다.

"너 왜 이렇게 힘이 없어? 저녁 안 먹어서 그래?"

"응? 응."

"한 끼 안 먹었다고 비실비실하기는. 아니다, 여름 오기 전에 보약 한 첩 먹여야 되나?"

엄마는 그리 말하고선 달구 아닌 다른 식구의 밥을 준비하기 위해 집 안으로 들어갔다. 아인은 홀로 남아 달구를 쓰다듬으며 한숨을 후 내쉬었다.

"넌 무슨 강아지가 애교도 없고."

괜히 투덜거리며 달구의 양 얼굴을 붙잡았다.

"눈은 쭉 찢어져가지고 웃을 줄도 모르고."

제 욕하는 걸 모르는지, 아니면 알면서도 관심이 없는지 달구는 귀찮다는 듯 가만히 앉아 있기만 했다.

"손. 손 좀 줘봐. 이젠 줄 때도 됐잖아."

하루도 빠짐없이 훈련했건만 이번에도 또 뭐라고 짖느냐 하는 표정으로 저를 바라보기만 한다. 아인은 억지로 달구의 앞발을 제 손 위에 올려놓고는 두어 번 흔들다가 자리에서 일어서 집 안으로 들어갔다.

조사하기로 한 이가 오기 전까지 기록을 검토할 작정으로 최선을 다해 집중하고 있을 때였다.

"실례합니다?"

가까이에서 들려오는 목소리에 아인은 화들짝 놀라며 고개를 들었다. 그리고 눈앞에 선 이를 보고 나서는 더 놀란 눈을 떴다.

"오랜만입니다. 이젠 김 검사님이라고 불러야 되나?"

상당히 오랜만에 만나는 대학 선배였다. 재판 때문에 법원에 왔다가 아인이 이곳에서 근무한다는 걸 기억해 내고는 인사하러 왔다는 윤호의 말을 들으면서, 아인은 공들여 검토하던 서류도 손에서 놓고 반가이 맞아주었다.

"진짜 오랜만이죠? 오빠 졸업하신 이후로는 못 만났으니까. 변호사 생활은 어때요? 할 만하세요?"

아인이 신입생일 때 윤호는 4학년이었는데, 밥도 자주 사주고 학교생활에 대해 이것저것 많이 알려주기도 한 고마운 인연이었다. 학교 다닐 땐 이랬는데, 저랬는데, 하는 이야기를 하며 연신 미소를 짓는 아인을 향해, 갑자기 윤호가 눈을 가늘게 떴다.

"김아인, 너 그거 아직 기억하지?"

"네? 뭐요?"

"1학기 기말고사 기간 때. 도서관 앞에서. 너, 넘어지면서."

아인의 얼굴에 의아함이 스치는가 싶더니 곧 눈이 동그래졌다.

"허! 맞다, 바지!"

"너 그 빚 갚는다고 말만 하고 아직도 안 갚았다? 어때? 밥 한 끼 사야겠지?"

아인이 미안함 가득한 표정을 지으며 고개를 끄덕거렸다.

"그럼 말 나온 김에 오늘 먹자. 퇴근 언제야? 내가 너 퇴근할 때 데리러 올게."

"오늘이요? 오늘은 늦게까지 야근해야 하는데."

"나 바쁜 몸이야. 아무 때나 시간 못 낸다?"

"으음."

"쳇, 학교 다닐 때도 보란 듯이 나 차버리더니, 또 거절이야?"

윤호의 능청에 풋, 하고 웃음이 솟았다. 아인은 어쩔 수 없다는 듯 고개를 끄덕이며 수락했다.

"퇴근하면 제가 밖에 나가서 연락드릴게요. 그때 봬요, 그럼."

윤호는 만족스러운 듯 씩 웃었다. 그러면서 가봐야겠다며 걸음을 뗐다. 아인은 배웅할 참으로 엘리베이터까지 따라나섰다.

그러던 중 이쪽으로 걸어오고 있는 도진을 발견했다. 그를 본 순간 아인은 살짝 긴장하며 인사를 건넬 준비를 했다.

"안녕하십니까, 선배님?"

한데 아인보다도 윤호의 입에서 인사가 먼저 흘러나왔다. 아인은 준비했던 인사말이 쑥 들어가는 걸 느끼며 윤호를 바라보았다.

"여기서 근무하신다는 이야기는 들었습니다."

도진은 인사를 받아주지 않고 윤호가 내미는 손을 기분 나쁘다는 듯 내려다보기만 했다. 윤호는 민망한 손을 거두어들이며 허탈하게 웃었다.

"같은 과 후배입니다. 학교 다닐 때 몇 번 뵀는데 기억 못 하시나 봐요."

"변호사입니까?"

"예, 변호 일 하고 있습니다."

"앞으로는 인사하지 마십시오."

도진은 가차 없이 눈길을 거두고는 제 검사실 안으로 들어가버렸다. 도진의 냉대에 아인은 자신이 대신 미안해지는 걸 느끼며 윤호에게 도진의 변호를 했다.

"안 좋은 일이 있으신가 봐요."

"뭐 저런 사람인 거 알고 있었으니까."

윤호는 툭, 뱉고 다시 걷기 시작했다. 그러다 엘리베이터 앞에 도착하자 아인에게 환하게 웃어 보이고는 기분 좋게 손을 흔들어 보였다. 아인도 웃으며 손을 살살 흔들어주었다.

"같은 과 후배?"

엘리베이터 문이 닫힌 후 아인은 고개를 갸웃거렸다. 윤호는 자신의 같은 과 선배인데, 그럼 도진이 제 학교 선배란 말인가?

하긴 검사 중 40퍼센트 이상이 우리 학교 출신이라니 그리 놀랄 것 없긴 하지만, 그래도 같은 학교에 다녔다니 어째 신기한데.

"어. 엄청 유명했는데 못 들어봤냐?"

퇴근 후 윤호를 다시 만났을 때 은근히 물었더니, 그는 도진에 대해 모른다는 사실이 더 신기하다는 듯 눈을 동그랗게 떴다.

"아시잖아요. 저 학교생활 열심히 안 한 거. 아는 동기도 몇 없는걸요."

"하긴. 그럼 모를 수도 있겠다. 너랑 그 선배랑 학번 차 꽤 나니까. 게다가 그 선배는 1년 조기졸업까지 했으니."

"1년 조기졸업이요?"

"응."

"잠깐, 한 학기가 아니라 1년? 그러니까 6학기 만에 졸업했단 말이에요?"

명실공히 국내 최고의 대학교라고 불리는 곳에서, 그것도 가장 수재 취급을 받는 만큼 공부할 양도 엄청나게 많은 법학과에서, 4년 만에 졸업하면 그게 조기졸업이라고 말하는 이도 있는데, 그곳을 반년도 아니고 일 년 조기졸업을 했다고?

"과 수석으로 졸업했다는 말까지 하면 졸도하겠네?"

"에이…… 진짜요?"

"유명했었다니까? 2학년 때 사시 패스했는데 수석이 대수야?"

"2학년 때요?"

아인의 눈이 휘둥그레졌다.

"보자, 나 1학년 때 그 선배는 벌써 3학년이었고, 또 그 선배가 워낙 사람들이랑 어울리는 성격이 아니다 보니까 나도 들은 거라곤 떠도는 소문밖에 없는데, 아직 학부생인데도 대형 로펌에서 진작 눈독 들이고 은밀히 찾아왔었다던가 하는 소문도 있었다. 뭐, 로펌이 학부생을 상대로 그럴 리는 없겠지만 어쨌거나 그랬던 사람이 판사도 아니고 검사 한다 그러니까 처음엔 안 믿었어. 신기하지? 마음만 먹으면 하버드든 예일이든 갔다 와서 대우 엄청 받고 살 텐데. 연수원 수석까지 한 사람이 뭐가 아쉬워서 검사 노릇을 하지?"

"연수원…… 수석이요?"

윤호가 황당하다는 표정을 지었다.

"그것도 몰랐어? 그 정도는 알 줄 알았는데."

아인은 그저 입을 다물지 못하고 바라보기만 했다.

연수원마저 수석? 일등 못 해서 죽은 귀신이 붙은 거야?

"그만 놀라도 돼. 학교 다닐 때 그만치 한 사람이 연수원 수석
까지 한 게 뭐 그리 놀랄 일이라고."

"대단하네요, 권 선배님……. 몰랐었어요."

아인이 멍하니 말했다. 그에 윤호는 피식 웃어버렸다.

"아, 좋아했던 여자한테 난데없이 다른 남자 칭찬만 죄다 했
네. 밸런스 맞추자면 욕도 좀 해야겠는데?"

좋아했었다는 말에 한 번, 욕이라는 말에 두 번 멈칫거리며 윤
호를 조심스럽게 올려다보았다.

"욕이요?"

딱히 욕할 구석이 없는 것 같은데.

"솔직히 좀 재수 없지 않아? 잘난 건 알겠다 이거야. 그런데
인사도 잘 안 받아주고, 친하게 지내려고 좀 살갑게 굴면 목전에
서 무안을 주질 않나. 솔직히 후배가 선배님, 선배님 하고 따라다
니면 얼마나 귀여워? 그걸 다 무시하더라니까?"

"선배님, 선배님 하고 따라다니셨어요?"

"아니. 나 말고 다른 애들이 그랬지. 그러다 질려서 일찌감치
다 나가떨어졌지만."

하긴 성격 들어보니 지금이랑 한 치도 다르지 않다. 지금이야

그렇다 쳐도 학교 다닐 때 성격이 그랬다면…… 따르는 후배는커녕 친구 하나도 없었겠네.

도진에 대해 들은 바를 머릿속에 차분히 갈무리하며, 아인은 잘 즐기지 않는 포도주를 입으로 가져왔다. 윤호가 예약해놓은 곳이라기에 따라오긴 했지만 역시 포도주는 딱히 취향이 아니다. 마시는 둥 마는 둥 한 모금 겨우 삼킨 그녀는 다시 조심스럽게 잔을 내려놓으며 슬며시 의외의 질문을 던졌다.

"여자 친구는, 없었대요?"

"여자 친구? 있을 리가 있나. 과에서 제일 예쁘다던 선배도 퇴짜 놨는데. 이유가 귀찮아서였지, 아마?"

귀가 쫑긋하게 섰다.

"제일 예쁘다던 선배? 누구요?"

"넌 몰라. 나보다도 선배였으니까."

아인은 포도주를 마시는 윤호를 물끄러미 바라보았다.

"얼마나 예뻤는데요?"

그러다 저도 모르게 불쑥 뱉었다.

"응? 꽤 예뻤지. 왜?"

"네? 아, 아니요. 아니에요."

아인이 급하게 고개를 내젓자 윤호가 눈을 가늘게 떴다. 그는 부랴부랴 고기를 써는 척 수선을 떠는 아인을 보다가 넌지시 말을 던졌다.

"관심 있구나? 좋아하네. 그렇지?"

"아, 아니, 아니에요! 제가 왜……."

"야, 좋아하지 마라, 크게 덴다. 아까 보니까 성격 그대로더니

만. 그럼 여자 대하는 것도 그대로일 거 아냐?"

"에이, 무, 무슨 말씀이세요. 그런 거, 그런 거 아니에요."

아인이 고개를 마구 내저으며 스테이크 덩어리를 입으로 세 점이나 연달아 넣고 꾹꾹 씹었다. 윤호는 열심히 딴청을 피우는 그녀를 보다가 은근히 입을 열었다.

"남녀 관계가 생각대로 참 안 돼. 그렇지?"

"아니, 아니라니까요?"

"그놈의 사랑이 뭔지. 보면 답답해. 안타까운 사연이 많아."

"사랑? 어유, 전 그런 거 아니라니까요?"

"너 말고 다른 사람 이야기야. 남편이 바람이 났는데, 내연녀가 툭하면 찾아와서 본처 행세하고 그랬다더라. 남자 좀 잘 챙기라면서."

"내연녀가요?"

아인이 미간을 잔뜩 찌푸리자 윤호가 어깨를 으쓱해 보였다.

"그렇지. 아무리 그래도 불륜인데 내연녀가 그래선 안 되는 거지. 안 그래?"

"그렇죠. 너무하네요."

"그래도 그러는 거 다 참더라. 왜 그러냐고 하니까 남편 사랑해서 그런다더라. 남편이 자기 떠날까 봐 말도 못 하고 그러다가 내연녀 쪽에서 또 시비를 거니까 더는 못 참고 화 한 번 낸 건데……. 아, 이 이야기는 그만해야겠다. 지수정 씨 이야기거든."

"지수정 씨?"

이름이 익숙하다. 아인은 뇌리를 되짚으며 곰곰이 생각하다가 눈을 가늘게 떴다.

"혹시 제가 맡은 사건 피의자요?"

"아, 내가 실수했다. 너한테 이런 이야기 하면 안 되는 건데."

아인은 의식적으로 입을 꾹 다물었다.

전혀 예상치 못한 순간에 담당 사건 이야기라니.

이건 청탁인가? 하지만 윤호 오빠는 지수정의 담당 변호사가 아니다. 그럼 청탁이라고 보긴 어렵지 않은가?

"아, 갑자기 내가 당황하게 했구나, 그렇지? 미안해. 실은 지수정 씨 변호 맡은 형이랑 내가 좀 가까운 사이거든. 그래서 지수정 씨 사연을 좀 아는데. 꽤 안타까운 사건이라 나도 덩달아 신경 쓰다 보니 무의식적으로 너한테 이야기해버렸네. 미안하다, 야."

"예에……."

경계하며 윤호의 눈을 피했다. 아인은 순식간에 앉은 자리가 불편해지는 걸 느끼며 썰던 고기를 두고 물만 마셨다.

"근데 야, 진짜, 이건 딴 얘기지만 요즘 불륜 정말 장난 아니더라. TV 드라마가 오히려 양반이더라니까? 퇴근해서 안방 문 열었더니 떡하니 둘이 맨몸으로 침대에 누워 있질 않나, 집에 애들도 있는데 말이야."

"그거 지수정 씨 이야기인가요?"

조심스레 묻자 윤호가 손을 내저었다.

"아니. 지수정 씨 이야기는 안 하기로 했잖아. 다른 사람 얘기지. 야, 솔직히 말하자면 최나희는 훨씬 더 심했어. 걔가 한 짓은 입 더러워질까 봐 내가 입에 담지도 않아. 내가 정말…… 어휴, 너 내일 지수정 씨랑 최나희 대질조사하지? 그때 보면 알겠지만, 지수정 씨 진짜 참한 사람이거든? 눈물도 많고. 결코 먼저 남한테 해코지할 사람 아니란 거 너도 한눈에 알걸? 그런 사람이 먼저 손찌검을 할 정도면 최나희가 어땠겠냐?"

"으음."

"최나희도 참…… 이혼하면 당장 그 남편이랑 결혼할 수 있는 것도 아니면서 툭하면 지수정 씨한테 이혼시켜버린다고 협박이나 하고. 복잡해, 여자들. 야, 그만하자. 내가 괜히 이야기 꺼내서 너 신경 쓰게 만들었다. 못 들은 걸로 해라."

"아, 네…… 드세요. 맛있네요."

이야기가 끝나서 다행이다. 아인은 최나희와 지수정의 사진 속 모습을 저도 모르게 되새기다가 머리를 휘휘 저어버리곤 식사에 집중했다.

식사를 마친 후 레스토랑 밖으로 나왔을 때, 가장 먼저 아인의 눈에 들어온 건 떨어지는 벚꽃 잎이었다. 어제만 해도 풍성했는데 하루 사이에 많이 졌다는 생각을 하며 아쉬운 눈길을 보내던 중, 식당에서 뒤늦게 나온 윤호가 목소리를 흘렸다.

"무슨 생각해? 이 꽃 다 지기 전에 권 선배님이랑 산책 한번 해야 하는데, 그 생각해?"

"오빠는 자꾸! 그런 거 아니라니까요."

"내일 시간 어때? 금요일인데 술 한잔해야지?"

"내일요? 오늘 외에는 바쁘다고 하지 않으셨어요?"

"갑자기 내일 만나기로 한 고객이 약속을 취소해서 시간이 났네. 얼굴 보니까 좋은데 한 번 더 보자, 왜. 나 또 네가 도서관 앞에서 내 바지 내린 이야기해? 아, 그때 내가 아무리 귀찮아도 벨트 차는 바지를 입었어야 되는 건데 말이야. 괜히 추리닝을 입어가지고!"

"그 얘기 더는 안 하기로 하셨잖아요! 그건 이제 안 통해요."

아인이 고개를 절레절레 저었다.

"그럼 요건 어떠냐? 내 말 안 들으면 나 권 검사님한테 간다?"

"예? 귀, 권 선배님한테요?"

아인의 눈이 더없이 커다래졌다.

"누가 아주 사모하고 있다는 이야기를 해줄까나 말까나."

"오빠! 그런 거 아니라니까요?"

"맞는 것 같은데!"

"그런 말씀 하지 마세요, 큰일 나요!"

저도 모르게 발을 동동 구르자 윤호가 미안하다며 웃었다.

"내가 얼마나 반갑고 또 보고 싶으면 이러겠냐? 나도 쉬는 시간 귀한데 그거 너한테 쓰겠다는 거야. 우리 대학 때 얼마나 친했냐? 그때 생각하니까 내가 아쉬워서 그래, 아쉬워서."

아인은 머리를 긁적였다. 그러다가 한숨을 후 내쉬었다.

그래, 어차피 만난 김에 하루 더 논다고 큰일 안 생길 테니까.

못 이기는 척 고개를 끄덕이는 것으로 내일의 약속도 잡혔다. 윤호는 연신 즐거워하며 아인을 집까지 바래다주었다.

"그럼 내일 보자?"

그는 사람 좋은 웃음을 지어 보이며 먼저 들어가라고 말했다. 아인은 도진이었다면 기다려주지 않고 휙 가버렸을 테지, 하는 생각을 하며 먼저 집 안으로 들어왔다.

침대에 누운 아인은 오늘 윤호와 나눈 이야기를 오래도록 곱씹었다.

왜인지 도진과 멀어진 기분. 나는 제자리에 가만히 있는데 그는 계단 위로 훌쩍 올라가버렸다.

하긴. 그렇게 잘난 사람이라니 내가 조금만 실수해도 다 마땅찮고 성에 안 차고 그렇겠다.

여자로서도…….

"에이, 모르겠다."

억지로 잠을 청한다.


지수정과 최나희의 대질 조사가 진행되었다. 아인은 차분하게 두 사람의 이야기를 들은 후, 이야기를 하다 흥분해서 고래고래 소리를 지르는 최나희를 겨우 진정시키며 조사를 끝냈다. 이를 바득바득 갈며 인사도 없이 사라지는 최나희와, 처음 이곳에 들어설 때부터 그러했듯이 고상한 걸음걸이로 작별 인사를 고하는 지수정의 모습을 가만히 보면서 아인은 속으로 한숨을 삼켰다.

"성격 보통 아니네요, 최나희 씨."

미영이 은근히 말했다. 그에 아인은 피로가 급격히 몰려오는 걸 느끼며 휴게실로 향했다. 휴게실에 당도해 자판기에서 음료수를 하나 뽑자 휴대폰이 울렸다.

"네, 오빠."

-지수정 씨 방금 최나희랑 대질조사 끝났다며?

"예에, 뭐…….”

어째 사건 이야길 또 하는 게 불편해 어정쩡하게 말끝을 흐렸지만 윤호는 눈치채지 못했는지 유쾌하게 말을 이었다.

-어때? 너도 보니까 지수정 씨 참하지?

"예에, 뭐…… 네."

뭐, 참했던 건 사실이니까. 또 어정쩡하게 대답해주었다.

─그건 그렇고, 오늘 여덟 시쯤 데리러 가면 돼?

아인은 시계를 살폈다. 남은 업무량을 봤을 때 그 정도면 적절할 듯했다.

"네. 여덟 시에 나갈 수 있을 것 같아요. 여덟 시 정각까지는 무리고 십 분이나 십오 분 정도 기다리실 수 있어요?"

─그 정도도 못 기다리겠냐? 알겠어. 그럼 그때 보자.

"네."

전화를 딸깍 끊고 돌아서다가 흠칫 놀라며 뒤로 물러섰다. 언제부터 와 있었던 건지 도진이 가까이에서 저를 빤히 쳐다보고 있었다. 평소처럼 그냥 쳐다보는 것 같지는 않고 뭔가 할 말이 있어 보여 차분히 기다리는데 좀처럼 입을 열지 않는다. 아인은 결국 먼저 물어보았다.

"왜 그러세요?"

"아니다."

도진은 말을 않고 돌아섰다. 아인은 고개를 갸웃거리다가 제 검사실로 돌아왔다.

시간이 흘러 오후 일곱 시쯤. 시계를 확인한 아인은 약속까지는 한 시간이나 남았단 걸 깨닫고 다른 사건 기록을 새로이 펼쳐 들었다. 그러다가 이쪽으로 늘어진 그림자를 하나 발견했다.

"선배님?"

퇴근하던 길이었는지 도진이 서류가방을 든 채 이쪽으로 다가왔다. 그리고 아주 오랜만에 아인이 맡은 사건 서류를 뒤져 보기 시작했다. 한동안 안 그러더니 불시에 점검하는 건가 싶어 아인은 눈을 동그랗게 뜨고 도진의 조언을 기다렸다.

"너."

도진이 지수정 폭행 사건 기록을 펼친 채 아인을 바라보았다. 아인은 떨리는 마음으로 그를 마주 보았다.

"혼자서 내린 결정이지?"

이해가 되지 않는다는 눈빛을 띠자 도진의 입이 다시 열렸다.

"이거 집행유예로 구형하기로 한 거, 너 혼자 내린 결정이지?"

"그럼요. 제 사건이잖아요."

살짝 미소를 띠며 조심스럽게 대답했다. 도진은 더 묻지 않고 서류를 손에서 놨다.

"너 오늘 웬만하면 야근해라."

왜냐고 물을 틈도 주지 않고 그는 나가버렸다. 아인은 오늘따라 도진이 이상하다는 생각을 하며 곧 여덟 시를 맞았다.

검찰청 밖으로 나가자 윤호가 기다리고 있었다.

"저녁은 먹었어?"

윤호가 다정하게 물었다.

"그럼요. 시간이 몇 신데요."

"다행이네. 가자."

윤호가 평소에 자주 가는 술집이 있다며 아인을 안내했다. 한 두 잔 술을 밀어 넣으며 과거의 대학생활을 아련하게 되짚었다. 현재의 고충도 토로했다. 마음은 점차 느슨해져 어느덧 윤호와는 둘도 없는 친구가 되어버렸다.

"진짜 못됐네요! 자기만 보고 사는 아내한테……"

"말하면 또 속 답답하다."

"진짜 그런 사람이 벌 받아야 되는데!"

"그러니까. 법이란 게 아이러니하다니까. 진짜 상처 가득한 사람은 실수 한 번 했다고 가차 없게 내려치면서 참."

"그럼 안 되죠. 그럼 정의에 어긋나죠. 법과 정의가 완전히 일치하는 건 아니지만…… 올바른 법이라면 정의에 토대를 둬야지. 안 그래요?"

아인이 살짝 혀 꼬인 소리로 열심히 말했다. 윤호는 끄덕이며 맞장구쳐주었다. 두 사람의 법과 철학에 관한 이야기는 쉴 틈도 없이 계속해서 이어졌다.

술자리를 파했을 땐 이미 자정을 넘은 새벽 시각이었다.

"오늘 네 덕분에 재밌었다."

아인의 집 앞에서, 윤호가 차에서 내리며 말했다.

"저도요. 오늘 정말 즐거웠어요."

가만히 서 있는 것도 힘들어 계속 비틀거리자 윤호가 잡아주었다.

"우리 정의의 사도들끼리 앞으로도 잘해보자?"

윤호가 장난 가득한 모습으로 주먹을 쥐어 보이자 아인도 똑같이 주먹을 쥐며 가누기 힘든 고개를 끄덕거렸다.

"그래야죠!"

"지수정 씨 잘 부탁하고. 남편 하나밖에 모르고 산 여잔데 그 남편이 몰라주잖아. 우리라도 알아줘야지."

"걱정 마세요! 저 지수정 씨 마음에 들어요. 마음에 드는 사람이에요. 저 마음에 드는 사람? 벌주기 싫어요."

정확하지 않은 발음으로 계속 주절거렸다. 그에 윤호는 씩 웃었다.

"인마, 네가 너무 그러니까 기소유예까지 기대하게 되잖아."

"기소유예요? 까짓것 해버리죠, 뭐. 기소유예! 나쁘지 않아요."

"쉽게 말하진 말고. 어쨌거나 그렇게 말해주니 고맙다. 갈게. 너 들어가는 거 보고 가고 싶은데, 이 시간까지 남자랑 같이 있는 거 부모님 아셔봐야 좋을 거 없을 테니까 먼저 간다?"

"네. 가세요."

아인은 고개를 숙였다 든 후 휘청거리며, 떠나는 차를 흐뭇하게 바라보았다. 새벽이니까 운전 조심해야 할 텐데. 아니다, 운전은 윤호 오빠가 아니라 대리기사가 하는 거니까, 대리기사는 전문가니까, 잘할 테지, 그리 생각하며 돌아서는 순간이었다.

휘청거렸던 몸이 일시에 똑바로 굳어버릴 정도로, 그 무거웠던 눈꺼풀은 어디로 가고 그 어느 때보다도 동공이 커질 정도로 놀라서 멈춰버렸다. 동시에 제가 처한 상황을 제대로 파악한 그녀는 곤혹스러운 눈길로 눈앞에 선 이를 헤집었다.

설명을 해야 했다. 한데 입이 떨어지질 않는다. 그런 거 아니라고, 단지 오랜만에 본 선배라서 그냥 반가운 마음에 술 한잔 같이 한 것일 뿐이라고, 청탁 같은 거, 그런 거 아니라고 분명하게 말을 해야 하는데!

차라리 술기운이 남아 알딸딸했으면 좋았을걸. 너무도 생생해서, 저를 찌르는 저 눈빛이 한 치의 왜곡도 없이 그대로 몸에 박혀

들어서, 너무 아프다.

도진이 움직이기 시작했다. 그는 말없이 제 차가 세워진 곳으로 걸어가더니 조용히 시동을 걸었다.

그리고 아인을 둔 채 그대로 사라져 버렸다.


토요일 내내 아인은 방 안에 누워 있기만 했다. 엄마는 어디 아프냐고 몇 번이나 물으며 이마를 짚어본 후, 진짜 보약 먹여야겠다며 아는 한의사에게 연락을 했다.

일요일 오전에도 누워 있기만 했다. 아빠가 보약 먹기 싫으면 지금이라도 얼른 일어나라고 조언을 해준 게 통했을까, 점심때는 일어나 가족들과 함께 식사를 했다. 식사 후에는 마당에 나가 한참이나 달구를 만지작거렸다.

달구는 뭘 보냐 하는 표정으로 아인을 마주 보았다. 아인은 촉촉한 눈으로 달구를 빤히 바라보다가 무릎에 얼굴을 파묻었다.

아인이 눈싸움할 생각이 없는 것 같으니 저도 관둘 요량인지, 달구는 아인에게서 시선을 거두며 몸을 축 늘어뜨렸다. 그러자 아인의 눈길이 다시 돌아왔다. 달구는 이번엔 그냥 무시하며, 마주 보지 않고 엎드려 있기만 했다.

"야, 일어나 봐. 나랑 얘기 좀 해. 나 좀 도와줘. 네가 나보다는 그 사람에 대해서 더 잘 알 거 아냐."

달구는 나 굳었소, 하고 미동도 없다.

"나 어떻게 해야 해? 야, 달구야. 권달구?"

"이놈아, 김달구가 되어야지, 어째 권달구라냐?"

달구의 배를 슬쩍슬쩍 밀며 떼를 쓰고 있을 때 아빠가 뒷짐을

진 채 다가오며 물었다. 아인은 얼른 어두운 표정을 지우며 아빠를 올려다보았다. 아빠는 익숙한 손길로 달구를 어루만지더니 은근히 입을 열었다.

"이놈 본래 주인이 권가냐?"

"응? 응."

잠깐 맡아줬을 뿐이지만 본래 주인이라 해도 상관없겠지.

"그 사람한테 네가 뭔 죄지었고?"

이번엔 대답하지 않고 입을 꾹 다물었다.

"자, 이리 와. 달구, 이리 와!"

아빠가 자세를 낮춰 가슴팍을 탁탁 치며 달구를 부르지만 달구는 또 관심 없다는 듯 물끄러미 쳐다보기만 했다.

"참 정 없는 놈일세."

아빠는 결국 포기하고 다시 자리에서 일어섰다. 그러더니 뒷짐을 지며 아인을 지그시 내려다보았다.

"아인아, 잘못을 했으면 반성을 하고."

달구보다도 훨씬 더 강아지 같은 눈빛으로 아빠를 올려다본다.

"반성을 한 이후에는 다신 안 그러면 되는 거야. 뭘 그리 기가 죽어 있어?"

아인은 눈길을 다시 아래로 내려버렸다.

"반성하고 다시 안 그런다고 해도…… 이미 실망했을 테니까."

"이놈아, 너는 네 앞에 벌 받으러 온 죄인 놈들이 이미 나는 전과자요, 하고 막사는 거 보면 기분이 어떻더냐? 그게 좋디?"

아직 그런 사람은 못 봤지만.

"안 좋을 것 같아."

"죗값 치르고 새사람 되겠습니다, 하면, 애초에 죄 안 지은 놈보다 더 기특할 수가 있는 거야. 안 그러냐?"

아인은 설득당한 듯 고개를 끄덕였다.

"그럼 확실하게 네 죗값부터 치르자. 네 죄부터 말해봐. 아빠가 딱 형량 내려줄게."

머뭇거리던 아인은 주섬주섬 이야기를 꺼내기 시작했다. 아빠는 사뭇 진지한 표정으로 아인의 이야기를 들어주었다.

"아, 그놈. 대학 다닐 때 너 밥 많이 사준 놈?"

"응. 학교 다닐 때 동기보다 친했던 선배니까, 나는 그냥 반갑기도 하고 옛날 일 미안하기도 해서 만나자는 약속 거절 못 했는데……."

"그랬는데?"

아인은 잠깐 뜸을 들이더니 눈꼬리를 살짝 내렸다.

"거기서 내가 담당한 사건 이야기를 꺼내는 거야. 그때 바로 자리를 박차고 나왔어야 했는데…… 내가 너무 안이했어. 당장 담당 변호사가 아니라 하더라도, 담당 변호사랑 친분 있다고까지 말했는데."

"음. 빼도 박도 못하게 네 불찰이네?"

아인은 아빠의 말을 인정하며 다시 말을 이어갔다.

한참이나 대화를 주고받는 두 부녀 옆에서 달구는 입을 크게 벌려 하품을 했다. 그리고는 곧 몸을 잔뜩 웅크렸다.

"어제 종일 생각한 건데 나 아마 윤호 선배 아니었어도 지수정 씨한테 마음이 더 기울긴 했을 거야. 하지만 그래도 말이야. 솔직히 집행유예 줄 생각까진 못 했을 것 같아. 집행유예는 안 되겠어. 그건 안 공정하니까. 아니면 반대쪽 의견을 훨씬 더 많이 들어본 후에 결정하든가."

"그래. 그게 맞는 것 같다. 이야기는 그게 끝이야?"

"응."

"그럼 이제 벌을 정해야지. 우리 딸한테 무슨 벌을 줄까나."

장난기 가득한 목소리임에도 벌준다는 소리에 내심 긴장한 듯 아인은 입을 다물고 아빠를 올려다보았다.

"벌 생각하는 것도 참 일이다. 그냥 옛날처럼 반성문 써."

"반성문?"

"다 큰 딸을 때릴 수는 없잖아."

아인은 피식 웃더니 곧 진지한 표정을 지었다. 그러더니 한참 후 진짜로 제 방으로 들어가 종이와 펜을 챙겨 왔다.

굳이 달구를 평상 옆에 끌고 와 앉혀 놓고서는, 그 위에 엎드려 뭔가를 쓰기 시작했다.

"달구, 손!"

틈틈이 달구를 귀찮게 하는 것도 잊지 않고.

아빠는 펜을 놀리는 딸을 흐뭇하게 쳐다보다가 집 안으로 들어갔다. 달구 본래 주인 성이 권가란 말이지, 깊게 명심을 하며.

2

제 모습이 너무 바보 같진 않을까 걱정이 되긴 하지만, 모르는
척 가만히 있는 것보다는 어떤 식으로라도 변명을 하고 사정을 밝
히는 게 나을 것 같아서, 아인은 있는 용기, 없는 용기 다 빌려 도
진에게로 향했다.

"선배님……."

도진이 쳐다보지도 않는다. 저를 공기 취급하는 그를 보며 속으
로 한숨을 삼킨 후, 아인은 손에 들고 온 종이뭉치를 내밀었다.

"제가 실수를 했어요. 앞으로는 안 그러겠습니다."

받아주길 기다리지 않고 책상 위에 살짝 놓고 돌아섰다. 그리
고 곧바로 도진의 검사실을 빠져나왔다.

그 후로 계속 아인은 도진을 주시했다. 제가 건넨 반성문을 봤
으면 더는 시베리아 한기를 쏟아내진 않을 거란 기대감이었다.

하지만 눈 한 번 마주쳐주질 않는다. 아인은 실망감을 느끼며 쓸쓸히 퇴근길에 올랐다.

버스에서 내려 집 근처에 다 다를 때까지도 도진의 싸늘하던 모습이 떠나지 않고 그녀를 괴롭혔다. 그녀는 풀 죽은 모습으로 땅만 보고 걷다가 절로 새어 나오는 한숨을 크게 뱉었다.

"야 이 씨! 이거 뭐야? 아? 이 때려죽일 기집년이!"

그러다 가까이서 들려오는 소리에 번뜩 정신을 차려보니 거나하게 취한 중년의 남자가 자신을 위협하듯 그림자를 흔들고 있었다. 아인은 깜짝 놀라 뒷걸음질을 치다 땅을 잘못 디뎌 그대로 발목을 접질렸다.

"으아!"

순간적인 고통에, 저도 모르게 주저앉아 발목을 감싸 쥐었다. 그사이에도 취객이 계속해서 혀 꼬인 소리로 시비를 걸어왔지만 뭐라고 하는지 하나도 안 들릴 정도로 발목이 너무도 아팠다. 아인은 눈을 꾹 감은 채 있는 힘껏 이를 악물었다.

"가방 이거 어떤 머리 빈 새끼가 사줬냐고, 아? 야! 야 이년아! 어? 말 안 해?"

취객이 바닥에 널브러진 아인의 가방을 발로 차다 못해 급기야 아인을 발로 밀치려 했다.

"에헤이! 아제! 아제, 이라믄 안 되지."

경상도 말씨를 쓰는 청년이 끼어들어 몸으로 취객을 막았다. 아인은 간신히 눈을 뜨고 저를 구해주는 이를 올려다보았다.

"어? 뭐야? 안 놔? 안 놔?"

"아제, 저 가서 얘기합시다. 애먼 아가씨한테 그라지 말고."

"놓으라고 했지? 어? 안 놔? 이 새끼가!"

"에이, 아제, 이래가 득 볼 게 없어요. 아닌 말로 내같이 젊은 아랑 싸워가 이길 수 있나? 좋게 말할 때 여서 끝냅시다. 예?"

취중일지라도 상대가 젊은 남자란 건 정확히 인식한 건지, 취객은 점점 기세가 줄어들더니 구시렁거리며 자리를 뜨기 시작했다. 그는 멀어져가며 틈틈이 뒤돌아 욕을 뱉거나 허세를 부리긴 했지만 크게 해코지를 하진 못했다.

"거참, 술을 먹어도 곱게 먹을 것이지. 아가씨, 괜찮아요?"

취객이 떠나는 모습을 지켜보던 청년이 아인에게로 고개를 돌리며 물었다.

"예, 고맙습니다."

그새 발목의 고통이 많이 가셔서 이젠 일어설 수 있을 것 같았다. 아인이 일어설 태세를 취하자 청년이 얼른 붙잡아주었다.

"조심해요. 아, 미안해요."

청년이 아인을 붙잡았던 손을 급히 떼며 사과를 했다. 매너 있는 청년의 모습에 아인은 미소 지은 얼굴로 고개를 저으며 겨우겨우 자리에서 몸을 일으켰다.

"집 어디에요? 내 트럭 있는데 태워다 줄까요?"

"아니에요. 근처예요."

"아, 다행이네. 이 골목은 어두컴컴하고 사람도 없고 해서 위험하니까 이 길 끝날 때까지 같이 가드릴게요."

"아니에요! 죄송하게. 괜찮아요. 안 그러셔도 돼요."

"안 그래도 되긴요. 방금도 식겁해놓곤. 괜찮아요. 난 산책한다 생각하면 돼요."

정말 다정한 사람이다. 아인은 감격하며 청년과 나란히 걷기 시작했다. 고마운 인연이라 그런지, 아니면 청년의 사교성이 대단한 건지, 처음 본 사람임에도 함께 걸으며 대화하는 게 불편하지 않고 굉장히 편안했다.

"구두를 그런 걸 신고 다니니까 그렇게 쉽게 발이 삐죠."

"하하, 제가 원래 잘 다쳐요. 잘 넘어지고. 얼마 전에도 넘어 졌어요."

"에? 그만치 커서요? 아가씨가 아니라 애네, 애."

서울말과 어색하게 뒤섞인 경상도 말씨를 들으니 참 재미가 있다. 아인이 풋, 하고 웃자 청년도 따라서 씩 웃었다.

"무슨 일 하는데 이 시간까지 다녀요? 위험하게."

"하하, 그냥 공무원이에요."

"아, 그렇구나. 직업 좋네요. 더 데려다 주고 싶은데, 처음 보는 사람한테 집 어딘지 가르쳐주기 싫을 거잖아요, 그죠?"

청년은 웃으며 말한 후 뒷걸음질을 쳤다.

"그럼 조심해서 가요!"

그는 인사말을 남긴 후 총총 뛰어 되돌아갔다. 아인은 흐뭇한 표정으로 그의 뒷모습을 지켜보다가, 그가 뒤돌아 손을 흔들자 함께 손을 마주 흔들어주었다.


반성문을 제출한 후로 며칠간, 아인은 초조할 만큼 신경을 바짝 세운 채 도진의 눈치를 살피고 또 살폈다. 첫날은 아직 못 읽은 것이려니 하고 위로한다 쳐도, 그다음 날도 또 다음 날도 거기에 대해 일언반구도 없으니 슬슬 불안했다.

용서 안 할 생각인가. 용서 안 해주면 어떻게 해야 하지…….

아인이 멍하니 생각에 잠겨 있을 때 실무관 미영이 그녀에게 슬며시 다가왔다. 미영은 다소 심각해 보이는 아인의 눈치를 살피다가 오전에 아인에게 빌렸던 가위를 책상 위에 소리 없이 놓았다. 그러곤 아인을 방해하지 않으려 살금살금 제자리로 돌아갔다.

그 후로 한참이나 더 멍하니 있던 중, 신 계장의 목소리에 정신을 차려보니 벌써 시간이 되어 조사하기로 한 피의자가 들어서고 있었다. 아인은 정신을 가다듬은 후 곧 조사를 시작했다.

피의자는 시종일관 불성실한 자세로 조사에 임하더니 조사가 두 시간이 넘어가자 얼굴에 짜증을 내비치기 시작했다.

"그러니까 협박을 안 하셨다는 말인가요?"

"아니, 나는 그냥 보통 사람이 하는 말을 했죠. 그걸 듣는 사람이 협박이라고 하는 거지."

"죽이겠다는 말을 하셨다면서요? 그런데 협박을 안 했다고요?"

"아니, 나는 네가 이렇게 하면 이렇게 하겠다, 하고 말을 했을 뿐이지. 그게 어떻게 협박이 됩니까!"

"보통은 그런 걸 협박이라고 합니다."

"그게요? 그게? 와, 나, 이씨!"

갑자기 피의자가 소리를 높이더니 머리를 책상에 쾅쾅 쳤다. 아인이 놀라 움찔거리는 순간, 피의자가 고함을 지르며 자리에서 벌떡 일어섰다. 그리고 아인을 향해 손을 뻗었다.

"검사님!"

너무 놀란 마음에 눈을 감았다가 다시 떠보니 눈앞에 날카로운 쇠붙이가 와 있었다. 아인은 피의자의 손에 들린 가위를 보며 그 대로 돌처럼 굳어버렸다.

며칠 전 취객에게 위협당한 이후, 혹시라도 또 이런 상황이 생긴다면 절대 당황하지 말고 당당하게 맞서거나 도망치자고 수없이 다짐했었건만, 눈앞에 번쩍이는 은빛을 보니 손가락 하나 까딱할 수 없다. 어떻게 대처해야 할지 차분하게 생각하고 싶은데 머릿속이 온통 새하얗기만 했다.

"야! 장우식!"

신 계장이 말리려고 했지만, 피의자가 아인을 인질로 붙든 채 목에 가위를 바짝 가져다 대고 있으니 함부로 나설 수가 없었다. 다들 어찌할 바를 모르고 허둥거리는 사이 피의자는 검사실 안에 고래고래 소리를 질렀다.

"다 꺼져! 다 비켜! 나 얼른 풀어줘! 나 얼른 풀어주라고!"

차가운 금속의 느낌이 살결을 스칠 때마다 다리에 힘이 쭉쭉 빠져 주저앉고 싶지만, 피의자는 아인이 무너지도록 내버려 두지 않았다. 그는 아프고 답답할 만큼 세게 아인의 목에 팔을 두른 채, 그녀를 끌며 문 쪽으로 뒷걸음질을 쳤다.

"막내야!"

그러던 중 뒤쪽에서 들려온 혜수의 목소리에 피의자가 얼른 가위의 방향을 돌리는 순간.

"크헉!"

누군가 이쪽으로 몸을 날림과 동시에 목에 감겨 있던 피의자의 팔이 풀렸다. 아인은 그대로 무너졌다.

"괜찮아? 안 다쳤어?"

혜수가 얼른 다가와 아인을 붙잡아주었다. 아인은 콜록거리며 괴로워하다가 다급히 고개를 들어보았다.

제압당한 피의자와 무서운 눈으로 그를 노려보는 도진이 보였다. 아인은 안도하며 바닥으로 고개를 떨어뜨리다가 눈을 크게 키웠다.

……피?

얼른 고개를 다시 들자 피의 진원지가 보였다. 도진의 오른손에 들린 가위, 그 가위를 타고 흐르는 그의 피.

아인의 눈이 부풀기 시작했다. 그녀에게로 도진은 천천히 돌아섰다. 그러면서 피 흐르는 가위를 내보였다.

"이거 누구 거야?"

"흑, 선배님, 손이……."

"네 거야? 네가 쓰던 거야?"

모양을 보니 제 가위가 맞다. 어째서 이 가위가 피의자의 손에 들어간 건지 혼란스러워하며 망연히 보던 중 멀리서 울며 벌벌 떨고 있는 미영의 모습이 눈에 들어왔다. 아인은 모든 상황을 파악하곤 입술을 깨물며 고개를 숙였다.

"예…… 제가……."

"야, 이 멍청아!"

도진이 소리를 버럭 질렀다. 그에 실내의 모든 이가 놀라며 숨을 죽였다. 혜수조차도 할 말을 잃고 도진을 올려다보기만 했다.

"피의자 상대할 때 무기 될 만한 거 책상에 두면 안 되는 거 몰라? 대체 얼마나 멍청해야 이따위 실수를 할 수 있는 거야? 이

가위가 네 목 뚫고 나면, 그때 치울래?"

"야, 권도진⋯⋯."

"하마터면 죽을 뻔했잖아!"

말리는 혜수를 무시하며 소리를 더 높였다. 혜수는 자신이 나설 수 있는 자리가 아니란 걸 깨닫고는 다시 입을 다물어버렸다.

"너한테는 기본이 어려워? 왜 자꾸 기본을 못 지켜!"

아인은 입술을 더 세게 깨물며 눈물을 훔쳤다. 그녀를 보면서, 도진은 제 화를 못 이기고 가위로 나무 캐비닛을 푹 찍어버리더니 밖으로 빠져나갔다. 아인은 그가 움직이는 길을 따라 떨어지는 선명한 핏방울을 보며 끅끅 울음을 삼켰다.

"죄송해요. 검사님, 괜히 저 때문에⋯⋯."

미영이 다가와 겨우 짜낸 듯한 목소리로 간신히 사과를 전했다. 괜찮다고 말해주고 싶은데 좀처럼 울음이 그치지 않아 무리였다. 아인은 미영의 어깨를 잡아주며 한참 더 어깨를 들썩거렸다.

"막내야, 이거 청심환⋯⋯."

얼마 후, 혜수가 약국에서 사온 청심환을 물과 함께 내밀었다. 아인은 떨리는 손을 내밀어 받아 든 후 너무 꽉 메어 아프기까지 한 목 안으로 청심환을 밀어 넣었다.

그리 먹어둔 청심환 덕분일까. 해질녘쯤 되자 마음의 진정뿐 아니라 용기도 얻게 되었다. 아인은 저녁을 먹지 않아 가벼운 속을 꾹 누르며 도진에게로 향했다.

도진은 제 검사실로 들어서는 아인을 물끄러미 바라보았다. 하지만 아인은 도진의 눈을 보지 않았다. 그녀는 도진의 붕대 감긴 손을 끝없이 바라보다가 한참 후에야 도진의 눈을 향해 시선을 돌렸다. 그녀의 눈이 닿자 이번엔 도진이 눈을 치워버렸다.

"많이 아프시죠?"

대답이 없다. 아인은 기가 죽었지만 예상했던 범위인 만큼 물러서지 않고 더욱더 힘을 냈다.

"죄송해요."

주먹을 꾹 쥐며 목소리를 더 높였다.

"죄송해요! 다시는……!"

"너 돌대가리지?"

도진이 이쪽을 쳐다보며 말했다. 아인의 말문이 순간적으로 턱 막혀버렸다.

"내가 사과하지 말란 말을 몇 번이나 해야 기억할래?"

"죄송해요, 전 그저……."

이런, 또 사과해버렸다. 아인은 얼른 입을 꾹 다물었다.

"귀찮게 하지 마."

마지막으로 들은 말에 푹 찔린 채, 아인은 힘없이 밖으로 빠져나왔다. 나오자마자 벽에 기대어 한숨을 후 내쉬자, 기다렸다는 듯 눈물이 내달리기 시작했다.

에이, 아무래도 박 선배님이 사다 준 청심환은 별로인 것 같아. 효과도 엄청 늦게 나타나고, 잠깐 괜찮나 싶더니 또 이러네.

눈물을 쓱쓱 닦는다.


며칠간의 시간이 꾸역꾸역 흘러갔다. 그간 아인은 도진에게 함부로 말도 못 붙이고 눈치만 살폈다.

오늘도 역시 답답한 하루를 보내고 퇴근길에 올랐다. 아인은 터덜터덜 길을 밟아 집으로 향했다.

"어? 공무원 아가씨!"

낯설면서도 묘하게 낯익은 목소리에 고개를 돌려 보니 중형 크기의 트럭이 눈에 들어왔다.

"이야, 여기서 또 보네요."

전에 취객에게서 자신을 구해준 청년이었다. 아인은 반가움을 느끼며 요 며칠 저를 떠나고 없던 기력을 잠시나마 되찾았다.

"퇴근해요? 태워줄까요?"

"예? 괜찮아요."

"걱정 말아요. 나쁜 짓 안 해요."

"그런 거 아니에요. 폐 끼치기가 싫어서 그래요."

진심을 담아 말하자 청년이 씩 웃어 보였다. 그는 아인을 태우는 대신 아인의 걸음 속도에 맞추어 트럭을 살살 운전하며 그녀와 동행했다.

"저녁은 먹었어요?"

"네? 아직이요."

"아직도요? 배고프겠다."

청년이 보조석 수납함에서 뜯지도 않은 새 과자를 꺼내더니 아인에게 통째로 내밀었다.

"이거 먹어요."

"아니에요. 괜찮아요."

"공무원 아가씨는 맨날 아니고 괜찮대. 왜요? 살찔까 봐 이런 거 안 먹어요? 내 봐요. 날씬하잖아. 이런 거 먹는다고 살 안 쪄요. 자. 목 막힐 테니까 물도."

거절했더니 과자뿐만 아니라 생수통도 더해져서 돌아왔다. 아인은 차 문 밖으로 팔을 탈탈 터는 청년의 모습에 웃음이 나는 걸 느끼며 결국 그가 건네는 것들을 받아 들었다. 그리고 한결 좋아진 기분을 에너지 삼아 과자 봉지를 힘차게 뜯었다.

버스에서 내릴 때까지만 해도 마음속에 가득했던 우울함은 어느덧 다 가시고, 이젠 즐거움과 편안함만 남아 있었다. 이런 친구가 늘 곁에 있어주었으면 좋겠다는 생각을 하고 있을 때 청년의 목소리가 들려왔다.

"공무원이면 내일 일 안 하죠?"

"네. 토요일이니까요."

"내가 내일 아침 열 시쯤에 여기 또 지나갈 일이 있거든요. 아가씨 보니까 좋아서 그러는데 아침에 인사하고 가도 돼요?"

진심으로 반가워하며 고개를 끄덕이던 아인. 갑자기 끄덕이던 고개를 멈추고 청년을 심각하게 바라보았다.

"혹시……! 변호사, 아니죠?"

"저요? 제가요? 저는 농사짓는데요. 희한하네. 제가 변호사로 보여요?"

확실히 변호사다운 복장은 아니지만.

"늦었네요. 저는 가볼게요. 내일 봐요."

어색한 경상도 말씨로 유쾌하게 인사를 전한 후, 청년은 떠나갔다. 아인은 어쩌면 좋은 친구가 생길지도 모른다는 기대 속에, 남은 길을 밟아 집으로 향했다.


유달리 화창한 날씨가 마음에 들었다. 아인은 기분까지 포근해지는 걸 느끼며 달구를 데리고 집을 나섰다. 청년과 인사하러 가는 길에 달구와 함께 산책이나 할 생각이었다.

"어? 시베리안 허스키다!"

동네 꼬마가 알은체를 하거나.

"아따, 고놈 잘생겼다."

동네 어르신들이 혀를 내두르는 소리를 들으면서, 아인은 뿌듯하게 산책을 즐겼다.

"와, 개 예쁘네요."

익숙한 억양에 돌아보니 트럭 청년이 서 있었다. 아인은 반가움을 느끼며 활짝 웃었다.

"나도 같이 걸어도 돼요?"

청년이 달구를 쓰다듬으며 물었다. 아인이 허락해주자, 그는 환하게 웃으며 아인의 곁을 천천히 걸었다.

두런두런 이야기를 나누다 보니 어느덧 산책로를 한 바퀴 다 돈 이후였다. 청년은 시계를 보더니 아쉬운 표정을 숨기며 달구의 목줄을 아인에게 넘겨주었다.

아인이 헤어지는 인사말을 건네자 더는 표정을 숨기지 못하더니 갑자기 뭔가를 떠올린 듯 표정을 밝히며 잠시 기다리란 말과 함께 근처 슈퍼마켓 속으로 몸을 숨겼다. 그리고 금방 다시 모습을 드러냈다.

"이거, 드세요. 스포츠 음료수. 운동했으니까 마셔야죠."

"어? 고마워요."

아인은 기쁜 얼굴로 받아 들며 청년을 바라보았다.

"달구도 줘도 돼요? 사람만 먹으면 기분 나쁠 것 같아서 신경 좀 썼는데?"

세심하게 달구를 위해 종이 접시까지 사 왔다. 오목한 일회용 접시에 제가 들고 있던 음료수를 살짝 따른 후, 청년은 달구 앞에 내밀었다. 아인이 그 모습을 즐거이 바라보고 있는데, 이 달구 놈, 도도하게 쳐다보지도 않는다.

"먹어, 이거 맛있는데……."

청년이 접시를 들이밀어도 달구는 본체만체다.

"죄송해요. 주인 말도 잘 안 듣는 애예요."

청년은 매우 아쉬운 표정을 짓더니 곧 소탈하게 웃어 보였다.

이제 가봐야 한다며 청년은 아쉬운 작별을 고했다. 아인도 아쉬운 표정으로 웃어 보이자, 청년은 다음에 인연이 되면 또 보자며 저만치 뛰어갔다. 아인은 그러고 보니 아직 저 사람 이름도 모르네, 하는 생각을 하며 달구를 데리고 집 안으로 들어갔다.

점심을 먹기까지는 시간이 좀 남았고, 그사이 검찰청에서 가져온 기록이나 읽기로 했다. 한데 제일 중요한 서류를 검찰청에 두고 와버렸다.

오늘 집에서 다 읽을 생각으로 어제 야근도 하다 말고 왔는데. 아인은 엎드렸던 몸을 일으키며 얼른 나갈 준비를 했다.

"밥때 다 돼가는데 어딜 가?"

"검찰청에. 금방 갔다 올게!"

그리 부리나케 검찰청에 도착했다. 혹시 가방에 같이 챙겨 넣었다가 어디서 떨어뜨린 건 아닐까 걱정했더니 다행히도 서류는 제 검사실 안에 잘 놓여 있었다. 아인은 안도하며 가방에 서류를 챙겨 넣은 후 밖으로 빠져나왔다.

"음?"

검사실을 향해 달릴 때까지만 해도 너무 급해서 눈치채지 못했더니 소 검사의 검사실 안에 사람들이 모여 있었다. 그녀는 주말인데 소 선배님이 출근을 하신 건가? 인사라도 해야지, 하는 마음으로 검사실 안으로 들어섰다.

소 검사뿐만이 아니었다. 도진과 강주도 함께였다. 그들은 소 검사의 컴퓨터 앞에 모여 각기 심각한 표정을 짓고 있었고, 아인은 호기심이 이는 걸 느끼며 그들에게로 천천히 다가갔다.

주말에 남의 검사실에 모여서 다들 뭐 하는 걸까?

"엄마야, 깜짝이야."

소 검사가 갑자기 나타난 아인의 모습에 가슴을 부여잡으며 끙끙 앓았다. 아인은 그 모습을 보지 않고 컴퓨터 화면에 가득한 한 남자의 사진만 유심히 바라보았다.

"이 남자, 왜요? 저 이 사람 아는데?"

순간 모두의 시선이 아인에게로 꽂혔다. 아인은 순간적으로 굉장한 부담을 느끼며 모두를 둘러보았다.

"이 사람을 어떻게 알아?"

강주가 의아하다는 눈빛으로 물었다. 아인은 고개를 갸웃거리며 차분히 설명하기 시작했다.

"얼마 전에 저 구해주신 분이에요. 어제 퇴근길에도 우연히 만나서 인사 나눴고. 음, 방금도 보고 왔는데?"

강주와 소 검사가 심각한 눈빛을 교환하더니 다시 아인을 바라보았다. 아인의 표정도 따라서 저절로 심각해졌다.

"왜…… 사건 관계인이에요?"

"잠깐만, 막내야, 혹시, 혹시 말이다."

소 검사가 말을 잇지 못하고 혀로 입술을 계속 축이기만 했다. 그러자 강주가 대신 말을 이었다.

"이 사람이 준 거 뭐 먹은 적 있어?"

"먹은 거? 음식이요?"

왜 이런 걸 묻지? 하면서도 기억을 되짚어 보았다.

"음, 과자?"

"과자? 그게 다야?"

"으음, 과자 줄 때 생수도?"

"어 생수? 그럼 뭐……."

강주의 얼굴에 언뜻 안도가 스쳤다.

"그런데 마시는 것도 음식으로 치는 거예요? 그럼……."

더 있는 듯한 아인의 태도에 강주의 얼굴에 다시 당혹스러움이 스쳤다. 아인은 보지 못하고 계속 기억을 되새기기만 했다.

"아, 아까 게토레이!"

강주가 앉아 있던 자리에서 벌떡 일어났다. 소 검사는 들고 있던 펜을 툭 떨어뜨렸다. 도진은 놀란 눈으로 팔짱을 풀며 벽에 기대고 있던 몸을 서서히 일으켰다.

"왜, 왜…… 왜요?"

돌처럼 굳어버린 강주와 소 검사를 보고 아인이 겁을 집어먹을 때였다. 갑자기 도진이 아인의 손목을 붙들더니 밖을 향해 달리기 시작했다.

"선배님? 어어? 선배님!"

엘리베이터 앞까지 넘어지지 않고 따라간 게 용했다. 도진은

탁 소리가 날 만큼 세게 버튼을 누른 후 고개를 들어 엘리베이터
가 지나는 층을 확인하면서 아인의 손목을 잡은 손에 더 강한 힘
을 주었다.

"저기, 선배님, 갑자기 왜…… 어디에……."

"조용히 해!"

그가 소리 지르는 모습에 깜짝 놀라 입을 꾹 다물었다. 도진은
그 어느 때보다도 심각한 표정으로 아인을 빤히 내려다보다가 엘
리베이터 문이 열리자 그녀를 끌고 안으로 턱턱 들어섰다.

엘리베이터가 1층에 닿을 때까지도 도진은 아인의 손목을 놓아
주지 않았다. 오히려 점점 더 강하게 쥐었다. 아인은 화난 듯한 도
진의 모습에 아프다는 말도 못하고 계속해서 끌려가다가 그의 차
가 주차된 곳에 당도해서야 비로소 풀려났다.

"타."

차까지 타고 어디까지 가려는 건지 묻지도 못하고 시키는 대로
순순히 차에 올라탔다. 도진은 급하게 시동을 걸었다.

당장 무엇보다도 손목이 너무 아프다. 눈물이 날 것만 같다. 아
인은 저절로 튀어 나가는 입술을 꾹 다물어 붙들며 아픈 손목을
어루만졌다.

만지니까 더 아프네. 아파하고 원망하느라 지금 제가 처한 상
황을 제대로 파악하지도 못한 채 어딘가에 도착했다. 아인은 손목
에 두었던 신경을 얼른 밖으로 돌려보았다.

병원? 왜 병원에 온 걸까 추측하다가 일주일쯤 전에 도진이 저
때문에 가위에 찔렸었다는 사실을 기억해냈다. 그래도 그때 다친
손 때문에 이렇게 온 것 같지는 않은데, 그런 생각을 하며 도진의

다친 손을 힐끔거리던 아인은, 도진이 차에서 내리자 저도 눈치껏 따라 내렸다. 그러자 도진이 또 그녀의 손목을 붙잡고 급하게 걸음을 옮겼다.

아, 잘못했다. 미리 눈치껏 반대쪽 팔을 내밀고 있을걸. 아픈 손목 또 붙잡히니 진짜 더는 눈물을 참을 수가 없다.

아프다고 말해볼까? 왠지 입이 안 떨어지는데…… 이러다가 손목 끊어지면 어쩌지? 그리 망설이던 중, 도진이 응급실 안으로 들어섰다.

"무슨 일이시죠?"

"이쪽이 환자입니다."

도진이 차분히 대답하며 아인의 손목을 놓아주었다. 아인은 다시 자유가 된 손목을 어루만지며, 도진을 지그시 바라보았다.

그런 그녀의 귀에 믿지 못할 도진의 목소리가 들려왔다.

"독극물을 먹었을 가능성이 있습니다."

웃기죠? 제초제라는 게, 풀만 없애면 될 일이지 사람까지도 죽인다니.

와, 제초제 색이 게토레이 색이었군요. 처음 알았어요.

하하, 풀을 죽이는 약이 풀색이라니 재미있지 않나요?

……다 안 된다. 다 못 던질 말들이다. 무슨 말을 꺼내야 할지 도무지 감이 잡히지 않는다. 아인은 두 걸음 앞서서 걸어가던 도진이 우뚝 멈춰 서자 저도 반사적으로 따라 멈췄다. 자동문이 열리고 그가 다시 걸음을 옮기기 시작하자 그제야 저도 살금살금 걸음을 뗐다.

그리 완전히 밖에 나오고서야 마땅히 던질 만한 말이 떠올랐다.

"병원비! 병원비가요…… 응급실은 비싸잖아요. 하하, 그래서 저희 엄마는 이왕 아플 거라면 절대 밤에는 아프지 말라고……."

뒷모습밖에 안 보이지만 그의 표정이 어떨지 눈에 훤하다. 아인은 입을 꾹 다물었다가 가방을 주섬주섬 뒤져 지갑을 꺼냈다. 그러고는 용기를 내어 도진의 뒤로 바짝 다가갔다.

"병원비, 얼마였어요?"

"됐어."

"아니에요! 제가 드릴게요. 응급실은 비싼데."

도진은 무시하고 걷기만 했다. 아인은 다시 지갑을 가방에 집어넣고는 그의 뒤를 얼른 쫓았다.

"아까 검사 끝나고 강주 선배님한테 전화해봤어요. 그 사람, 연쇄살인 용의자라면서요?"

고개를 살짝 빼 그의 옆모습을 힐끔거리며 입을 열었다.

"그런데 저 멀쩡한 게 이상하잖아요. 소 선배님이 잘못 짚으신 거 아니에요?"

도진은 대답하지 않았다.

"에이, 그 사람은 범인 아닐 거예요. 되게 착한 사람 같았는데. 인사성도 밝고, 잘 웃고. 친절하고. 저 위험할까 봐 호위해주기도 했고요."

갑자기 도진이 우뚝 멈춰 섰다.

"그딴 게 그 자식이 범인이 아닌 증거가 돼?"

그의 눈길이 평소보다도 훨씬 더 매서워, 아인은 순간적으로 극히 당황했다.

"예? 아니요, 전 그냥 저한테 워낙 잘해준 사람이라서……."

"그따위 이유로 용의자한테 편견을 가져?"

아인이 눈을 아래로 내리며 입을 꾹 다물자 도진도 더는 다그치지 않았다. 아인은 민망한 마음에 괜히 머리를 긁적이며 한숨을 삼켰다.

"너."

다시 고개를 들자 도진의 잔뜩 찌푸려진 얼굴이 눈에 들어왔다. 아인은 내가 또 뭘 잘못했나 하는 생각에 얼른 자신이 했던 행동들을 돌이키기 시작했다.

"손목이 왜 그래?"

"예? 아, 아까 선배님이 세게 붙잡으셔서."

어색하게 웃으며 대답했다.

"나한테 붙잡혀서 그렇게 됐다고?"

"네. 뭐, 괜찮아요."

"왜 놔달라고 안 했어?"

"그게, 어디 가냐고 물어도 대답 안 하시는 거 보니까 너무 급하신 것 같아서요. 아까 검찰청에서 엘리베이터 타기 전에 조용히 하라고 하셨잖아요. 그래서…… 괜찮아요. 그렇게 안 아……."

"넌 왜!"

도진이 버럭 내지른 소리에 아인이 움찔하며 어깨를 웅크렸다. 도진은 겁먹은 듯한 그녀의 눈을 보며 이를 악물더니 못 참겠다는 듯 다시금 목청을 터트렸다.

"이 등신아! 왜 항상 그렇게 멍청하게 구는 거야?"

순식간에 아인의 눈에 충격과 상처가 담겼다. 도진은 그녀를 빤히 내려다보다가 살짝 언성을 낮추었다.

"사사건건 신경 쓰이게 하지 마라. 귀찮은 거 딱 질색이니까."

그렇게 말하더니 돌아서 먼저 가버렸다. 먹먹한 마음을 안고 제자리에 가만히 서 있던 아인은 한참 후 자신을 기다리는 도진에게로 터벅터벅 걸어갔다.

도진은 말없이 차 문을 당겼다. 그를 향해, 아인은 입을 달싹거렸다.

"저 등신 아니에요."

도진의 차가운 눈이 아인에게로 꽂혔다. 아인은 차마 그를 마주 보지 못하고 시선을 아래로 내린 채 꿋꿋하게 말을 이어갔다.

"저 돌대가리도 아니고요. 선배님 똑똑하시단 이야기는 들었는데…… 능력 있으신 것도 알겠는데…… 그건 선배님이 잘나신 거지, 제가 멍청한 게 아니에요."

괜히 잊고 있었던 손목 이야기는 꺼내가지고, 다시 아프려고 하잖아. 눈물 나게.

"저도 선배님처럼 우리나라에서 제일 좋다는 학교, 제일 좋다는 과 나왔어요. 연수원 성적도 좋았어요. 저요, 살면서 한 번도 누구한테 머리 나쁘다는 소리 들어본 적 없어요. 제 이름 아인이에요. 왜 아인인 줄 아세요? 아빠가 아인슈타인에서 따왔거든요!"

결국 흐느낌을 터트리며 안 아픈 손목으로 눈가를 닦았다.

"저 검사 되고 싶어서…… 거기에 걸맞게 열심히 노력했고, 그래서 누구한테 딱히 안 뒤처지고 여기까지 왔어요. 사람이니까 부족한 부분은 있겠죠. 그런데요 저, 부족한 부분 있으면 메우려고 진짜 노력 많이 하면서 살았거든요? 저 국어 잘 못하는데요. 어릴 때 국어 못해서 이과 갈까 하는 생각도 했는데요. 법대 가고 싶어서 문과 가서요, 진짜 열심히 했거든요? 그래서 수능에서 언어영역 만점 받았거든요?"

나 대체 무슨 소릴 하고 있는 걸까.

혼란스러운 가운데 입이 혼자 주절주절 떠들었다.

"그렇게 부족한 거 노력으로 메우면서 살 수도 있는 거지, 다들 선배님처럼 처음부터 다 잘나서 다 잘해야 안 멍청한 거라고 생각하지 마세요. 그렇게 생각하는 선배님이 훨씬 더 멍청해요! 선배님은 아인슈타인이 몇 년도에 태어났는지, 죽었는지 알아요? 전 다 외운단 말이에요!"

소리를 내며 울자 지나가던 사람들이 쳐다본다. 아인은 실컷 울고 난 후에야 지나가는 사람들의 흘낏거리는 시선과 또 끊임없이 저를 지켜보는 도진의 시선을 의식하며 입을 꾹 다물었다.

"샌드위치 사줄까?"

바보도 아니고 왜 거기서 순순히 고개를 끄덕였는지 모르겠다. 아인은 고집스럽게 도진을 외면하며 말없이 샌드위치를 꾹꾹 씹기만 했다. 그러다 부스럭거리는 소리가 나서 슬쩍 살펴보니 도진이 자리에서 일어나고 있었다. 아인은 화장실에 가려나 보다 생각하며 다시 외면했다.

한데 돌아올 시간이 한참 지났는데도 도진이 돌아오지 않았다. 아인은 벌써 다 먹고 없는 샌드위치 대신 주스가 담긴 컵만 입에 댔다 뗐다 하며 고민을 했다.

그냥 확 가버릴까?

머뭇거리던 사이 도진이 돌아왔다. 화장실이 아니라 가게 바깥까지 다녀온 모양이었다. 가만 보니 그의 손에는 약국의 상호명이 새겨진 비닐봉지가 들려 있었다.

곧 귀가한 아인은 파스로 무장한 제 손목을 쳐다보며 신음을 흘렸다.

"으음."

아무래도 잘못했다.

나에겐 검사 자격이 없는 게 아닐까, 구제불능인 건 아닐까.

요즘 들어 계속 드는 생각이었다. 그런 생각이 들 때마다 자꾸만 위축되고 우울해져, 생각하지 말자, 잘해보자, 힘내자, 안간힘으로 버티던 중이라 도진의 말이 필요 이상으로 크게 와 닿았나 보다.

당연한 소릴 들어놓고선 그렇게 발끈하다니. 솔직히 그 사람한텐 더한 소릴 들어도 할 말 없는데. 나한테 거듭 실망한 걸로 모자라, 나 때문에 손까지 다친 데다 오늘은 제초제 먹은 줄 알고 놀라기까지 하고.

선배님이 더 멍청하단 말은 진짜 하지 말았어야 되는 건데, 그리 생각하며 눈꼬리를 내리던 그녀는 비닐봉지 속에 들어 있던 압박붕대를 꺼내 들었다. 그리고 마치 뼈라도 세게 다친 양 손목에 붕대를 칭칭 감기 시작했다.

마지막에 아인슈타인 생일 어쩌고 운운한 건 진짜 멍청해 보였겠지? 여러모로 오늘 저지른 일이 후회가 된다. 아인은 붕대 감긴 손목을 지그시 바라보다가 지친 듯 침대에 누웠다. 그녀는 결국 또 내일 사과해야지, 그런 마음을 먹으며 이불을 꼭 끌어다 덮었다.

이불 부스럭거리는 소리도 없이 적막만 가득한 가운데.

아인이 슬그머니 자리에서 다시 일어나 앉으며 기껏 감쌌던 붕대를 슬슬 풀기 시작했다. 파스도 뗐다. 그러자 멍 자국이 선명하게 눈에 들어왔다.

난데없게도 이 시점에 그런 생각이 들었다. 따져보면 이 멍 자국은 도진이 자신의 손목을 오래도록 붙들고 있었다는 하나의 징표인 게다. 이제 와 그 사실을 깨닫고 흐뭇해지기까지 하는 것이다. 아인은 아픔은 사라지고 멍 자국과 그의 촉감은 계속 남아 있게 하려면 어떻게 해야 하나, 하는 얼토당토않은 생각을 하다가 서서히 잠에 빠져들었다.


모두가 퇴근한 후, 월요일 오후 특유의 지친 듯한 나른함만 남았다.

텅 빈 검사실 속에서 도진은 홀로 창가에 서 있었다. 창을 통해 길게 들어오는 볕이 도진의 얼굴에 온통 얼룩을 냈다. 얼마 후 도진은 살짝 인상을 쓰며, 창밖 풍경 감상을 관두고 창에 블라인드를 쳤다. 그리고 천천히 책상을 향해 돌아섰다.

돌아서더니 문득 가만히 멈춰 섰다. 잘 정돈된 서류 더미에 오래도록 시선을 박고 있던 그는 일순간 서류 더미를 향해 손을 내뻗었다.

그의 손을 따라 종이뭉치가 딸려왔다. 도진은 창가에 기대어 선 채 방금 집은 걸 읽기 시작했다.

일전에 아인이 주고 간 반성문이었다. 이윤호 변호사를 어디서 어떻게 왜 만났는지, 만나서 뭘 했는지 자세히도 적혀 있었다. 피의자에 대한 이야기를 나눈 걸 인정한단다. 잘못했단다. 다시는 그런 실수 하지 않을 거라며, 술 먹고 기소 유예를 언급한 건 취중이었으니 봐달라며 이모티콘까지 그려놓았다.

끝까지 찬찬히 읽은 후 다음 장으로 넘겨보았다. 단 한 글자도 빼놓지 않고, 괄호도 빼지 않고 빼곡하게, 11조 변호인에 대한 자세에는 밑줄까지 그어가며 손수 작성한 검사윤리강령 전문이 열 장이나 따라온다.

열 장 모두 확인한 후, 도진은 서랍을 열었다. 서랍 속에 반성문을 살짝 던진 후 그는 시계를 바라보았다. 벌써 여섯 시 반이 다 되어가고 있었다.

그는 잠깐 검사실 밖으로 나와 휴게실로 향했다. 식사도 하지 않은 빈속에 블랙커피를 천천히 밀어 넣고 나서 다시 자신의 공간으로 돌아왔을 때.

좀 전보다 한층 더 길게 늘어진 햇살이 검사실 안을 가득 채우고 있었다. 도진은 금빛이 감도는 공간 속에 오롯이 앉아 있는 무언가를 발견하고는 가만히 쳐다보기 시작했다. 그러다가 한 걸음씩 움직여 가까이 다가갔다.

사과.

오후 늦은 햇살 속에 언뜻 스스로 빛을 발하는 듯 보이기도 하는 사과가 책상 위에 참하게도 놓여 있었다. 상기된 듯 빨간 사과를 빤히 쳐다보던 도진은 눈길을 옆으로 살짝 비꼈다.

쪽지가 보인다.

[방금 씻은 거예요 - 김아인]

다시금 사과를 물끄러미 내려다보기 시작했다.

그러다 손을 내밀어 집어 드는가 싶더니.

피식.

참았다는 듯 미소를 내걸며 창가로 몸을 돌려세운다. 블라인드 창살 사이로 보이는 노을 진 풍경을 바라보면서, 수줍은 사과를 아삭, 베어 문다.

4부 _ 시련

"3월 중순경에 제가 제초제 독살 사건 하나 맡지 않았었습니까?"

당시 소 검사는 20대 여성이 제초제로 독살당한 사건을 수사했었다. 명백한 타살이었지만 범인의 정체는 아직도 불투명해 미해결로 남은 사건이었다.

"얼마 전에 아는 후배가 저한테 그러더라고요. 제가 맡은 사건이랑 거의 똑같은 걸 하나 맡게 됐다고."

피해자가 젊은 여성이라는 점, 부검 결과 똑같은 농약 성분이 검출됐다는 점, 젊은 여성임에도 성폭행을 당한 흔적은 없다는 점, 증거가 부족해 범인을 가늠할 수조차 없다는 점, 마치 이전의 사건이 되풀이된 듯했다.

"동일범 소행인가?"

"그거는 뭐 거의 확실하다고 봐야죠."

"그럼 거, 사건 두 개 연계해서 조사하면 되잖아. 뭐 대단하다고 죄다 불러서 난리야?"

"제가 촉이 딱 서서 좀 알아봤는데 말입니다."

소 검사는 잠깐 기다려 보라는 듯 손가락을 내보이고는 화이트보드에 뭔가를 줄줄 쓰기 시작했다.

[A: 서지수(31) 1월 29일. 집 근처 여관에서 자살.

B: 강정옥(25) 3월 2일. 본인 오피스텔에서 자살.

C: 채하나(25) 3월 17일. 변사체로 발견. 타살.

D: 엄유정(28) 4월 23일. 변사체로 발견. 타살.]

"이게 전부 서울 시내에서 발생한 제초제 사건들이거든요. 이상하지 않습니까?"

"정확하게 어떤 면이?"

부장검사가 심각한 표정으로 턱을 쓸며 되물었다.

"그전에는 거의 1년 넘게 서울 내에 이 제초제로 죽은 사람은 없었거든요? 그런데 유독 올해 들어 1월 말부터 지금까지 기껏해야 석 달 반 동안, 같은 농약으로 넷이나 죽었어요."

"그래도 앞에 두 건이 자살이라는 게 걸리네. 저 시기에 또 인터넷에 자살법 떠돈 거 아니야? 가끔 자살하는 법 유행해가지고 따라 하는 사람들 있잖아."

"그럴 수도 있지만요. 피해자가 전부 젊은 미혼 여성이고요. 그리고 이것 보십시오."

소 검사가 이번엔 화이트보드에 크게 뭔가를 그리기 시작했다. 중간에 선 두 개를 길게 긋고 사이에 '한강'이라고 쓰는 걸 보니 아무래도 서울 지도인 듯했다. 소 검사는 제 그림에 만족한 듯한 표정을 짓더니 매직의 색을 바꾸어 들었다.

"잘 보세요. 이게 피해자들 행동반경이거든요."

소 검사는 혀를 날름거리며 지도 위에 낙서를 하기 시작했다. 그의 낙서가 끝난 후 부장검사의 미간이 눈에 띌 만큼 크게 찌푸려졌다.

"이상하지요?"

소 검사가 동의를 구하듯 모두를 향해 물었다. 아인은 선배들을 따라 심각한 표정을 지으며 지도를 가만히 바라보았다.

피해자들의 행동반경이 굉장히 밀집되어 있었다. A와 B는 자살이라는데 이건 단순한 우연의 일치일까 아니면…….

"자살이 아닐 수도 있지 않겠습니까?"

"자살이 아니면?"

"넷 다 동일범이겠죠."

소 검사의 확신에 찬 말에 짐짓 무거운 분위기가 흘렀다. 아인은 숨을 죽이며 선배들의 눈치를 살폈다.

"그래서 이 네 사건을 동일범 소행이라고 가정을 한다면 말이지요. 이놈이 유력한 용의자가 된다, 이 말입니다."

소 검사가 한 남자의 사진을 모두가 볼 수 있게 내걸었다. 아인은 익숙한 얼굴을 보며 마른침을 삼켰다. 저에게 친절하던 경상도 말씨의 청년이었다.

"이름은 김두성. 올해 서른셋이고요. 서지수, 그러니까 피해자 A가 죽었을 때 용의자로 조사를 받았던 놈이거든요. 곧 풀려났지마는."

"뭐 하는 놈인데? 서지수 애인이야?"

"아니요. 애인은 아니고 친구랍니다. 서지수 부모 말로는 죽기 얼마 전에…… 작년 십이월 정도부터라고 했으니까 한두 달 알고 지낸 사이네요."

"죽기 두 달 전에 갑자기 친해졌다?"

"예. 그리고 이놈이 농사짓는 놈이거든요."

"농사를 지어? 그렇게 수상한 놈이 어떻게 풀려난 거야?"

"그게 피해자 본인이 평소에도 죽고 싶단 말 많이 했고 자살기도도 꽤 했었답니다. 그러다가 오히려 이놈이랑 친해지고 나서는 좀 밝아졌다대요? 그래서 부모가 고맙다고 데려다가 밥도 먹이고 그랬답니다. 사건 당시에 이놈 알리바이가 확실하기도 하고 또 유서라든가 전체적인 정황이 아무리 봐도 타살보다는 자살 쪽으로 보는 게 자연스럽기도 했고요."

"그럼 그놈은 범인으로 보기 힘든 거 아냐?"

"그렇긴 한데 이놈 행동반경이 또 수상하단 말입니다."

소 검사는 또 한 번 낙서를 하기 시작했다. 피해 여성들의 행동 반경을 모두 아우르는 공간을 강조하듯이 둥글게 칠하며 그는 다시 입을 열었다.

"이놈 말고 딱히 용의자로 꼽을 수 있는 놈이 없기도 하고요."

소 검사의 설명이 모두 끝나자 꽤 오래도록 침묵이 흘렀다. 서로의 눈치만 살피던 중, 정 수석이 먼저 후, 하고 한숨을 뱉어내자 강주도 기다렸다는 듯 목을 흠흠 가다듬었다. 도진은 손가락을 까딱이기 시작했고 혜수는 갑자기 아, 하는 탄성을 흘리며 옆에 앉은 강주더러 저 용의자 6부 조 계장 닮지 않았느냐며 난데없는 소리를 했다.

아인은 그 모든 선배들의 모습을 힐끔거리다 마지막으로 용의자 사진을 바라보며 작게 인상을 썼다.

"거참. 그러니까 소검 말은, 연쇄 사건인지 딱히 확실하지도 않고, 연쇄 사건이라 쳐도 증거 하나 제대로 없는 상태에서 용의자도 심증으로 겨우 하나 뽑은 이 골치 아픈 사건을 우리가 맡아서 사서 고생을 하자?"

부장검사가 심드렁하게 말하자 소 검사의 얼굴에 실망의 빛이 스쳤다. 그와 함께 부원 모두의 가지각색의 눈초리가 부장검사에게 꽂혔다. 부장검사는 모두를 훑어보며 눈살을 찌푸렸다.

"네들은 지금 야근으로 부족하냐?"

"저는 뭐, 소 검사님이 저렇게 의욕적이신 게 오랜만이라."

정 수석이 흐뭇하게 말을 뱉으며 동의를 구하듯 모두를 바라보았다. 그러자 강주가 얼른 지원에 나섰다.

"소 선배님이 이거 해결하면 한우 쏘신대요."

갑작스럽게 한턱 거하게 쏠 위기에 놓인 소 검사의 얼굴이 퍼렇게 질렸다. 혜수는 못 본 척 더 신 나게 강주의 말을 받았다.

"진짜? 소 선배님이? 우와. 전 할래요."

혜수의 단순한 반응에 부장이 고개를 절레절레 젓다가 이번엔 무표정한 도진을 바라보았다. 그러다 한숨을 푹 내쉬었다.

"네놈은 말 안 해도 알겠고."

이제 남은 건 아인뿐. 모두의 시선이 아인에게로 꽂히자 아인은 움찔거리다가 슬며시 입을 열었다.

"저도 한우, 나쁘지 않아서요."

혜수와 강주가 됐다! 하는 표정으로 부장을 바라보았다. 또다시 저에게로 온전하게 꽂히는 부원 모두의 눈빛 속에서 신음을 흘리던 부장검사는 결국 두 팔을 들어버렸다.

"알았다. 입건하고 제대로 조사해봐, 이 귀찮은 것들아."

그리 허락을 받은 후, 김두성에게 당장 출두 명령부터 내렸다. 소 검사를 비롯한 부서의 검사들은 김두성과 대면했을 때를 대비해 밤잠을 설쳐가며 증거를 찾고, 주말 시간까지 빠짐없이 할애해 참고인들을 만나며 착실히 그를 대면할 준비를 했다.

하지만 소용없는 짓이었다.

검사들이 김두성에 대해 조사한 지, 엄밀히 말하자면 김두성이 종적을 감추고 사라진 지 어느덧 3주일이 훌쩍 넘은 6월 초의 어느 날, 아인은 양손으로 턱을 괸 채 상념에 잠겨 있었다.


"공무원 아가씨!"


그는 밝고 친절하고 더없이 따뜻한 사람이었다. 만약 그가 살인사건 용의자라는 걸 몰랐다면 언제고 다시 만나기만을 바랐을 그런 사람.

강주로부터 그가 살인 용의자라는 걸 들었을 땐 그럴 리 없다며 손사래를 쳤고, 도진이 착하다는 건 범인이 아닌 이유가 되지 못한다고 따끔한 소리를 했을 때도 그래도 그 사람은 아닐 거라 믿었었고, 소 검사의 주도 아래 부서 전체가 조사에 착수하기 시작할 때만 해도 그래도 그 사람은 범인이 아닐 가능성이 크다고 막연하게 생각했었다.

하지만 시간이 지나면 지날수록 불안해진다.

그가 범인이 아니라면 왜 나타나지 않는 걸까. 왜 잠적해버린 걸까.

검찰 조사를 받은 전력도 있는 사람이다. 검찰청이 무서워 피한다는 건 말이 안 된다. 죄가 없다면 피하기보다는 떳떳하게 출두하는 게 더 낫다는 걸 알 텐데 왜 숨어버린 걸까.

정말로 죄가 있는 걸까? 사람을, 죽인 걸까?

그럼 나에게 접근한 것도 결국은 그런 이유였던 걸까? 글쎄, 그렇다면 왜 날 안 죽인 거지? 막말로 마지막에 스포츠음료를 건넬 때 독을 탔어도 될 일이었는데.

그가 범인일 수도 있어. 하지만 아닐 수도 있어. 이왕이면 아니었으면 좋겠어. 비록 짧지만 나와 인연이 있는 사람, 내게 접근한 사람, 무서운 살인마가 절대 아니었으면 좋겠어.

내가 살아 있는 걸 보면 아직은…… 아직은 그 사람이 아닐 거라 믿어도 되는 거겠지?

무거운 마음을 그리 겨우 털어버릴 때 부장실로부터 긴급 호출 메시지가 도착했다. 아인은 천천히 자리에서 일어서 부장실로 향했다.

부원이 모두 모인 자리, 부장은 끙, 하는 신음만 흘리며 좀처럼 입을 열지 못했다. 그러다가 혜수가 참을성의 한계에 달해 인상을 찌푸리는 순간 넌지시 입을 열었다.

"안 좋아. 일이 안 좋게 돼버렸어."

부장검사는 품속을 뒤져 담배를 꺼내다가 검사실 안이란 걸 의식하고는 도로 집어넣었다. 그는 한숨을 길게 뽑은 후 결심한 듯 다음 말을 뱉었다.

"다섯 번째가, 나온 것 같아."

퍼뜩 이해하지 못하고 침묵하던 중, 뒤늦게 혜수가 헉, 소리를 내고 소 검사가 눈을 질끈 감았다. 부장검사는 못 본 척, 못 들은 척하며 모두에게 연쇄 살인 다섯 번째 피해자의 신상명세가 적힌 종이를 나눠주었다.

피해자의 신상명세서를 들여다본 순간, 아인은 눈을 휘둥그렇게 떴다. 그리고 놀란 눈을 깜빡이지도 못하고 부장님을 올려다보았다.

"막내, 많이 놀랐지? 나도 동네 이름이 익숙하길래 혹시나 해서 알아보고 많이 놀랐다."

다른 검사들이 무슨 소리냐는 듯한 눈으로 부장을 바라보았다. 부장은 씁쓸한 입술로 대답을 해주었다.

"막내 집 옆에 살던 학생이야."

친하다고는 할 수 없지만 이름과 생김새만큼은 확실하게 아는 동네의 여고생. 옆집이라고 불러도 괜찮을 만큼 가까운 거리에 사는 아이.

이 아이가, 다섯 번째 피해자라고?

모두가 아인만큼 놀란 눈을 뜬 와중에 부장검사가 다시금 말을 뱉었다.

"마시기는 어제 마신 것 같고, 그래서 피해자는 지금 병원에 있다네. 마신 양이 소량이라나 봐. 아직 안 죽긴 했다는데……."

"피해자가 아직 살아 있단 말씀이십니까?"

정 수석이 놀랍다는 듯 물었다. 부장검사는 고개를 끄덕였다.

"그러니까 누가 가서, 이런 말 참 그렇지만 피해자 사망하기 전에 알아낼 수 있는 거 좀 알아내고 그래야 할 것 같은데."

아인은 무거운 표정으로 살포시 인상을 썼다. 부장은 안타까운 표정으로 그녀를 바라보다가 시선을 도진에게로 옮겼다.

"권검이 가는 게 좋을 것 같네."

아마도 죽어가는 사람에게 이것저것 냉정하게 물어 정보를 캐오기엔 도진보다 나은 이가 없을 거다, 그런 판단으로 내린 결정이었다. 합리적인 판단이긴 하지만 그래도 도진도 사람인데 무리한 짓을 시키는 건 아닌가 싶어, 부장검사는 내심 미안한 표정을 지어 보였다.

"알겠습니다."

고맙게도 도진은 별다른 거부반응 없이 간단하게 수긍해주었다. 부장검사는 고개를 끄덕이다 무심결에 다시 아인을 보았다.

"저……."

아인의 입이 열렸다. 아인은 선배들의 시선이 저에게로 쏠린 걸 느끼며 부장을 향해 조심스럽게 입술을 달싹였다.

"소량밖에 안 마셨으니까…… 병원도 빨리 간 것 같은데, 살 수 있는 거죠?"

때마침 휴대폰이 울려 다행이다. 부장님은 대답 대신 급히 전화를 받으며 자리를 파했다.


그 후로 형사2부의 검사들은 툭하면 휴게실에 모여 한숨을 후후 쉬어댔다.

"아! 이 자식은 진짜 어디로 숨어가지고 사람을 이렇게 골탕 먹이는 거야?"

소 검사가 고함치듯 내지르자 강주가 속으로 신음을 삼켰다. 소 검사는 쳇 하고 신경질을 부리며 아직 커피가 남은 종이컵을 쓰레기통에 세게 던져버리고는 다른 걸로 다시 뽑았다.

"집이며 거래처며 며칠을 잠복하는데 어쩜 한 번을 안 걸리냐? 이 자식 진짜 검경에 눈 심어놓은 거 아냐? 아오, 이놈을 어디 가서 잡아? 이러다가 여섯 번째 살인날까 봐 그게 제일 무섭다."

"저도 그래요."

강주가 대꾸하자 소 검사는 무언가가 번뜩 생각난 듯 눈을 다시 떴다.

"너 어제 막내 퇴근할 때 집까지 잘 데려다 준 거 맞지?"

"예. 정확하게 문 지나가는 거 보고 출발했어요."

"아, 참 골치 아프단 말이다. 김두성이 접근하긴 했어도 아무 짓 안 했다니 안심하고 있었더니만 이런 식으로 사람을 불안하게 만드나. 하여튼 오늘도 네가 책임지고 바래다줘."

"네. 그러려고요."

'김두성이 잡힐 때까지'라는 소 검사의 특명 아래, 강주는 오늘도 어제와 마찬가지로 아인의 퇴근 시간에 맞춰 귀가 준비를 했다. 아인은 늘 그렇듯 미안해하며 강주의 차에 올라탔다.

"죄송해서 어떻게 해요. 집도 완전 반대 방향이시면서."

"얼른 김두성 잡히기만 빌어. 그놈 잡히면 나도 고생 안 해."

강주가 피식 웃으며 던진 말에 아인이 무거운 한숨을 삼키며 몸을 축 늘어뜨렸다.

"정말 얼른 나타나야 할 텐데……."

읊조리며 차창 밖을 내다보았다. 어두운 밤 풍경을 보니 마음이 한층 더 무거워진다.

그가 얼른 나타났으면 좋겠다.

솔직히 말하자면 아직도 그를 믿는 마음을 다 버리지 못했다. 그렇지 않은가. 그가 진범이라면 검찰의 수사망을 다 피하면서 살인을 버젓이 저지르고 다닌다는 건데, 그게 쉬운 일일까? 일부러 접근해놓고선 저는 가만히 두고, 굳이 옆 사람을 죽였다는 것도 솔직히 이해가 되지 않는다.

얼른 그가 모습을 드러내 검찰청에 출두하기만 한다면, 그가 진범이 아니라는 게 밝혀질 텐데.

진범이라 하더라도, 얼른 나타나주는 편이 좋은 거고.

"조심해서 들어가. 아까 보니까 저녁 제대로 안 먹던데 뭐라도 먹고 자."

강주의 다정한 목소리를 들으며 고개를 끄덕였다. 아인은 제가 집 안으로 들어가야 강주도 출발할 거란 걸 알기에 예의가 아닌 줄 알지만 저 먼저 초인종을 눌렀다.

남이 보기에 확실히 기력이 없어 보이긴 한가 보다. 강주도 그러더니 엄마도 뭐 좀 먹으라며 권한다. 됐다는데도 굳이 냄비를 달그락거리며 뭘 요리하기에, 그 성의를 무시할 수 없어 한술 들기로 했다. 맛있는 냄새가 집 안을 가득 채우자 방에 있던 아빠도 은근히 나와 나도 함께 먹자며 수저를 챙겼다.

그리 밤참을 즐기던 중 엄마가 아빠를 향해 말을 던졌다.

"오늘 민주 엄마 집에 왔데."

민주라는 이름에 아인이 흠칫거리며 수저질을 멈췄다.

"어때? 이야기는 해봤어?"

"아유, 이야기할 틈 없었어. 보니까 딸보다도 먼저 죽겠더라. 민주 좀 어떠냐고 물었더니 바로 눈이 퉁퉁 부어. 거기다 대고 무슨 말을 해? 그냥 택시 타는 거 보고 따라가서 기사한테 돈 만 원 쥐여주고 잘 부탁한다고 보냈지. 맞다, 아인아, 넌 모르지? 여기 앞집에 민주 알지? 걔가 뭘 잘못 먹어서……."

아인은 엄마의 설명을 들으며 가만히 수저질만 했다. 음식이 입으로 들어가는지 코로 들어가는지도 모르겠다. 아인은 엄마의 목소리를 듣지 않으려 애쓰며 괜스레 수저질에 더욱 집중했다.

"아인아?"

한참 후에야 엄마가 자기를 부르고 있다는 걸 깨닫고 번득 고개를 들어 올렸다.

"밥 먹고 수세미 사오라니까 정신을 얻다 놓고 있는 거야?"

"어…… 응."

어쩔까, 잠깐 고민하다가 부모님께 자초지종을 설명할 순 없는 노릇이라 그냥 심부름을 수락했다. 그 후로도 엄마의 민주 이야기는 계속되었다. 아인은 밥을 남긴 후 몰래 자리에서 일어서서는 그대로 현관 밖으로 빠져나왔다.

바깥 공기가 폐로 들어가니 그런대로 나아진 기분이 들었다. 아인은 숨을 크게 내쉰 후, 엎드린 채 눈을 감고 있는 달구를 발견하곤 그쪽으로 천천히 다가갔다.

"너 자는 척하는 거지?"

실없는 말을 뱉으며 달구를 쓰다듬기 시작했다. 그녀의 손길이 점차 느려지는가 싶더니 종래엔 우뚝 멈췄다. 그녀는 달구에게 손을 뻗은 채로 어떤 움직임도 없이 심각한 표정만 지었다.

　"있잖아요, 민주요."

어제 피해자를 만나고 온 도진에게 어렵사리 청했더랬다.

　"저도 가보면 안 될까요?"

그는 참 딱 잘라 말하기도 했지.

　"안 돼."

왜 이리 마음이 무거운 걸까.
　무거운 마음을 견디기가 힘들어 나름대로 매정한 생각을 해봤더랬다. 수많은 사람이 살인사건으로 인해 죽는다. 아직 살인 사건을 직접 수사해본 적은 없지만 들은 적은 많다. 그 피해자들에 대해 들었을 때 안타깝긴 했어도 이토록 마음이 무겁진 않았다. 따져보면 민주도 숱한 살인 피해자 중 하나이니 단지 그 정도로만 안타까워하면 되는 거라고, 그렇게 이기적으로 제 맘을 달래보기도 했었건만.
　얼굴을 알던 사이라는 건, 살아 움직이는 모습을 본 적이 있는 사이라는 건, 인간에게 있어 그토록 큰 의미가 있는 건지 다른 피해자를 생각할 때와는 차원이 다르게 마음이 아프고 무겁다. 좀처럼 떨칠 수가 없다.

"차라리 농약을 더 먹여서 빨리 죽이는 게 낫다던데요. 적게
먹으면 늦게 죽는 만큼 오래 괴로워하는 거니까."

강주가 혜수에게 했던 말이 떠오르는 바람에 저도 모르게 달구
의 털을 힘껏 움켜쥐어 버렸다. 달구는 아무 반응이 없었지만 아
인은 미안해하며 움켜쥔 부분을 쓰다듬어주었다.

얼마나 아파하고 있을까, 그 아이.

"맞다…… 수세미."

아인은 넋 놓고 말하며 힘없이 몸을 일으켰다. 아인의 손길이
떨어지자 달구가 게슴츠레한 눈을 뜨고 그녀를 뒷모습을 좇았다.

그녀는 대문이 잠기지 않게끔 살짝 열어놓고서 발을 내디뎠다.
몇 발 움직이지 않아 시야가 트이면서 민주가 살던 집이 눈에 들
어왔다. 아인은 숨을 삼키며 그곳을 망연히 바라보았다.

"후."

삼켰던 숨을 더는 참지 못하고 크게 토해낼 때.

"마음이 안 좋죠?"

아인의 눈이 그 어느 때보다도 커졌다. 온몸의 신경이 곤두서
는 걸 느끼면서도 움직이지 못하고 눈만 크게 뜨고 있는 그녀에게
로, 웃음기가 묻어나는 경상도 말씨가 다시 한 번 꽂힌다.

"검사 아가씨."

굳어 있는 아인에게로 김두성이 슬며시 다가왔다. 어두운 밤중

이었지만 그가 웃는다는 건 똑똑히 볼 수 있었다. 아인은 다가오는 그를 바라보며 손끝에 힘을 줘 주먹을 쥐었다.

"뭘 그렇게 놀라요? 귀신 보는 것처럼."

입이 떨어지지 않는다. 아인이 잠자코 쳐다보기만 하자 그는 웃는 표정 그대로 팔을 앞으로 뻗었다.

"이거⋯⋯."

그의 손에 스포츠음료 통이 들려 있었다. 물에 희석한 제초제를 닮은 녹색의 음료.

"마실래요?"

음료수 통을 비추는 아인의 눈동자가 흔들리기 시작했다. 김두성은 그 눈을 빤히 바라보다가 음료수 통을 거두어들였다.

"안 마셔요? 왜, 내가 여기에 독 타서 아가씨 죽이기라도 할까봐? 걱정 말아요. 난 아가씨 독 먹여서 죽일 생각 없는데."

그는 손에 들린 음료를 천천히 마시기 시작했다. 그러더니 이전보다 더 짙게 웃어 보였다.

"근데 독 먹고 죽으면 많이 아플라나? 촌에 농약 먹고 뒤지는 사람 많거든요. 그라목손이라고 제초제 진짜 센 거 하나 있는데."

연쇄살인 범인이 주로 사용하는 제초제의 이름에 아인의 주먹에 더 큰 힘이 들어갔다.

"그거 사람이 마시면 몸 억수 좋은 남자나 겨우 한 달 살까? 한 달 살면 많이 사는 거고 보통은 며칠 안에 픽 죽거든요. 보자, 남자도 보름 버티는 사람이 잘 없는데⋯⋯ 여자가 마시면 더 힘들겠죠?"

어떻게⋯⋯ 어떻게 그런 말을 하면서 웃을 수 있는 거야?

"당신……."

"어릴수록 더 힘들 거고. 그렇죠? 아무래도 어른보다는 어린 학생이 더 아프지 않을까?"

"당신…… 당신이!"

"음? 왜요? 요 앞에 사는 학생 하나 독 마셨다면서요? 소문이 자자하던데. 왜, 나는 이 동네 사람 아니니까 그 이야기 하면 안 되는 건가?"

아닐 거라고, 만나서 이야기를 하면 오해가 풀릴 거라고, 선배들 모두 험한 소리를 섞어 욕을 해도 저는 믿었던 그 남자가, 아니, 믿고 싶었던 남자가 악마처럼 웃는다. 즐거워 죽겠다는 눈빛으로 저를 바라보며 기이하게 벌어진 입술로 웃음소리를 흘린다. 아인은 입술을 깨물며 눈에 힘을 주었다.

"그런데 검사 아가씨, 내가 궁금해서 그러는데 말입니다."

내가 검사란 걸 알고 있어. 알고 있었던 거야…….

"어릴 적에 학교 다닐 때 말이에요. 내 대신 짝이 선생님한테 혼나면, 기분이 어땠어요?"

무슨 소리일까.

"분명 내가 혼나야 하는데, 내 짝꿍이 대신 혼난 거예요. 그럼 그 기분은, 어때요?"

나 대신 혼난 짝. 나 대신…… 나 대신.

이해해버리는 순간, 견딜 수 없는 고통으로 얼굴을 잔뜩 일그러뜨렸다.

민주를 생각하면 그토록 마음이 아팠던 이유, 필요 이상으로 안쓰럽고 죄책감마저 일었던 이유.

어쩌면 나는…… 무의식적으로라도 알고 있었던 게 아닐까.

나 대신…… 나 대신 아픈 거라고.

"아가씨 보니까 그런 생각이 드네요."

만족스런 표정으로 구경하듯 아인을 바라보던 김두성의 입이 다시금 열렸다.

"검사라는 게, 의외로 별거 아니네."

씨익 웃으며 제 입가로 또 한 번 음료수를 가져갔다. 아인은 그 모습을 위태롭게 바라보았다.

그러다 그녀가 무너지기 일보 직전, 김두성이 구경을 끝내고 돌아섰다. 그가 자리를 뜨기 위해 한 걸음 내디딜 때 아인이 그를 덥석 붙들었다.

"아아…… 아빠…… 아빠! 아빠!"

당장 너무 혼란스럽고 절망스러워 몸을 가눌 정신조차 남아 있지 않지만, 그래도 이 남자를 절대 놓쳐선 안 된다는 생각이 마치 본능처럼 머릿속에 빨간 불로 반짝였다. 아인은 머리를 휘저으며 이를 악물며, 또 그만큼 남자를 붙든 손에 힘을 주며 미친 듯이 아빠를 불러댔다. 곧 아빠가 슬리퍼 차림으로 다급하게 뛰쳐나왔다.

"아빠! 이 사람 절대 놓치면 안 돼!"

김두성은 그저 웃기만 하는데, 아인은 울지 않으려 이를 악물어야 했다. 전혀 저항하지 않는 남자를 붙든 채 의아한 표정으로 저를 바라보는 아빠만 뚫어져라 바라보면서, 아인은 떨리는 손으로 휴대폰을 꺼내 들었다.

"네, 김아인입니다. 김두성이 나타났어요…… 얼른…… 얼른 긴급체포 부탁드립니다……."

검찰청 전체의 관심이 쏠린 듯 보였다.

형사2부에서 일련의 살인사건을 연쇄 사건으로 추정해 조사에 착수했다는 이야기는 다들 한 번쯤은 들어 알고 있었다. 피의자로 지목된 남자가 종적을 감춰 수사가 진행되지 못하고 수렁에 빠졌다는 것도 누구나 아는 이야기였다. 이 사건을 과연 얼마 만에 해결할 수 있을지, 아니, 과연 해결할 수나 있을지 공공연히 내기까지 떠돌았던 마당이니, 그 용의자가 긴급체포 되었다는 소식은 꽤나 이목이 쏠릴 법한 이야기였다.

"유민주 학생을 안단 말이죠?"

아인이 평소보다 상당히 매서운 눈길로 물었다.

"알죠."

"사적으로 대화를 하기도 했었고요."

"그랬죠."

"원래 알던 사이인가요? 언제부터 친분을 쌓은 거죠?"

"글쎄요. 한 달쯤 됐으려나. 한 달 조금 지났나?"

아인이 볼펜을 꾹 누르는 바람에 종이에 구멍이 났다. 한 달 전이라면 김두성이 저에게 접근하고 나서 열흘쯤 뒤가 아닌가.

"그 학생 알던 사이라는 게 뭐가 중요하다고 자꾸 물으시나."

피해자에게 딱히 외상은 없다. 딱히 폭력을 쓰지 않고 자연스럽게 독극물을 먹였다는 뜻인데, 그 말인즉 피해자 측에서 별 의심 없이 범인이 건네는 음료를 마셨단 뜻이다. 그러자면 범인과 피해자는 어느 정도는 안면이 있는 사이라고 보는 게 옳았다.

"그게 중요하면 말입니다."

김두성이 얼굴을 가까이 들이밀었다.

"검사님도 그 학생 알던 사이 아닙니까?"

얼굴 가득 김두성을 보면서 아인은 볼펜을 더 세게 쥐었다. 그 바람에 이전보다 종이가 더 지저분해져도 분노를 참으려면 어쩔 수 없었다. 아인은 흥분하지 않으려 애쓰며 차분히 입을 열었다.

"김두성 씨와 유민주 학생은 원래 모르던 사이잖아요? 죽이려고 일부러 접근한 거 아닙니까?"

"에이, 그럼 검사님도 죽이려고 일부러 접근한 겁니까?"

"뭐라고요?"

"그 학생이랑 원래 알던 사이예요? 언제부터요? 태어날 때부터? 그런 거 아니면 원래 모르던 사이였는데 중간에 접근한 거 맞잖아요."

기가 막혀 말문을 잃었다. 아인은 입을 다문 채 김두성을 바라보다가 눈이 따가워지는 걸 느끼며 다시 질문을 던졌다.

"그라목손이라는 제초제로 죽은 사람을 본 적이 있다고 했죠? 언제 어떻게 본 거죠?"

김두성은 피식 웃더니 이야기를 늘어놓기 시작했다. 별다를 것도, 의심스러울 것도 없는, 시골 사는 사람이라면 으레 겪을 법한 아주 정상적인 이야기였다. 그에 아인은 속이 답답해졌다.

심증은 확고하지만 딱히 물증이 없다. 도진이 죽어가는 민주를 찾아가 조사를 시도했지만 그마저도 헛수고였다. 민주는 사경을 헤매느라 수사에 도움이 될 법한 이야기를 한마디도 전해주지 못했고, 오히려 민주의 어머니가 민주가 트럭을 모는 아저씨에 대해 언뜻 이야기한 적이 있다는 정보를 주었을 뿐이었다.

이런 상황이니 김두성을 압박해 그의 말에서 모순을 찾아 자백을 하게 만들어야 하는데, 그를 압박하기는커녕 오히려 자신이 계속 그의 손아귀에서 놀게 된다. 아인은 눈을 질끈 감으며 마음을 다잡았다. 휘둘리지 말자, 몇 번이나 다짐한 후 다시 눈을 날카롭게 떴다. 그리고 새로운 질문을 던졌다.

"평소 유민주와는 어떤 대화를 나눴죠?"

"고등학생이랑 할 이야기 뭐 있다고요. 성적? 대학? 뭐 그런 거? 공부 잘하고 싶다던데요. 아아, 맞다."

문득 뭔가를 떠올린 듯한 김두성의 태도에 아인이 눈을 크게 뜨며 주시했다.

"검사 아가씨 이야기도 했네요."

눈살을 찌푸렸다. 내 이야기를 했다고?

"지들 엄마가 만날 옆집 사는 검사 언니는 학교 다닐 때 어쨌네, 저쨌네, 그런다면서. 검사님 때문에 민주가 스트레스 엄청 받는 것 같던데요?"

아무렇지 않은 척해보려 해도 손끝부터 하얗게 질려간다.

"혹시 잘난 검사 아가씨 때문에 민주가 자살하려고 한 거 아니에요? 가끔 학생들 성적 안 나와서 뛰어내리고 그러잖아요?"

아인은 볼펜을 놓치지 않기 위해 안간힘을 쓰다가 결국 손에서 놓아버렸다.

"잠시 휴식하겠습니다."

열이 끓고 자꾸만 분이 치미는 걸로도 모자라 이젠 잊었던 죄책감까지 되살아나니, 이대로는 도저히 진행할 수가 없다. 그에 조사를 시작한 지 얼마 되지도 않았건만 중도에서 멈추고 일어서는데, 김두성의 웃음기 섞인 목소리가 귀에 꽂혔다.

"만약에 진짜 아가씨 때문이면, 민주 죽기 전에 얼른 가서 빌어요. 귀신 돼서 붙으면 무섭잖아요."

아인이 부들부들 떨리는 손을 주먹으로 접으며 김두성을 노려보았다. 김두성은 재미있다는 듯 쳐다보며 다음 말을 이었다.

"그리고 민주 보러 병원 간 김에 위장 검사 한번 받아보든가요. 아가씨 말대로 내가 진짜 범인이면, 내가 준 음료수 먹고 멀쩡할 리가 있어요? 농약 중에는 바로 픽 안 뒤져도 사람 슬금슬금 병신 만드는 것도 있거든요?"

휘둘리지 말자. 또 한 번 다짐을 하며 돌아섰다.

"그러고 보면 우리 검사 아가씨가 내가 준 거 먹고 죽었으면 바로 증거가 될 텐데. 안 죽고 살아가지고 괜히 증거 찾는다고 고생하고. 안타깝다, 그죠?"

등 뒤에 꽂히는 김두성의 말을 애써 무시하면서, 아인은 밖으로 터덜터덜 걸어 나왔다.

우유는 사람을 진정시키는 데 도움을 준다지. 아인은 따뜻한 우유를 선택해 버튼을 꾹 눌렀다. 그리고 멍한 표정으로 자판기를 한참이나 바라보았다.

언제부터였을까. 도진이 옆에 와 있었다. 아인은 힘없는 눈길을 들키지 않기 위해 얼른 고개를 돌리며 이미 다 식은 우유를 향해 손을 뻗었다.

"소 선배 왔어. 김두성 소 선배 방으로 보냈다."

아인은 우유를 마시는 척하며 대답하지 않았다. 도진은 그녀를 바라보다가 갑자기 손을 뻗었다. 그러더니 움찔거리는 아인을 지나쳐 자판기에 동전을 집어넣고선 블랙커피를 뽑아 들었다.

둘 사이에 아무 말도 오가지 않았다. 평소라면 아인이 재잘거려야 하는데 아인이 의욕이 없으니 당연히 침묵 외엔 남을 게 없었다.

"선배님."

그러다 도진이 커피를 다 마시고 자리를 뜨려고 할 때 굳게 닫혀 있던 아인의 입이 열렸다. 도진이 돌아보자 아인은 흔들리는 눈으로 그를 마주하다가 결연한 목소리를 뱉었다.

"저 민주 꼭 봐야 해요."


데려와 주지 않는다면 혼자서라도 올 참이었다. 아인은 농약을 마신 환자를 다루는 데 있어선 국내 최고라는 병원 건물을 올려다보다가 차에서 내려 차분히 걸었다.

"아인아……."

자신의 엄마와는 이런저런 사적인 이야기를 나누기도 하는 모양이지만, 저와는 길 가다 만나면 그저 안녕하냐는 인사 한마디 건네는 서먹한 사이일 뿐이었건만.

민주 엄마는 오랜 친구를 의지하듯 아인의 손을 붙들었고 아인 또한 깊은 정을 나눈 적 있는 것처럼 그 손을 꾹 맞잡아주었다. 민주 엄마는 말라붙은 눈물 자국 위에 다시 눈물을 흘리는가 싶더니 아인을 위해 뒤로 살짝 물러나며 자리를 내어주었다.

아인은 떨리는 마음으로 무거운 발을 한 걸음 내디뎠다. 이곳으로 오는 내내 선배들로부터 혹은 인터넷으로부터 접한 제초제 환자의 증상을 상기하며, 과연 내가 민주를 만나낼 수 있을지 걱정했던 그녀였다.

죽기보다 더한 고통을 호소하는 민주를 보면 과연 나는 어떤 표정을 지어야 하는가 고민했었건만 다행히도 민주는 잠들어 있었다.

상상했던 것보다 편안해 보이는 민주의 모습에 아인은 눈에 띄게 안심했다. 제가 예상했던 것보다 덜 아파한다는 건, 어쩌면 제가 아는 제초제 환자에 대한 상식이 틀렸다는 말이 될 수도 있을 테니까.

아이 낳는 고통의 열 배를 괴로워하다가 결국 살아나지 못하고 죽을 수밖에 없다는 그런 무서운 이야기, 단지 괴담일 뿐일지도 몰라. 이리 평온하게 잠들 수 있는 걸 보면, 아마 살아날 수도 있을 거야.

분명 살아날 거야.

희망 덕분에 무거웠던 마음은 한결 가시고, 쭈뼛거렸던 발걸음도 과감해진다. 아인은 민주를 온전히 마주할 수 있다는 자신감으로 한껏 무장한 채, 민주의 옆에 가만히 앉았다. 그리고 기도하듯 잠깐 눈을 감았다.

도진은 민주 엄마 옆에 서서 그런 아인을 잠자코 바라보았다.

"민주야, 나 알지? 나는……."

달싹거리며 머뭇거리던 아인의 입술이 드디어 목소리를 토해냈다. 도진의 변함없는 시선 속에서, 아인은 조심스러운 손길을 민주에게로 내밀어 핏기 없는 손을 슬며시 잡아주었다.

"나 아인 언니야. 기억할지 모르겠네. 너 처음 이사 왔을 땐 우리 곧잘 마주쳐서 네가 나한테 언니, 안녕하세요? 하고 꾸벅꾸벅 인사하고 그랬었는데."

얼굴의 미소를 지우지 않으려 노력하며 민주의 허연 얼굴을 바라보았다.

"그 뒤로는 만나서 인사할 틈도 잘 없었다, 그렇지? 나는 나대로 바빴고, 너는 너대로 공부했을 테니까."

공부란 말에 김두성이 했던 말이 자동으로 떠오른다. 아인은 마음이 아파오는 걸 느끼며 민주의 손을 잡은 손에 조금 더 센 힘을 주었다.

"민주야, 있잖아, 언니가 여기 온 건…… 아무래도 사과를 해야 할 것 같아서……."

공부 잘하는 자신의 존재가 민주를 극한으로 몰고 간 거라는 김두성의 말은 믿지 않는다. 저를 쥐고 흔들려고 던진 헛소리란 걸 너무도 잘 아니까.

그러니 혹여 본인이 학교 다닐 때 성적이 좋았다는 사실이 어떤 식으로든 민주에게 악영향을 끼친 적 있다 해도 그걸로 사과하진 않을 거다. 그건 꿈을 가진 학생으로서 어쩔 수 없었던 거니까. 네가 이해해주길 믿을게, 다만.

"미안해……."

이제 와선 김두성이 민주를 선택한 이유가 바로 자기 자신, 김아인 때문이란 걸 인정할 수밖에 없으니까.

내가 조금만 더 똑똑하게 굴었으면 그런 놈의 장난감으로 선택되진 않았을 텐데, 내가 얕보이지만 않았다면 나로 인해 네가 이런 불행에 놓이는 일은 없었을 텐데.

내가 너무 멍청해서, 너무도 한심해서.

"언니가…… 정말 미안해."

눈물이 고인다. 아인은 눈물을 붙들며 고개를 살짝 숙였다.

"나 지기 싫어서…… 너 이렇게 만든 자식한테 지기 싫어서, 그래서 사과하는 거야."

본인이 바보 같았다는 자괴감이 너무도 커서, 그에 범인이 눈앞에서 바보라고 놀리면 '그래, 난 바보야'란 생각에 저절로 주눅이 들고 고개가 아래로 떨어지면서, 민주에게 미안해야 할 사람은 오히려 내가 아닌가 하는 생각마저 자꾸 치밀고 올라오니까.

이래서는 결국 그놈 뜻대로 장단 맞춰 춤추다 패배해버릴 테니까. 그래서는 널 이렇게 만든 놈, 벌줄 수 없을 테니까.

"미안해. 정말 미안해, 민주야."

아인의 얼굴에서 눈물이 후두두 떨어졌다. 아인은 양손으로 눈을 가리고 울음을 삼키더니 다시금 얼굴을 열고 민주를 보았다.

미안하단 한마디론 너에게 다 갚을 수 없겠지만, 그래도 나 이한마디로 다 털어버릴 거야. 다 털어버리고, 그 자식이 앞으로 뭐라고 놀려도 난 이제 더는 너에게 미안해하지 않을 거야. 미안해하느라 그 자식 앞에서 고개 숙이는 짓 안 해.

왜일까. 새파란 얼굴이 좀 전보다 아파 보인다. 아인은 다시 민주의 손을 끌어다 잡으며 입술을 깨물었다.

"약속할게. 나 다시는 그 자식이 시키는 대로 바보 노릇 안해."

민주의 새끼손가락에 제 새끼손가락을 걸었다. 그리고 다짐하듯 목소리를 가다듬어 뱉었다.

"꼭 잡을게. 언니가 그 나쁜 놈, 꼭 잡아줄게."

민주 엄마가 결국 소리 내어 울기 시작했다. 아인은 한참이나 더 손가락을 걸고 있었다.


김두성을 긴급체포한 지 열다섯 시간이 넘어가고 있었다. 형사 2부의 검사들은 누구 하나 점심을 제대로 챙기지도 못하고 머리를 싸맸다. 용의자를 긴급체포한 경우 48시간 이내에 구속영장을 청구해야 했다. 영장을 받으려면 용의자의 혐의를 낱낱이 밝혀줄 증거가 필요할 텐데, 수사를 하면 할수록 오히려 놈이 범인이 아니라는 증거만 계속 쏟아져 나온다.

"환장하겠네."

아닌 말로 고문을 하고 협박을 해서 거짓 자백이라도 받고 싶다. 소 검사는 답답한 속에 담배 연기를 연거푸 밀어 넣었다.

심증은 너무도 확고하다. 막내뿐 아니라 나름 베테랑인 저에게 조사를 받으면서도 검사를 살살 약 올리려 드는 걸 보면, 작정하고 온 놈이다. 이놈이 진범이 아니면 내 손모가지를 걸겠다, 빈말이 아니었다.

"어? 권검아, 어떻게 됐냐, 유민주는."

방금 민주를 만나고 검찰청으로 돌아온 도진과 아인을 향해, 소 검사가 희망이 담긴 눈길을 보냈다. 하지만 도진은 고개를 내저을 뿐이었다.

"저, 현장 쪽은 어때요?"

아인이 조심스럽게 물었다. 소 검사는 담배 연기와 한숨을 동시에 후 뿜어냈다.

"다들 찾고는 있는데……."

담배 연기만큼이나 씁쓸한 말투에 절로 어깨가 축 늘어졌다. 아인은 숨을 삼키며 시간을 확인했다.

앞으로 서른세 시간.

마음을 굳게 먹으며 부장검사를 바라보았다. 그리고 단호한 목소리를 조심스럽게 뱉었다.

"부장님, 저도 조사하러 갈게요."

"수사관이 몇이 붙었는데. 뭐하러 막내까지 가?"

"저 검찰청 안에선 할 수 있는 게 없으니까요."

이곳에서 할 수 있는 거라곤 피의자 신문뿐일 텐데, 그마저도 제대로 못 해내지 않았던가.

"어차피 김두성 잡혀 있으니까 저 안 위험해요. 밖에서 뭐라도 해볼게요."

막내한테는 안 좋은 일도 많이 얽히고 위험하기도 한 사건이니 어지간하면 그냥 손 떼라고 말하고 싶지만, 간절하디 간절한 눈을 보니 거절할 수가 없다. 부장은 결국 허락해버렸다.

"알았어. 대신 절대 혼자서 위험한 짓 하면 안 된다. 알겠지?"

앞으로 서른세 시간.

지구 끝까지 땅을 파서라도 증거를 찾자, 그리 다짐하며 검찰청 밖으로 나섰다.

2

지금으로부터 사흘 전인 6월 5일 일요일, 민주는 학원에서 해주는 특별 강의를 들어야 한다며 집을 나섰다.

그날 민주는 집에 돌아오지 않았고, 잠 한숨 못 자고 민주를 찾아다니던 엄마가 월요일 아침에서야 길에 버려지듯 누워 있는 민주를 발견했다.

엄마가 민주를 찾기 위해 분명 몇 번이나 발걸음을 했던 곳이었다. 새벽엔 분명 아무도 없었던 공간에 아침엔 민주가 누워 있었던 거다. 해가 뜨려는 그 시점에, 누군가 일부러 데려다 놓았다는 뜻밖에 되지 않았다.

"말씀 좀 묻겠습니다."

근처의 가게에 들어가 탐문 조사를 펼쳤다. 하지만 하나같이 그 시간은 장사를 하는 시각이 아니라 잘 모르겠다는 말만 했다.

심지어 요즘 검찰들이 계속 찾아와서 물었던 거 또 묻는데 귀찮게 좀 하지 말라며 짜증을 내는 사람도 있었다.

미리 조사하고 있던 수사관들의 말에 따르면 이 주변엔 감시카메라도 잘 없고, 몇 대 있는 걸 확인해봤지만 딱히 수상한 흔적이 없단다.

"김두성 알리바이 증명해준 사람, 어디 가면 만날 수 있죠?"

신 계장이 안내했고 아인은 초조한 표정으로 따라갔다. 야속할 만큼 빠르게 흐르는 시간을 끊임없이 확인하며 김두성의 알리바이를 조사했다.

완벽하다고는 할 수 없지만 밑도 끝도 없이 의심할 만한 알리바이도 아니었다. 조서에서 본 그대로의 답변을 듣고 나서, 아인은 터덜터덜 밖으로 빠져나왔다.

시간을 확인했다. 앞으로 스물여덟 시간.

이래서는 안 된다. 다른 수사관들의 뒤를 그대로 밟으며 시간만 낭비하는 짓은 더는 안 된다. 다른 방향으로 틀어서 다른 영역을 조사해야 한다.

"강정옥 쪽으로 수사 인력 얼마 안 붙었다고 하셨죠?"

아인이 신 계장을 향해 물었다. 신 계장을 수첩을 뒤지더니 고개를 끄덕였다.

"예. 아무래도 유민주나 엄유정, 채하나 쪽에 많이 붙었죠."

첫 번째, 두 번째 사건은 자살로 판명 난 데다 상대적으로 시간이 오래되어, 그쪽에서 증거를 찾을 확률은 더 희박하므로 인력이 적게 배치되는 게 당연했다. 아인은 마음을 다시 굳게 먹으며 강정옥 사건 파일을 꼼꼼히 살폈다. 그리고 미처 수사관들의 발이 닿지 못했을 법한 사람들과 장소를 찾아다니기 시작했다.

앞으로 스물세 시간.

자정이다. 더는 그 어떤 뻔뻔함으로 무장을 해도 사람들을 찾아다니며 뭘 물을 수 없는 시각이다. 아인은 신 계장의 권유 아래 검찰청으로 돌아왔다. 부서의 모든 검사들이 퇴근하지 않고 한자리에 모여 머리를 싸매고 있었다.

"그냥 이대로 심사 넣어볼까요?"

소 검사가 부장을 향해 물었다.

"후. 이거론 턱도 없지 싶은데."

모두의 지친 표정을 보며 아인은 이젠 습관이 되어버린 것처럼 시계를 살폈다.

"조금만……."

저도 모르게 연 입술에 모두의 시선이 아인에게로 쏠렸다.

"조금만 더 찾아봐요. 아직은 시간이 있으니까. 저 아직 서지수 씨 측은 만나 보지도 못했고요. 제초제 판매처도 아직 못 들러 봤으니까요. 내일 가보면 혹시 뭐가 나올지도 모르니까요."

매달리듯 뱉은 말에 부장검사가 고개를 끄덕였다.

"그래. 내일 되면 또 다를지 아나. 야구도 구회 말 투 아웃부터라는데. 내일 뭐가 되도 되길 빌고 일단은 좀 자자. 다들 퇴근하든가 좀 자둬."

부장이 먼저 자리를 뜨고 나머지는 각자의 방에서 부족한 휴식을 취하기 시작했다.

아인도 휴식을 취하기 위해 의자에 편안하게 앉았다. 한데 잠은 오지 않고 오늘 있었던 일만 계속해서 떠오른다. 더불어 다시는 떠올리지 않으리라 다짐했던 김두성의 저를 놀리던 모습들도 차근차근 계속해서 떠올랐다.

"검사라는 게, 의외로 별거 아니네."

정신이 어지럽고 마음이 우울해져 결국 자리를 박차고 일어섰다. 괜스레 복도를 서성이며 선배들의 방을 기웃거리던 그녀는, 모두가 잠든 곳에서 홀로 꼿꼿이 앉아 펜을 놀리고 있는 도진을 발견했다.

"선배님."

함께 깨어 있다는 게 반가워, 딱히 용건이 없는데도 불러보았다. 도진은 펜을 멈추고 아인을 바라보았다. 한참 쳐다보더니 시선을 쓱 거두며 입을 열었다.

"제초제 판매처는 알아볼 필요 없어."

"왜요?"

"내가 알아봤으니까."

간단한 대답이다. 아인은 다시금 펜을 움직이기 시작하는 도진을 물끄러미 바라보다가 마른침을 삼켰다.

"있잖아요, 선배님."

"왜."

"왜 검사가 되신 거예요?"

도진은 대답하지 않았다. 아인은 끈기 있게 기다렸다. 그래도 도진이 대답하지 않기에 질문을 바꾸어 던졌다.

"검사라는 거요. 제가 검사라는 거 말이에요…… 자부심 가져도 되는 거 맞아요?"

던져놓고 후회했다. 취한 것도 아니고 웬 헛소리인지.

"새벽이라서…… 저 오늘 좀 피곤해서, 헛소리예요, 그 냥……."

"가져."

여전히 펜을 움직이는 데만 몰두하는 모습이라 방금 제가 제대로 들은 게 맞기나 한가 의심스러운 와중에, 도진의 입이 다시 한 번 열렸다.

"가져도 돼."

다행이다. 무섭게 쳐다보면서 검사하지 마, 그럴 줄 알았는데.

쳐다보지 않는 건 아쉽지만 차가운 말 안 뱉어줘서 고맙다. 아인은 피로했던 몸이 녹는 걸 느끼며 제 검사실로 돌아왔다.


아침 해가 다시 떠 퇴근했던 신 계장이 출근하자마자 아인은 거리로 나섰다.

앞으로 열네 시간.

"그냥 돌아가시라고요."

첫 번째 피해자인 서지수의 어머니는 검찰들과 만나기를 완강히 거부한다고 했다. 그 말이 참이었는지 아인이 찾아가자 철벽처럼 걸어 잠근 문을 여는 척도 하지 않았다.

하지만 평소라면 물러섰을 아인이 이번엔 독하다 싶을 만큼 버텼다. 그들이 일으키는 소란에 옆집 사람이 짜증을 냈지만 무시했다. 아인은 어제도 검찰 조사에는 관련되기 싫다며 거부하던 사람들을 모두 피했는데, 오늘도 똑같이 한다면 결국 결과도 같을 거란 생각에 자신을 뻔뻔함으로 무장시켰다.

"젊은 아가씨가 정말 끈질기네."

결국 서지수의 모가 먼저 손을 들었다. 사실 다른 이였다면 끝까지 무시했을 테지만, 아인이 죽은 딸과 비슷한 연배의 젊은 아가씨라는 게 모성을 흔든 터였다.

"죄송합니다. 하지만 이렇게 하지 않으면 피해자가 또 나올지도 모릅니다."

처절한 기다림 끝에 집 안으로 들어가 오래 닫혀 있던 입을 여니, 착 가라앉은 목소리가 겨우 뚫고 나갔다. 아인은 서지수의 모가 건네주는 음료를 마시며 차분히 목소리와 마음을 진정시켰다.

수사 중인 사건에 대해 함부로 발설하는 건 곤란하지만, 그래도 서지수의 어머니에겐 당신의 딸이 연쇄 사건의 시초일지도 모른다는 말 정도는 하기로 했다. 조심스럽게 그 말을 건네자 서지수의 모가 당혹스러운 표정을 지었다. 당황스러운 표정으로 연거푸 한숨을 내쉬던 그녀는 한참의 침묵 후 고개를 내저었다.

"아닐 거예요. 우리 지수는……."

매정하게만 보이던 여인이었건만, 딸 이름을 직접 뱉자마자 눈에 눈물이 글썽인다. 그 모습이 민주를 대하던 민주 엄마의 모습과 닮아 있어 아인의 마음이 짠하게 끓었다.

"우리 지수는 스스로 그런 게 맞아요. 그러니까 검사님 말은 틀린 거예요."

"조사 과정에서 착오가 있었을 수도 있어요. 자살이 아닐 가능성도……."

서지수의 모는 단호하게 고개를 가로저었다.

"나라고 그렇게 안 믿고 싶겠어요? 부모 가슴에 제일 대못 박는 짓이 저세상 먼저 가는 거라는데, 그걸 남의 손도 아니고 제 손으로 그랬다고 내가 믿고 싶겠어요? 믿기 싫어서, 내가 얼마나 사방팔방으로 뛰었는데…… 아니야. 아니었어요."

"그렇게 확신하시는 이유가 따로 있는 건가요?"

서지수의 모는 잠깐 입을 닫았다. 그러더니 눈을 질끈 감아 눈물을 떨어뜨리며 다시 입을 열었다.

"내가…… 그 청년 범인 만들려고 말 안 했었는데, 흐흑, 지수가……."

아인은 심각한 표정으로 귀를 쫑긋 세웠다.

"전날 나한테 그랬어요. 고운이 보러 간다고. 하, 나는 그게 걔 납골당이나 가는 줄 알았지…… 마음 울적하면 자주 가고 그랬으니까요."

"고운이라면?"

"친구 있었거든요. 엄청 친했어요. 지수가 그렇게 친구가 많지 않았는데 고운이랑은 잘 지냈는데…… 고운이가……."

조금 전 납골당이라 했었지. 그럼 고운이라는 친구는 이미…….

"고운이가 작년에 손목 긋고 자살을 했거든요…… 허윽."

서지수의 어머니는 돌아앉아 끄억끄억 소리를 내어 울며 손수건으로 눈물을 닦았다. 아인은 놀란 눈으로 말문을 잃고 바라보았다.

서지수 주변의 자살한 사람이라니 혹시 이번 연쇄 사건과 관계가 있는 게 아닐까 싶지만, 스스로 손목을 긋고 죽은 걸 보면 김두성과는 상관이 없어 보인다. 아인은 차분히 생각을 정리하며 서지수 모의 이야기에 귀를 기울였다.

"유일한 친구가 그렇게 죽었으니까…… 원래도 우리 지수가 불안한 애였는데, 그거에 영향을 받은 거예요. 내가 엄마라서 알 수 있어. 내가 엄마니까 그걸 모를 수가 없어요……."

그 후로 대화가 끝날 때까지 쓸 만한 정보를 찾을 순 없었다. 아인은 착잡한 마음으로 집 밖으로 빠져나왔다.

서지수가 자살이라면 어떻게 되는 걸까. 연쇄 사건이라는 가정 자체가 흔들거리는 게 아닌가. 서지수 사건을 제외하고 다른 사건만 연쇄 사건으로 본다고 쳐도, 애초에 김두성이라는 용의자를 뽑은 게 서지수 사건에서였는데, 그게 무너지는 게 아닌가.

앞으로 아홉 시간.

"검사님, 이거."

신 계장이 아인을 위해 산 편의점 음식들을 내밀었다. 아인은 고맙다는 말과 함께 음식의 껍질들을 까더니 또 멍한 시선을 지었다. 조금 전 서지수의 모를 만난 결과에 충격을 받아 의욕을 잃은 건가, 이대로 검찰청으로 데려가버릴까, 신 계장이 갈등하던 중.

"윤고운 씨 유족을 만나봐야겠어요."

아인이 다시 눈을 빛내며 신 계장을 바라보았다. 신 계장은 김밥을 입안에 욱여넣고 자동차에 시동을 걸었다.

윤고운이 죽은 건 지금으로부터 일 년 정도 전. 관심이 가는 건 그녀가 남긴 유서였다.

S에 대한 사랑의 감정이 지독하게도 잘 나타나 있었다. 한데 문맥상 외사랑 같지는 않았다. 그에 대해 물어보자, 가족들도 당시 윤고운의 죽음을 두고 조사하던 이들이 유서 속 S를 찾느라 애를

좀 먹었었는데 그 시기 고운에게는 친하게 지내던 남자조차 없었다고 했다. 남자 친구를 사귀면 늘 가족들에게 말을 하던 아이였으니 만약 애인이 있었다면 말을 하지 않을 리 없었다고, 혹시 그 S가 유부남쯤 되는 건 아니었을까 하는 이야기도 들었다.

앞으로 다섯 시간.

─막내야, 뭐 좀 찾았어?

전화기 너머에서 혜수의 목소리가 들려왔다. 부담을 주지 않으려 노력하면서도 알게 모르게 기대가 묻어나는 그 목소리에 아인은 이마를 짚었다.

"아니요, 죄송해요."

─아니야, 죄송하긴. 지금 영장 청구하려고 그러고 있거든. 그래서 혹시나 해서 물어본 거야.

"벌써요? 아직 시간 남았잖아요?"

─그게 더 시간 끌어봐야 안 나올 것 같아서.

"안 돼요!"

저도 모르게 불쑥 소리를 지르자 혜수도 놀란 듯했다.

"죄송해요. 그래도 조금만 더. 제가 조금만 더 찾아볼 테니까."

해이해졌던 마음이 일시에 단단하게 조여지는 기분이다. 아인은 전화를 끊은 후 발을 동동 구르며 할 수 있는 모든 수단을 꺼내 들었다.

앞으로 세 시간.

"검사님, 이제 그만……."

신 계장이 먼저 포기를 했다. 아인은 곧이라도 눈물이 뚝 떨어질 것 같은 눈으로 신 계장을 바라보았다. 신 계장은 한숨을 삼키며 그녀를 따라야 했다.

앞으로 두 시간.

─막내야, 너무 늦게 신청하면 법원에서 화내.

"부장님, 한 시간만 더⋯⋯.

앞으로 한 시간.

김두성의 웃는 얼굴이 눈앞에서 떠올라, 결국 잘 참던 눈물을 흘려버렸다.

"에이, 그냥 구속을 하느냐 마느냐의 차이일 뿐이니까 너무 속상해하지 말라고. 재판 전까지 아직 시간 있으니까⋯⋯."

부장검사가 부원들에게 힘을 주려 애써보지만 딱히 효과는 없었다.

김두성은 유유히 풀려났다.


구속을 하느냐 마느냐의 차이일 뿐이라고 수없이 되뇌어도, 마음속 깊은 곳에서부터 올라오는 패배감을 어쩔 수가 없다. 영장 신청이 기각된 이유 자체가 증거불충분인데, 그게 재판일이 된다 한들 바뀔 리가 있나.

그가 단지 배달을 위해 전국을 돌았을 뿐이라고 우기는 잠적 시기 동안, 그리고 그를 체포한 후 48시간 동안, 그토록 증거를 찾아 헤맸는데 하나도 나오지 않았다.

그를 잡을 수가 없다.


"검사라는 게, 의외로 별거 아니네."

"민주야······ 민주야······ 민주야, 민주야!"

아인은 텅 빈 눈으로 벽을 바라보았다. 벽 너머에선 민주 엄마의 처절한 울음소리가 들려오고 있었다.

이전에는 분명 잘 자고 있었는데······ 상상보다 편안해 보였는데······ 그래서 난, 반드시 살아날 수 있을 거라고 그리 믿었는데.

너무 고통스러워서 억지로 재워놓은 거였단다. 그리하지 않았다면 지금보다 심하면 더 심했지 결코 약하지 않았을 거라고.

"시골에선 제일 후레자식이 그라목손 먹고 죽는 자식이래."

강주의 목소리가 귓가에 맴맴 떠돌았다.

"자식 괴로워하는 거 보면 부모가 먼저 죽는다고."

"민주야!"

민주 엄마의 발악에 조금 전 병실 안에서 보았던 민주의 모습이 떠오르며 아인의 멍한 눈에 눈물이 차오르기 시작했다.

신음조차 함부로 뱉지 못할 정도로 꺽꺽 괴로워하며, 몸을 비틀고 요동치면서 숨을 쉬질 못했었다. 세상에 저보다 더 괴로워하며 죽는 이는 없을 거라고, 아인은 몸을 떨며 두려워했었다.

아인의 몸이 위태롭게 비틀거렸다. 그녀는 벽을 짚으며 간신히 균형을 유지하더니 터덜터덜 걷기 시작했다.

호흡을 못 하는데 산소를 넣을 수가 없단다. 산소를 주입하면 더 호흡을 못 하게 막는 독극물이란다.

지독하고 끔찍한 괴로움 속에서 민주가 죽기만을 기다리는 수밖에 없단다.

"흐윽."

사람들이 없는 공간에 들어서자마자 약속이나 한 듯 무너져 내렸다. 아인은 손으로 입을 가린 채 한참이나 어깨를 들썩거렸다.

언제부터였을까. 검사라는 걸 꿈으로 가지기 시작한 게.

사람들은 의외로 검사가 어떤 일을 하는지 잘 모른다. 그저 형사보다 높은 존재라고만 알지.

검사는 수사한 사건에 형량을 매겨 기소한다. 형량을 정하는 건 최종적으로 판사라지만, 검사의 구형이 얼마가 되느냐가 실로 더 중요한 거다.

검사는 형사보다 윗선에서 사건을 제대로 수사하여, 판사보다 먼저 판단을 내릴 수 있는 멋진 직업이다. 온전히 억울한 사람들의 이야기를 듣고 그들을 달랠 수 있는, 그렇게 사회정의를 실현할 수 있는, 그런 직업이라 동경했었다.

하지만 지금 민주에게 검사만큼 쓸모없는 존재가 있을까.

"가자."

낯익은 목소리에 고개를 들어 올려 보니 도진이 와 있었다. 아인은 그를 하염없이 바라보다가 다시 고개를 숙였다.

도진은 우는 그녀를 말없이 바라보다가 벽에 등을 기대고 섰다. 그는 아인의 울음소리를 들으며 잠잠히 허공만 응시했다.

"선배님, 저 말이에요……."

아인이 도진을 불렀다.

"검사라는 거…… 자부심이 생기지 않아요."

도진은 여전히 허공을 헤집기만 했다.

"차라리 의사 할 걸 그랬어요…… 흐윽, 저 국어 못했는데 그냥 의사 할 걸 그랬어요. 의사였다면…… 적어도 아픈 사람 안 아프게 해줄 수는 있잖아요."

도진의 대꾸가 없다. 아인은 이를 악물며 울음을 삼키더니 다시금 말을 뱉었다.

"저요, 선배님 말이 옳다고 생각해요."

새빨간 눈을 뜨더니 비틀비틀 일어섰다. 눈물범벅된 얼굴로 도진을 바라보았다. 그 얼굴이 잔뜩 일그러지더니 곧 입술을 굳게 깨물었다.

기본도 못 지키는 멍청이. 남한테 폐만 끼치는 머저리. 사회정의? 실체적 진실? 웃기지 마. 나 같은 게 검사라니 지나가던 개도 웃을 일이잖아.

"전 검사 안 하는 게 맞아요."

능력도 없고, 자질도 없어.

실수만 하고, 범인한테 쉽게 보이고, 해봐야 아무 소용도 없는 이딴 일.

"안 할 거예요."

띠리리리리.

자명종이 울기 시작하자 아인은 손을 뻗어 꺼버렸다. 더 자고 싶어 그러는 게 아니었다. 얼른 일어나서 출근 준비를 하라는 신호가 필요치 않으므로 꺼버린 게다.

아인은 자명종에서 손을 뗀 채 이불을 머리끝까지 뒤집어썼다.

간밤에 굉장히 늦게 잠들었는데 아침엔 왜 그리 일찍 깼는지 모르 겠다. 차라리 잠들면 아무 생각도 안 나서 좋으련만 의식이 또렷 해서 괴롭고 힘이 든다.

어젠 부장님 댁에 찾아가 사표를 내고 왔다. 주말이었으니 어쩔 수 없었다지만, 댁까지 찾아간 건 너무 무례한 게 아니었을까.

"막내, 이렇게 책임감이 없었나? 사건이 자기 마음대로 안 된 다고 그만두면, 대한민국에 검사 계속할 사람 누가 있어?"

그리 엄하게 말씀하시는 모습, 처음 봤다.

"제가…… 제가 검사를 계속하는 게 더 무책임한 거 아닐까 요."

"막내……."

"부장님, 저요, 실은요. 증거 더 찾아보고 싶어요. 더 매달려 보고 싶어요. 검사 관두고 싶지 않아요. 그런데요, 부장님…… 저 같은 게 검사를 더 하면요, 계속하면요…… 언제 또 멍청한 짓 할 지 몰라요. 얼마나 더 크게 터질지 몰라요. 저 같은 건, 하루라도 빨리 관두는 게…… 그게 더 책임감 있는 거잖아요, 부장님."

뭐라 말리지도 못하고 일단은 며칠 쉬라던 부장님의 표정이 잊 히질 않는다.

참 좋은 분이었는데. 부장님뿐만 아니라 다른 선배님들도. 내 가 갑자기 일을 쉬는 바람에 다른 선배님들 배당이 늘어났겠지?

가서 내가 하던 일이라도 마무리하고 와야 하는 걸까.

아, 그만 생각하자.

"김아인! 안 씻어?"

자명종을 끄고 꽤 오랜 시간이 흐르자 엄마가 문을 벌컥 열며 소리를 쳤다. 아인은 자는 척 대답하지 않았다.

"기집애야! 출근 안 해?"

엄마가 이불을 잡아당겼다. 아인은 저도 모르게 이불을 빼앗기지 않으려 손에 힘을 주어버렸다. 그 행동은 잠들지 않았다는 걸 스스로 증명하는 것과 다름이 없어, 엄마는 자는 척 게으름을 피우는 딸의 허벅지를 손바닥으로 세게 탁탁 치기 시작했다.

"일어났으면서 왜 누워 있어? 이러다 지각해! 얼른 일어나."

아인은 대답하지 않고 몸을 잔뜩 웅크렸다. 그리고 이미 다 들킨 줄 알지만 끝까지 더 자는 척을 해보다가, 엄마가 최대 약점인 발바닥을 건드리기 시작하자 더 버티지 못하고 벌떡 일어나 앉았다.

"얼른 씻고 밥 먹어! 또 밥 안 먹고 간다고만 해봐라!"

"엄마."

"왜!"

"나 검사 안 해."

순간 정적이 흘렀다. 엄마는 제 귀를 의심하는 듯 고개를 갸웃거리더니 픽 웃었다.

"이게 꿈꾸나. 빨리 안 씻어?"

아인은 고개를 저은 후 푹 숙였다.

"나 안 갈 거야. 검사 안 해."

조심스럽지만 단호한 모습에 엄마는 이제야 상황이 장난이 아니란 걸 깨닫고 의혹이 가득 담긴 눈으로 아인의 눈치를 살피기 시작했다. 학교 안 간단 소리 한 번 한 적 없이 자란 애가 안 어울리게 투정이라니 마냥 다그칠 수가 없다. 엄마는 허, 하고 기가 막힌다는 탄성만 내뱉다가 우선 방 밖으로 빠져나갔다.

곧 있어 엄마에게 이야기를 들은 아빠도 방문을 열고 아인의 상태를 이리저리 살폈지만, 딱히 이렇다 할 답을 찾지 못하고 결국 집을 나섰다. 아빠는 아인이 신경이 쓰여 오늘은 평소보다 훨씬 이른 시간에 집으로 돌아왔다. 손에는 아인이 좋아하는 통닭을 두 마리씩이나 사 들고서.

"아인아."

아침에 나갈 때도 침대에 누워 있기만 하더니 지금도 누워 있다. 아마 하루 종일 저랬겠지, 절로 안타까운 한숨이 솟았지만 짐짓 그 기색을 숨기며 일부러 크게 미소를 걸었다. 그리고 아인을 꼬드기듯 비닐봉지를 흔들어 보였다.

통닭 냄새를 맡은 이상 자다가도 벌떡 일어나는 딸인 만큼, 아빠는 기대하며 손으로 냄새를 살살 피웠다. 그러자 정말로 아인이 일어나 앉는다. 그리고 아빠를 멀뚱히 쳐다보았다.

"통닭 먹자."

아빠가 이리 오라는 손짓을 하며 아인을 불렀다. 한데 아인이 아빠를 바라보기만 할 뿐 움직이지 않는다. 설마 통닭도 통하지 않는 것인가 하는 긴장감에 아빠가 눈을 가늘게 뜰 때 아인의 힘없는 입이 열렸다.

"반반무?"

"아니야. 아빠가 오늘 통 크게 한 마리씩 사 왔다."

"다 못 먹으면 엄마한테 혼날 텐데."

아인은 중얼거리며 주섬주섬 일어났다. 그러더니 식탁으로 슬 그머니 다가와 앉았다.

"자, 만날 양보했으니까 오늘은 우리 마님이 닭다리 두 개."

아빠가 일부러 목소리를 크게 높이며 엄마에게 닭다리 두 개를 동시에 쥐고 내밀었다.

"죽고 못 사는 양반들이나 많이들 자셔. 나는 날개 줘."

"에헤이, 날개 먹으면 바람난다네."

"다리 먹으면 도망간단 말은 몰라?"

"늘그막에 바람나서 다른 남자 고생시키지 말고, 차라리 혼자 도망을 가. 자."

엄마는 웃으며 못 이기는 척 받아 들더니 아인을 힐끔 쳐다보 았다. 아빠 또한 마찬가지였다. 꽤 노골적인 흘깃거림임에도 아인 은 느끼지 못하는지, 멍한 시선을 띤 채 통닭 한 조각만 물고 멈춰 있었다.

딸을 힐끔거리던 부부의 시선이 허공에서 딱 마주쳤다. 그리고 눈짓으로 굉장한 대화들을 주고받기 시작했다. 결국 엄마의 닦달 을 이기지 못한 아빠가 자초지종을 물어볼 참으로 목소리부터 흠 흠 가다듬을 때였다.

"흐윽."

통닭을 문 채 울기 시작한다.

"왜? 맛없어?"

"아니. 맛있어."

"그런데 왜?"

"흑, 너무 맛있어서."

눈물이 하염없이 흐른다.

"선배님들이랑 치킨 호프에 갔는데…… 그냥 맥주는 심심해서 소주도 같이 시켰단 말이야. 그걸로 폭탄주를 만들었어. 그런데 나는…… 나는 그 술보다 통닭이 더 맛있었단 말이야."

대체 이게 무슨 소리인가.

"검사는 폭탄주를 잘 먹어야 하는데 나는 통닭을 더 잘 먹어."

턱과 손이 부르르르 떨렸다. 아인은 팔등으로 눈을 가리며 흐느낌을 토해냈다.

"나는 검사 자격이 없어."

결국 그날은 아인이 왜 이러는지 그 사연을 캐내지 못했다. 아인은 눈물 젖은 통닭 한 조각을 겨우 다 먹은 후 다시 제 침대 위에 웅크렸다.


"부장님, 식사하러 가셔야죠."

오늘도 아인 대신 강주가 선배들의 점심을 챙긴다. 벌써 나흘째다.

"권도진이는?"

모두가 모인 자리에 도진만 없었다.

"누구 만나러 간다던데요?"

도진마저 없으니 어제보다 더 휑해 보인다. 부장은 씁쓸한 기분을 느끼며 모두와 함께 식당으로 향했다.

한편 그 시각. 모 대학 모 교수 연구실에서 도진은 못 박힌 듯 꼿꼿하게 서 있었다.

"참나, 그러니까 뭐야……."

연구실의 주인인 형규가 조금 전 도진이 건넨 비닐봉지를 주섬주섬 풀며 한참 만에 입을 열었다. 그는 허탈하다는 듯 웃더니 제 앞에 기둥처럼 서 있는 도진을 올려다보았다.

"고작 김밥 몇 줄에 그 귀찮은 부탁을 하시겠다?"

"김밥 좋아하잖아."

"좋아하지. 좋아하지만 인마, 너는 사회생활이라는 것도 모르냐? 남한테 부탁할 땐 대접을 제대로 해야지. 어릴 땐 그렇다 쳐도 직장 생활 몇 년 한 놈이 뭐 이리 배운 게 없어?"

"치즈김밥이야."

도진이 무뚝뚝하게 입을 열었다.

"두 배로 비싸."

어이가 없다 못해 웃음이 난다. 형규는 소리 내어 웃다가 김밥을 싼 은박지를 벗겨내기 시작했다.

"참나, 몇 년 만에 찾아와서는 한다는 소리가…… 많이도 사 왔다. 누구 다 먹으라고. 이리 와. 같이 먹어."

"해줄 거야?"

형규는 손으로 김밥을 집어 제 입으로 톡 던져 넣고는 우물거리기 시작했다. 그러면서 도진을 빤히 쳐다보았다.

죽기 전에 이놈한테 다시 부탁이란 걸 받아보겠나 싶다.

"알았어, 해줄게. 대신 나중에 밥 제대로 사."

바로 그날부터 시작이었다.

검찰청 정식 퇴근 시간이 지나자마자 형규는 도진의 검사실에 도착해서는 도진과 머리를 맞대고 앉았다. 그리고 프로파일러의 관점에서 도진이 설명하는 사건을 꼼꼼하게 살피기 시작했다.

"머리 비상하고, 철저하고, 쉽게 흥분도 안 하고. 전형적이네. 굉장히 클래식한 연쇄 살인범 유형이다. 잠깐, 마지막 피해자는 예외라고 했지?"

서류를 정리한 후엔 김두성의 모습이 녹화된 비디오를 분석하기 시작했다. 형규가 김두성의 미세한 손짓이나 별 뜻 없어 보이는 눈짓을 하나도 놓치지 않고 눈에 잡는 동안, 도진은 끝없이 시계와 종이뭉치를 번갈아 보며 어디론가 전화를 걸고 뭔가를 작성했다. 둘 다 누구도 함부로 방해할 수 없을 만큼 진지한 모습들이었다.

두 사람이 이리 힘을 합치는 이유는 단 하나였다.

김두성을 잡기 위해서.

정설에 의하면, 기본적으로 연쇄 살인범은 자발적으로 살인 행위를 멈추지 않는다. 당장은 움츠리더라도 반드시 다음 살인을 자행한다.

목표는, 그 순간을 포착하는 것이다.

방법은 두 가지, 첫째, 막연하게 김두성이 행동에 나설 때까지 몇 년이고 미행을 하거나, 둘째, 덫을 놓은 후 김두성이 행동에 나서도록 유인을 하거나.

유인을 하려면 그가 살인 충동을 느낄 수 있는 상황을 만들어 주어야 했다. 그러자면 그가 어떤 상황일 때 살인 충동을 느끼는지 조사할 필요가 있었다. 가령 붉은 옷을 입은 여자만 공격한다든가, 비 오는 날에만 범행을 저지른다든가 하는 일정한 패턴, 궁

극적으로 도진과 형규가 알고자 하는 바가 이것이었다.

영상을 시청하던 형규가 기지개를 쭉 켜더니 도진에게로 슬금슬금 다가갔다. 그리고 그의 옆에서 그가 손수 필기하여 작성하는 서류를 유심히 지켜보았다. 그러다 깜짝 놀라며 서류를 빼앗아 들었다.

도진은 각 사건의 피해자, 사건 발생 일자, 사건 장소 등의 공통점이 될 만한 게 무엇이 있는가 조사하는 중이었다. 그에 그날 피해자가 뭘 입었나 정도로 조사하는가 했더니.

지금 펼쳐진 페이지에는 사건 당일의 맑고 흐린 정도의 기후는 물론, 최고 기온과 습도, 그리고 그 주변 날짜의 기후까지 조사해 손수 그래프까지 그려놓았다. 그다음 페이지에는 교통량이라든가 그날 특별히 방송되었던 TV 프로그램의 특이점이라든가 심지어 김두성의 거래처에서 그날 얼마만큼 판매 실적을 올렸는지 등등, 형규로서도 상상하기 힘든 항목들이 상세히 빼곡하게도 조목조목 조사되어 있었다. 그에 형규의 입이 절로 떡 벌어졌다.

"이야, 미용실에 갔나 안 갔나까지?"

뿐만 아니라 아직 조사되지는 않았지만 사건 당시 피해자들이 신고 있던 신발의 굽 높이, 머리핀 모양, 심지어 머리핀에 박힌 큐빅의 개수까지도 조사 항목으로 자리 잡고 있었다.

"왜? 그런 건 상관이 없나?"

"아니…… 상관있을 수도 있지. 여자 샴푸 냄새에 자극받아서 살해한다든가, 충분히 가능한 이야기거든…… 여자들 미용실 갔다 오면 약품 냄새 나니까, 충분히 가능성 있지. 아니, 난 가능성이 없어서가 아니라…… 이렇게까지 조사를 할 수도 있나 싶어서.

너 다른 일도 많을 텐데 이거 언제 다 조사하냐?"

형규는 신기하다는 눈으로 도진을 바라보았다.

"잠 안 자면 사흘 안으로 가능해."

서류를 보니 조사된 게 반, 안 된 게 반이다.

"설마 이만큼 조사하는데도 잠 안 자고 사흘 걸린 거냐?"

"어."

기가 막혔다. 그러니 무려 일주일 가까이 잠을 안 자겠다?

"뭘 그렇게까지 열심히 하냐? 그렇게 처절하게 해야 될 이유가 있어?"

"어."

별 뜻 없이 던진 말에 의외의 대답이 돌아오자 형규의 눈이 휘둥그레 커졌다.

"무슨 이유?"

도진은 제 앞에 놓인 종이에 필기를 하며 무심히 툭 대답했다.

"약속을 해서."

"약속?"

펜 놀림이 잠깐 멈췄다. 도진은 잠깐 사색에 잠기는가 싶더니 다시 종이로 반듯한 시선을 박았다.

"김두성 꼭 잡아주겠다고 약속을 해서. 못 지키면 실수하는 건데…… 다른 사람 앞에서 실수하는 건 보기가 싫거든."

"대체 무슨 소리냐, 그건?"

도진이 방금 필기한 걸 형규에게 휙 던졌다.

"나는 다른 거 조사하고 있을 테니까 형은 그거 보고 패턴 찾아봐. 내가 하나 찾았는데, 피해자들 전부 귀에 귀걸이 구멍이 있어. 유민주는 예외니까 제외해도 돼. 잘 찾아봐."

그러고는 입을 꾹 다물었다. 형규는 더 캐물으려다 말고 서류에 집중했다.


엄마는 달구를 어루만지는 아인의 모습을 물끄러미 보았다.

이젠 잘 있다가 갑자기 픽픽 우는 짓은 안 한다지만, 어디서 누가 제 욕하는 걸 들은 것처럼 맥없이 돌아다니는 건 여전했다.

처음엔 마음 좀 풀어주려 이 짓 저 짓 다 해봐도 소용이 없더니, 그래도 어제 아침부터인가 마당에서 달구랑 놀면서는 간혹 웃기도 했다. 그에 아침도 안 먹고 마당에 나가서 개만 어루만지는 꼴이 영 못마땅하지만 모르는 척 내버려 두는 엄마였다.

"손."

우연이었는지 아니면 기나긴 노력의 결과였는지, 어제 손이란 말에 달구가 제 앞발을 턱 올려주더라. 그게 신기해 우울했던 마음도 언뜻 잊었었는데.

역시 우연이었던 건가. 그 이후로는 아무리 강요해도 들어주지 않는다. 아인은 내밀고 있던 손바닥을 뒤집으며 달구의 머리를 쓰다듬었다.

"너 참 매정하다."

보통 개들은 사람이 옆에 있으면 눈 마주치고 빤히 바라보지 않던가? 이 녀석은 왜 이리 항상 못 본 척 무시만 하는 건지.

예전부터 느낀 거지만 그 사람과 참 많이 닮았다. 웃지 않는 표정이며 대꾸도 없이 남 못 본 체하는 거며.

"너 아주 못된 것만 배웠구나?"

아인은 달구에게서 도진을 보며, 그와 함께 겪었던 일들을 찬찬히 떠올렸다. 처음엔 행복하던 표정이 나중엔 아련해지더니 결국엔 슬픔을 머금었다.

"있잖아……."

달구를 만지는 손길이 한층 느려졌다. 아인은 멍하니 앞을 바라보다가 한참 후 읊조리듯 입술을 열었다.

"권 선배님은 좋은 검사야."

매정하다곤 해도 사람 살필 줄 알고, 어느 한쪽으로 치우치지도, 누군가에게 쉽게 보이지도 않는다.

정 많아도 사람 제대로 볼 줄 모르고, 툭하면 기울고, 그 누구에게도 쉬이 보이는 나와는, 다른 사람이다.

나는 그와 달라. 그러니 나는 좋은 검사가 아니야.

떨쳐버리려 해도 자꾸만 목을 죄는 생각에 빠져 아래로만, 아래로만 계속 가라앉고 있을 때였다. 휴대폰이 진동했다.

발신자를 보니 이번엔 소 검사다. 받을까 말까 고민하다 보니 진동이 멈췄다. 전화를 다시 거는 게 예의겠지만 그럴 자신이 없다. 이럴 거면 휴대폰의 전원을 꺼버리는 게 낫겠지만, 어쩐지 그러기엔 손이 안 간다. 아인은 선배들의 이름으로 가득한 착신 목록을 한참이나 보다가 쓸쓸한 표정과 함께 휴대폰을 주머니에 집어넣었다.

그날 밤, 아빠는 아인을 위해 큰마음을 먹고 행동에 나섰다. 주말드라마에 푹 빠져 있는 엄마의 눈치를 슬쩍슬쩍 살피며 싱크대 수납장에서 참치 캔 하나를 몰래 꺼내 들었다. 다행히 아직 범행을 들키진 않은 것 같다. 이제 캔을 숨긴 후 자연스럽게 돌아가기만 하면!

"이 양반이! 누구를 눈 뜬 봉사로 아나!"

어이쿠. 너무 과감하게 저질렀나 보다.

"내놔."

"에헤이. 뭘 또 굳이 받으려고."

"어어? 당신 입으로 얘기했었어. 내놔."

엄마가 물러설 기미가 없자 아빠가 품에서 주섬주섬 담배와 라이터를 꺼내 건넸다.

"지옥 갈겨. 분명해."

"보자, 지금이 몇 시야? 응, 내일모레 이 시간에 줄게."

"왜 모레야? 내일이 아니고."

"내 마음이야!"

"저번에는 하루였잖아?"

"몰라. 모레 줄게. 괘씸해서 내일은 안 돼."

"에이, 그냥 하루만 해. 이보오, 여보."

"안 된다니까!"

엄마의 목소리가 크기에 아인이 문을 열어보았다. 아인은 티격태격하는 부모님을 지켜보다가 아빠와 눈을 마주쳤다.

"아인아, 네 엄마 또 횡포다."

아인은 조용히 아빠를 쳐다보기만 했다. 어째 그녀의 시선이 멍하게 비어 있는 것 같아 아빠가 내심 마음을 졸일 때, 아인의 입이 열렸다.

"원래 누범 기간에 같은 죄 저지르는 건 양형 가중사유야……."

아인은 터덜터덜 돌아섰다.

"아빠가 모레까지 참아."

방문도 안 닫고 바로 침대에 가서 이불을 뒤집어쓴다. 아빠는 걱정스러운 눈길로 그 모습을 좇고, 엄마는 아직 한참이나 남은 잔소리를 쉬지 않고 늘어놓았다.

그리 소란스러운 아인의 집을 바라보는 한 인영. 씩 웃는가 싶더니 곧 트럭을 몰고 사라졌다. 트럭이 완전히 사라지자, 멀리 검은색 승용차에 타고 있던 이가 휴대폰을 꾹꾹 눌렀다.

"네, 검사님. 검사님 말씀대로였어요."

옆 사람과 눈을 마주치며 고개를 끄덕였다.

"방금 김두성이 김아인 검사님 살피고 갔습니다."


전화기를 내려놓는 도진을, 형규가 힐끗 보았다.

통화 상대가 한 계장이란 걸 안다. 그리고 한 계장이 지금 이 부서의 초임 검사의 집 근처에서 잠복을 하고 있다는 것도 안다.

표정이 안 좋은 걸 보니 예상했던 대로인가 보다.

"역시, 아직 김두성이 얼쩡거린다지?"

도진은 대답하지 않았지만 답은 확실했다. 형규는 입술을 굳게 다물며 도진의 눈치를 살폈다. 필기를 하는 척하지만 갈등하는 중이라는 게 눈에 훤해 건드리지 않고 잠자코 기다리기만 하는 가운데 드디어 도진의 입이 열렸다.

"형 말대로 하는 게 좋을 것 같다."

형규는 고개를 끄덕였다.

이튿날 월요일, 부장검사는 달력을 보며 초조한 표정으로 날짜를 세고 있었다. 손가락을 꼽고 입으로 뭔가를 되뇌며 뭔가 유심히 계산을 하다가, 회의를 위해 부원들이 몰려들자 아무 일도 없었던 척 달력 앞을 떠났다.

곧 회의가 시작되었다. 모두의 관심 속에서 형규가 앞으로 나섰다. 그리고 조사를 바탕으로 얻은 결론과, 그 결론으로부터 도달한 계획을 모두에게 발표하기 시작했다.

도진과 형규가 각 피해자와 각 사건 일자의 공통점을 찾고 패턴을 분석해본 결과 열 가지 정도의 크고 작은 특이점을 찾았다. 확신할 순 없지만 아마도 그중 한 가지, 혹은 몇 가지가 김두성으로부터 살인 충동을 이끌어내는 요소일 거다. 그러니 이 특이점을 모두 충족시킨 미끼를 던져 김두성을 유혹하자는 이야기.

김두성이 조심스러운 놈이긴 하지만, 덫이란 걸 눈치 못 채도록 할 수만 있다면 놈은 충동대로 움직이지 않을 이유가 없고, 그가 충동대로 움직여준다면 바로 현행범으로 체포할 수 있게 된다.

이거면 확실하다, 하는 계획이 아니고서는 어지간해서는 동하지 않는 정 수석조차 귀가 솔깃할 정도로 흥미가 가는 이야기였다. 어쩌면 완전히 놓쳐버린 김두성을 잡을 수 있는 절호의 기회가 될지 모르는데, 그 확률이 만분의 일이라 해도 도전해보고 싶은 마음이었다.

"이제까지 제초제 연쇄살인 건 기사 나가는 거 죄다 막지 않았었습니까?"

정 수석이 조심스레 입을 열었다.

"그거 내보내는 게 어떻겠습니까? 김두성 외에 다른 용의자를 조사하고 있는 것처럼 말입니다. 김두성이 매스컴으로 정보를 얻어서 본인이 수사망에서 어느 정도 벗어났다고 생각하게 된다면, 이 작전 성공 확률이 상당히 높아지지 않겠습니까?"

한번 해보자는 이야기였다. 부장은 흐음 하는 신음을 한참 흘리다가 도진을 바라보았다. 원래 말 없는 놈이긴 하지만 오늘은 유독 더 말이 없다. 아닌 척 꼿꼿이 앉아 있긴 해도 며칠 고생해서 지친 게 눈에 휜하다.

그렇게 준비를 한 작전이란 말이지.

"거참, 내가 땡길 수 있는 수사 인력은 다 동원해야 되겠구만. 그나저나 미끼 역할을 할 만한 사람이 있을까? 여수사관은 얼마 없는 데다가, 나이도 젊어야 되고. 있다고 해도 영 위험해서……."

"아무도 없으면 제가 할게요."

혜수가 볼펜을 휘휘 돌리며 선뜻 나섰다. 강주가 깜짝 놀라며 눈을 크게 키우는데 형규가 조심스럽게 입을 열었다.

"저, 그 부분에 대해서 말씀드릴 게 있습니다."


엄마가 잘게 썬 무를 햇볕에 말리기 위해 마루 위에 잔뜩 펼쳐 놓았다. 그런데 그게 호기심을 자극했는지, 달구가 어슬렁거리며 다가가서는 슬쩍슬쩍 건드리며 어지르기 시작했다. 밖으로 나오던 아인은 그 모습을 보며 달구를 얼른 멀리 떼어놓았다.

"야, 엄마가 넌 점잖아서 이거 안 건드릴 거라고 말했단 말이야. 실망시키면 어떻게 해?"

보니 입에 무를 한 조각 물고 있기까지 했다. 아인은 눈을 가늘게 떴다.

"너 이거 절도죄다?"

달구는 대답이 없다. 아인은 달구의 턱을 마구 어루만졌다.

"아니다. 너한테 불법영득의사가 있었겠어? 너랑 협의도 안하고 마음대로 결정한 엄마 잘못이네…… 그렇지?"

달구는 우물거리더니 바닥에 턱을 대고 엎드렸다. 아인은 그 옆에 앉아 달구와 같은 방향을 바라보며 달구를 가만히 쓰다듬었다.

그리 또 멍하니 자신을 잊어가던 중, 휴대폰이 울렸다. 아인은 흠칫 정신을 차리며 휴대폰을 꺼내 보았다.

전화를 건 이는 강주였다. 아인은 언제나처럼 무시했지만, 강주는 포기하지 않았다. 연달아 네 번이나 전화를 걸어오는 통에, 망설이던 아인은 결국 받아 들고야 말았다.

"네, 선배님."

―받아주네? 안 받아주면 찾아가려고 했는데. 다행이다. 그건 나도 귀찮고, 또 이건 찾아가서 이야기하는 것보다 전화로 하는 게 더 안전해서. 거두절미하고 본론만 얘기할게.

강주의 이야기가 시작되었다. 아인은 잠자코 들었다. 처음엔 놀란 듯 보이던 아인의 표정은 강주의 이야기가 깊어질수록 심각해져만 갔다.

―여보세요? 아인아? 내 말 듣고 있는 거지?

"네? 네."

―당장 대답하기 곤란하면 생각 더 해보고 대답해도 돼. 기다릴 테니까.

이젠 네, 하는 목소리도 쉬이 안 나간다. 겨우 고개를 끄덕이는 힘을 빌려 대답한 후 통화를 끝냈다.

　형규가 의문을 제시하길, 김두성은 검사란 걸 알고 아인에게 접근한 걸까, 아니면 접근한 후에 검사란 걸 알게 된 걸까. 여타 정황이나 상식을 바탕으로 생각해보면 후자가 훨씬 더 타당하다. 그리고 후자가 옳다면, 그건 김두성이 애초에 아인에게 다른 이유로 접근했다는 말밖에 되지 않는다.

　연쇄 살인범이 이제껏 자신이 죽인 피해자들과 성별, 나이, 행동반경까지 일치하는 이에게 접근한 이유가 무엇이겠는가.

　"다시 말해 김아인 검사는 김두성이 잡으려다 놓친 물고기라는 겁니다. 그럼 김두성은, 제가 놓친 물고기를 포기할까요?"

　김두성이 제 취향도 아닌 유민주를 굳이 살해한 건, 어쩌면 아인을 대신할 희생양을 찾은 걸지도 모른다. 가령, 먹고 싶은 음식을 못 먹고 참아야 할 때 애꿎은 물만 마시는 것처럼. 그렇게까지 먹고 싶어 하는 음식을 과연 쉽게 포기할 수 있을까?

　"김두성은 김아인 검사에 대한 미련을 못 버리고 있습니다. 그 증거로 아직도 김아인 검사 주변을 서성거리고 있다는 거죠. 결국 언젠가 반드시 한 번은, 놈이 김아인 검사를 공격하게 될 겁니다. 나중에 무방비 상태에서 혼자 겪게 할 바엔 지금 미끼로 쓰는 게 여러모로 좋지 않겠습니까?"

"어? 아인아."

식사를 하던 모든 선배의 시선이 강주에게로 꽂혔다. 강주는 모두의 눈치를 살피며 전화기 너머로 응응, 하는 목소리를 흘려 넣었다.

"어떻게 됐어?"

전화를 끊자마자 혜수가 기다렸다는 듯 물었다. 강주는 선뜻 대답하지 못하고 휴대폰을 챙겨 넣는 척 시간을 끌다가 고개를 내저었다. 부장검사는 쭛 하고 혀를 차고 혜수는 실망한 듯 한숨을 삼켰다.

만 하루 만에 아인으로부터 거절의 답변이 돌아온 풍경이었다.


아인은 침대에 누워 멍하니 천장을 바라보았다. 사표를 쓴 이래 가장 많이 눈에 담은 게 저 천장이 아닐까.

그리 누워 있으니 자꾸만 어제 강주에게 거절의 전화를 걸었을 때, 그가 뱉었던 안타까운 목소리가 떠올랐다. 아인은 고개를 살짝 내저었다.

잘한 거야, 어차피 난 검사도 아니니까, 난 관여되지 않는 게 마땅한 거야.

그리 자신을 달래며 눈을 질끈 감았다. 이럴 때는 역시 자는 게 최고다. 하지만 툭하면 불러댔더니 잠도 지친 건지 좀처럼 찾아와 주질 않는다.

"에휴."

집에서 쉰 지 벌써 열흘이 지났다. 놀기도 쉽지가 않다. 이제 정말 다른 일을 찾아야겠다.

다른 일을 찾으면 이젠 정말 검사가 아니게 되겠지?

"있잖아요, 선배님."

마음이 저려오는가 싶더니, 그 언젠가 나누었던 대화가 새록새록 떠오르기 시작했다.

"검사라는 거요. 제가 검사라는 거 말이에요…… 자부심 가져도 되는 거 맞아요?"

또 생각이 난다. 또 보고 싶어진다.

"가져."

무심하던 옆모습에 뒤이어 뻔뻔하게 제가 제일 좋아하는 색은 핑크라고 말하던 얼굴이 떠오른다. 귀찮다는 듯 살짝 인상을 쓴 표정과, 그 인상이 조금 더 짙어져 버럭 화를 내던 모습이, 새록새록 생생하게도 떠오른다.

그러고 보면 단 한 번도 웃는 걸 보지 못했다. 어째서인지 연상조차 잘되지 않는다.

웃는 거, 보고 싶은데.

아무리 애써도 좀처럼 도진의 웃는 모습을 볼 수가 없다. 아인은 서글픈 표정을 짓다가, 시장에 갔던 엄마가 돌아오는 소리를 듣고서야 침대에서 몸을 일으켰다.

"오늘 저녁 한참 늦게 먹을 거야."

엄마가 짐을 풀며 아인에게 은근히 말을 흘렸다.

"그러니까 그러고 있지 말고 달구 산책이나 좀 시키고 와. 크게 덥지도 않으니까."

늘 집에서 빈둥거리며, 그것도 즐거운 모습도 아니고 축 처진 모습만 보여드리는 게 언제나 죄송스런 마음이긴 하다. 아인은 억지스럽게나마 미소를 지어 보인 후 달구를 데리고 산책길에 나섰다.

밖으로 나와 조용히 대문을 닫고 한 걸음 두 걸음 내디뎠다. 그새 여름이 더 깊어졌는지 저녁 시간인데도 꽤나 밝다는 생각을 하는 순간.

"너 검사 안 하면."

눈이 커지면서 모든 동작이 정지했다. 멈춘 그녀의 등 뒤로 또 한 번 목소리가 흘렀다.

"정말 의사 할 거냐?"

천천히 뒤돌아보았다. 목소리뿐만이 아니었다. 차에 기대어 선 모습, 정말로 도진이었다.

어찌 반응해야 좋을지 몰라 굳은 채로 서 있는데, 도진을 알아봤는지 달구가 천천히 다가가기 시작했다. 아인은 얼떨결에 따라 움직여 도진의 곁에 섰다. 도진은 달구를 잠깐 바라본 후 아인에게로 시선을 옮겼다. 그 시선을 마주하던 아인은 한참 후에야 흠칫 놀라며 고개를 옆으로 돌렸다.

"난 검사보다 의사가 낫다고 생각 안 해."

도진의 담담한 목소리가 들려왔다. 그러고 보면 일전에 도진에게 차라리 의사가 될 걸 그랬다고 후회를 늘어놓았었다. 그걸 기억하고 있었던 모양이다.

"네 말대로 의사는 아픈 사람 안 아프게 해줄 수 있겠지. 대신 검사는."

귀가 쫑긋 섰다.

"그 아픈 사람, 더 안 만들 수 있다."

마음이 짠하게 아팠다. 아인은 입술을 깨물며 도진을 지그시 바라보았다. 도진도 말없이 아인을 보기만 했다. 그러다가 아인의 미간이 짙게 찌푸려지는 순간 그의 입이 다시 열렸다.

"김두성 못 잡으면 나도 검사 안 해."

"선배님……."

"넌 검사 안 해도 의사 하면서 살 수 있을지 모르겠지만 난 안 돼."

목소리를 낼 수가 없다. 아인은 도진을 쳐다보기만 했다.

"난 검사 계속해야 돼. 그러니까."

도진이 단호한 눈길로 아인을 내려다보았다. 그는 흔들리는 아인의 눈을 마주하며, 그 어느 때보다도 진심이 느껴지는 목소리를 뱉었다.

"김아인, 네가 필요해."

3

　지난 주말부터 시작된 장마는 오늘까지도 이어졌다. 부장검사
는 창밖에 세차게 내리는 비를 바라보며 가만히 침묵을 지키고 있
었다. 자연히 다른 검사들의 입도 무겁게 닫혔다.

　부장검사가 허탈하다는 듯 한숨을 뱉으며 근 이 주간 수도 없
이 쳐다본 달력을 또 습관처럼 확인했다.

　병가에, 연가에, 심지어 보건휴가까지 죄다 탈탈 털어 아인의
결근을 휴가로 겨우겨우 처리해왔건만, 여자 검사라 하루 더 늘릴
수 있게 되어 다행이라고 남몰래 초조한 가슴을 쓸어내렸던 그 마
음이 무색하게끔 마지막 날인 오늘도 허무하게 가버렸다.

　혜수가 부리나케 쫓아와, 권도진이 막내 설득하러 갔다고 하니
부장님, 조금만 더 기다려보자고 사정사정하는 걸 못 이기는 척
들어주고는 내심 반가워하며 기대했었건만.

내일부터는 휴가로 처리할 수도 없고, 할 수 있다고 해봐야 이제까지도 나타나지 않은 사람, 앞으로도 안 나타날 것 같다. 부장검사는 혀를 차며 체념 가득한 표정으로 혜수를 바라보았다.

"수사관 중엔 없고 여경 중에 마땅한 사람 찾아봐야겠네."

더는 아인을 기다리지 않겠다는 선언이 떨어졌다. 그에 모여 있던 검사들의 눈에 씁쓸한 아쉬움이 스쳤다. 부장검사는 모르는 척, 혜수를 바라보았다. 그리고 일부러 목소리를 밝게 띄워 말을 뱉었다.

"박 검사! 여경 중에도 김두성이 미끼 할 만한 사람 없으면 참말로 박검이……."

"제가……."

부장검사의 귀가 번쩍 뜨였다. 부장검사는 말을 멈추고 얼른 뒤돌아보았다. 문이 점점 더 크게 열리며 아인이 완전하게 모습을 드러냈다.

"제가 할게요, 부장님."

"막내야!"

혜수가 얼른 뛰어나가 아인을 맞아주고 강주도 환한 얼굴로 자리에서 일어섰다. 소 검사도, 정 수석도 모두 저마다의 반가움을 표하며 아인을 바라보았다. 아인은 그중 누구와도 눈을 마주치지 못하고 시선을 회피하다가 용기를 내어 부장님을 바라보았다. 그리고 결연한 표정으로 말을 뱉었다.

"저, 김두성 잡고 싶어요, 부장님."


김두성의 눈을 속이기 위해 아인은 출근하지 않고 집에 머물렀다. 선배들과 연락할 일이 있으면 전화나 컴퓨터를 이용하기로 했다. 부득이하게 만나야만 할 때는 수사관들이 혹시 김두성이 아인을 감시하는 중은 아닌가 살펴본 후 움직이기로 했다.

그녀는 검찰청에 나가는 대신 집 근처 피트니스 클럽에 등록했다. 김두성은 아인이 운동을 한다고 생각하겠지만, 실상은 미리 약속된 경찰들과 그곳에서 만나 훈련을 받기 위해서였다.

검거 당일, 수십 명이나 되는 경찰과 검찰 수사관들이 오직 아인 하나만을 보호하기 위해 겹겹이 진을 치고 있을 거라지만, 혹시 모를 위험 사태에 대비해야 했다. 아인은 한 달 가까이 호신술이나 호신 무기 사용법 따위를 배우고, 김두성을 상대할 때 당황하거나 겁을 먹지 않고 차분하게 행동하기 위한 교육을 받았다.

부모님이 갑자기 여행을 떠나시는 바람에 텅 비어버린 집 안에서, 아인은 가만히 상념에 잠겼다.

간혹 집에 도둑이 드는 상상만 해도 덜컥 겁부터 나는데, 김두성이 칼이나 총이나 혹은 듣도 보도 못한 생화학 무기 같은 걸 들이밀면 과연 내가 버텨낼 수 있을까. 어둠 속에서 김두성이 기괴한 눈을 번뜩이며 저에게 다가오는 장면을 상상하니 벌써 눈앞이 아찔하다.

그래도 내가 약해져서는 안 되지. 아인은 고개를 내저어 잡념을 떨치며 경찰들로부터 훈련받았던 걸 떠올리고, 호신술을 반복해서 연습했다.

디데이까지 앞으로 나흘. 나흘 뒤엔 녀석을 내 손으로 잡을 수 있다. 아인은 손바닥을 내려다보다가 베란다에 나와 섰다. 멀리 보이는 민주네 집 대문을 물끄러미 바라보던 그녀는 곧 양손을 주먹 쥐며 다시 집 안으로 들어왔다.

디데이 이틀 전, 김두성에게 본격적으로 미행이 따라붙었다. 도진은 그의 행동을 실시간으로 보고받으며 예상에 차질이 없음을 확인했다.

디데이 하루 전, 아인은 김두성의 눈을 피해 검찰청에 도착했다. 그녀는 위치추적기와 도청장치를 착용하는 법을 익힌 후, 최종적으로 계획을 확인했다.

"긴장 풀어."

계획서를 든 채 딱딱하게 굳어 있을 때, 강주가 그녀의 머리에 손바닥을 가져다 대며 말했다. 아인은 고개를 들어 위를 바라보았다.

"긴장한 거 티 나요?"

"백 미터 밖에서도 보이더라."

"큰일이네. 그럼 내일 김두성이 눈치챌 텐데……."

아인은 말끝을 흐리며 입술을 깨물었다.

"걱정 마. 긴장은 지금 다 했으니까, 내일은 아마 잘할 거야."

그다지 특별한 말도 아니건만 정말로 힘이 난다. 아인은 강주를 향해 고개를 끄덕이다가 문밖에 도진이 서 있는 걸 발견했다.

도진은 언뜻 무섭게까지 느껴지는 눈빛으로 이쪽을 바라보고 있었다. 아무래도 자신이 긴장한 걸 눈치채고 마음에 안 들어 하나 보다, 그리 여긴 아인은 일부러 여유로운 척 웃으며 자리에서 서서히 일어섰다.

"선배, 회식 가셔야죠?"

강주가 도진을 향해 물었다. 내일의 검거 작전을 위해 수사관과 경찰관들에게 힘을 불어넣어 줄 겸 부장검사가 간단한 회식 자리를 마련한 터였다.

"어."

도진은 툭 뱉듯 대답해놓고선 움직일 줄 몰랐다. 강주는 도진이 아인에게 할 말이 있는 거겠거니, 눈치껏 먼저 회식 식당에 가보겠다며 자리를 피해주었다. 그가 사라지는 모습을 빤히 쳐다보던 도진은 다시 아인에게로 시선을 돌리며 주머니에 손을 꽂았다. 그리고 한참 후 입을 열었다.

"내일."

아인은 누가 봐도 집중하는 표정으로 들을 준비를 했다.

"절대 죽을 일은 없게 해줄 테니까, 겁먹을 필요 없어."

진심으로 웃음이 난다. 조금 전 강주가 말 한마디 해줄 때보다 한 열 배 정도 더 안심이 되고 힘이 되는 듯하다. 아인은 흠흠 하고 목을 가다듬으며 계속해서 웃다가 도진이 걸음을 옮기려는 순간 그를 불렀다.

"선배님."

도진이 힐끗 돌아보았다. 아인은 쉽게 떨어지지 않는 입술로 망설이다가 겨우 뱉었다.

"제가 꼭 검사 계속하게 해드릴게요."

도진이 대꾸가 없다. 너무 건방진 소리였나, 그런 생각에 머리를 긁적이자 도진이 멈췄던 걸음을 다시금 옮겼다. 그러면서 은근히 목소리를 흘렸다.

"어."

혼자 남은 자리에서 좋은 듯 생글거리며 웃다가 저도 회식 자리로 향했다. 그녀는 모두와 함께 내일의 성공을 수없이 기도한 후, 김두성의 눈을 피해 집으로 돌아왔다.


디데이.

어제부터 며칠간은 비 없이 맑을 거라던 예보는 오늘도 적중했다. 아침에 눈을 뜬 아인은 심호흡과 함께 마음을 안정시켜주는 흰 우유를 연거푸 세 컵이나 들이마신 후 차분히 샤워를 했다.

말끔하게 씻은 후에는 배운 대로 위치추적기와 도청장치를 장착했다. 그러면서 부모님이 집에 안 계셔서 다행이라는 생각을 했다. 이런 걸 몸에 다는 걸 봤다면 분명 뭐 하는 거냐고 놀라며 꼬치꼬치 캐물으셨을 테니.

"괜찮아요?"

―어. 좋아.

검찰청에 전화를 걸어 기기들이 잘 작동하는지 확인한 후, 본격적으로 외출 준비를 하기 시작했다.

고급스러움이 물씬 묻어나는 정장으로 몸에 장착한 기기를 가린 후, 얼굴엔 짙은 화장을 했다. 이번 작전을 위해 처음 뚫은 귓구멍에 귀걸이를 걸고, 카메라가 숨겨진 장식이 화려한 가방을 들었다. 그리고 킬힐로 마무리.

늘 수수하게만 다니던 아인으로선 익숙하지 않은 복장이었다. 그 사실을 김두성도 알 터. 오늘만 이리 입었다간 놈에게 위화감을 줄까 봐, 피트니스 클럽에 등록한 바로 그날부터 항상 이 비슷한 차림새로 일부러 외출할 일을 만들어 나다니곤 했었다. 놈은 검사를 관둔 후 늘 집에만 있던 아인이 갑자기 밖으로 나오더니 차림새가 바뀌었다고 그렇게 느낄 테지.

어찌 되었건 그리 치밀한 계산 아래 피해자들 차림새에서 공통으로 뽑아내어 준비한 복장이라지만 서울 시내 직장에 다니는 여성 중 패션에 관심 있는 이라면 누구나 이렇게 다닐 테니 별 특이점이 되지 못했다. 혹시 몰라 갖춰 입긴 했지만, 실로 이게 답이다, 할 만한 건 따로 있었다.

"어서 오세요!"

아인은 정해진 시간에 미리 예약한 미용실에 정확하게 도착했다. 첫 번째 피해자인 서지수와 열외로 치는 유민주를 제외하고 나머지 피해자들이 전부 사건 당일 혹은 바로 전날 미용실에서 머리를 새로 했다는 정보가 있었다.

"그리고 파마 새로 한 거 외에 이거, 파도해물탕이라고 김두성이랑 오래 알고 지낸 고향 사람이 장사하는 가게가 있더라고요. 김두성이 여기에 납품하고 나서 사흘 이내에 항상 일이 벌어졌어요. 우리가 제대로 찾은 거라면 놈은 치밀하고 계획적인 반면에 굉장히 충동적인 놈이라고 봐야겠죠?"

아인은 형규의 목소리를 떠올리며 거울 너머로 미용사가 제 머리를 만지는 모습을 보았다. 긴장으로 인해 절로 마른침이 넘어갔다.

"보통 이런 놈들은 희생자를 정한 후에 그 주변을 맴돌면서 죽일 계획을 찬찬히 세우거든요. 그런데 김두성은 피해자 물색엔 굉장히 치밀하고 계획적이면서도 살인하는 순간만큼은 충동에 맡기고 있는 겁니다. 다행이죠? 그런 충동이 있다는 건 우리 계획이 성공할 가능성이 높다는 뜻이니까. 간혹 치밀하다 못해 치사하기까지 한 놈들 만나면 피곤해지거든요."

형규의 추측이 옳기를 간절히 바라며 눈을 한 번 깊게 감았다가 떴다. 그러던 중 휴대폰으로 문자 메시지가 와 확인해보았다. 지금 김두성을 미행 중인 수사관에게서 온 메시지였다. 김두성이 현재 자택을 출발했단다.

그는 오늘 오후 파도해물탕에 납품하기로 약속이 되어 있었다. 곧 있으면 서울에 들어설 테고, 그에 따라 본격적으로 작전이 펼쳐질 거다. 아인은 어깨가 무거워지는 걸 느끼며 휴대폰을 닫았다.

머리를 다 하고 미용실을 나서는 시간도 예상과 다를 게 없었다. 그녀가 미용실에서 나오자, 정 수석과 경찰들을 태운 자동차의 문이 열렸다. 아인은 얼른 다가가 올라탔다.

-지금 서울로 들어섰습니다.

상황이 예상에서 조금만 어긋나도 성패가 달라질 수 있는 민감한 작전인 만큼, 김두성이 예상과 다름없이 움직이고 있다는 사실보다 고마운 게 없었다. 아인은 움직이는 차 안에서 숨을 죽이며 수시로 들어오는 김두성에 대한 보고를 유심히 들었다.

그러던 중, 마침내 신호와도 같은 목소리가 들려왔다.

-김두성, 도착했습니다.

정 수석이 아인을 바라보았다. 아인도 그를 바라보았다. 정 수석이 고개를 한 번 끄덕여 보였다. 아인도 답하듯 따라 끄덕거렸다.

곧 차 문이 열리며 아인과 아인의 친구로 위장한 여경 한 사람이 길에 내려섰다. 두 사람은 며칠에 걸쳐 일부러 친분을 쌓은 게 아깝지 않게, 자연스러운 친한 친구 사이를 연기하며 해물탕 가게로 다가갔다.

조금씩, 조금씩, 가게 앞의 풍경이 눈에 들어왔다. 손님이 많지 않을 시각이라 텅 비어 있는 주차장 중앙에 트럭이 한 대 서 있었다. 그 트럭이 눈에 들어온 순간 아인의 심장이 기다렸다는 듯 뛰기 시작했다. 트럭의 운전석 문이 열릴 땐, 여름인데도 서늘하기만 한 식은땀이 등을 타고 흘렀다. 아인은 눈을 질끈 감았다가 뜨며 그에게로 천천히 다가갔다.

유쾌한 인사말과 함께 차에서 내린 김두성은 곧바로 짐칸을 향해 몸을 돌려세웠다. 그러다가 바로 근처에 다가와 있는 아인을 발견했다. 그는 살짝 놀라는 듯하더니 이내 얼굴 가득 웃어 보였다. 아인도 살짝 놀란 표정을 지은 후 일부러 인상을 써 긴장을 감추고 괜한 신음을 흘려 심장 소리를 막았다.

"왜 그래?"

여경이 훌륭한 연기력으로 아인을 향해 의아한 표정을 지었다. 아인은 적당한 분노와 경계를 드러내던 얼굴을 얼른 거두며 여경의 팔을 붙들었다.

"아니야."

그리고 연습한 대로 김두성 앞을 자연스럽게 스쳤다. 이 정도 거리라면 머리에 바른 약품 냄새를 맡을 수 있을 거다. 아인은 떨리는 마음을 꾹 눌러 숨긴 채 가게 안으로 들어섰다. 아인이 김두성에게 일부러 적당히 긴장한 모습을 보여주는 동안, 여경은 음식을 주문했다.

지금부터가 중요했다. 작전대로라면 여기서 아인을 인식한 김두성이 계속해서 그녀를 주시해야 했다.

모두가 숨죽인 중에, 김두성은 트럭에 싣고 온 물품들을 모두 내려놓고 해물탕 가게 주인과 잠시간 이야기를 나누었다. 아인은 계속해서 식사 중이었다.

아인은 아직 식사 중인데 가게 주인과 대화를 끝낸 김두성이 먼저 트럭에 오르자, 지켜보던 정 수석의 얼굴에 초조함이 스쳤다. 이대로 김두성이 모두의 기대를 깨고 유유히 돌아가버릴지도 모른다는 불안감에 양손을 비비던 중, 연락이 왔다.

-멈췄습니다. 아마도 목표를 기다리는 것 같습니다.

됐다! 정 수석은 그리 생각하며 주먹을 꽉 쥐었다. 그는 잠시 후 적당한 타이밍에 신호를 보냈고, 신호를 받은 아인과 여경은 적당히 식사를 마치고 가게 밖으로 나섰다.

아인과 여경은 연예계 가십거리를 이야기하며 함께 버스정류장으로 향했다. 그러다 여경이 인사를 하며 버스에 올랐다. 아인은 버스에 탄 여경에게 손을 흔들어 보였다. 버스는 곧 출발했고, 혼자가 된 아인은 산책을 하듯 천천히 걷기 시작했다.

그녀가 혼자가 되자 김두성의 트럭이 서서히 구르기 시작했다. 그와 함께 지켜보던 정 수석의 눈이 반짝 빛났다.

죽이고 싶어 안달 나게 하는 상대가, 죽이고 싶은 모습을 한 채 무방비 상태로 혼자 걷는다. 그로서는 절호의 기회일 것이다. 아마 아인이 일부러 인적 드문 길에 들어서면, 놈은 완력 또는 협박으로 그녀를 납치하려 들 것이다.

아마도 이제 곧…… 조금만 더 가면……!

"검사 아가씨."

혹시 김두성에게 붙들렸을 때 다치지 않기 위해 훈련받았던 걸 떠올리며 차분히 걷던 아인은, 뜻밖의 다정한 목소리에 흠칫거리며 멈춰 섰다. 자신이 경계한다는 걸 아는 이상 다정한 말로 꾀려 들지는 않을 것이라 생각했었는데.

"요새는 제초제 먹고 죽는 사람 없나 봐요?"

지켜보는 이들도 뜻밖의 상황에 살짝 당황했지만, 아직 크게 어긋나지는 않았으니 일단 두고 보기로 했다. 저러다가도 언제 표정을 바꿔 아인을 낚아챌지 모르니.

"나랑 말하기 싫은가 보네. 있잖아요. 내가 좋은 거 하나 가르쳐줄까요?"

아인은 인상을 쓰며 그를 올려다보았다. 김두성은 히죽 웃으며 다음 말을 뱉었다.

"민주 말이에요. 죽기 전에 내랑 어디 갔었거든요."

혼란스러운 표정으로 그를 마주 보던 아인은 한참 후 입술을 벙긋거렸다.

"진술할 땐 분명 그런 적 없다고……."

"아, 그땐 기억이 안 나더라고요. 나중에 기억이 나던데, 어때요? 내랑 같이 가볼래요?"

은근하면서도 뻔뻔한 목소리가 아인을 아찔하게 조였다. 어쩔 줄 모르고 서 있는 아인에게로 김두성은 유혹하는 듯한 목소리를 또 한 번 흘렸다.

"거기 가면 민주 누가 죽였나, 단서 뭐 안 나오려나?"

아인은 뒤로 한 걸음 물러서며 상황을 파악하기 위해 머리를 굴리고 또 굴렸다. 그사이 시간은 하염없이 흘렀건만 김두성의 히죽거리는 얼굴은 변함이 없었다.

"왜? 이제 검사 안 할 거라서 필요 없나?"

예상과 조금 다르긴 해도 놈이 이렇게 수작을 건다는 건, 어찌 되었건 나쁜 마음을 먹긴 먹었다는 뜻일 터.

결국 작전대로인 거다. 납치를 당하건, 혹은 제 발로 따라가건, 결국 그가 자신을 어디론가 데려간다는 건 똑같다. 아인은 한참 망설인 끝에 그의 트럭으로 조금씩 다가갔다. 그리고 김두성 보란 듯 위치추적 서비스를 켠 휴대폰을 꾹 쥔 채 슬며시 올라탔다.

처음엔 차분하게 생각을 정리할 수 있었다.

오늘 모든 걸 시간에 맞춰 정확히 준비했고, 예상대로 김두성을 정확히 유혹해냈다. 모든 게 계획대로다. 이대로 그의 은밀한 공간에 도착해, 그에게서 살해 위협을 받는다면 완벽한 거다.

잘되고 있고, 앞으로도 잘될 테니 불안해하지 말자.

하지만 말없이 가만히 앉아 있는 시간이 늘어만 가자, 그렇게 결전의 순간이 다가오자, 점차 불안해졌다. 옆에 앉은 이가 살인마라는 인식이 스멀스멀 기어오르면서 꾹꾹 잘 눌러두었던 공포심과 긴장이 서서히 스미기 시작했다.

아인은 땀에 젖은 손으로 계속해서 스커트 자락을 꾹꾹 붙잡으며 차 앞유리에 어른어른하게 번지는 초조한 눈길을 다잡기 위해 애썼다.

조금만. 조금만 참자. 이대로 조금만 참으면 다 끝난다. 곧 있으면 모든 게 끝나고, 민주와 했던 약속도 지킬 수 있는 거야.

"어디 아파요?"

대답하지 않았다. 사실 대답하지 못했다. 김두성의 말에 꼬박꼬박 대답해줄 만큼의 여유는 남아 있지 않았다.

다들 잘 따라오고 있는 걸까? 중간에 놓친 건 아닐까? 그렇다 하더라도 위치추적기가 있으니 괜찮겠지…… 아니, 위치추적기가 소용이 없으면? 고장 났다거나 어디 선이 연결이 잘못됐다거나! 만약 마지막 순간에 김두성이 위협을 가할 때, 이겨내지 못한다면 어떻게 되는 걸까? 난 죽는 걸까? 녀석이 나를 덮치려 들 때 어떻게 하라고 했었지? 팔을 어떻게 붙들고 다리를 어떻게 비틀라고 했었지?

갑자기 트럭이 불안하게 흔들리며 급히 정차했다. 아인은 정신이 번쩍 드는 걸 느끼며 주변을 살펴보았다.

휑하고 음습한, 그야말로 뭔가 일어날 법한 공간이었다. 아인은 김두성이 먼저 내리는 걸 보면서 몸에 장착한 위치추적기를 얼른 만져보았다. 아직 안 떨어지고 잘 있다는 사실에 안도한 후, 그녀는 천천히 차에서 내렸다.

김두성은 커다란 컨테이너 안으로 들어갔다. 그러면서 아인을 빤히 쳐다보았다. 아인은 망설이며 주변을 더 살피다가 심호흡을 하며 함께 따라 들어섰다.

"민주가 여기 참 좋아했었는데."

칙칙하고 어둡기만 한 이런 물류 창고 같은 곳을 열여덟 난 여고생이 좋아했다고? 따지고 싶지만 관두기로 했다. 대신 아인은 또각또각 높은 구두 소리를 내며 천천히 걷기 시작했다.

어쩌면 이곳이, 민주가 제초제를 먹은 곳일지도 모른다. 이곳에서 그 독약을 먹고 요동치다가 놈의 손에 붙들려 길가에 버려졌을지도 모른다.

마음이 싸하게 아파와 주먹을 꾹 쥘 때였다. 뒤쪽에서 스며들던 빛이 점점 사라지는가 싶더니 결국 쾅 하고 문이 닫히는 소리가 났다.

아인은 온몸의 감각을 곤두세웠다. 드디어 때가 온 것이다. 놈이 저에게 무슨 짓을 하려는 게다. 아인은 쿵쿵 뛰기 시작하는 심장을 꾹 누르며 천천히 뒤를 바라보았다. 문을 닫은 김두성이 저를 보며 기이하게 웃고 있었다.

"목마르죠?"

순간적으로 섬뜩한 공포가 온몸을 훑고 지나갔다. 아인은 김두성의 손에 들린 녹색 액체가 담긴 통을 보면서 천천히 뒷걸음질을 쳤다.

무섭고, 불안하고, 막상 닥치자 정신마저 혼미하지만, 그래도 하나, 다행이다.

다행이다. 녀석이 걸려들었다.

이제 저 녀석이 저걸 나에게 먹이려 든다면! 그 순간을 잡기만 한다면!

"뭐…… 뭐예요?"

"아니. 난 목마를까 봐."

놈이 천천히 다가왔다. 아인이 물러나는 속도에 비해 별로 빨라 보이지도 않건만 벌써 이만큼 다가왔다. 뒷걸음질 치던 아인은 낡은 소파에 부딪혀 털썩 내려앉았고, 그에 김두성도 웃으며 몸을 낮추었다.

"가만히 있어봐요."

김두성이 아인을 향해 손을 뻗었다. 아인은 저항하기 시작했다.

"저리 가!"

"왜요? 목마르잖아요."

아인은 몸부림을 치기 시작했고 김두성은 그런 그녀를 저지하며 입으로 액체가 담긴 물통을 내밀었다. 누가 봐도 그가 억지로 먹이려고 하는 상황이었다.

"가만히 있어보라니까?"

됐어…… 됐어…… 된 거야! 증거를 잡은 거라고!

덜컹하는 소리와 함께 컨테이너의 문이 열렸다.

"꼼짝 마! 손들어!"

대기하고 있던 경찰들이 우르르 들이닥치며 저마다 권총을 내밀었다. 김두성은 낯선 손님들을 등진 채 천천히 양손을 들어 올렸다.

아인은 비틀거리며 자리에서 일어섰다.

끝났다. 드디어 끝이 난 거다. 드디어 녀석을, 잡을 수 있게 된 거다! 김두성을 바라보며 승리감이 가득 어린 미소를 짓는 순간.

"바라는 대로 해줘도 난리네."

김두성이 더 크게 웃었다. 그는 큰 승리감이 서린 눈으로 아인을 직시하면서, 아인에게 억지로 먹이려던 액체를 제가 마시기 시작했다. 세상에서 가장 맛있다는 듯.

정말로 목이 마른 듯해 권한 것뿐이라고, 장난기가 샘솟아 과한 짓을 한 것뿐이라고, 기분 나빴다면 사과하겠다고, 그로 인해 벌을 받아야 한다면, 받겠다고.

모두의 입에서 허무한 탄성을 짜냈다.

"어떻게…… 눈치챈 걸까요?"

강주가 답답한 속을 풀어내듯 말했다.

"진짜 검경에 끄나풀 심어놓은 거 아냐?"

혜수가 짜증을 가득 실어 대꾸했다.

"계획대로 되지 않을 가능성은 있다고 생각했었지만…… 이렇게 결론이 나리라곤……."

형규가 믿을 수 없다는 목소리를 뱉었다. 그 말을 끝으로 모두가 입을 다물었다.

모인 이들 중 가장 큰 충격에 휩싸여 단 한마디도 하지 않고 멍한 표정만 짓고 있던 아인은 선배들의 권유 아래 귀갓길에 올랐다.

"넌 정말 잘했으니까. 전부 놀랄 정도로 잘했으니까, 자책하거나 그러지 마라."

강주가 바래다주면서 위로의 말을 건네도 소용이 없었다. 아인은 그저 멍하니 창밖만 바라보았다.

놈이 간단한 조서만 쓰고 유유히 사라지던 모습을 잊을 수가 없다. 딱 예전 영장 신청이 기각되었을 때의 기분이었다. 그냥 돌려보내지 말고 폭력 건으로 고소라도 할 걸 그랬나.

만약 놈의 차에 순순히 올라타지 않고, 강제로 납치를 당한 상황이었다면, 놈을 납치범으로 몰아세울 수나 있었을 텐데. 따져보면 놈은 그마저도 용납하지 않은 게다. 치밀한 놈이었다. 놈의 치밀함에 오히려 제가 놀아난 것이다. 너무 허무하고 한탄스러워 분하고 속상하기보다 지치는 마음이 먼저였다.

"들어가."

목이 잠겨 제대로 된 인사도 못 하고, 그저 고개만 꾸벅 숙였다. 강주가 안타깝다는 표정으로 차를 다시 출발시킨 후, 아인은 집 안으로 들어왔다.

오늘따라 집이 더 어둡고 휑해 보인다. 부모님이라도 계셨다면 좀 나았을까.

터덜터덜 걷던 아인은 저만큼이나 지친 듯 누워 있는 달구 앞에서 멈춰 섰다. 넌 왜 이리 힘이 없냐, 그리 생각하며 다시 걸을 때였다.

갑자기 왈왈 짖는 소리가 들려왔다. 아인은 집 안으로 향하던 걸음을 멈추고 놀란 눈으로 달구를 뒤돌아보았다.

단 한 번도 이리 짖은 적 없는 녀석이었다. 힘찬 게 보기 좋아, 아빠가 일부러 짖게 만들려고 애쓸 때도 뚱하기만 하던 녀석이, 갑자기 세차게 짖어댔다. 그러면서 아인에게 쏜살같이 달려와 마치 가는 길을 방해하듯 몸으로 막아댔다.

그러더니 갑자기 또 픽하고 쓰러졌다. 그 모습을 의아하게 내려다보던 아인은 혹시 이 녀석이 배가 고파 이러나, 그런 생각을 하며 얼른 현관문을 열었다. 얼른 달구의 밥부터 챙겨줘야겠다는 생각에 달리다시피 주방에 도착한 순간.

얼음처럼 굳어버렸다.

어둠 속에서, 김두성이 그녀를 향해 웃고 있었다.

이게 어떻게 된 걸까. 놈이 왜 여기에 와 있는 걸까. 풀려난 직후 바로 여기로 온 걸까? 이렇게 숨어 있으려면 빈집이란 걸 알고 있었다는 건데, 부모님이 안 계신다는 건 어떻게 알았을까…….

아니, 그걸 모를 리가 없지, 그 정도도 모를 리가 없지!

소리를 지르고 싶은데 당황해서인지 지쳐서인지 입술을 벙긋거리기조차 쉽지 않다. 굳어 있는 그녀에게로 김두성은 한 걸음씩 다가왔다. 아인은 물러서지도 못하고 다가오는 그를 바라보기만 했다.

탁 하는 소리와 함께 김두성이 아인을 붙들었다. 그는 아인의 앞섶을 향해 손을 내밀었다. 아인이 겁에 질린 채 숨을 몰아쉬는 사이, 김두성의 손이 그녀의 옷을 벗겨냈다. 아인은 뒤늦게 상황을 파악하고 몸을 뒤틀었지만, 놈의 손에 완벽하게 붙들린 몸은 미미하게 버둥거리기만 할 뿐이었다.

저리 가라고, 물러서라고, 내 몸에서 손 떼라고 저항을 해야 하는데, 몸을 움직이는 방법이 기억이 나지 않는다. 혼미한 정신으로 거친 신음만 계속 뱉어내던 그녀가 다시 정신을 차렸을 땐, 김두성의 손에 위치추적기며 도청기 따위가 모조리 박살 난 이후였다. 아인은 흔들리는 눈을 들어 김두성을 바라보았다.

"재미있는 거 하나 가르쳐줄까?"

김두성이 손에 들린 기기 잔해를 바닥에 툭 떨어뜨린 후 아인에게 얼굴을 바짝 들이밀었다.

"너 다음엔 저 밖에 있는 개 새끼야."

상상을 초월할 정도로 무섭다. 예전에 피의자에게 가위로 위협을 당했을 때도, 김두성이 억지로 먹이려던 음료가 정말 제초제라고 생각했을 때도 이만큼 무섭지는 않았다.

"전에 죽일 수 있었는데 네가 방해했잖아. 너를 먼저 죽여놓으면, 방해 못 하겠지."

김두성은 아인의 머리채를 세게 휘어잡았다. 그 상태로 그녀의 고개를 뒤로 꺾었다.

"잘난 척 돌아다니던 서울 년들이 농약 먹으면 어떻게 되는 줄 알아? 짐승 새끼처럼 네 발로 기어 다니던데? 뒈질까 봐 꺽꺽거리면서 덜덜 떠는 건 서울 년들이나 촌놈들이나 다 똑같더라, 이거야."

그토록 훈련한 호신술이라든가, 호신 무기 사용법이라든가 하나도 떠오르지 않는다.

난 어떻게 해야 하는 걸까…… 어떻게 되는 걸까…….

"왜? 무서워?"

무서워. 겁이 난다. 호흡조차 벅차다.

거친 호흡을 빠르게 몰아쉬는 아인을 보면서 김두성은 만족스러운 듯 웃었다. 놈의 섬뜩한 미소에 아인의 온몸에 소름이 돋았다.

"걱정할 거 없어. 네년 구르는 꼴 구경하고 싶지만, 내가 전에 말했잖아? 난 너한테는 농약 먹여서 죽일 생각 없다니까?"

기억이 난다. 제 눈앞에 일부러 나타나 민주의 죽음을 조롱하며 말했던 기억이 난다. 그때 저를 지배했던 절망감까지 서서히 상기되면서, 아인은 참지 못하고 떨기 시작했다.

"대신 다른 재미 좀 봐야겠는데. 이야, 몰랐는데 검사 아가씨 몸매 죽이네."

김두성의 따가운 눈길이 아인의 몸을 훑기 시작했다. 그제야 자신이 속옷을 드러내고 있다는 사실을 깨달은 아인은 기적처럼 몸을 움직여 옷을 감싸 쥐었다.

"놔……."

드디어 목소리가 나갔다. 아인은 눈을 질끈 감으며 힘껏 소리를 질렀다.

"놔! 아악!"

필사적으로 몸을 가리며 몸부림을 쳤다. 이제껏 순하게 붙들려 있기만 하던 아인이 갑자기 거세게 반항을 하자, 김두성이 당황한 듯 손에 살짝 힘을 풀었다.

아인은 그 순간을 놓치지 않고 그에게서 벗어나 현관이 있는 쪽으로 달아나려 했다. 하지만 넘어진 상태에서 겨우 움직이는 거로는 그를 벗어날 수 없었다. 그녀는 결국 다시 붙들렸고, 김두성은 온갖 험한 말을 쏟아내며 그녀를 억압했다.

상의가 뜯기고 스커트가 올라갔다. 아인은 계속해서 소리를 지르며 어디서 본 대로 그의 팔을 깨물었다.

"악!"

화가 난 김두성은 그녀의 배에 올라탄 채 그녀의 따귀를 힘껏 때렸다. 한 번으로는 분이 풀리지 않는지 연거푸 그녀에게 폭력을 행사했다.

아파, 무서워, 힘들어.

엄마, 아빠, 달구야…… 권달구!


"절대 죽을 일은 없게 해줄 테니까……."

선배님…… 선배님…… 선배님, 저 죽어요. 저 죽을 것 같아요. 나 정말 죽는다고요, 선배님!

"아악!"

온몸을 터트려 소리를 내지르는 순간.

덜컹하는 소리와 함께 문이 열리고, 순식간에 김두성이 저만치 나가떨어졌다. 아인은 순간적으로 정신을 잃는 기분을 느끼며 하염없이 눈물만 흘렸다.

"검사님!"

날 부르는 걸까?

아니다…… 내가 아니야.

도진은 저보다 한발 늦게 집에 들어선 이들과, 집 안에 미리 숨어 있던 이들이 슬금슬금 나와 김두성에게 다가가는 걸 보면서 재킷을 벗어 들었다. 그리고 누워 있는 아인을 일으키며 그녀의 몸을 가려주었다.

"선배님……."

약한 모습 보이면 안 되는데…… 실망할 텐데, 한심해할 텐데…….

아인은 입술을 꾹 깨물었다. 아무리 참아도 눈물은 멈추지 않고, 시야도 눈물로 얼룩져 도진의 얼굴을 보는 것조차 힘들다. 아인은 결국 눈을 감아버렸다.

"흑, 선배님, 저 연습 진짜 많이 했는데…… 호신술 정말 열심히 했는데…… 너무 갑작스러워서, 예상을 못 해서…… 잘하려고 했는데…….

우는 아인을 가만히 바라보던 도진은, 팔을 길게 뻗어 그녀의 머리를 제 품에 끌어당겼다. 그리고 가만히 멈춘 채 그녀의 눈물을 죄다 받아주었다.

김두성이라면 모든 게 함정이라는 걸 눈치챌 가능성도 크다. 하지만 설령 눈치채더라도 살인을 하고자 하는 충동은 일었을 게 분명하다.

그런 이상 반드시 움직이게 되어 있다.

그렇다면 놈이 움직이는 순간은, 함정에서 빠져나온 바로 직후이다. 충동도 가장 클 때이고, 검사들이 모두 맥을 잃고 저에게서 시선을 거둔 순간만큼 절호의 기회는 다시없을 테니까. 그때 아인의 집까지 비워져 있다면 반드시 걸려들 것이다.

모든 게 도진의 계획이었다. 그는 아인의 아빠에게 모든 정황을 정직하게 설명한 후, 일주일간의 여행권을 내밀었다.

"아무리 그래도 이렇게 위험한 일을⋯⋯."

갈등하던 아빠가 죽기보다 힘든 결심을 한 건 두 가지, 검사 안 하고는 못 살 것 같은 딸아이의 모습과, 다치게 할지는 모르지만 목숨만큼은 결코 잃지 않게 하겠다고 담담히 이르던 한 남자의 무뚝뚝한 말투 때문에.

"아따, 그래서 부장한테 허락도 안 받고 혼자 멋대로 일을 진행하셨다?"

부장검사가 허탈한 듯 말했다.

비밀리에 모든 걸 독단으로 진행한 이유는, 만에 하나라도 정말 김두성이 검찰청에 눈과 귀를 심어두었을까 봐.

그래도 당사자인 아인에게는 미리 알려주어야 안전하지 않을까, 하던 한 계장의 제안을 간단하게도 거절했단다. 다 알면 아무래도 움직임이 어색해질 테고, 어색하게 굴면 김두성이 안 낚일 수 있으니까.

그녀가 조금 다치더라도 확실하게 김두성을 잡는 편이 좋다고 했단다. 그러면서 하는 말이, 김두성이 아인을 죽이려는 순간을 정확히 포착해야 놈의 혐의를 입증하는 데 도움이 되니, 아인이 좀 험한 꼴을 당할지언정 신호를 보내기 전에는 절대 먼저 움직이지 말라고.

"그랬던 분이 정작 김 검사님 몇 대 맞는 거 보고 바로 달려오셨으니까요. 신기했죠. 원래 그런 분이 아닌데."

아인은 한 계장의 말을 떠올리며 저도 모르게 웃다가 주변의 눈치를 살피며 손으로 입을 가렸다. 그런 그녀의 귀에 부장검사의 목소리가 꽂혔다.

"자세한 건 조사를 해봐야 알겠지만, 그놈도 참…… 한 계장 말이, 그놈이 서지수 좋아한 거라매?"

연행되는 길에, 도진이 단 한마디 물었을 뿐이었다.

윤고운의 유서에 가득하던 S, 혹시 서지수냐고.

"그래, 서지수라고…… 그게 서지수라고! 그런데 더 웃긴 건 뭔지 알아? 서지수도 그년이 좋대. 그년 그렇게 죽고 나니까 견딜

수가 없대. 그래서 지도 따라 죽어야겠대. 내가 죽지 말라고 그렇게 맛난 거 사주고 옷 사줘도 소용없어. 도와달래. 그러니 어떻게 해? 도와줘야지. 거지 같은 년…… 나 같은 촌놈 새끼보다야 차라리 같은 계집년을 좋아하고 말겠다는 거지. 더러운 년들. 다 죽으라고 해, 잘난 서울 년들."

이제까지 치밀한 계산 아래 검사들을 놀렸던 이가 맞는가 싶을 정도로 흥분을 해서는, 마치 기다렸다는 듯 울분을 토하며 들어달라는 듯 모든 걸 쏟아냈단다.

제 입으로 모든 걸 인정한 거다.

"참, 어떻게 보면 아이러니하죠. 자기가 좋아하던 여자의 자살을 도우면서 살인의 쾌감을 깨달은 거니. 그리고 그 여자 사건으로 조사받은 전력 때문에 결국 용의자 물망에 오른 거잖습니까? 그야말로 사랑해선 안 될 여자였네요."

정 수석의 말에 부장검사가 씁쓸히 웃어 보이고는 소 검사를 쿡쿡 찔렀다. 이제 김두성 잡았으니 약속했던 대로 한우를 쏘라며 재촉하자 혜수가 얼른 거들었다. 소 검사는 꼼짝도 못 하고 회식 날짜를 잡아야 했다.

어젯밤에 김두성을 잡았다는 소식에 잠깐 모였을 뿐, 토요일인데다 딱히 더 나눌 이야기도 없었으므로 회식 날짜를 잡은 후엔 다들 자연스럽게 흩어졌다.

집으로 돌아온 아인은 어제 사투를 벌였던 공간을 물끄러미 바라보다가 마당으로 나왔다. 그녀는 따사로운 햇살 속을 가로질러 달구 앞에 섰다.

혹시라도 달구가 짖거나 날뛰어서 김두성의 심기를 거스르거나 계획을 망칠까 봐, 미리 진정제를 투여했단다. 어제 그리 축 늘어져 있었던 이유가 진정제 때문이었던 거다. 진정제를 맞았으니 서 있을 힘도 없었을 텐데도 그리 열심히 짖은 걸 보면 주인을 구하고자 하는 마음이 정말 컸나 보다, 수사관은 기특하다는 듯 그리 말했었다.

아인은 미안한 마음을 가득 담아 달구에게 손을 뻗었다. 저 때문에 괜한 일 겪게 한 것도 그렇고, 예전에 김두성이 건넨 음료를 안 마시는 걸 보고 야박하다고 한 것도, 그 음료가 제초제였음을 이제 와 깨달은 것도, 모두 미안하다.

"고마워, 똑똑한 우리 달구…… 산책 갈까?"

상으로 바람 좀 쐬게 해주어야지, 그리 생각하며 밖으로 나섰다. 여름치고는 시원한 날씨를 담뿍 느낀 후 다시 집 근처로 돌아온 그녀는, 문득 걸음을 멈추어 섰다.

그 언젠가부터 무거운 마음과 죄책감을 안지 않으면 도저히 바라볼 수 없었던 곳. 하지만 오늘은 다르다. 아인은 슬며시 미소를 지으며 민주네 집 대문을 쳐다보다가 하늘을 올려다보았다.

늦어서 미안해. 그래도 언니, 그놈 잡았으니까 용서해줘.

"어?"

맑은 하늘에서 시선을 거두다가 제 집 앞에 서 있는 도진을 발견했다. 아인은 반가이 다가갔다.

달구가 좋아하는 거라며 일부러 육포를 사 들고 온 걸 보니 절로 웃음이 났다. 아인은 도진이 선물한 육포를 달구에게 먹이며 밉지 않은 눈을 슬쩍 흘겼다.

"달구한테 진정제 놓은 거 미안해서 사 오신 거죠?"

대답하지 않는 걸 보니 진짜인가 보다. 아인은 쿡쿡 웃으며 도진에게도 잘게 찢은 육포를 한 가닥 내밀었다. 그리고 재촉하는 눈짓을 보냈다. 도진은 별 거부 없이 받아 들더니 자세를 낮춰 달구에게 먹이기 시작했다.

"우리 달구가요, 어제 저 구하려고 몸 힘든 것도 이기고 나선 거래요. 기특하죠?"

아인이 쪼그려 앉은 몸을 살살 흔들며 말했다. 도진을 향한 그녀의 얼굴에 뿌듯함이 가득 차오르는 순간.

"어, 기특하네."

웃었다. 아인은 놀란 눈을 동그랗게 뜨며 도진을 뚫어져라 쳐다보았다.

기특하다는 듯 달구를 어루만지는 그의 얼굴에 아직도 환한 미소가 가득하다. 아인은 하늘을 걷는 듯한 기분으로 그의 얼굴을 계속해서 바라보았다.

멋있구나, 웃는 거……. 가슴이 뛰기 시작한다.

영영 검사로서의 김아인을 버렸다면, 김두성 못 잡았을 테지. 못 잡았으면 이 사람 웃는 거, 못 봤을 테지.

검사 다시 하기로 한 거 정말 잘한 것 같아.

고개를 살짝 꺾었다. 도진의 환한 미소를 따라 저도 배시시 웃는다.

5부_ 생글생글

　산뜻한 아침과 함께 자명종이 세차게 울었다. 미리 일어나 있던 아인은 기분 좋게 웃으며 자명종을 껐다.

　여유롭게 식사를 마친 후 집을 나섰다. 버스정류장으로 향하는 길이 마냥 즐겁다. 설레고 벅찬 기분. 그래, 마치 첫 출근할 때와 같다.

　버스를 기다리면서도, 버스에 타고 나서도, 아인은 첫 출근하던 날의 기억을 되새기느라 여념이 없었다. 그날 버스 안에서 치한을 만났고, 그 치한 잡겠다고 넘어지기까지 하며 쫓아갔었는데.

　버스에서 내려 걷던 그녀는 갑자기 쿡쿡 웃기 시작했다. 그렇게 열심히 쫓아가 놓고선 붙든 게 지나가던 엉뚱한 사람이라니.

"뭐 어쩌라는 겁니까?"

미란다원칙을 제대로 읊지도 못하고 쩔쩔매던 제 모습과 그런 저를 바라보던 도진의 표정이 떠오르자 얼굴이 화끈거리면서도 자꾸만 웃음이 난다.

그러고 보면 이쯤이었지, 이쯤에서 도진을 처음 만났었는데.

"어?"

아인은 상념에서 깨어나며 탄성을 뱉었다. 마치 추억 속에서 방금 빠져나온 듯, 도진이 예전의 그 자리를 지나가고 있었다. 아인은 얼른 다가가며 생글거렸다.

"안녕하세요, 선배님!"

"어."

도진은 잠깐 멈춰 서지도 않고 가던 길을 계속 걸어갔다. 아인은 총총걸음으로 그를 따르며 실없는 소리를 잔뜩 늘어놓았다. 대꾸 하나 없어도 그저 신 나게 떠들다 보니 어느덧 청사 입구였다.

불과 그저께도 찾아왔던 곳이건만 마치 아주 오랜만에 다시 만난 듯 새롭기만 하다. 현관도, 엘리베이터도, 복도도 모두가 감격스럽다.

"선배님, 점심은?"

"밥."

예상에서 한 치도 어긋나지 않는 답을 들으니 정말 다시 예전으로 돌아온 기분이 든다. 아인은 도진이 제 검사실 안으로 들어가는 걸 보고는 저도 제 검사실을 향해 똑바로 섰다. 반가운 문을 딸각 열고 들어서자 신 계장과 미영이 저를 향해 환하게 웃어 보였다.

"좋은 아침이에요."

"좋은 아침입니다, 검사님."

한 걸음씩 내디뎠다. 실내를 가득 채운 모든 것을 향해 눈짓으로 보고했다. 오늘부로 김아인, 다시 검사로 돌아왔노라, 하고.

캐비닛을 정리한 후, 아인은 손을 탁탁 털며 돌아섰다. 그러다 무언가를 발견하고는 탁탁 털던 손에서 검지를 길게 뻗어 앞을 가리켰다.

"신 계장님."

갑작스런 아인의 부름에 신 계장이 놀란 듯 돌아봤다. 아인은 피식 웃으며 제 손가락이 가리킨 곳을 눈짓으로 한 번 더 가리켰다. 그제야 아인이 가리키고 있는 게 책상 위의 커터 칼이란 걸 깨닫고 신 계장이 겸연쩍은 표정을 지었다.

"아, 제가 요새 이래요. 건망증인지 치매인지."

"그러다 저보다 더 바보란 소리 들으실지도 몰라요?"

"어유, 그럼 큰일인데?"

오고 가는 농담에 웃으며 책상에 앉았다. 아인은 혹시라도 흉기가 될지도 모르는 건 싹 다 정리를 한 후, 조사를 받기 위해 검사실로 들어서는 이를 꼿꼿하고 단정한 자세로 맞아주었다.

"그놈 때문에 우리 집 매출이, 예? 지금 재료값도 못 대게 생겼다니까요! 그 자식 때문에 손해 본 거 생각하면…… 하여튼 무조건 명예훼손죄로 감방 넣어주십시오. 내가 그놈 때문에 어디 얼굴을 들고 다닐 수가 없어요!"

"하지만 피고소인이 게시한 내용은 조사 결과 모두 사실이었잖습니까? 아까 본인 입으로 인정하지 않으셨어요?"

고소인은 자영업자로 동네에서 꽤 크게 요식업을 하고 있었다. 한데 동네의 한 청년이 이 고소인의 가게를 두고 요리를 만드는 과정이 청결하지 못하고 요리의 재료가 되는 닭도 광고한 것과 달리 질이 좋지 못하다는 등등의 내용을 인터넷 커뮤니티에 게시하고 또한 사람들에게 공공연히 말하고 다녀 고소인이 큰 손해를 입었다는 것이다.

"아, 내가 이럴 줄 알았지. 이봐요, 검사 양반! 내가 못 배운 사람이라고 무시하려고 드나 본데 나도 알 거 다 알거든요? 거짓말이든 아니든 내 사정 다른 사람한테 말하고 다니면 명예훼손 맞잖아요! 내가 다 아는데 어디서 속여 먹으려고! 검사라는 사람이 말이야! 그따위로 할 거면 검사 때려치워, 이 아가씨야!"

마지막 말에 신 계장도 미영도 숨을 훅 들이쉬었지만 정작 아인은 여유롭게 웃기만 했다.

"다 아신다면 이것도 아시겠군요? 피고소인이 비방의 목적이 아닌 공익 도모의 목적으로 진실한 사실을 적시한 경우엔 형법 제310조에 의해 그 위법성이 조각된다."

"뭐라고요?"

"이승석 씨가 백준철 씨의 요리에 문제가 있다고 말한 건 백준철 씨를 비방하기 위해서가 아니라 다른 사람들이 입을 피해를 예방하기 위해서라고 볼 수 있고, 또한 그 발언은 사실로 입증되었으므로 명예훼손죄는 성립하지 않는다는 겁니다. 더 쉽게 말씀해드려요? 결과적으로 백준철 씨가 더러운 닭 쓰고 더럽게 요리를 한 게 명백한 사실이기 때문에 이승석 씨를 명예훼손으로 고소하진 못하신다, 이 뜻입니다."

기세등등하던 고소인의 표정이 멍해졌다. 아인은 웃음기를 살짝 거두며 엄한 표정으로 고소인을 바라보았다.

"앞으로 검찰청에 출두하실 땐 조금 더 정중하고 예의를 갖춘 모습으로 오도록 하세요. 사건관계인이 검사실에서 어떤 태도를 보이는지, 평소의 행실이 어땠는지, 심지어 과거 학창시절의 품행은 어땠는지도 모두 참작 사유가 됩니다. 검사에게 함부로 언행을 던지는 태도는 백준철 씨에게 전혀 도움 될 게 없을 겁니다. 물론 검찰청에 다시는 오지 않으시는 게 가장 좋겠지만요."

곧 조사는 끝나고 고소인은 밖으로 나갔다.

"김 검사님 며칠 쉬다 오시더니 무서워지셨어요? 이젠 피의자들이 함부로 보고 막 못 굴겠는데요?"

신 계장이 웃음기를 담아 말했다. 아인은 서류를 탁탁 정리하며 픽 웃어 보였다.

"이제 검사답지 못하단 소리는 그만 들으려고요."


부장실.

"부장님!"

입에 빨대를 문 채 뭔가를 마시고 있던 부장검사는 눈을 동그랗게 뜨며 앞을 바라보았다. 혜수가 벌써 이만치 앞으로 다가와 있었다.

"혼자 뭐 드시는 거예요?"

"또 봤다, 봤어."

"어? 가시오가피?"

부장검사는 쉬쉬쉿 소리를 내며 입에 손가락을 가져가더니, 늘 몸에 좋은 걸 몰래 먹다가 혜수에게 들키면 그리했던 것처럼 익숙하게 한 봉지 꺼내 내밀었다. 혜수는 만족스러운 듯 받아 들고는 부장검사 옆에 제대로 자리를 잡고 앉았다.

"홍삼엑기스는 벌써 다 드신 거예요?"

"그걸 내가 다 먹었냐? 네가 다 먹었지."

"맛은 그게 더 좋았던 것 같은데. 이건 좀 쌉싸름하네."

"뭐 이거나 그거나. 안 쓰냐? 난 써서 못 먹겠다. 가서 설탕 좀 가져와 봐."

"안 돼요. 그냥 드세요. 그런 거 넣으면 약효 떨어져요."

"에헤이!"

"어어? 그냥 드세요."

투덕거리며 열심히 먹고 있을 때 누군가 들이닥치는 소리가 났다.

"부장님!"

부장검사도 혜수도 얼른 몸을 뒤로 돌렸다. 몰래 먹는 걸 들키면 안 된다는 생각에 부장님은 얼른 봉지를 비워 쓰레기통에 던졌고, 혜수는 입에 문 채 얼음처럼 굳었다.

두 분 다 왜 저러시지? 하는 생각을 하며 고개를 갸웃거리던 아인은 책상 앞으로 천천히 다가갔다. 곧 부장검사가 다시 몸을 빙그르 돌리며 어색하게 웃어 보였다.

"고맙다는 말씀을 제대로 못 드린 것 같아서요. 그동안 저 때문에 신경 많이 쓰셨죠? 죄송해요. 사표 제출 안 하고 기다려주신 거, 정말 고맙습니다."

"사회인이 욱해서 사표 던지는 거야 통과의례지. 그거 뭐 신경 쓸 일이라고."

끌어다 쓸 수 있는 휴가란 휴가는 다 끌어와 버티면서, 이제나 저제나 발 동동 구르며 기다리셨다는 걸 다 아는데. 혜수는 속으로 끌끌 웃었다.

"점심은 뭐 드시고 싶으세요?"

"보자, 산뜻하게 비빔밥 이런 거 좋을 것 같은데. 박 검사, 박 검사는 어때?"

"저는 가시오…… 아니, 비빔밥 좋아요."

아인이 알겠다는 말과 함께 밖으로 빠져나가자 혜수는 그제야 의자를 제대로 되돌렸다. 그런 혜수를 부장검사가 쿡 찔렀다.

"봤을까?"

"못 봤을 거예요."

"아, 나는 설탕물이라도 한 잔 마셔야겠다. 놀래서 갑자기 밀어 넣었더니 입이 씁쓸하네."

"어? 안 돼요. 어? 안 돼요, 부장님."

부장검사가 도망치듯 먼저 나가고 혜수는 얼른 뒤쫓아 간다.

점심시간이 되자 선배 검사들이 싱글벙글 웃으며 검사실 밖으로 빠져나왔다. 아인은 모든 선배들을 모시고 예약한 식당으로 향했다.

"막내가 다시 밥 총무 해서 그런가, 이제야 밥이 맛이 좀 나네. 김강주가 챙겨주는 밥은 영 별로였거든."

"제가 전에 예약했던 거랑 똑같은 메뉴잖아요?"

"인마, 똑같은 걸 먹어도 칙칙한 사내놈이 챙겨주는 거랑 산뜻한 처녀가 챙겨주는 게 같으냐?"

"그거 성희롱입니다."

"성희롱 같은 소리 한다. 박혜수랑 붙어 다니더니만 똑같은 소리 하네. 고소해. 억울하면 고소해."

화기애애하게 이야기가 오가고 아인은 풋 웃었다. 집에서 하염 없이 그리워했던 풍경 속에 자신이 포함되어 있다고 생각하니 마 음 한편이 뜨듯하게 차올랐다. 아직 검사로 돌아왔다는 감격에서 채 헤어 나오지 못한 그녀였다.

아무래도 부서의 관심은 얼마 전에 검거한 김두성에게 쏠려 있 었고, 자연히 대화도 그쪽으로 흘렀다. 저와 관련이 깊은 김두성 에 관한 이야기인 만큼 아인은 어느 때보다도 유심히 들었다.

"아인아."

그러던 중 강주가 저를 부르는 소리를 들었다. 아인은 얼른 고 개를 돌려 그를 바라보았다.

"네?"

"밥 먹어."

김두성 이야기만 나오면 저리 몰두해서는 항상 심각한 표정이 다. 저러다간 밥 한술도 제대로 못 뜨고 식사 시간 다 놓치지 싶어 서, 강주가 일부러 챙겨주었다. 아인은 아차 하고 밥을 한 숟갈씩 뜨기 시작했다.

"그러고 보면 그러네."

혜수가 갑자기 뜬금없는 말문을 열었다. 아인도 강주도 모두 그녀에게 시선을 꽂았다.

"김강주는 막내를 이름으로 부르네?"

혜수가 가장 먼저 막내! 하고 부른 이후 부장도 소 검사도, 정수석도 아인을 막내라고 불렀다. 그리 마치 약속이나 한 듯 다들 아인을 막내라고 칭하는데, 오로지 강주만은 아인을 꼬박꼬박 이름으로 불렀다.

"아인이도 나 이름으로 부르잖아요. 다른 선배들한테는 안 그래도 나한테는 강주 선배라고 그러던데."

강주가 아인을 향해 웃으며 말했다. 아인은 내가 그랬던가 생각하며 무심결에 고개를 돌리다가 흠칫 놀랐다. 도진이 따가운 눈빛으로 저와 강주를 빤히 보고 있었다. 뭐가 마음에 안 들어 저러나 내심 긴장하고 있을 때 혜수의 높은 목소리가 들려왔다.

"아인 씨?"

아인은 움찔거리며 얼른 고개를 돌렸다.

"아인아? 아인 님? 아인 검사?"

자꾸 부르니 수저를 입에 가져가기도 민망하다.

"에이, 난 그냥 막내라고 부를래. 막내처럼 막내 같은 애를 또 어디서 봐? 막내라고 부르는 게 훨씬 귀엽다. 그렇지, 막내야? 싫어? 이름으로 불러줄까?"

이름으로 불린다는 것······.

갑자기 마음이 붕 뜨기 시작했다. 아인은 저도 모르게 멍한 표정을 짓다가 제 답을 기다리는 듯한 혜수를 발견했다.

"저는 아무거나 괜찮아요. 편한 대로 부르세요."

어색하게 웃으며 대답했다. 혜수는 한참 더 입으로 막내와 아인을 되뇌다가 결국 막내로 결정하고는 멈췄던 수저를 움직였다.

아인도 다시 식사에 집중하려 했다. 하지만 붕 뜬 마음이 좀처럼 가라앉지 않는 바람에 가만히 있을 수가 없었다. 그녀는 결국 눈동자를 살짝 움직여 도진을 힐끔 보았다.

조금 전 이쪽을 따갑게 바라보던 눈빛은 이미 다른 곳으로 돌아가 있었다. 아인은 그의 단정한 옆얼굴을 보며 숨을 살짝 들이마셨다.

"김아인, 네가 필요해."

아직도 그 순간만 생각하면 이토록 떨린다. 결국 저를 돌려세운 한마디의 위력은 그의 절실했던 눈빛과 공간을 압도하는 분위기에서 나왔다지만, 지난 후에 이리도 길게 마음에 남아 설레게 하는 이유는, 그가 처음으로 이름을 불러주었다는 것.

그다지 다정하지도 속삭이듯 은근하지도 않았지만 늘 야, 하고 퉁명스레 저를 부르던 이가 입에 제 이름을 담아주었다는 사실만으로도 그 감격은 상상 이상으로 컸다.

다른 이가 저를 어찌 부르든 상관없다. 다만…….

"아인아."

내친김에 미소까지 곁들여 부드럽게 저를 불러주는 도진의 모습을 상상하자 몸이 절로 아찔하게 굳었다. 아인은 눈을 질끈 감으며 숨을 멈췄다가 천천히 숨을 내쉬며 눈꺼풀을 들어 올렸다.

서서히 다시금 시야에 들어오는 도진을 응시하면서 생각했다.

단 한 번이라도…… 앞으로 단 한 번만이라도 상상 속에서와 같은 일이 벌어져 준다면.

도진의 고개가 점차 이쪽으로 돌아왔다. 아인은 또 한 번 호흡을 멈추며 그대로 정지했다.

그냥 바라보는 게 아니다. 할 말이 있는 게 분명하다. 무슨 말을 하려는 걸까?

두근두근 가슴이 뛰기 시작했다.

혹시 기도가 닿은 걸까? 정말로 이루어져 버리는 걸까!

'아인아.'

머리에서 삑 하고 경고음이 울리면서 심장이 이만치 부풀었다. 터질 것만 가슴을 안은 채 아인은 허둥거렸다. 어떻게 해야 해? 정말로 그렇게 되면 나 어떻게 해야 해!

기대 반, 긴장 반, 온 힘을 다하여 조마조마한 마음을 꽉 누르고 있을 때.

"야."

푸시식. 심장에서 바람이 빠진다면 딱 이 기분이겠지.

"네?"

미소 담긴 다정함은 애초에 바라지도 않았고, 지난번에 그랬던 것처럼 툭 뱉듯이 김아인, 하고만 불러주었어도 좋았을 텐데.

하긴 이름은 고사하고, 다른 선배들처럼 친근하게 막내라고 불러주지도 않는 사람인걸. 너무 큰 걸 바랐다. 먼저 말 걸어준 게 어디야.

"남기지 마. 다 먹어."

"……네."

다소곳이 대답하고는 열심히 수저질을 했다. 이름은 무리지만 그래도 저번에 웃는 건 봤으니까, 그리 금방 헤실헤실 기꺼워하며.

부장실에서는 회의가 한창이었다.

"현장을 딱 잡는 게 최선이겠네."

"우리 부 요즘 너무 현장 잡기 좋아하는 거 아니에요?"

부장의 말에 혜수가 토를 달았다. 부장검사는 떽! 하는 표정을 짓고는 다시금 말을 이었다.

"흐지부지하게 하다가 제대로 못 잡으면 오히려 나중에 제보자한테 보복이 들어갈 수가 있으니까 우리가 확실하게 해줘야지."

현직 경찰의 비리를 제보받은 터였다. 자신을 얼마 전까지 어느 한 고급 모텔에서 일했던 여종업원이라고 밝힌 제보자는, 그 모텔이 주변 술집이나 다방과 연계하여 불법으로 성매매를 알선하고 있으며 그 지역의 담당 형사 하나가 금품과 향응을 받는 대가로 뒤를 봐주고 있다고 말했다.

제보자는 모텔 주인이 악독하고 못된 인간이라며, 그들을 꼭 좀 처벌해주십사, 아는 바를 아주 상세히도 일러바쳤다.

그의 제보에 따르면 매달 마지막 주 목요일에는 모텔의 스위트룸 중 하나인 804호실을 오후 내내 비워둔다고 했다. 인터넷이나 전화로 문의하면 이미 예약된 방이라고 하지만, 실은 예약된 게 아니라 형사를 위해 비워둔 것일 뿐이고, 형사는 오지 않을 때도 있지만 올 때는 주로 오후 두 시에서 세 시 사이에 모텔에 도착한단다. 그럼 곧 모텔 주인이 아가씨를 불러주고, 그럼 형사는 그 아가씨로부터 서비스를 받은 후 모텔을 나선단다.

"모텔 앞에서 잠복하고 있다가 형사 들어가고, 또 아가씨 들어가는 거 보고 현장 덮치면 되겠네."

부장검사가 간단하게 말하자 혜수가 안될 말이라는 듯 고개를 내저었다.

"누가 그 형사 만나러 가는 아가씬 줄 알고 따라 들어가요? 만약에 혼자 거기서 자려고 들어가는 여자면 어떻게 해요?"

"에이, 혼자서 모텔 들어가는 여자가 어디 있어?"

"있을 수도 있죠. 저도 다른 지방 가면 모텔 잡고 잘 자는데요? 그게 아니라 하더라도 그 여자가 다른 방에 있는 손님 만나러 가는 걸 수도 있고요. 모르고 따라 들어가서 야, 손 들어! 했는데 방 안에 형사 혼자만 덩그러니 있으면 좀 곤란하지 않겠어요? 그리고 804호면 8층이란 말이에요. 8층까지 엘리베이터를 타고 간다 해도 시간이 좀 걸릴 거고, 그럼 그사이에 모텔 주인이 804호 비울 재간 하나 없을까요?"

음, 일리가 있는 말이었다.

"그러네. 내가 너무 쉽게 생각했네."

부장검사가 고개를 끄덕거리며 인정하자 혜수는 한층 더 신을 내며 의견을 펼쳤다.

"어려울 것도 없어요. 8층까지 가는 시간 안 버리고, 현장을 정확하게 잡을 수 있는 곳에서 잠복하고 있으면 되니까요."

"어디?"

"옆방이죠."

혜수가 의기양양하게 던진 말에 부장검사가 호오, 하고 눈을 가느다랗게 떴다.

"아따, 가끔 보면 박혜수 머리 잘 돌아간단 말이야. 저래서 사시 어떻게 붙었을까 싶었는데 꽤 쓸 만해? 보자, 그럼 그렇게 하기로 하고. 누가 맡아서 지휘할래?"

"제가 할게요."

"박 검사가? 잘할 수 있겠어?"

"그럼요. 작전도 이미 다 짰는데요."

그녀가 말하는 작전은 간단했다. 잠복에는 총 두 팀이 필요했다. 한 팀은 모텔 입구에서 망을 보고, 다른 팀은 804호실의 옆방에서 대기해야 했다. 입구 팀이 여자 들어가는 거 보고 알려주면, 옆방 팀이 그 여자가 형사 방으로 들어가는지 확인한다. 확인되면 입구 팀이 프런트에서 키를 받아 올라가는데, 그사이 형사가 도주하거나 증거를 인멸하지 못하도록 옆방 팀이 복도를 지킨다.

"그런데 입구 팀은 상관이 없는데 옆방 팀은 멤버를 좀 신중하게 골라야 돼요. 평일 오후에 나이 많은 아저씨들끼리, 혹은 남자 혼자 모텔 스위트룸을 잡는다? 이상하잖아요? 저라도 검경 아닌가 의심해볼 것 같아요. 그러니까 옆방 팀은 나이 많은 아저씨가 아니라, 평일 오후에 모텔에 들어가도 괜찮은 사람들로 꾸려야 되거든요?"

평일 오후에 모텔에 들어가도 괜찮은 사람들이라…….

"커플이겠네?"

정 수석이 피식 웃으며 말을 던졌다. 혜수는 고개를 끄덕거리며 씩 웃었다.

"이왕이면 젊은 남녀. 아무래도 모텔방 안에 오래 잠복하고 있을 거니까, 나이 많은 커플보다야 혈기 넘치는 젊은 커플인 쪽이 훨씬 더 자연스럽겠죠?"

"아따, 저 처녀 맹랑한 것 좀 보소."

혜수는 부장검사가 놀려도 아랑곳하지 않았다.

"그래서 옆방 팀 멤버 중 하나는 젊은 여자……."

혜수가 누군가를 뚫어져라 쳐다보기 시작했다. 그에 다른 이들도 슬금슬금 그녀의 시선을 좇기 시작했다. 와, 박 선배님 평소와 달리 예리하고 체계적이다, 하고 넋 놓고 바라만 보던 아인은 한참 후에야 모두의 시선이 저에게 향해 있다는 걸 깨닫고 화들짝 놀랐다.

"저, 저, 저요?"

"우리 부에는 여수사관 없잖아. 그렇다고 경찰 조사하는데 여경 부르기도 좀 그렇고. 다른 데서 굳이 데려올 바에야 그냥 우리끼리 했으면 좋겠어. 우리 막내, 검사 한번 때려치웠다가 다시 돌아왔는데 이 정도는 해야 그간 쉰 거 보상이 되지 않겠어?"

거절할 수가 없다. 저 눈빛이며 미소는 물론, 제가 출근하지 않는 바람에 선배들과 수사관들이 고생한 걸 다 아는 마당에 혜수의 말은 직격탄이었다.

"제가 해도 괜찮다면……."

아인은 머뭇거리며 승낙했다. 부장검사는 고개를 끄덕이며 혜수를 향해 물었다.

"그럼 커플 남자는? 계장 중에 찾으면 되나?"

"수사관도 괜찮지만 제가 볼 땐 말이에요. 우리 막내 직접 현장 뛰는데 멘토도 되어줄 겸, 혹시라도 육탄전이 벌어졌을 경우를 대비해서 어느 정도 몸도 쓸 줄 알고, 또 이런 형사 비리 같은 건 죽어도 두 눈 뜨고 가만히 못 보시는……."

혜수가 누군가를 바라보며 입술을 사악하게 찢었다. 그녀의 마녀 같은 미소를 부장검사가 받았다.

"아이고, 거기 앉아 계셨소, 우리 권 검사?"

혜수와 부장이 합심한 이상 무조건이었다. 익숙한 상황에 도진은 한마디의 저항조차 하지 않았고, 강주는 비리 조사에 잠복같이 귀찮은 일을 나서서 맡겠다고 한 데는 이런 속셈이 있었군, 하고 쿡쿡 웃다가 혜수의 음모를 거들었다.

"그럼 제가 지금 당장 모텔 예약부터 할게요."

그리고 하얗게 질린 아인이 채 말릴 틈도 없이 얼른 모텔 스위트룸을 예약해버렸다.


그저 내가 옆방 팀의 일원이 되는 거라고만 여겼을 땐, 분명 다른 남자와 단둘이 모텔방 안에 들어가야 된다는 걸 알고 있었음에도 그저 그러려니 별생각이 없었는데.

그 남자가 도진이라고 못 박힌 순간부터는 뼈저리게 의식이 되어 밤잠까지 설쳤다. 생각만으로도 너무 두근거리고 떨려 차라리 잠복하기로 한 날짜가 오지 않길 바랐건만.

"너 가뜩이나 더운데 짜증 나게 할래? 대답해. 들었어, 못 들었어?"

"들었다니까."

"들었어도 또 들어. 남자가 여자 두고 먼저 터벅터벅 가면 절대 애인 사이로 안 보여. 알겠지?"

차에서 내려서 걸을 때 절대 아인을 두고 먼저 가버리는 짓은 하지 말라며 혜수가 도진을 수차례 교육하는 중이었다. 듣기 싫은지 대답도 잘 않고 설렁설렁 듣던 도진은 결국 심기에 거슬렸는지 한마디 대꾸를 했다.

"굳이 애인 사이로 보일 필요가 있나?"

"모텔 들어가는 남녀가 애인 사이가 아니다? 넌 네 후배가 네가 돈 주고 사온 여자처럼 보이길 바라나 보지?"

도진이 입을 꾹 다물었다. 강주 말이, 혜수는 남다르게 끈질기고 집요해서, 그녀를 이기거나 거스르려 들면 오히려 더 피곤한 상황이 닥친단다. 그에 귀찮은 걸 싫어하는 도진은 무시하거나 싫은 티를 냈다간 더 귀찮은 상황이 오므로 그냥 알아서 혜수한테 져주는 거라고, 그게 혜수만은 늘 도진을 이기는 이유란다.

하지만 이번엔 도진이 정말로 졌다! 아인은 그렇게 느꼈다. 아인은 존경스러운 눈빛으로 혜수를 바라보며 마음속 가득했던 불안조차 살짝 잊었다가, 차가 멈추자 다시 긴장하기 시작했다.

도진과 같이 차에서 내린 아인은 차분히 걷기 시작했다. 날도 더운 데다가 긴장을 해서 그런가. 평소보다 걸음이 더 느렸다.

한데 도진이 발을 맞춰 걸어준다. 아인은 제 옆에 나란히 서서 느릿느릿 걷는 도진의 옆얼굴을 올려다보았다.

조금 전 혜수의 말이 약효가 있나 보다. 어찌 됐건 내가 남들 눈에 그런 식으로 보이길 원하진 않는구나, 하는 생각에 괜히 기분이 좋아져 생글생글 웃던 그녀는 갑자기 도진이 이쪽을 휙 쳐다보는 바람에 화들짝 놀라며 물러섰다. 긴장으로 뻣뻣해진 다리와 어색한 걸음걸이는 순식간에 이상하게 꼬였고, 그에 그녀가 휘청거리며 넘어지려는 찰나.

탁. 도진이 그녀를 품 안으로 끌어당기며 지탱해주었다. 아인은 도진의 온기에 깜짝 놀랐다가 가까스로 균형을 잡으며 얼른 그에게서 떨어졌다.

"죄송……."

맞다, 사과하지 말랬지.

입을 꾹 다물며 그에게서 한 걸음 더 떨어졌다. 도진은 그런 그녀를 빤히 보더니 갑자기 팔을 내뻗었다. 그러고는 움찔하며 물러서는 아인의 어깨를 붙잡아 제가 있는 쪽으로 살짝 끌었다.

"어?"

"손잡을까?"

"예?"

아인은 눈을 휘둥그레 뜨며 도진을 바라보았다. 이렇게 어깨를 겹칠 만큼 가까운 거리라니 시야가 아찔하다. 그에 다시 뻣뻣하게 굳어가는데 도진의 입이 또 한 번 열렸다.

"손잡는 게 낫겠냐고."

"예에? 저…… 저는 아무렇게나 괜찮은데……."

허둥지둥 대답을 하자 도진의 미간이 살짝 찌푸려졌다.

"어느 쪽이 더 애인 사이로 보이겠냐는 뜻이다."

"아아."

대답을 재촉하듯 따갑게도 쳐다본다.

아무래도 성숙한 성인들의 관계라면 손을 잡기보다는 어깨를 붙잡는다거나 허리에 팔을 걸치는 게 어울리긴 하겠지?

하, 하지만……!

지금 이 자세에선 숨 쉬는 것조차 벅찬걸. 아인은 고개를 내저으며 얼른 입을 열었다.

"손! 손을 잡는 게 더!"

말이 떨어지자마자 어깨에 닿았던 도진의 손이 풀렸다. 그에 아인이 내심 안도하며 호흡을 가다듬으려 하는데, 도진이 틈도 주지 않고 그녀의 손을 홱 낚아챘다.

"어어?"

그리고 이제까지와는 비교도 할 수 없는 속도로 성큼성큼 움직이기 시작했다. 아인은 그에게 붙잡힌 채 끌려가는 꼴이 되었다.

"어서 오……!"

"803호 예약했는데요."

거참, 급한 손님일세. 하긴 무지막지하게 들어서는 거 보니 이제껏 망설이던 여자 겨우 설득한 게 눈에 훤하네.

언제 마음 바뀔지 모르는데 급할 만도 하지.

모텔 직원은 속으로 끌끌 웃으며 예약 사항을 확인했다. 도진이 이런저런 질문에 대답을 하며 카드키를 받는 걸 보면서 아인은 눈동자를 살살 굴렸다.

모텔이란 곳에 처음 들어왔다는 긴장과 발가벗고 서 있는 듯한 창피함이 그녀를 꽁꽁 묶었다. 그러다 도진이 다시 제 손을 붙잡고 끌기 시작하자 아찔함까지 더해져 마음이 온통 복잡했다.

침착해, 침착해, 침착해……. 그냥 조사하러 왔을 뿐이잖아. 그냥 동료랑 일하러 왔을 뿐이라고.

끝없이 되뇌며 눈을 질끈 감은 그녀.

"아야!"

마침 도진이 멈춰 서는 바람에 한 걸음 내디디다 쾅 부딪쳐버렸다. 그녀는 그대로 중심을 잃고 넘어졌다.

찰나 동안 저에게 무슨 일이 일어났는지 파악을 못 하다가 제가 넘어졌다는 걸 깨닫고 나서야 부딪친 곳이 아프기 시작했다. 하지만 아픔보다도 창피함 때문에 앞이 더 캄캄했다.

아까 밖에서도 그러더니 왜 자꾸 이러는 거야. 나 진짜 운동 신경에 문제 있는 건가.

봤겠지? 넘어진 거 다 봤겠지? 너무 창피해 벌떡 일어나기가 쉽지 않다. 어느 시점에 어떻게 일어나야 안 부끄러울 수 있을까, 나름대로 철저하게 계산을 할 때.

"우리 공주님."

뭐?

······뭐?

"넘어져서 예쁜 다리 다치면 큰일이잖아."

서, 선배님······ 왜 이러세요.

아니, 그런 말을 하려면 적어도 그 표정이면 안 되는 거잖아요!

"우리 공주님이 다치면 내 마음이 얼마나 아픈데. 괜찮아?"

도, 도저히 일어날 수가 없어. 이건 아프다거나 창피하다는 문제가 아니야······.

누가 진공청소기로 내 혼을 쏙 빼간 거야!

"아프면 내가 업어줄까, 우리 공주님?"

당장 도진이 내민 손을 붙잡아 벌떡 일어섰다. 도진은 건물 안에 들어설 때처럼 그녀를 데리고 성큼성큼 엘리베이터에 몸을 실었다.

아인은 마치 시간이 멈춘 것처럼 엘리베이터에 가만히 굳어 있다가, 8층에 도착해 문이 열리자 기다렸다는 듯 웃기 시작했다.

도진은 무시하고 걷기만 하다가 방 안에 들어가고 나서야 아인을 휙 쳐다보았다. 아인은 웃음을 참으려던 모든 노력을 손에서 놓고는, 문고리를 붙든 채 주저앉아 열심히 웃었다.

"아아, 선배님 대체 그런 말은 어디서 배우신 거예요? 저희 아빠도 그런 식으로는 말 안 한단 말이에요."

아무리 커플처럼 보여야 된다는 생각이 커도 그렇지. 아인은 한참이나 더 웃다가, 실수로 문고리를 움직여 움직이는 문을 따라 복도의 공기를 뺨으로 맞고 돌아온 이후에야 비로소 진정했다. 그녀는 여전히 웃음기가 가득한 표정으로 몇 차례나 더 터지는 웃음을 참은 후 도진에게로 차분히 다가갔다.

실컷 웃은 덕분인지 불과 방금 전까지만 해도 가득했던 긴장이 한층 수그러든 기분이다. 아인은 편안한 미소를 지은 채 도진이 혜수에게 휴대폰으로 상황 보고를 하는 모습을 지켜보았다. 상황 보고라고 해봐야 잘 들어갔냐고 묻는 혜수 말에 어, 하고 대답한 게 다지만.

도진이 통화를 끝내고 휴대폰을 주머니에 집어넣는 모습을 물끄러미 바라보던 그녀는, 이제부터 형사가 도착했다는 소식이 들릴 때까진 이 안에서 조용히 시간을 보내야 한다는 걸 인식하고는 은근히 고개를 돌려 방 안을 살펴보았다.

모텔이라니 조금 더 위험하고 은밀한 분위기를 풍길 줄 알았더니 의외로 깔끔하다. 내가 너무 선입견에 물들어 괜히 겁을 먹었던 거구나. 아인은 생각보다 밝은 내부 풍경에 흥미를 느끼며 본격적으로 찬찬히 둘러보기 시작했다.

"어? 음료수다. 선배님, 우리 이거 마셔도 되는 거죠?"

가장 먼저 가까이 있는 냉장고 문부터 열고는 도진을 향해 물었다. 다른 쪽을 둘러보고 있던 도진은 아인의 목소리가 들리자 이쪽으로 고개를 돌리며 천천히 다가왔다.

"드실래요?"

"뭐 있는데?"

"음, 이거랑, 이거. 오, 이건 알로에구나. 먹어본 적 없는데."

도진이 알로에는 남겨놓고 다른 음료 중 하나를 집어 갔다. 아인은 신 난 표정으로 알로에 음료를 뜯어서는 쪼그려 앉은 상태에서 마시기 시작했다.

"맛없을 줄 알았는데 생각보다 괜찮네요. 엄마한테 하나 사다 드려야겠다."

생글생글 웃으며 냉장고 문을 닫았다. 그러고는 또 탐방을 시작했다. 도진은 손에 들린 음료를 마시며 그녀가 하는 양을 가만히 두고 보았다.

냉장고 속 음료수들 외에 커피 믹스가 준비되어 있다. 조금 있다 하나 타 먹어야지, 그리 생각하며 괜히 컴퓨터를 켜보았다. 호오, 인터넷도 되고. TV도 크고 좋네.

그다음으로 눈에 들어온 게 침대였다. 아무래도 가장 큰 만큼 이곳에 들어와서 가장 먼저 시선이 닿은 게 침대였지만, 아까는 얼핏 보고 통화하는 도진에게 시선을 빼앗겼었다. 이제 와 전원이 꺼진 TV 화면에 비치는 걸 보니 침대가 저랬었구나 하고 인식이 되는 게다. 아인은 슬그머니 침대를 향해 뒤돌아섰다.

꽤 정갈하고 폭신폭신해 보인다. 아인은 커다란 베개를 손으로 살살 쓸면서 침대 너머로 시선을 던졌다. 침대 너머에는 욕실이 자리 잡고 있었는데, 욕실 벽이 투명해 그 속이 훤히 들여다보였다.

욕조가 꽤 크구나. 혼자서 들어가면 넓고, 둘이 들어가면······. 거기까지 생각이 미치자 얼굴이 화끈거리기 시작했다. 그에 헛기침을 하며 괜스레 고개를 이리저리 돌리던 그녀는 침대 위에 포장된 샤워가운 두 개가 놓여 있는 걸 보고는 침대에서 움찔 멀어졌다.

아무래도 샤워시설이나 침구를 보고 있자니 기분이 묘해져, 아인은 얼른 다른 곳으로 관심을 돌렸다. 화장대로 보이는 곳 앞에 도착한 그녀는 도진이 프런트에서 따로 받아 온 꾸러미가 놓여 있는 걸 발견하고는 흥미를 보였다.

"이거 일회용품 담긴 거라고 했죠? 열어봐도 돼요?"

도진이 음료를 마시던 걸 잠깐 멈춘 후 살짝 인상을 썼다.

"열지 마."

"열면 추가 요금 나오고 그래요?"

"안 나와."

"그런데 왜요?"

못 열게 하니 오히려 더 호기심이 든다. 아인이 도진을 향해 정말 열어 보고 싶다는 표정을 짓자 도진은 체념한 듯 다시 음료를 입으로 가져갔다.

"마음대로 해."

아인은 방긋 웃으며 비닐로 된 가방을 열었다.

"어? 이것 보세요. 빗도 있네요. 빗을 일회용품이라고 하기엔 좀 그런데. 아깝다."

칫솔이며 치약이며 면도기 등등, 여자들 씻을 때 쓰라고 머리 끈까지 준비되어 있다. 흥미로운 눈길로 안에서 꺼낸 물품을 하나하나 살펴보던 중, 무언가 바닥으로 툭 떨어졌다. 아인은 얼른 무릎을 굽혀 바닥에 떨어진 걸 주웠다.

이건 뭐지?

손바닥보다 작은 정사각형 알루미늄 포장지 안에 뭔가 들어 있었다. 동그란 게 만져지기도 하고, 그리고 미끌미끌한데…….

"선배님, 이건 뭐예요?"

도진이 캔을 입에 문 채 아인의 손에 들린 걸 가만히 바라보았다. 아인은 너무 작아 안 보이나 하는 생각에 더 가까이 들이밀었다. 그래도 도진이 대답이 없자 다시 제 손 안으로 가져왔다.

"샴푸나 린스는 다 따로 들어 있던데. 이건 뭐지?"

뭐 뜯어보면 알겠지.

일회용 샴푸나 린스에 비해 쉽게 찢어진다. 아인은 그런 생각을 하며 알루미늄 포장지를 뜯었다. 그리고 안을 살펴보았다.

"음?"

1초. 2초. 3초.

헉!

내가 대체 무슨 짓을!

손에 든 걸 버릴 생각도 못 하고 석고상처럼 굳어 있는데 도진이 음료를 다 마셨는지 캔을 쓰레기통에 던지는 소리가 났다. 아인은 뻣뻣한 목을 겨우 돌려 도진을 올려다보았다. 도진은 마치 어쩌나 두고 봐주겠다는 듯한 표정으로 아인을 내려다보았다.

"저, 저, 전 진짜…… 진짜…… 그러니까 이게 책에서 그림으로 봤을 때는…… 아, 책에는 이거 안에, 이거 내용물만, 그냥 그 사진만 나와 있었거든요! 그래서 이렇게 포장된 줄은…… 물론 지하철 자판기 같은 데서 상자에 담긴 것도 봤었지만, 전, 전 진짜 이렇게 돼 있는 줄은!"

갑자기 도진이 눈길을 쓱 거두었다. 그러더니 걷기 시작했다. 그는 현관 쪽으로 가더니 욕실 외에 따로 마련된 화장실 안으로 쓱 들어갔다. 그를 눈으로 좇던 아인은 한숨을 크게 뱉으며 몸을 축 늘어뜨렸다. 그러다 아직도 제 손바닥 위에 미끌미끌한 고무가 들려 있다는 사실에 기겁을 하고는 얼른 쓰레기통에 버리고 세면대의 물을 틀었다.

손을 씻는 중에 도진이 밖으로 나왔다. 아인은 어색해 눈도 못 마주치고 괜히 손 씻는 데만 열중하다가 도진이 TV 근처로 가며 저에게는 관심을 두지 않는 걸 보고는 조용히 수도를 잠갔다.

도진은 TV 옆에 놓여 있는 책자를 하나 집어 들더니 침대에 걸터앉아 읽기 시작했다. 아인은 여기 어정쩡하게 혼자 서 있으면 어색해 보일 거라는 생각에 최대한 자연스러운 척 저도 침대로 다가갔다. 도진과 살짝 떨어진 곳에서 엉거주춤하게 무릎을 굽혔다가 펴길 몇 번이나 반복하다가 겨우 용기를 내어 자리를 잡고 가만히 앉았다.

침대는 이리도 포근한데 어째 앉은 게 더 불편하다. 그렇다고 도진이 앉아 있는데 저만 서 있기도 그렇고.

불편한 걸 참으며 방 내부의 풍경을 휘휘 둘러보았다. 딱히 더 구경할 것도 없는데 이젠 어쩌나 하고 막막해하던 그녀는, 도진이 조금 전부터 읽던 게 DVD 목록 책자란 걸 깨닫고는 넌지시 물었다.

"뭐 볼만한 거 있어요?"

도진이 이쪽으로 고개를 돌려 아인을 가만히 바라보았다. 아인은 흠칫 놀라며 손을 내저어 보였다.

"아니요. 제가 지금 영화를 보겠다는 게 아니라."

"봐도 돼."

"예? 업무 중인데요?"

"어차피 할 것도 없잖아."

도진은 와서 보라는 듯 책자를 아인 쪽으로 살짝 내밀었다. 아인은 그의 곁으로 슬금슬금 다가가며 책자를 향해 고개를 빼꼼 내밀었다.

뭘 보는 게 좋을까? 찬찬히 목록을 살폈다.

"여기 언제까지 있을지 모르니까 아무래도 가볍게 웃으면서 볼 수 있는 게……."

문득 숨결이 느껴져 고개를 돌려 보니 도진의 얼굴이 바로 코앞에 있었다. 아인은 언제 이렇게 가까워졌지? 하는 생각을 하며 상체를 뒤로 살짝 뺐다.

한데 도진이 따라온다. 아인의 눈이 어느 때보다도 커졌다.

여기서 몸을 뒤로 더 뺐다간 행여나 등이 침대에 닿지 않을까 하는 생각에 더 물리지도 못하고 놀란 채로 가만히 있는데, 도진이 팔로 침대를 짚으며 비스듬히 기운 제 몸을 지탱했다. 이렇게 되고 보니 꼭 그의 품 안에 갇힌 꼴이다. 아인은 그야말로 숨을 쉬지도 못하고, 저를 지그시 내려다보는 도진을 눈을 마주 보기만 했다.

그렇게 얼마나 지났을까.

"아무거나 골라."

갑자기 도진이 자리에서 일어서더니, 제가 들고 있던 책자를 완전히 아인에게 넘겨주고는 다시 화장실로 향했다. 아인은 방금 그건 뭐지? 하는 생각을 하며 두근거리는 가슴을 꾹 누른 후 책자를 다시 살펴보았다. 한데 좀처럼 글자가 눈에 들어오지 않아 도진이 다시 밖으로 나올 때까지도 선택을 하지 못했다.

도진은 이쪽으로 와서 앉지 않고 약간 멀찌감치 떨어진 곳에서 있었다. 아인은 그를 흘낏거리다가, 어색함을 무마시키려 괜히 크게 미소를 지으며 웃어 보였다.

"그냥 안 보는 게 좋겠어요. 딱히 보고 싶은 게 없네요."

앉아 있던 자리에서 일어선 후 책자를 들고 TV 근처로 가서 서성거렸다.

어디에 둬야 할지 몰라 난감해하는데 도진이 이쪽으로 다가왔다. 그러더니 대신 놓아줄 참인지 그녀의 손에서 책자를 가져갔다.

그러다 손이 스치는 순간, 도진이 급히 등을 보이며 돌아섰다.

"왜……."

채 물을 시간도 주지 않고 움직이기 시작했다. 그는 또 화장실 안으로 사라졌다.

혼자 남은 아인은 심각한 표정을 지으며 화장실 쳐다보았다.

이상해. 화장실 너무 자주 가는 것 같은데?

어? 몸이 안 좋은가?

어디 아픈 것이라 생각하자 모든 게 이해가 된다. 아까 침대에 앉아 있을 때도 몸을 가누기가 힘들어서 그랬던 거다.

많이 아픈가? 언제부터 아팠던 거지?

차 타고 여기 올 때까지만 해도 괜찮았던 것 같은데. 오면서 뭐 잘못 먹은 게 있나? 차에서는 딱히 먹은 게 없고…….

먹은 거라곤 여기 들어와서 마신 음료뿐이다. 아인은 얼른 쓰레기통을 뒤져 캔을 꺼내 보았다. 음, 유통기한에는 딱히 문제가 없지만.

"이 음료수가 몸에 안 맞으신가 봐요. 다른 걸 드릴걸. 알로에 드릴 걸 그랬어요. 그건 몸에도 좋은데."

밖으로 나온 도진을 향해 미안한 표정을 지으며 말했다. 도진이 무슨 소리냐는 듯한 표정을 짓는 중에 아인의 휴대폰이 울렸다. 아인은 얼른 받아 들었다.

혜수로부터 온 연락이었다. 지금 형사가 모텔 안으로 들어가는 걸 목격했단다. 아인은 고개를 끄덕거리며 비장한 표정을 지었다.

전화를 끊은 후 도진에게 통화 내용을 말해주고는 얼른 현관으로 달려갔다.

현관문에 귀를 댄 채 기다리다 보니 문밖으로 누가 지나가는 소리가 들렸다. 그리고 문이 여닫히는 소리가 났다.

더는 아무 소리가 나지 않는데도 아인은 좀처럼 현관문에서 떨어지지 않았다. 그러다가 도진이 침대 옆 벽 앞에 가만히 서서 심각한 표정을 짓고 있는 걸 보고는 현관을 버리고 그의 곁으로 다가갔다.

시설이 꽤 괜찮은 모텔이라고 생각했더니 방음처리는 썩 훌륭하지 못한 것 같다. 건너편 방에서 튼 TV 소리가 여기까지 들리는 걸 보니.

"이 반대쪽이 804호죠?"

"어."

뭐 그 덕에 804호 안에 방금 누가 들어섰다는 건 확실하게 확인할 수 있지만.

도진은 옆으로 선 채 벽에 조금 더 귀를 가까이 가져다 댔고, 아인은 아예 귀를 벽에 바짝 붙였다. 둘이 서로 마주 보는 자세로, 한참이나 아무 말도 뱉지 않고 도청에만 집중하던 중.

─아앙…… 하웃…….

여자 목소리?

아니, TV에서 나오는 소리다. 심각한 표정으로 눈을 또르르 굴리던 그녀는 도진과 눈이 딱 마주쳤다. 어째 도진이 이를 악문 것처럼 보인다, 그리 느끼던 아인은 일순간 눈을 휘둥그레 떴다.

잠깐, 그러고 보니 이 소린……!

"으아!"

뜨끔 놀라며 온몸으로 벽을 밀었다. 하지만 벽이 밀릴쏘냐. 도리어 벽에서 밀려난 아인은 당황하여 제가 신고 있던 슬리퍼를 스스로 밟고 미끄러졌다. 그녀의 몸은 순식간에 균형을 잃고 기우뚱 기울어졌다.

도진이 얼른 팔을 내뻗었지만 그녀의 균형을 잡아주는 건 무리였다. 그녀가 넘어지는 방향을 바닥이 아닌 침대로 바꾸어주었을 뿐, 오히려 저마저 균형을 잃고 아인과 함께 넘어져 버렸다.

간신히 아인에게 포개지지 않고 멈췄다. 도진은 팔에 힘을 줘 상체가 내려가지 않도록 버티며 아래를 내려다보았다. 눈을 감은 아인이 무방비 상태로 그의 품 안에 놓여 있었다. 도진은 울대뼈를 크게 움직인 후 이내 긴 한숨을 뽑아내기 시작했다.

곧 아인이 눈을 떴다. 그녀는 자신이 도진의 아래 누워 있다는 걸 깨닫고는 사색이 되어 일어나려 했다.

"야."

도진은 인상을 쓰며 그녀를 붙들었다.

"예?"

"움직이지 마."

시키는 대로 얼음이 되어 꿈쩍도 않는다. 도진은 그녀를 붙든 채 계속해서 한숨을 내쉬었다.

그러다 일순간 호흡을 멈추고 아인을 지그시 내려다보기 시작했다. 겁먹은 듯한 아인의 얼굴을 한참이나 뚫어지게 쳐다보던 그는, 고개를 푹 숙여 얼굴을 가렸다가 갑자기 벌떡 일어나 섰다.

"아오! 진짜!"

부술 듯이 쾅 하고 세게 닫히는 화장실 문 소리에 아인이 움찔 놀랐다. 그녀는 민망하고 부끄러워할 틈도 없이 벌떡 일어나 앉았다.

권 선배님 성격에 민망해서 저럴 리는 없고.

어떻게 하지? 나 때문에 화났나 봐.

나 잡아주려다 같이 넘어진 것 같은데. 어디 부딪쳤나? 많이 아픈가?

평소에도 제 발에 걸려 넘어진다거나 혼자서 균형 못 잡고 비틀거리긴 하지만, 오늘처럼 온종일 휘청거린 적은 없었는데. 대체 오늘은 무슨 마가 껴서 이러나. 마가 끼려면 차라리 어제나 내일 낄 것이지, 왜 하필 오늘이야.

아, 조금만 더 조심할걸.

꽤 오랜 시간이 지났음에도 화장실 안으로 들어간 도진이 나오지 않는다. 아인은 혹시 안에서 아파하느라 못 나오는 건가 하는 생각에 걱정이 되어 화장실 문 앞에 섰다.

노크를 할까 말까, 선뜻 손을 못 내밀고 망설이던 중 혜수로부터 연락이 왔다. 방금 젊은 여자 하나가 모텔 안으로 들어갔단다. 아인은 전화를 끊은 후 용기를 내어 화장실 문을 똑똑 두드렸다.

"선배님, 괜찮으세요? 어디 다치신 거 아니죠?"

대답이 없다.

"지금 모텔 주인이 준비시킨 걸로 보이는 여자가 도착했다는데."

그제야 문이 열렸다. 아인은 기분이 상당히 나빠 보이는 도진을 피해 슬금슬금 현관 쪽으로 움직였다.

"제가 이 앞으로 지나가나 한번 볼게요."

현관문에 귀를 댄 채 조용히 입을 다물자 도진은 조금 전까지 서 있던 벽으로 다시 향했다.

엘리베이터 소리가 들리는 듯하더니 이내 구둣발 소리가 들려왔다. 아인은 구두 소리가 스쳐 지나간 후 문을 살짝 열어 바깥의 풍경을 살펴보았다. 정확하게 804호로 들어가는 여자의 뒷모습이 보였다.

"선배님! 지금 들어갔어요."

이젠 현관문보다는 벽 너머에서 들려오는 소리에 집중하는 편이 좋을 거다. 아인은 얼른 현관을 떠나 도진의 옆으로 총총히 다가갔다. 그러자 가만히 서 있던 도진이 갑자기 현관으로 갔다.

현관에선 더 들을 게 없을 텐데. 아, 바로 출동하려고 대기하시는 건가.

아인은 스스로 이해한 후 이번엔 어떤 이상한 소리가 들려도 절대 넘어지거나 허둥대지 않으리라 다짐하면서 벽에 귀를 붙였다. 곧 남녀가 대화를 하는 듯한 웅얼거리는 소리가 들려왔다. 아인은 얼른 혜수에게 보고해야겠다고 생각하며 휴대폰을 찾았다. 그러다 휴대폰을 현관 옆 신발장 위에 두고 왔다는 걸 깨닫고는 다시 현관 쪽으로 갔다.

그녀가 현관에 도착하자 도진은 다시 벽 쪽으로 가버렸다. 아인은 의아한 눈길로 그를 쳐다보았다.

여기서 대기하는 게 아니었어? 왜 저리로 다시 가는 거지?

설마…… 날 피하는 건가? 나 때문에 화가 나서?

확인할 겸, 일부러 도진의 옆에 가 서보았다. 어김없이 도진은 저의 곁을 떠나 현관으로 돌아갔다. 아인은 기분이 가라앉는 걸 느끼며 혜수에게 연락을 취했다. 보고를 들은 혜수는 앞으로 정확히 5분 후에 출동하겠다고 말했다.

"5분 후에 출동하신데요."

"어."

사람 바라보지도 않고 대답하는 거야 원래도 그렇다지만 어째 더 섭섭하다. 아인은 의기소침한 표정으로 한참 동안 서 있다가, 벽 너머에서 울려 퍼지기 시작하는 야릇한 신음을 듣고는 헛기침을 흠흠 하며 딴청을 피웠다.

"눈치채고 도주할 위험은 없어 보이네요."

괜스레 말을 붙여 보지만 도진은 역시나 또 쳐다보지도 않고 어, 하는 게 다. 그 이후로는 아인도 말을 걸지 않고 어색하게 시간을 보냈다.

그러다 정확히 5분이 지난 후 도진은 기다렸다는 듯 문을 열고 밖으로 나가버렸다. 아인은 나랑 같이 있는 거 되게 싫었나 보네, 그런 생각을 하며 쓸쓸히 그의 뒤를 따라 나갔다.

혜수의 작전은 성공을 이뤄 비리 경찰을 현장에서 잡아냈다. 혜수는 이제 장부와 전화 내역만 조사하면 혐의 밝히는 데는 큰 무리가 없겠다며 좋아했다. 그녀는 아인에게 고맙다며, 또 잘했다며 칭찬해주었지만 아인은 하나도 기쁘지 않았다.

별로 한 것도 없는걸. 또 실수만 해서 권 선배님 기분이나 상하게 하고.

에휴, 다시 검사로 돌아왔으니 이제부턴 실수하지 말고 잘해보자고 그렇게 다짐했건만, 결국 또 이렇게 되네.

……우울하다.

2

"아인아."

내가 음료수 먹으라고 권한 것부터가 문제야…… 애초에 그것 때문에 속탈이 났으니. 집으로 돌아와 저녁을 먹는 중에도 멍하니 후회에 잠겨 있는데 아빠가 부르는 소리가 들려왔다.

"달구 옛날 주인 말이야, 권가라고 했었지?"

"응."

"그 사람이 그 권도진 검사, 그 사람이냐?"

살인마를 잡기 위해 댁의 따님을 미끼로 써야 하니 집 좀 비워 주십사, 직접 부탁하러 온 덕에 알게 된 사이였다. 처음엔 부모한 테 자식 목숨을 걸라니 뭐 이런 놈이 다 있나 했지만, 결국은 그놈 이 묘하게 풍기는 믿음직스러움 때문에 허락했더랬다.

그땐 너무 경황이 없어 미처 몰랐다가 나중에 찬찬히 다시 생각해보니 그놈 성이 권가더라.

"응. 권도진 검사 맞아. 왜?"

역시 그렇군. 아빠는 눈을 가늘게 떴다.

그러니까 만날 내 딸을 벌벌 떨게 하면서 들었다 났다 쥐었다 폈다 하는 놈이 날 찾아왔던 그놈이 맞단 뜻이렷다?

"이번 일요일에 집에 오라 그래. 내가 달구도 맡아주고 범인 잡으라고 딸 목숨 내주고 집도 비워줬는데 감사 인사는 제대로 받아야지."

"어? 굳이 그래야 돼?"

"왜? 그놈은 감사 인사도 할 줄 모른다냐?"

"그게 아니라 너무 갑작스럽잖아. 선약 있을지도 모르는데."

"선약 있으면 취소하고 오라고 해."

"아빠는! 어떻게 그래?"

"그 정도도 못 하는 놈이면 아빠가 크게 실망할 거라고 전해. 왜? 말 전하기 싫으냐? 아빠가 직접 하리?"

"어? 아니, 아니, 아니야. 내가 할게."

갑자기 아빠가 전화해서 당황시키는 것보다야 내가 말하는 게 낫지. 그리 생각하며 일단 제가 한다고 굳게 약속은 했다만.

막상 출근하니 좀처럼 기회를 잡기 힘들다. 오늘 내로 말할 수 있을까? 아직 나한테 난 화가 풀렸나 안 풀렸나 살피는 데만도 반나절을 다 보냈건만.

생글. 아인은 도진과 눈이 마주치자마자 준비한 미소를 지었다. 웃는 얼굴에는 침 못 뱉는다지 않는가. 또 웃으면 내가 당신을 어색해하고 있다는 걸 숨길 수도 있을 테고, 자연스럽게 말을 꺼내기도 쉬워질 테니. 그에 오늘은 유달리 더 생글거리며 도진을 마주하는 아인이었다.

　도진은 탐탁지 않은 표정으로 그런 아인을 빤히 쳐다보았다. 아인이 지지 않고 계속 웃자 결국 도진의 눈길이 먼저 돌아갔다.

　"이거요. 여쭤볼 게 있어서요."

　일부러 만들어서 가지고 온 질문을 또 던졌다. 아인은 도진의 설명을 듣는 둥 마는 둥 눈치만 보며 적당히 이야기를 꺼낼 타이밍을 찾았다. 그러다 도진이 설명을 관두고 저를 물끄러미 바라보기 시작하자 화들짝 놀랐다가 다시 준비한 미소를 생글생글 지었다. 도진은 그녀를 향해 살포시 인상을 써 보인 후, 더는 설명할 게 없는지 사건 기록을 돌려주었다.

　"저, 선배님."

　"왜."

　어우, 방금보다 인상이 더 안 좋다. 아인은 결국 이번에도 포기하고 조용히 물러나기로 했다.

　"아니에요. 감사해요."

　그리고 그의 방에서 쪼르르 빠져나왔다.

　후에 휴게실에서 마주쳤을 때도 생긋 웃기부터 했다. 도진은 마치 경계하는 듯한 눈빛으로 그녀를 찬찬히 좇았다. 아인은 모르는 척 그에게 다가갔다.

　"커피 드시는 거예요?"

　쓸데없는 질문도 괜히 걸어보고.

　"저도 한 잔……!"

　검지까지 들어 보이며 안 어울리는 떼도 한번 써보려다 민망해져 관두고 자판기에 동전을 집어넣었다.

"너."

도진이 아인을 불렀다. 커피가 나오길 기다리던 아인은 얼른 돌아보았다.

"아니다."

도진이 입에 종이컵을 문 채 은근히 고개를 옆으로 돌렸다. 아인은 이번에도 역시 때가 좋지 않다고 느끼며 커피를 든 채 제 방으로 돌아갔다.

저녁 시간이 될 때까지, 해가 질 때까지도 변변한 기회를 못 잡고 겉돌던 그녀는, 도진이 가방을 메고 제 검사실 앞을 스치는 걸 보고는 깜짝 놀라며 쫓아 나왔다.

"선배님!"

도진이 아인을 쳐다보았다. 아인은 오늘 하루 종일 그랬던 것처럼 또 생긋 웃어 보였다.

"퇴근하시는 거……."

"너."

도진이 아인의 말을 툭 잘랐다. 아인은 말을 하다 멈추고 그를 멀뚱히 올려다보았다.

"네?"

"그거 하지 마."

"예? 뭘……."

"생글생글하지 마."

도진의 인상이 좋지 않다. 아인은 잠깐 당황했다가 웃는 채로 얼굴을 어색하게 굳혔다.

"저는 그냥…… 어…… 음, 제가 웃는 게, 그렇게 보기 싫으신 거예요?"

"어."

더는 웃는 얼굴은 없이 상처 받은 얼굴만 가득했다. 아인은 보지 않아도 감정이 드러나는 게 훤히 느껴지는 얼굴을 살짝 숙이며 꽤 오래도록 마음을 달랠 시간을 가졌다. 도진은 잠자코 기다려주다가 그녀가 말할 기미가 없자 다시 걸음을 떼려 했다.

"아빠가, 일요일에 선배님더러 집에 오라셨어요…… 감사 인사 받으셔야 되겠대요. 선약 있으면 선약 깨라고 하셨어요. 그렇게 안 하면 크게 실망할 거라고."

날 이토록 싫어하니 어차피 수락 안 할 거란 생각을 하면서도, 그래도 종일 입에 머금었던 말이니 일단 뱉고나 봤다. 그리고 도진의 대답을 기다릴 생각도 않고 천천히 몸을 돌려세웠다.

"몇 시에?"

어? 반응이 예상과는 다르다? 아인은 뜻밖이라는 표정으로 다시 도진을 바라보았다.

"언제 가면 되는데?"

"예? 아…… 점심때 오시면 돼요."

"알았어."

"어? 오실 거예요?"

"어."

"정말요?"

언제 풀 죽었느냐는 듯 금세 밝아졌다.

"저희 엄마가 요리 썩 잘하는 편 아니라고, 자신 없으면 먹을 거 가져오래요. 집에 먹던 양주 같은 거 있으면 가져오란 말씀도 하셨어요. 굳이 새것 사올 필요는 없고요."

방금 제가 했던 말을 잊고 생글거리며 좋아하는 아인을 보면서 도진은 흠, 하고 한숨을 삼켰다. 그리고 어쩔 수 없다는 표정으로 돌아선 후 멀리 사라져 갔다.


일요일. 오전 열한 시 사십 분. 아인은 요리를 하던 엄마를 돕다가 부침가루를 좀 더 사오라는 심부름을 받고 마당으로 나왔다. 그러다가 대문 앞에 서 있는 이를 발견하고는 놀라며 얼른 다가갔다.

"선배님! 언제 오신 거예요?"

"사십 분쯤 전에."

"오셨으면 문 열어달라고 하시죠!"

"아직 점심시간 아니잖아."

"괜찮은데. 들어오세요."

"아니야. 더 기다릴게."

꽤 완강한 자세다.

"그럼 저 지금 뭐 사러 가는데 같이 갔다 와요. 혼자 계시는 것보다 덜 심심할 거예요."

재촉하자 도진은 거부하지 않고 걸음을 떼기 시작했다. 아인은 뿌듯한 표정을 지으며 슈퍼마켓으로 향했다.

"저희 아빠가 좀 짓궂은 데가 있으세요. 정말 약속 깨고 오신 건 아니죠?"

"깼어."

"정말요?"

"깨도 되는 거였어."

미안하다는 표정을 지으며 타박타박 걷다 보니, 늘 집에서 멀기만 하던 슈퍼가 벌써 이만치 다가와 있었다. 아인은 신기한 일이라고 여기며 안으로 들어갔다.

부침가루가 놓여 있는 코너를 찾기 위해 이리저리 고개를 돌리다가 제가 도진과 함께 쇼핑 중이라는 사실을 자각해냈다. 함께 나란히 슈퍼마켓을 걷는다니. TV에서 보면 연인들끼리 이런 거 많이 하던데. 혹시 우리 부부처럼 보이려나? 실실 웃다가 도진의 시선을 느끼고는 아닌 척 도도한 표정을 지었다.

"아, 맞다. 엄마는 아빠가 선배님 말 듣고 집 비워주신 거 모르고 계세요. 그것 때문에 여행 가자고 한 줄 알면 엄마한테 평생 혼날 거라고, 아빠가 절대 말하지 말라고 하셨거든요? 엄마는 아빠가 달구 옛날 주인 보고 싶어서 초대한 걸로만 아시니까 혹시나 실수로 말해버리시면 안 돼요."

아인은 다짐을 시키며 멀지 않은 위치의 집을 바라보았다. 돌아오는 길도 역시나 짧다는 생각에 은근히 아쉬움을 느끼며, 아인은 집으로 통하는 대문을 밀었다.

도진을 보고서도 누가 왔냐, 하는 표정이 다인 달구를 지나쳐 두 사람은 현관문을 열었다. 현관문을 열자마자 우뚝 서 있는 아빠의 모습이 눈에 들어왔다.

"안녕하십니까."

워, 도진이 누구한테 먼저 인사하는 건 처음 보는 것 같다. 아인은 신기하다는 눈빛으로 그를 바라보았다.

"어서 와요."

아빠는 점잔을 빼며 악수를 청했다.

"어머, 오랜만이에요. 우리 전에 봤었죠? 예전에 우리 아인이 술 취했을 때 업어서 데려왔던 그 선배죠?"

엄마는 순간 사색이 된 아인을 본 체도 않고 호호호 하고 인위적인 웃음만 잔뜩 흘렸다.

"아유, 식사 준비를 빨리한다는 게 늦어졌어. 이렇게 빨리 올 줄 알았으면 조금 더 일찍 시작할 걸 그랬다. 금방 준비할게. 금방 준비할게요. 가서 조금만 기다려요."

왠지 도진의 표정이 살짝 굳은 듯 보였다. 기다리기 싫은 건가 하는 마음에 몰래 그의 눈치를 살피던 아인은 곧 그의 얼굴이 평상시와 다름없이 돌아왔다는 걸 깨닫고는 안도했다.

아인은 곧 엄마를 도우러 주방으로 들어갔고 도진은 아빠의 안내를 따라 거실로 향했다.

"이거 받으십시오."

앉으라는 말을 듣기 전에 준비해온 종이가방부터 내밀었다. 아빠는 '허허, 뭐 이런 걸 다.' 하며 받아 들고는 안에 이름을 듣는 것만으로도 돈이 새어 나갈 것 같은 비싼 양주가 들어 있는 걸 보고 눈을 가늘게 찢었다.

이놈, 빈틈이 없군.

아빠는 도진이 시선을 거두지 않자 고맙다는 말과 함께 얼른 표정 관리를 했다.

"그래, 범인은 잘 잡았어요?"

"예, 덕분에."

"아, 뭐 어디 다치거나 한 사람은 없고?"

"없습니다."

이 자식, 뭔가 대화를 잇기 어렵게 만드는 능력이 있는데.

보통 나이 든 사람과 젊은 사람이 대화하면 나이 많은 쪽이 대화를 툭툭 끊어 먹어야 정상 아닌가!

오히려 이쪽이 더 불편해져 버렸다. 어쩔까, 잠깐 고민하던 아빠는 눈을 잠깐 번득거리다 살짝 미소를 머금었다.

"식사 준비될 때까지 바둑이나 한 판 둘까요?"

어른과 함께 두는 바둑이라니 불편하기 짝이 없겠지. 아빠는 속으로 끌끌 웃으며 바둑판을 꺼내 왔다.

"어떻게, 바둑은 좀 둘 줄 아시는가?"

아빠가 도진에게 흑돌을 내밀며 물었다.

"잘 못 둡니다."

꽤 신중한 표정으로 대답하는 걸로 봐선 단순한 겸손 치레는 아닌 것 같다.

"그럼 접바둑으로 가야겠네. 원하는 만큼 먼저 깔아요."

원래 실력 차이가 크게 나면 하수가 돌을 여러 개 먼저 깔고 시작하는 법이었다.

"아닙니다. 괜찮습니다."

호, 요놈 봐라.

"먼저 둬요."

굳이 돌을 여러 개 깔고 시작하지 않더라도, 바둑에선 먼저 두는 사람이 상당히 유리했다. 그에 너 못하니 내가 이 정도는 봐준다는 눈빛으로 잔뜩 거드름을 피우며 선수를 양보하는 아빠였다.

"덤으로 5집반 드리겠습니다."

선수를 두는 대신 상대에게 덤을 준다는 건 봐주는 거 없이 내등한 위치에서 겨루겠다는 말이었다. 아빠는 끙 하는 신음을 몰래 감추며 껄껄 웃었다.

"뭐, 젊은 사람이랑 하면서 덤까지. 됐어요. 그냥 해요."

고집을 세운 후 바둑을 두기 시작했다.

그리고 곧 후회했다.

"허허, 내가 잘못 놓은 것 같은데……."

아빠는 은근히 한 수 물렀다. 도진은 미동도 없이 바둑판만 보았다. 그가 아무 반응도 없자, 아빠는 한 수 더 물러 두 수나 물러 놓고는 다시 곰곰이 생각을 하기 시작했다.

내가 여기서 어떻게 놔야 이놈한테 집을 덜 주고 질 것인가.

이기는 건 무리다. 5집반 받고 시작할 걸 하는 후회도 이미 소용없었다. 5집반은 무슨 50집을 더 준대도 이길까 싶은데.

"잘 못한다더니……."

결국 중간에 패배를 선언해버렸다. 아빠는 씁쓸한 표정을 지으며, 차분하게 바둑돌을 정리하는 도진을 힐끗거렸다.

자식이…… 대충 눈치껏 져주면 어디 덧나. 아니, 이기더라도 좀 박빙으로 싸우는 척하다 이길 것이지.

뚱한 표정을 짓고 있는데 도진의 목소리가 들려왔다.

"6집반 드리겠습니다."

이 자식아…… 한 집 더 늘려준 건 고마운데 그거 받는다고 이기겠냐.

"음? 또 하게?"

심드렁하게 대꾸했다.

"아까 3판 2선승제라고 하지 않으셨습니까?"

"아, 그렇지. 그런데 바둑은 시간이 너무 오래 걸려서. 조금 있으면 식사도 준비될 것 같은데. 바둑 말고 장기로 하지."

거절하기 전에 얼른 판을 바꿨다. 내가 바둑보다는 장기를 더 잘 둔단 말이지. 이놈, 톡톡히 복수해주마.

"으음, 저 차가 언제 이리로 왔나."

수를 두지 않고 시간을 끈 지 벌써 오 분째. 아빠는 끙 하고 신음을 흘리며 도진의 눈치를 살폈다. 도진은 그저 장기판만 가만히 내려다보고 있었다.

"야! 권도진! 너 이거 배웠지? 이거 무슨 글자야?"

"수레 차."

"옳지. 아, 역시 내 아들. 봐라, 얘가 여기서 제일 센 놈이야. 얘는 이렇게 이렇게 마음대로 가거든? 길 뚫려 있으면 저기 끝까지도 간다. 이야, 어때? 대단하지?"

"이렇게도 가?"

"야, 대각선은 너무 욕심냈다. 그냥 가로세로로 만족해⋯⋯ 뭐야, 마음에 안 들어? 인마, 졸은 한 칸밖에 못 움직이는데! 뒤로는 가지도 못해. 거기에 비하면 얘는 초특급이지."

드디어 아인의 아빠가 말을 움직였다. 오랜 시간을 끌어 결정해놓고도 영 불안한지 말에서 손을 못 떼고 계속 머뭇거렸다. 그러다 에잇 하는 소리와 함께 아빠의 손이 장기판 위에서 사라지자마자, 도진은 제 말을 바로 움직였다.

두 사람이 장기 두는 모습을 힐끔 살핀 후, 엄마가 즐거운 듯 웃었다.

"아유, 밥 준비 늦어져서 어떻게 하나 했더니 네 아빠가 시간 끌어줘서 됐다. 저 양반이 쓸모 있을 때가 다 있네."

아인도 거실을 바라본 후 피식 웃었다.

"한데 오늘은 네 아빠가 어째 조용하다? 장인이랑 마주 앉아서도 입으로 바둑 두던 사람이."

말이 떨어지자마자.

"에헤이!"

도진의 포에 잡혀 버리는 자신의 궁을 보면서 아빠가 버럭 소리를 질렀다. 도진은 아인의 아빠를 물끄러미 바라보았다.

"이 포가 장군이었어?"

"예."

"이 사람아! 장군을 때렸으면 장군이라고 말을 해줬어야지!"

"아."

도진은 무덤덤한 탄성을 내뱉고는 방금 아빠가 옮긴 말과 제 포를 원래 자리로 쓱 물렀다.

"장군."

이 자식…… 왠지 더 시비 걸지 못하게 만드는 재주가 있는데?

"에이, 됐네. 장기는 됐고, 다른 거 해."

분명 다른 거 하자더니 또 장기 말을 장기판 위에 정렬시킨다. 잠깐 두고 보던 도진은 아인의 아빠를 따라 장기 말을 장기판 위에 가지런히 배열했다.

"자, 먼저 해."

도진이 졸을 옆으로 움직이자 아빠가 손사래를 쳤다.

"그거 말고."

이해가 안 된다는 표정의 도진을 향해 당당하게도 외쳤다.

"알까기!"

거실에 가득 울려 퍼지기 시작하는 장기 알 부딪치는 소리.

아인은 기가 막힌다는 표정으로 아빠를 바라보았다. 아빠는 최고의 각도를 뽑아내기 위해, 바닥에 엎드리다시피 자세를 낮춰 한쪽 눈을 감은 채 조준하고 있었다.

창피함에 손으로 얼굴을 가렸다가 도진을 바라보았다. 바른 자세에 진지한 표정으로 임하고 있는 걸 보니 더 기가 막힌다.

"선배님…… 아니, 아빠!"

"야, 쉬쉬쉿! 집중해야 돼."

그리 온 힘으로 집중하여 드디어 슛!

"아으!"

중간에 박힌 쇠로 된 이음새에 부딪혀 오히려 아군 말을 튕겨내고 장렬하게 전사하는 제 말을 보고는 아빠는 이를 악물며 안타까워했다. 아인이 어이없어하며 아빠를 보는 동안 도진은 손가락을 장기판 위로 슬슬 가져갔다. 아인은 눈길을 휙 돌려 도진을 바라보았다.

한 치의 흐트러짐도 없는 꼿꼿한 자세로 조준을 하더니 미련 없이 탁.

있잖아요…… 여기선 아빠처럼 유난 떠는 것보다, 선배님처럼 진지한 게 더 웃긴 거 아세요?

"자네, 당구 칠 줄 아나?"

"예."

"……잘 치겠군."

난 모르겠다, 고개를 절레절레 저으며 다시 주방으로 갔다. 그리고 상 차리기에 열심인 엄마를 도왔다. 곧 거하게 차려진 푸짐한 밥상이 준비되었다.

거실에 상이 들어오는데도 아빠는 움직일 생각을 하지 않았다. 엄마가 식사해야 하니 장기판은 물리라고 웃는 얼굴로 수없이 말해도 들은 체도 안 했다. 도진이 일어서려 하자 못 일어서게 막는 짓까지 서슴지 않았다. 결국 엄마는 손님 앞이라는 것도 잊고, 장기 알 조준하느라 정신이 없는 아빠의 허벅지와 엉덩이를 발가락으로 쿡쿡 찌르기 시작했다.

"이 양반이! 종일 기름 속에 헤엄치게 해놓고선! 손님 앞에서 이럴 거야? 목소리 높이는 거 보일 거야?"

결국 아빠는 등 뒤에 손 안 닿는 부분을 세게 꼬집히고 나서야 자리에서 일어섰다. 아빠는 이거 끝난 승부 아니니 밥 먹고 다시 하자며, 원래 알까기의 묘미는 역전이라고 열변을 토한 후 판을 조심스럽게 소파 위로 옮겼다.

이미 목소리 높이고 발로 남편 찌르는 흉한 꼴 보였으니 더 내숭 떨어봐야 소용없다. 엄마는 현모양처상을 포기하고 주접스런 아줌마로 돌아왔다.

"11월 17일? 음력이에요, 양력이에요?"

"양력입니다."

"어머, 그렇구나. 그럼 생시는?"

아인은 엄마를 쿡쿡 찔렀다.

"태어난 시간을 왜 물어?"

"얘는! 그걸 알아야 사주도 보고 궁합도 보지. 그런 거 안 보고 덜컥 저질렀다가 후회하는 사람이 어디 한둘인 줄 알아?"

물 먹다 체하겠다. 아인은 콜록거리며 티슈를 찾다가 부랴부랴 손을 내저었다.

"저지르긴 뭘 저질러! 엄마가 남의 사주를 왜 봐?"

"그럼 궁합만 볼까?"

"엄마!"

생각 같아선 손으로 엄마의 입을 꽉 막아버리고 싶은데 그럴 수는 없고 발발 떨기만 했다.

"얘가 왜 이래? 요즘 젊은 애들은 좋아하는 사람 생기면 지들 알아서 궁합 보러 다니기도 하고 그런다던데. 넌 왜 이리 유난이야? 미신이라 싫다 이거야?"

"그런 게 아냐! 나 미신 안 싫어해. 아니, 그게 아니라…… 아니야! 선배님이랑 나랑 그런 거 아니라고 말했었잖아!"

입이 바싹바싹 마르고 눈앞이 캄캄했다.

"진짜 아니야?"

"아니야. 절대 아니야. 그런 거 아니야!"

"너 좋아하는 사람 생겨서 아빠가 한번 보자고 부른 게 진짜 아니야?"

너무 민망하고 미안해서 도진을 쳐다볼 수조차 없다. 아인은 식은땀을 흘리며 엄마에게 계속 고개를 내저어 보였다.

"아니야! 진짜 아빠가 달구 옛날 주인 보고 싶다고 초대한 거라니까?"

"그건 그냥 너랑 아빠랑 말 맞춘 게 아니야? 난 네 아빠가 사윗감 선보려고 부러 초대한 줄 알았더니. 정말 둘이 그런 사이 아닌 거예요, 권 검사?"

엄마가 기대감 가득 담긴 눈으로 도진을 쳐다보았다. 엄마에게야 기대감이겠지만 남에게는 부담감이다. 아인은 도진이 입을 열기 전에 먼저 손을 크게 휘휘 내저으며 엄마의 시선을 앗아갔다.

"아니야. 아냐. 아냐. 아니야! 그런 사이 아냐! 그냥 선배야, 선배. 그것도 나랑 이만큼 차이 나는 높은 선배. 그러니까 제발!"

완강히 부인하는 아인을 보면서 엄마는 끌끌 웃었다.

"넌 아닐지 몰라도 권 검사는 다르네. 아무리 초대를 받았어도 그렇지, 마음도 없는데 다 큰 처녀 집에 찾아올까? 내 말 틀렸어요, 권 검사?"

아하하하, 엄마…… 차라리 그냥 날 때려요.

"에헤이, 거참, 손님 불편하게 만든다. 노망났어? 헛소리 그만하고 밥이나 한 그릇 더 줘."

엄마는 호호하고 웃는 표정으로 아빠의 밥그릇을 받아 들고는 금세 이를 꽉 깨물며 아빠를 꼬집었다.

"호호, 이 양반이 오늘 말 험하게 하시네."

어디 손님 가고 나면 두고 보자는 표정을 짓고는 생글생글 웃으며 주방으로 향했다.

"자네, 카드 게임은 좀 할 줄 아나? 포커 같은 거."

"예."

"이따 밥 먹고 나면 그것도 한 판 하지."

아빠…… 게임 상대가 필요하셨던 거예요? 인터넷에서 만나는 친구들로는 부족하셨던 거예요?

저도 모르게 측은한 표정을 짓고 있을 때 주방으로 갔던 엄마가 돌아왔다. 아빠는 싱글벙글 웃으며 밥그릇을 받아 들고는, 평소보다도 빠른 속도로 밥그릇을 비워 나가기 시작했다. 엄마는 좀 천천히 먹으라고 타박을 주면서도, 도진에게 인위적인 웃음을 한가득 지어 보이며 그를 불편하게 할 만한 이런저런 말을 던지는 걸 잊지 않았다. 쿡쿡 찔러봤지만 이젠 느껴지지도 않는 것 같았다. 아인은 결국 포기하고 도진에게 사과하려면 어찌해야 하나 그 계산만 했다.

"여보, 나 한 그릇 더."

"왜 이렇게 많이 잡숴? 당신은 만날 나 밥 못한다고 그러면서도 엄청 먹더라?"

"그러니 오늘처럼 우리 왕비님이 간 제대로 맞춘 날에는 더 먹어야지."

"그만 먹어, 당신 요즘 너무 먹어."

"에이, 한 그릇만 더. 에헤이, 여보!"

시끌벅적하고 소란스럽기 짝이 없는 식탁을 보면서 도진은 가만히 상념에 잠겼다.

"도진아, 밥 먹으렴." 하는 소리가 들리면 손에 들고 있던 책을 놓고 일어선다. 문을 여닫는 소리와 발소리 외엔 아무 소리도 없이 큰 식탁이 놓인 주방으로 간다.

할아버지가 먼저 앉아 계실 때도 있고, 혹은 저보다도 느린 발소리를 내며 들어서실 때도 있다. 가만히 식탁에 앉아 차려진 밥을 먹기 시작한다.

아무 말도 오가지 않는다. 간혹 할머니가 입을 벙긋거리다 뱉은 숨소리만 유일했다. 손에 꼽을 만큼 간혹 할머니가 화제를 던지기도 한다. 하지만 받아주는 이 없이 묻힌다.

"왜 더 드시지 않고?"

걱정스러운 할머니의 물음에 할아버지는 대답도 않고 제 방으로 간다. 도진도 곧 수저를 놓았다.

"한 그릇 더 먹으렴. 너 좋아하는 거라고 많이 했는데."

그날 할머니가 식탁에서 뱉은 말 중 가장 긴 말일 것이다.

"아니요."

간단하게 대답한 후 일어선다.

도진에게 익숙한 식탁의 풍경이었다.

"알았어! 당신 맘껏 자셔. 권 검사! 권 검사도 더 먹어요."

마침 밥그릇을 다 비운 도진을 보면서 엄마가 웃는 얼굴로 권했다. 아인은 왠지 굳은 듯한 도진의 얼굴을 보곤 부담스러운가 하는 생각에 더 안 드셔도 된다고 얼른 말해주려 했다.

"예."

도진의 대답이 더 빨랐다. 아인은 순간적으로 말을 잊고 몽환적인 표정을 지었다.

웃고…… 있어.

"많이 주십시오."

그의 미소는 곧 사라졌지만 그 후로도 어쩐지 계속 즐거워 보였다. 그 덕에 아인은 아빠와 엄마가 끝없이 일으키는 어수선한 분위기에 민망해하는 것도 잊고 한참이나 더 그를 바라보았다.

식사가 끝난 후에는 약속한 대로 아빠가 엄마의 설거지를 도왔다. 아인이 하려고 하자, 엄마가 그녀의 손을 탁 치며 넌 권 검사랑 놀아주기나 하란다. 아인은 꽤 맵게 맞은 손을 문지르며 도진을 제 방으로 데려왔다.

도진은 아인의 방 안을 휘휘 둘러보았다. 아인은 어제 대대적으로 청소를 했지만 혹시 지저분한 게 눈에 띄진 않을까 살짝 긴장했다가, 도진이 아무것도 발견 못 한 듯 보이자 안도하며 그에게 책상 의자를 내밀어 착석을 권했다. 그 와중에 밖에서는 또 아빠가 접시를 깨고 엄마가 이 양반이! 하는 소리가 들려왔다. 아인은 침대에 앉으며 어색하게 하하하 웃어 보였다.

"저희 집이 좀 이래요. 오빠랑 같이 살 땐 더 시끄러웠어요. 저희 오빠가 그런 게 있거든요. 유머에 대한 남다른 집착? 어유, 그래서 오빠 있을 땐 아빠가 엄마 신경 긁죠, 엄마는 소리 지르시죠, 오빠는 그 와중에 가족들 웃기려고 한마디씩 던지죠, 저는 웃느라 정신없죠."

머리를 절레절레 내저었다.

"오빠가 학교 선생님이라고 했던가?"

"어? 어떻게 아셨어요?"

"아까 어머님이 그렇게 말씀하시던데."

우리 엄마…… 나 정신없는 사이 별걸 다 말했구나.

"맞아요. 역사 가르쳐요. 원래 역사 좋아했거든요. 어릴 때도 저 앉혀놓고 가르치는 거 좋아하더니 조카들한테도 똑같이 하는 거 있죠?"

"조카들?"

"네. 저 조카 셋이나 있어요. 셋이라니 좀 많죠? 밑에 놈이 쌍둥이라서 그래요. 오빠가 저랑 나이 차가 좀 나서 제일 큰 애가 올해 벌써 여섯이에요. 쌍둥이들은 세 살. 셋 다 정말 귀여워요. 가끔 큰 애가 가족들 앞에서 자기 아빠가 시킨 대로 태정태세문단세 이런 거 막 외우거든요? 아, 정말 그러는 거 보면 깨물어주고 싶어요. 애기들 너무 좋아요. 저도 결혼하면 애기 많이 낳을 거예요. 다 같이 모이면 북적북적, 옛날보다 더 시끄럽겠다. 그래도 재미있을 거예요, 그렇죠?"

벽을 바라보며 눈을 반짝반짝 빛내던 그녀는, 한참 후에야 제가 도진의 앞에서 결혼이니 애기니 하는 이야기를 꺼냈단 걸 깨닫고는 부끄러워져 얼굴을 붉혔다.

"어. 재미있겠네."

그래도 순순히 대답해주니 부끄러움보다도 훈훈한 마음이 더 커졌다. 아인은 배시시 웃으며 괜히 다리를 휘휘 흔들었다.

"권 검사!"

아빠가 방문을 벌컥 열며 도진을 불렀다. 이제부터 제2라운드 시작이었다.

아빠는 밥 먹고 다시 하자며 알까기 판을 그대로 보존한 건 새까맣게 잊고 비장한 손길로 카드 패를 쓱쓱 나눠주었다.

아빠, 진짜 도박판이었으면 벌써 집 한 채는 날려 먹었겠어요.

"안 죽을 텐가?"

"예."

손에 트리플을 들고 있지만 불안하다. 이 자식, 젊은 놈인데 왜 이리 표정을 읽을 수가 없어?

아무래도 강단 있게 계속 밀고 나가는 걸 보니 손에 좋은 패가 든 게 분명하다. 아빠는 결국 포기했다. 도진은 수북이 쌓인 보드게임용 가짜 돈을 제 앞으로 끌어왔다.

"자네 패가 뭐였나? 풀하우스쯤 됐나?"

"말씀드려야 합니까?"

쳇! 됐다! 치사해서 안 들어.

아인은 뚱한 표정을 짓는 아빠를 보면서 불쌍하다는 표정을 지었다.

아빠, 선배한테는 원페어도 없었어요…….

오죽하면 아빠가 불쌍해 도진의 패를 보고는 최선을 다해 눈짓과 표정으로 신호를 주었건만 아빠는 도무지 눈치채질 못했다. 얼굴만 보면 무슨 패를 쥐었는지 훤히 드러나는 아빠와 늘 그렇듯 포커페이스인 도진의 승부라니.

"젊은 사람이 뻔뻔한 구석이 있구만. 자네처럼 남 속이는 데 능한 사람은 위험한 사람이야. 친하게 지내면 안 될 사람이네."

눈 깜짝할 새 갖고 있던 가짜 돈을 거의 다 잃은 아빠가 심통을 부리기 시작했다.

"검사가 이렇게 사람을 잘 속여서야 어찌 신뢰를 받나. 굳이 검사가 아니더라도 말이야, 기본적으로 사람을 잘 속이는 사람은 안 좋아."

"남을 속이는 사람을 싫어하십니까?"

"응. 싫어. 안 좋아."

"그럼."

도진이 갑자기 일어설 자세를 취했다. 아빠가 왜 그러냐는 듯 올려다보다 도진의 입이 다시 한 번 열렸다.

"아무래도 어머님께 지난번 여행을 왜 가신 건지 알려드리는 게 좋을 것 같습니다."

아빠가 부리나케 도진을 붙들어 앉혔다.

"아하하하, 이 총각 기지 보게? 농담이야, 농담. 포커야 원래 속이는 게임인걸. 자네 잘한다는 말을 그렇게 한 거지, 사람 참."

이 자식, 표정 진지한 거 보니 진짜 가서 일러바칠 참이었구나.

아빠가 어색하게 웃으며 다시 패를 쥐자, 도진의 입꼬리가 아주 살짝 올라갔다. 그 순간을 놓치지 않고 목격한 아인의 눈이 커다랗게 커졌다.

어, 또 웃었네?

얼떨떨한 표정으로 그를 지켜보는 사이, 판이 다시 시작되었다. 아인은 한참 후에야 몽롱한 기분에서 헤어 나왔다.

잠시 후, 아빠는 가진 가짜 돈을 몽땅 다 잃었다. 아인은 슬금슬금 다가가 카드와 가짜 돈을 정리했다.

"아빠…… 그, 게임 말고…… 그냥 대화를……."

대답 없이 가만히 앉아 있던 아빠가 갑자기 눈을 번쩍 떴다.

"아인아."

"응?"

"가서 화투 가져와라."

아이고, 아버지…….

아무리 말려도 소용이 없었다. 아인은 울상을 지으며 아빠에게 화투를 내밀었다. 아빠는 익숙한 손길로 탁탁탁 섞으며 의미심장하게 도진을 바라보았다. 아까 지나가는 말로 화투 칠 줄 아느냐고 물었더니 아니라고 했겠다? 네 이놈, 이번에야말로 쓴맛을 보여주마.

"이게 칠. 이게 사. 두 개 구분하겠어?"

"예."

"자, 얼른 다 외워."

"다 외웠습니다."

뭐? 한 번 보고? 아빠가 미심쩍은 눈을 뜨며 아무거나 한 장 뒤집어 물어보았다.

"이게 뭐였지?"

"십이. 비광입니다."

아빠는 옳지, 옳지 하며 고스톱의 룰을 열심히 설명하기 시작했다. 아인은 침을 튀기는 아빠와 그런 아빠의 말을 집중해서 들어주는 도진을 번갈아 보다가 헛웃음을 흘리며 이마를 짚었다.

곧 패가 돌고 판이 시작되었다. 이젠 체념한 기분으로 앉아 있던 아인은 점차 흥미가 돋는 걸 느끼며 아빠와 도진의 패를 쓱쓱 번갈아 보았다.

어? 그게 내면 안 되는데!

아무래도 화투 초보자는 자신이 뭘 버리고 뭘 먹어야 하는지 감을 잘 못 잡게 마련. 아빠 손에 초단 두 장이 들었는데 제 손에 든 난피를 버리는 도진을 보면서 아인은 아이그 하고 안타까운 주먹을 쥐었다. 아빠는 신 나는 표정으로 능숙한 착착 소리를 내며 초단을 끌어왔다.

"이야, 났네, 났어! 광까지 해서 7점! 권 검사 광박이네!"

그 이후로 도진은 계속해서 졌고, 아빠는 점수만 나면 바로 스톱을 외치며 몇 번이고 승리감을 만끽했다.

"아빠, 나도 껴도 돼?"

"안 돼. 맞고가 재밌어."

딸이 끼지 못하도록 멀찌감치 밀며 또 패를 섞었다. 그러면서 도진에게 끌끌 웃어 보였다.

"이제 대충 어떻게 하는지는 알았을 거고, 이제 돈 걸고 하자고. 점당 백 원!"

"안 돼! 돈 걸면 도박이야."

아인이 부리나케 손을 내저었지만 아빠는 점 백 원이 무슨 도박이냐며 막무가내였다.

"선배님, 안 된다고 하세요!"

"일시적 오락의 경우에는 위법성이 조각되니까."

움찔. 이 사람…… 어째 아빠보다 더 타오르고 있는 것 같은데.

"불법은 아니지."

도진의 눈빛을 보니 말려서는 안 될 것 같다. 아인은 말리기를 포기했고 결국 돈이 걸린 판이 시작되었다.

예상대로 아빠가 이겼다. 도진은 지갑에서 순순히 돈을 꺼냈다. 아빠는 방금 받은 이천 원을 도진이 잘 볼 수 있게 바닥에 깐 후 손으로 탁탁 쳤다.

"아이고, 이 돈 따서 집 사련다."

그 후로 계속해서 아빠가 이겼다. 아빠는 기쁨을 숨기지 못하고 연신 싱글벙글 웃으며 승리를 만끽했다.

하지만 그 절대적 승리는 오래가지 못했다.

"에이! 거기 밑에 피 세 장밖에 없네! 쌍피라 쳐도 하나 모자라네! 이 판 무효야."

도진이 가지런히 정돈된 제 피를 살짝 들어 보였다.

"쓰리피입니다."

그렇게 아빠의 연승 행진은 깨지고, 도진은 잃었던 돈을 다시 따기 시작했다. 그리고 결국.

"파이브 고입니다."

"아닌데? 포 고였던 것 같은데?"

도진은 언제 언제 어느 시점에 제가 고를 했는지 하나하나 패를 손으로 짚기 시작했다.

"에잇…… 피박에 파이브 고면 얼마냐? 여덟 배야?"

아인이 고개를 가로저었다.

"아니, 열여섯 배."

아빠는 손가락으로 짚어보더니 열여섯 배가 옳다는 걸 깨닫고는 한숨을 후 내쉬었다.

"십육 곱해봐라. 얼마냐?"

아인은 휴대폰 계산기를 꺼내 꾹꾹 누르기 시작했다. 그러자 도진이 입을 열었다.

"서른두 배입니다."

"뭐? 아니야. 열여섯 배가 맞아."

"아까 흔들었습니다."

아빠의 눈이 순식간에 초점을 잃었다. 아인은 16 대신 32를 곱해 나온 숫자를 보며 덜덜 떨었다.

"아, 아빠……."

거의 십만 원에 육박하는 돈이 아빠의 지갑에서 빠져나왔다. 도진은 거절하지 않고 받아 들며 아빠에게 정확하게 거스름돈을 선넸다. 그리고 잠깐 화장실에 다녀오겠다며 유유히 자리를 떴다.

"아하하, 이제 그만하는 게 좋겠다."

아인은 애써 밝은 목소리로 어색하게 웃으며 화투를 치우기 시작했다. 그러면서 실망한 기색이 역력한 아빠를 흘깃거렸다. 아빠는 한참이나 말없이 시무룩하게 앉아 있다가 아인을 바라보았다.

이 아빠가 너 마음 아프게 하는 놈한테 화려하게 복수 좀 해주려고 했더니.

"아빠 용돈 다 잃어서 어떻게 해."

"네 엄마한테는 말하지 마라…… 권 검사한테도 말하지 말라고 해."

아인이 고개를 끄덕거렸다. 곧 아빠의 한숨이 뿜어져 나왔다.

"검사가 도박했다고 어디 신고해버릴까? 판돈 십만 원이면 잡혀가는 거 맞지?"

"……아빠도 같이 잡혀가."

곧 도진이 다시 돌아왔고, 아인은 시계를 살피는 도진을 보면서 이제 가셔야 하지 않나 물으려 했다.

하지만 아빠가 더 빨랐다.

"자네가 돈 땄으니 저녁으로 통닭 쏴!"

그에 저녁 시간까지도 붙잡혀 있어야 했다. 아빠는 개평이랍시고 잃은 돈의 반을 돌려받더니, 박박 우겨 남은 반을 아인에게도 주게끔 만들었다. 가게에서 가장 비싼 닭요리를 두 마리나 주문한 걸로 모자라 맥주까지 사 오라고 시키고 나니 결과적으로 도진의 지갑에서 나간 돈이 더 많아졌다. 덕분에 아빠는 기분이 풀렸는지 맥주를 마시며 껄껄 웃었다.

"아, 이 사람, 술 고르는 눈은 있네. 아, 맛 좋다."

맥주로 모자라 소주, 나중엔 도진이 처음에 사 들고 온 양주까지 까서 마시며 거하게 술판을 벌였다. 술이 들어가자 언제 그랬냐는 듯 기분이 좋아진 아빠는 처음과는 달리 도진에게 우호적으로 싱글벙글 웃어 보였다.

"고스톱은 다음에 제대로 하자고! 자네가 오늘 처음 한다고 해서 내가 좀 봐준 거야. 알지? 그리고 그 뭐냐, 알까기…… 그래, 알까기는 아직 승부 안 난 거야. 내가 진 게 아니야. 알지? 다음에 제대로 다 승부해."

아빠가 꼬이는 혀를 주체 못 하고 감기는 눈꺼풀을 이기지 못할 때쯤이 되어서야 도진은 집을 떠날 수 있었다. 아인은 점심만 잠깐 하고 갈 줄 알았던 방문이 이리 길어진 게 미안해 어쩔 줄 몰라 하며 그를 배웅했다.

"운전 못 하셔서 어떻게 해요? 괜히 저희 아빠 때문에……."

술기운이 드는지 도진이 눈을 살짝 감은 채 걸었다. 아빠가 저 한 잔 마시면서 도진에겐 두 잔씩 권했으니 취할 만도 했다. 아인은 불안한 표정으로 도진을 바라보다가 그가 다시 눈을 뜨고 별위험 없이 제대로 걷는 걸 보고는 안심했다.

"아! 이거."

아인은 아까 도진에게서 개평으로 받은 만 원짜리 두 장을 꺼냈다. 급한 대로 주머니에 쑤셔 넣어놨더니 돈이 꼬깃꼬깃했다. 민망한 마음에 손으로 몇 번이나 문지른 후, 대충 말끔해지자 활짝 웃으며 도진에게로 내밀었다.

"이걸로 택시비 하세요! 오늘 돈 많이 쓰셨는데 서의 아빠 때문에 괜히 택시비까지⋯⋯."

피식.

아인은 눈동자를 키우며 말을 멈췄다.

"그냥 너 가져."

도진이 밤바람을 맞으며 웃고 있었다. 아인은 편안한 미소를 머금은 그의 옆얼굴을 멍하니 바라보았다.

"오늘은⋯⋯."

아인이 넋 놓은 표정으로 입술을 움직였다.

"자주 웃으시는 것 같아요."

도진은 웃는 얼굴 그대로 아인을 바라보았다.

"저 이제까지 선배님 웃으시는 거 딱 한 번 봤는데⋯⋯ 오늘은 세 번이나 웃으셨어요."

"내가 그랬나?"

미소가 지워지질 않는다. 아인은 꿈을 꾸는 듯한 기분을 느끼며 그를 계속 응시했다.

택시가 다닐 만한 도로에 멈춰 서자 도진은 조금 전 그랬던 것처럼 가만히 눈을 감았다. 여전히 미소 지은 채였다. 아인은 바람에 휘날리는 그의 머리칼과 감은 눈 아래로 펼쳐진 부드러운 미소를 끝없이 응시하다가, 빈 택시가 다가오는 걸 보고는 아쉬운 표정을 지으며 손을 뻗어 택시를 세웠다.

"선배님, 조심해서⋯⋯."

휘청. 도진의 몸이 균형을 잃었다. 아인은 놀라며 얼른 그를 붙잡았다.

술 냄새와 함께 목 언저리에서 그의 숨결이 느껴진다. 예상치 못한 상황에 아인은 당황하여 아무 말도 못 하고 서 있었다.

잠시 후, 도진은 아인의 어깨에 파묻고 있던 고개를 들었다. 그러면서 주머니에 꽂고 있던 한쪽 손을 내밀어 그녀에게로 뻗었다.

눈을 감으며 몸을 살짝 움츠리는데 도진의 손이 머리 위에 와 닿는 게 느껴졌다. 아인은 서서히 눈을 떠 그를 올려다보았다. 그의 깊은 눈동자와 매력적인 웃음을 머금은 입술이 보인다. 아인은 숨을 살짝 들이마셨다.

"가라."

도진은 아인의 머리에서 손을 뗀 후 택시에 올라탔다. 택시는 곧 출발했지만 아인은 움직이지 않았다. 그녀는 방금 전의 도진의 미소와 숨결, 그리고 눈빛을 되뇌며 한참이나 더 서 있다가 꿈에서 깨는 기분이 들고 나서야 비로소 집으로 돌아갔다.


택시에서 내린 도진은 곧 어둠이 무겁게 깔린 자신의 공간 안에 들어섰다. 텅 빈 집을 물끄러미 바라보던 그는 옷을 갈아입으려는 듯 넥타이를 풀다가 천천히 손길을 멈췄다. 그 상태로 꽤 오랜 시간 가만히 서 있다가, 넥타이를 풀어낸 후 어디론가 전화를 걸기 시작했다.

-여보세요?

"저예요, 할머니."

-응? 도진이?

"예."

-왜? 무슨 일이야? 웬일로 먼저 전화를 다 걸었어? 그것도 이리 늦은 시각에.

우선은 걱정스럽지만, 그 속에는 반가움이 가득한 목소리였다.

"아니요. 오늘 가기로 했는데 못 가서요."

-애는. 너 바쁜 거 다 아는데 뭘. 그것 때문에 전화한 거야?

"예."

-정말 다른 일 있는 게 아니고? 할미한테는 말해도 돼.

"아니요. 없어요."

-정말 괜찮은 거지? 어디 아프거나 그런 거 아니지?

네, 하고 대답하는데 전화기 너머에서 할아버지의 음성이 들려왔다. 그놈이 언제 그런 걸로 미안해한 적이 있느냐며 할머니를 다그치던 할아버지는 결국 수화기를 빼앗아 직접 도진에게 말을 걸었다.

-오늘 오란 말 안 들은 이유가 뭐냐?

"다른 중요한 약속이 있었습니다."

-그럼 진즉 말했겠지. 나와의 약속이 선약이었던 게 아니냐?

할아버지는 도진이 대답할 때까지 기다렸다. 둘 다 서로 침묵하며 고집을 세우던 중, 피곤한 애 오래 붙들지 말라는 할머니의 희미한 목소리가 들리는가 싶더니 할아버지가 곧 입을 열었다.

-내일 오너라.

대답하지 않자 할아버지가 또 대답이 나올 때까지 기다리기 시작했다. 조금 전엔 할아버지가 먼저 물러섰으니 이번에는 도진이 양보했다.

"알겠습니다."

부스럭거리는 소리가 나더니 다시 할머니의 목소리가 들려왔다. 할머니는 조금 전보다 한층 밝아진 목소리로 정말 내일 올 수 있는 거냐며, 일해야 되는 거 아니냐며 묻다가 도진이 괜찮다고 말하자 고마움마저 묻어나는 목소리로 잘 자라고 말했다.

"할머니도……."

―응?

안녕히 주무시라는 말이 차마 목 밖으로 나가지 않고 맴돈다. 몇 번이나 시도했지만 결과는 마찬가지였다.

"아니요. 끊을게요."

결국 포기하고 통화를 끝냈다. 옷을 채 갈아입지도 않고 침대에 누운 도진은, 평소보다 훨씬 더 커 보이는 제 방을 가만히 바라보다가 곧 잠에 빠져들었다.


도진의 할머니는 일하는 사람을 시키지 않고 손수 준비한 과일 상을 들고 할아버지와 도진이 앉아 있는 방으로 향했다. 문을 열자 두 사람이 장기판을 사이에 둔 채 마주 앉은 모습이 보였다. 할머니는 조심스럽게 다가가 상을 놓고는 물끄러미 도진을 바라보았다.

집에 들어서면 곧바로 할아버지가 있는 방으로 들어간 후, 볼일이 끝나면 바로 현관 밖으로 나가버린다. 도진이 오랜만에 집에 와도 할머니는 얼굴 한 번 보기조차 힘들다. 그러니 이런 순간이 아니면 마음 놓고 손자의 얼굴을 구경할 수도 없건만.

"나가지 않고 뭐 해?"

할아버지가 어김없이 쫓아낸다. 할머니는 아쉬워하며 방 밖으로 물러났다.

조용한 와중에 장기 말 옮기는 소리만 계속해서 울려 퍼졌다. 그러다 할아버지가 결정적인 수를 두고 사과를 집어 드는 순간, 도진의 입이 열렸다.

"할아버지."

할아버지는 사과를 입에 넣으며 도진을 바라보았다.

"장군이라고 하셔야죠."

할아버지의 미간이 찌푸려졌다. 이제껏 녀석과 장기를 두면서 단 한 번도 장군이니 멍군이니 외친 적이 없건만.

"장군이다."

시키는 대로 해주자 그제야 제 수를 둘 준비를 했다. 할아버지는 도진이 장군을 막는 걸 보고는 넌지시 입을 열었다.

"너도 멍군이라고 해라."

"아."

어디서 장군 외치라 소리만 들었군. 멍군까지는 말 안 한 모양이지? 할아버지는 그리 생각하며 사과를 한 조각 더 집었다.

"멍군."

도진은 덤덤하게 뱉은 후 다시 할아버지를 바라보았다. 그 이후로는 장기 말 옮기는 소리 외에 장군이니 멍군이니 하는 말소리도 간간이 들려왔다.

"그림 그리는 여자다."

남이 보면 뜬금없기 짝이 없지만 도진에게는 익숙한 타이밍에 할아버지의 말소리가 들려왔다. 도진은 무시하고 장기를 두기만 했다. 할아버지도 말을 던진 사람답지 않게 장기에만 열중했다.

결과는 도진의 승리였다. 이렇다 저렇다 말없이 할아버지는 장기 말을 장기판 위에 다시 펼쳐놓기 시작했다. 도진은 할아버지의 손길을 보다가 넌지시 입을 열었다.

"할아버지."

"왜."

"알까기 할 줄 아십니까?"

굉장한 정적이 감돌았다. 할아버지는 인상을 쓴 채 도진을 빤히 보았고 도진은 피하지 않고 마주했다.

"……안다. 해본 적은 없다."

"해보실래요?"

할아버지는 눈을 가늘게 뜨며 입에 배를 한 조각 넣었다. 우물우물 다 씹을 때까지 한시도 도진에게서 시선을 떼지 않았고, 그동안 도진 또한 한 번도 시선을 돌리지 않았다.

"선보러 간다고 약속하면 해주마."

"그건 안 됩니다."

생각도 안 해보고 대답한다.

"그림 그리는 여자가 싫다면 노래하는 여자를 찾아줄 수도 있다. 네 마음에 드는 여자라면 누구라도 찾아주겠다질 않아?"

"그러실 필요 없어요."

"왜?"

도진은 천천히 과일 상을 향해 손을 뻗었다. 그리고 할아버지가 그랬던 것처럼 배를 한 조각 집은 후 시선을 쓱 돌리며.

"……이미 찾았거든요."

side_ 권도진

　일찍 퇴근해 한적한 저녁이었다. 도진은 달구와의 산책길에서
돌아오다가 작은 도서대여점 앞에서 걸음을 멈춰 세웠다.

　"일본 만화 중에 슬램덩크라고 있잖아요. 어릴 때 저희 오빠가
그 만화를 엄청 좋아해서 막 사들이고 그랬거든요. 솔직히 말하자
면 다 큰 지금도 좋아해요. 하여튼 오빠 때문에 저도 봤는데 재밌
더라고요? 멋있기도 하고. 농구 하는 사람 멋있어요. 전 잘 모르지
만 가끔 동네 지나가다가 농구 하는 사람들 보면 멋있더라고요."

　오늘 변사체 검시를 위해 아인과 동행했을 때 아인이 식사를
하며 한 말이었다. 도진은 멀뚱히 서서 도서대여점을 더 바라보다
가 슬그머니 안으로 들어갔다.

아인이 말했던 만화책을 완결본까지 통으로 빌려다가 그득하게 들고는 집으로 돌아왔다. 그러곤 다른 일을 일체 밀어놓고 만화책 읽기에만 몰두했다.

"흐음."

피곤함이 느껴져 시계를 보니 어느덧 새벽 세 시였다. 도진은 내일 하루 고생하겠다는 생각을 하며 곤히 잠을 청했다.

예상대로 하루를 버텨내는 게 힘들었기 때문에 다시는 새벽까지 깨어 있지 않으리라 다짐했건만, 언제부터 이리도 의지가 약했는지 또다시 정신을 차려보니 새벽이었다.

게다가 오늘은 어제보다 한 시간이나 더 늦은 새벽 네 시다. 도진은 허탈한 웃음을 흘리다가 책을 정리할 생각도 않고 잠에 빠져들었다.

다음 날도, 그다음 날도 마찬가지였다. 무려 닷새간 새벽마다 항상 만화책에 푹 빠졌다. 해가 뜨는 걸 보고서 잠드는 건 양반이었다. 금요일 밤은 하얗게 지새우고야 말았다.

그다음 날이 보통의 토요일이었다면 낮에 잘 수 있었을 텐데. 아인과 함께 초등학생 참고인을 만나러 가기로 약속을 해버린 터였다. 도진은 굉장한 피로를 느끼며 외출 준비를 했다.

이럴 줄 알았으면 아인과의 약속을 좀 늦게 잡을걸, 하는 후회가 들었다. 그와 함께 아인과 약속을 잡던 순간의 기억이 슬금슬금 기어오르더니, 문득 한 장면이 눈에 밟혔다. 동시에 도진은 무의식적으로 인상을 찌푸렸다.

검찰청 복도에 강주가 웬 어린아이를 안아 든 채 서 있었고 아인은 그 아이에게 과자를 먹여주고 있었다. 보통 때라면 그 모습을 보자마자 검찰청사에 웬 아이인가 하는 의문부터 얼른 가졌을 텐데, 어제는 두 사람의 모습을 보는 순간 아무런 의문도 들지 않았었다. 그저 어느 화목한 가정의 가족사진 같은 아인과 강주의 모습만이 진하게 머릿속에 남았을 뿐.

사람들이 말하는 잘 어울린다는 게, 그런 걸 두고 말하는 건가.

갑자기 어깨가 무겁고 불쾌하다. 도진은 어제 한 잠도 안 잔 여파가 크다는 감상을 하며 운전에 집중했다.

피로는 끝없이 도진에게 들러붙어 태현이와 시간을 보내는 내내 그를 괴롭혔다. 다행인 건 아인이 태현이를 잘 다루어 도진으로선 큰 힘을 들이지 않아도 된다는 사실이었다.

아인은 태현이의 눈높이에서 같이 장난을 쳐주고, 같이 먹어주고, 이야기를 했다. 태현이 농구에 흥미가 있다는 것까지 눈치챘다.

아이를 상대하는 데 있어선 아무래도 까마득한 후배한테 한 수 배워야 할 것 같다는 생각을 하며 농구공을 가지고 노는 태현을 물끄러미 지켜볼 때였다.

"가서 같이하세요. 농구 할 줄 아시잖아요?"

아인이 은근히 제안을 해왔다.

"같이 놀아주는 것만큼 애들이랑 친해지기 쉬운 방법이 어디 있어요? 얼른요."

음, 피곤한데.

선뜻 나서지지가 않는다. 도진은 꿈쩍도 않고 태현을 주시하기만 하다가 슬그머니 아인을 돌아보았다.

실망한 기색이 역력했다. 도진은 어쩔까 고민하다가, 이대로라면 이 참고인 조사에서 제가 한 일은 하나도 없다는 판단을 하며 재킷을 벗기 시작했다. 그는 표정이 변한 아인을 의식하며 넥타이까지 모두 벗고 농구경기에 임할 준비를 했다.

"우아아아아!"

피곤한 데다 상대가 어린이이니만큼 대충 상대해도 될 테지만, 어째서인지 자꾸 몸에 힘이 들어갔다.

"와."

동그란 눈을 뜬 채 탄성을 흘리는 아인이 눈에 들어오면, 공을 대충 던지고 싶은 마음은 순식간에 녹아 사라지고 프로 농구선수라도 되는 양 공을 놀리게 되는 게다.

내가 만화책에 너무 빠져서 이러나.

아인 때문에 보게 된 만화책은 농구 천재들이 대거 등장해 온통 화려한 기술을 선보이는 내용이었다. 어제 새벽, 아니 오늘 아침까지도 집중해서 읽었으니 못 헤어 나올 만도 했다. 도진은 스스로 이해한 후, 만화 속 인물처럼 3점슛을 쐈다.

고작 태현이를 상대로 가진 바 온갖 기술을 다 선보이다가 아인을 흘깃 보았다. 아인이 오롯이 자신에게 집중하고 있었다. 도진은 왠지 모를 긴장을 느끼며 공을 쥔 손에 힘을 주었다.

할까 말까 망설이며 태현의 방해공작을 피했다. 만약 시도했다가 실패하면 어쩌나. 그냥 관둘까 싶다가도 이유 모를 도전의식이 자꾸만 샘솟았다.

결국 마음을 먹으며 태현을 피해 힘껏 뛰어올랐다. 그리고 연이어 탕 하는 소리와 함께 덩크슛을 성공했다. 성공했으니 더는 긴장하지 않아도 될 것 같은데, 어째 전보다 더 긴장이 됐다. 남몰래 숨을 삼키며 아인을 흘깃 보자, 아인이 약간은 멍한 듯한 놀란 듯한 표정으로 자신을 보고 있었다. 그제야 도진을 휘감았던 긴장이 해소되며 그를 놓아주었다. 도진은 한결 가벼워진 손길로 탁탁 드리블을 했다.

아인의 조언에 따라 농구를 한 건 잘한 선택인 듯했다. 아무리 노력해도 열리지 않던 태현의 입이 드디어 열렸으니.

그리고 한 가지 더.

"농구 잘하시던데요? 슬램덩크 보셨어요? 윤대협 같았어요. 제가 거기서 제일 좋아하는 캐릭터예요."

태현이를 배웅하고 차로 걸어가는 길에 아인이 슬며시 말을 걸어왔다. 절로 귀가 쫑긋 서지만 어쩐지 민망한 기분이 들어 괜스레 거짓말을 했다.

"안 봤어."

"……네."

다행히 아인이 꼬치꼬치 캐묻진 않았다. 도진은 안도하며, 아인이 말한 캐릭터가 도진이 보기에 만화 속에서 제일 멋진 녀석이었음에 은근히 만족했다.

집으로 돌아온 후.

도진은 꾹꾹 눌러두었던 피로가 일시에 엄습하는 걸 느끼며 옷도 갈아입지 않고 그대로 침대에 엎어졌다.

이대로 월요일이 될 때까지 자고 싶다.

눈을 감은 채 잠을 불렀다. 그러다 잠들기 직전, 갑자기 슬며시 눈꺼풀을 들어 올렸다. 그러면서 아무렇게나 흩어져 있는 만화책 중 한 권을 손으로 끌어와 느릿느릿 펼쳤다.

아인이 말했던 캐릭터가 멋지게 그려진 페이지가 열렸다. 도진은 만족스러운 미소를 띠며, 펼쳐진 책에 뺨을 댄 채 그대로 잠에 빠져들었다.

검사실로 통하는 복도를 걷던 중, 아인과 웬 남자가 함께 이쪽으로 오고 있는 모습을 발견했다. 남자의 멀끔한 허우대로 봐선 단순한 사건 관계인은 아닌 듯했다. 역시나 남자의 옷엔 변호사 배지가 달려 있었다.

아인이 곧 자신을 발견하고 눈썹을 들어 올렸다. 그녀가 인사 말을 건네올 거라 예상하고 있는데 뜬금없이 남자의 입에서 말소리가 흘렀다.

"안녕하십니까, 선배님? 여기서 근무하신다는 이야기는 들었습니다."

도진에게 인사를 건네는 모습에, 아인이 의외라는 듯 눈을 동그랗게 떴다. 도진은 남자를 빤히 바라보는 아인을 물끄러미 보며 남자의 인사를 무시했다.

"같은 과 후배입니다. 학교 다닐 때 몇 번 뵀는데 기억 못 하시나 봐요."

도진이라고 해서 변호사를 무조건 배척하는 건 아니었다. 말을 트고 지냈던 연수원 동기 중 변호사가 된 이도 있고, 함께했던 동료 검사 중 변호사가 된 이도 있다.

하지만 눈앞의 남자는 영 탐탁지 않다.

"변호사입니까?"

예전에 강주와 아인이 엄마 잃은 아이를 함께 달래던 모습을 직면했을 때와 비슷한 기분이었다.

잘 어울린다는 느낌을 받았었다. 지금 또한 바산가시였나.

"예. 변호 일 하고 있습니다."

"앞으로는 인사하지 마십시오."

보통 눈앞의 사람이 마음에 들지 않으면 말없이 무시하는 편이
지만, 왜인지 적의가 서린 말까지 튀어 나갔다.

아무래도 이번에 맡은 복잡한 깡치 사건 때문에 자신이 예민한
가 보다.

도진은 다른 걸 다 제쳐놓고 그 사건부터 해결하는 게 좋겠다
고 생각하며 검사실 안으로 들어와 버렸다.

그날 오후 여섯 시쯤 되었을 때, 도진은 아인의 검사실 안을 쓱
살펴보았다. 오늘 분명 늦게까지 야근할 거라고 좋알대는 걸 들었
었는데, 어째서인지 아인의 기척은 없고 실무관인 미영과 신 계장
만 남아 있었다.

"김아인 검사 퇴근했습니까?"

"예. 갑자기 약속이 생겼다면서 미안하다고 하고 가셨어요. 우
리 검사님도 참. 퇴근 일찍 한다고 미안하실 필요까진 없는데."

미영이 웃으며 답을 해왔다. 도진은 마음이 무거워지는 걸 느
끼며 다시금 입을 열었다.

"무슨 약속이라고 하던가요?"

"학교 선배라고 했지, 아마?"

신 계장이 미영을 향해 묻듯이 대답했다.

"네. 우연히 학교 다닐 때 선배 만났다고 자랑하시더라고요. 그
선배님이랑 약속 생기신 거냐고 여쭤보니까 그렇다고 하셨어요."

아인이 자신과 같은 학교 출신임을 알고 있는 도진이었다. 낮

에 본 그 변호사가 도진의 학교 후배라고 했었다. 아마도 아인이 말하는 그 선배란 낮에 본 그 변호사일 거다.

"왜 그러세요, 권 검사님?"

미영이 딱딱하게 굳은 도진의 얼굴을 보며 조심스레 물었다. 도진은 아니라고 대답한 후, 오늘 밤을 새워서라도 깡치 사건부터 해결해야겠다는 생각과 함께 다시 제 방으로 조용히 돌아왔다.

담당 사건 변호사도 아닌데, 아인이 사적으로 선배를 만나는 걸 두고 뭐라 할 순 없었다. 도진은 머리를 살짝 흔들어 생각을 떨쳐낸 후 업무에 집중했다.

다음 날 아인을 휴게실에서 만났다. 아인은 도진을 발견하지 못하고 통화하기에만 열심이었다.

"네. 여덟 시에 나갈 수 있을 것 같아요. 여덟 시 정각까지는 무리고 십 분이나 십오 분 정도 기다리실 수 있어요?"

누군가와 약속을 잡는 듯했다. 도진은 그녀의 통화하는 뒷모습을 빤히 지켜보았다.

"어?"

통화를 끝낸 아인은 돌아서 도진을 발견하곤 살짝 놀라는 기색을 드러냈다. 도진은 그녀를 보며 복잡한 머리를 헤집었다.

통화한 상대가 누구냐고 묻고 싶었다. 혹시 그 변호사냐고, 왜 만나느냐고 묻고 싶었다.

한데 물어볼 이유가 없다.

"왜 그러세요?"

도진이 하고 싶은 말이 있다는 걸 느낀 건지, 아인이 조심스럽게 물었다. 도진은 몇 초간 더 아인에게 물어볼 명목을 찾아 헤매

다가 결국 포기했다.

"아니다."

신경 *끄자.*

세뇌하듯 되뇌며 의식적으로 아인에게서 멀어졌다. 그 이후로는 일부러 휴게실에 발걸음을 하지 않고 꼼짝없이 서류 더미에만 파묻혔다.

세뇌의 효과가 있었던 듯, 퇴근할 때까지 아인과 그녀의 선배 변호사에 대해서는 생각하지 않을 수 있었다. 하지만 퇴근할 때가 되어 아인의 검사실 앞을 스치자, 이제껏 잘 눌러두었던 게 우습게끔 또다시 불필요한 관심이 빳빳하게 고개를 들었다.

"선배님?"

책상에 앉아 있던 아인이 도진을 발견하고 반가이 알은 체를 했다. 도진은 그냥 무시하고 집에 갈까 하다가, 도무지 발걸음이 나가질 않자 방향을 바꿨다.

오랜만에 사건 기록들을 한번 살펴봐 주기나 하자는 생각으로 아인의 곁에 다가갔다.

처음엔 감정적으로 이리저리 휘둘려 사건의 실체적 진실을 많이 놓쳤던 아인이지만, 이젠 많이 좋아져 혼자서도 잘해내고 있었다. 그에 어느 순간부터는 간섭을 거의 하지 않고 그녀의 사건 기록을 뒤져보지도 않았다.

스스로 잘하고 있겠지. 예전보다 편한 손길로 그녀의 결정문들을 스르륵스르륵 읽던 도진은 문득 한 사건에서 멈췄다.

"너."

한참 후 입을 떼며 아인을 바라보았다. 아인은 긴장이 서린 눈길로 얼른 응답했다.

"네?"

"혼자서 내린 결정이지?"

본처와 내연녀 간의 폭행사건이었다. 한데 대질조사의 결과를 간략하게 써둔 문구 자체가 피해자에 비해 피의자에게 상당히 호의적이었다.

"이거 집행유예로 구형하기로 한 거, 너 혼자 내린 결정이지?"

"그럼요. 제 사건이잖아요."

이제 무작정 자신이 보기에 착한 사람의 편을 들지는 않는 아인이었다. 그러니 이렇게 결론을 내린 건 정말로 피의자의 상황이 용서받을 만했거나, 아니면 뭔가에 휘둘리고 있는 거다.

휘둘리고 있는 거다. 그리고 그녀를 휘두르는 이, 그 선배란 변호사가 아닐까 하는 나쁜 예감을 좀처럼 떨칠 수가 없었다.

억측이겠지. 그 변호사에 대한 부정적인 선입견 때문에 과한 생각을 하는 거겠지.

그리 달래봐도 좀처럼 불안한 예감이 사그라지질 않았다. 도진은 마음을 억지로 누르며 서류를 손에서 놨다.

"너 오늘 웬만하면 야근해라."

그 한마디 외엔 더 이상 간섭할 권리 따위 없었다. 도진은 뒷말을 더 붙이지 않고 그대로 밖으로 빠져나왔다.

선입견이다, 망상이다, 아무리 달래어 봐도 소용없었다.

마음이 답답하다. 도진은 귀가할 기분이 들지 않아 그대로 핸들을 꺾었다.

무작정 시간을 죽이겠다고 생각하니 의외로 할 게 없다. 사람

늘이 이럴 때 필요해서 친구를 만드니 싶었다. 도진은 차에 기댄 채 혼자서 멀뚱히 서 있다가 휴대폰을 꺼내 들었다.

현재 도진에게 있어 친구라고 할 만한 사람은 한 명뿐이었다.

-너 또 아동 사건 도와달라고 하려는 거지?

혜수가 전화를 받자마자 대뜸 다그쳤다. 도진은 내가 이제껏 이 녀석에게 그렇게 도움을 많이 청했던가 하는 생각을 하며 입을 열었다.

"밥 사줄까?"

대답 않는 걸 보니 혜수가 경계하는 게 분명했다.

-뭐야? 권도진 맞아?

"싫냐?"

-어, 싫어. 밥 말고 커피 사. 나 자주 가는 카페 알지? 그리로 와. 나 그 근처라 금방 도착하니까 빨리 와야 돼. 십 분 이상 기다리게 하면 가버린다.

혜수가 망설임 없이 약속을 정하곤 전화를 끊었다. 도진은 가끔은 혜수도 쓸 데가 있다는 감상을 하며 천천히 약속 장소로 움직였다.

혜수는 이미 먼저 와 있었다. 그녀는 12분이나 기다렸다며 엄청나게 생색을 내더니 다 먹지도 못할 만큼 케이크와 과자 따위를 주문했다.

"야, 아무리 나라도 너랑 둘이 있는 건 어색하거든? 좀 덜 어색하게 뭔 말이라도 해봐. 사람 불러다 놓고 자기 혼자 먹기만 해."

혜수의 닦달에도 불구하고 도진은 말없이 또 커피를 삼키기만 했다.

"새삼 막내가 대단하다, 정말."

혜수가 한탄하듯 흘린 말에 도진의 귀가 절로 섰다.

"네가 아무리 이렇게 무시하고 두 눈 쭉쭉 찢고 인상 쓰고 그래도 방긋방긋 웃으면서 참 잘하잖아. 가끔 보면 신기하단 말이야. 대체 막내한테 무슨 재주를 부린 거야?"

커피를 마시는 속도가 현저히 줄어들었다. 도진은 마지막으로 한 모금 천천히 삼킨 후, 컵을 입에서 떼며 넌지시 입을 열었다.

"남자 친구…… 없다고 했었지?"

"뭐야? 너 부장님이 보낸 프락치지? 내가 이 화려한 금요일에 네 전화 냉큼 받아주고 나오란다고 바로 나오니까 쉬워 보이지? 왜 이래, 내 사랑하는 애인님이 너무너무 바빠서 잠깐 혼자 있는 거거든, 잠깐?"

"너 말고."

"응? 나 말고? 그럼 누구……."

혜수가 말끝을 흐리며 눈을 가늘게 떴다. 그러다 급격한 흥미를 드러내며 얼굴을 앞쪽으로 내밀었다.

"막내?"

늘 사람을 부담스러울 정도로 빤히 보던 놈이, 지금은 딴청을 피우며 커피를 마신다. 혜수는 그의 컵 속 커피가 거의 줄어들지 않는다는 사실을 알아챈 후 입술을 씩 끌어 올렸다.

"없지. 없는 게 확실해. 그런데 그건 왜애?"

일부러 놀리듯 말끝을 길게 끌며 올렸다.

"그냥 전에 부장님이 물어보니까 없다고 했던 기억이 나서."

"아아, 그래애?"

마차가지로 말끝을 길게 빼며 묘하게 웃는 혜수였다. 그녀는 속으로 낄낄 웃으며 케이크를 날름날름 집어 먹었다.

"남의 연애 챙길 일이 아니라 우리 도진이도 번듯하게 연애 한번 해봐야지이? 누나가 노하우 좀 전수해줘?"

도진이 혜수를 물끄러미 보았다.

"여자들은……."

혜수가 다시 말을 이으려고 입을 벙긋거릴 때 도진이 먼저 차례를 앗아갔다. 혜수는 말하려던 걸 뒤로하고 귀를 쫑긋 세웠다.

"여자들은 다 강주 같은 남자 좋아하지 않나?"

아인과 함께 복도를 걷던 그 변호사는, 아인을 향해 끝없이 미소 짓고 다정하게 대화를 받아주고 있었다. 그 모습은 아인을 부드럽게 대해주던 강주의 모습과 닮아 있었다.

그러니 입으로는 강주라고 말하면서도 속으로는 그 변호사를 물은 것이다. 말을 꺼내고 나니 도진의 마음이 한층 더 무겁게 내려앉았다.

"왜 그렇게 생각해?"

만나자는 전화를 받을 때부터 그랬지만, 지금 눈앞의 도진은 참 의외였다. 약간이긴 하지만 제 속을 드러내는 것도 의외인데, 여자가 어쩌고 하는 말이 저 입을 통해 나올 줄이야.

"강주가 자상하고 세심하고 매너 있고 그래서?"

"어."

"야, 물론 강주가 인기 많을 타입이긴 해. 그런데 그건 강주가 부드럽고 자상해서 그런 게 아니야."

혜수가 눈을 빛내며 말했다.

"잘나서 그렇지. 어떤 식으로든 다른 남자보다 잘난 남자. 그 남자가 여심을 사로잡는 거거든. 동물들 세계에서 수컷들이 괜히 암컷들 보라고 지들끼리 싸우는 줄 알아? 그러니까 넌 그런 말 할 필요 없어, 권도진."

도진이 무슨 소리냐는 듯한 눈빛으로 혜수를 보았다.

"너 잘났잖아."

혜수가 간단히 응수했다.

"솔직히 재수 없긴 하지만, 너 잘났어. 그러니까 마음에 드는 여자 있으면 다 필요 없고, 네가 얼마나 잘났는지 그것만 생각해. 권도진은 잘났다! 이것만 생각하고 과감하게 들이대라고. 알았어?"

"⋯⋯."

"알았냐고. 대답해."

"안 먹냐?"

도진이 케이크나 먹으라는 듯이 대꾸했다.

"걱정 마라. 다 먹을 거거든? 먹고 더 시킬 거거든?"

"다음 주에 직접 공판한다며? 그 얘기나 해봐. 도와줄 테니까."

"말 돌리는 거지?"

"추락사랬나?"

"어. 동생이 밀었다는 혐의고. 잠깐. 말 돌리지 마라니까?"

"범행 동기가 뭔데?"

"그게 치정관계가 얽혔더라고⋯⋯."

자연스럽게 도진에게 낚여 화제를 바꾸는 혜수였다. 그녀는 그 이후로 한참이나 더 사건에 관한 이야기를 쏟아냈다.

커피를 너무 마셨나.

혜수와 헤어진 후 차에 오르니 속이 쓰렸다. 그는 혜수가 주문하는 대로 다 마시는 게 아니었다는 뒤늦은 후회를 하며 차에 시동을 걸었다.

이제는 집에 갈까, 생각하면서도 이미 손은 핸들을 다른 방향으로 꺾고 있었다. 조금만 더 시간을 보내자고 생각하며 손 가는 대로 마구 운전하다 정신 차려보니 눈에 익은 풍경이 눈에 들어왔다. 도진은 굳은 얼굴로 차창 밖을 보다가 적당한 공간에 주차를 했다.

"흠."

아인의 집 대문이 눈에 들어왔다. 도진은 살포시 인상을 쓰며 끝없이 바라보았다.

처음에는 그저 귀찮고, 허술해서 짜증 나고, 마냥 아이 같아서 한심하기만 했었는데.

유독 열심히 하는 모습이 눈에 들어오고, 그로 인해 날로 나아지는 걸 보면서 온갖 다른 감정들이 엉켜들었다.

이제는 아인을 생각하면 마음이 온통 복잡하다. 그녀가 연관되면 '왜?'라는 의문이 따라붙을 정도의 이해할 수 없는 감정이 자꾸만 도진을 휘감는다.

종일 한 번도 얼굴을 내비치지 않으면 왜인지 불안하다. 다른 이와 함께 있으면 왜인지 초조하다. 그러다 질문이라도 하나 하러 오면 왜인지 급격히 안심이 된다.

그녀가 다른 이들 앞에서 실수하는 건 보기가 싫으니까, 그녀를 담당하는 지도 선배로서 그녀가 실수를 하지 않길 바라니까, 행여 어디선가 실수하고 잘못하고 있을까 봐 늘 신경을 곤두세워 그녀를 주시하게 되는 걸까.

그렇게 생각하면 어느 정도 의문이 해결되긴 한다.

무의식적으로 굳이 이곳에 찾아온 것도 걱정되는 마음에서 비롯된 행동인 거다.

혹시 만에 하나라도 그녀가 자신의 망상처럼 실수를 할지도 모르니까.

그럴까 봐 초조해서.

그래, 걱정되는 거다, 선배로서.

"귀찮네."

열한 시가 되기 전에 찾아와 자정이 넘을 때까지 온갖 잡념에 휩싸여 있던 도진은, 겨우 결론을 내리며 차 문을 열고 밖으로 나왔다.

찬 공기가 뺨에 와 닿으니 가슴이 트이는 듯했다. 그에 후 하고 한숨을 뱉어내는 중에, 자동차 한 대가 골목에 새로 들어섰다. 도진은 시선이 사로잡히는 걸 느끼며 자동차의 움직임을 따라 눈동자를 굴렸다.

그리고 곧 공기보다도 차가운 눈을 떴다.

"오늘 네 덕분에 재밌었다."

"저도요. 오늘 정말 즐거웠어요."

아인이 술에 취해 비틀거리자 윤호가 잡아주었다. 도진은 가슴이 싸늘하게 식는 걸 느끼며 두 사람의 모습을 빠짐없이 지켜보았다.

"우리 정의의 사도들끼리 앞으로도 잘해보자?"

"그래야죠!"

"지수정 씨 잘 부탁하고. 남편 하나밖에 모르고 산 여잔데 그

난편이 몬라주잖아. 우리라도 알아지아기."

"걱정 마세요! 저 지수정 씨 마음에 들어요. 마음에 드는 사람이에요. 저 마음에 드는 사람? 벌주기 싫어요."

"인마, 네가 너무 그러니까 기소유예까지 기대하게 되잖아."

"기소유예요? 까짓것 해버리죠, 뭐. 기소유예! 나쁘지 않아요."

검사가 사석에서 지인을 만난 후, 사건에 대한 결론을 쉬이 이야기한다. 기소유예를 언급한다.

걱정했던 것처럼 망상이 적중해버렸다.

한데 그 사실이 뇌에 박혀들질 않는다. 대신 다른 사실이 도진의 뇌 속을 비집고 파고들었다.

아주 가까운 거리에서, 윤호가 아인의 어깨를 감싼 채 지탱해주고 있다. 아인의 머리카락을 정리해주고, 그녀와 다정한 미소를 교환한다.

이 시간까지…… 단둘이 있었던 거다.

술에 취한 아인은 평소보다 더 순수하게 웃는다.

그 모습을 저 남자가 보고 있다.

그 사실만이 또렷이 각인됐다.

"쉽게 말하진 말고. 어쨌거나 그렇게 말해주니 고맙다. 갈게. 너 들어가는 거 보고 가고 싶은데, 이 시간까지 남자랑 같이 있는 거 부모님 아셔봐야 좋을 거 없을 테니까. 먼저 간다?"

"네. 가세요."

아무래도…… 아무래도 좀 전에 내린 결론은 잘못된 듯하다.

설마 하며 마음속 깊이 꾹꾹 눌러두었던, 저 밑바닥에 숨겨두었던 그 결론이 맞는 것 같다.

아인이 떠나는 차를 보며 흐뭇하게 웃는다. 다른 이를 향해 웃어주는 그 미소를 보니 가슴이 알싸하게 아팠다.

그러다 아인이 돌아서 도진을 발견하곤 휘청거리던 것도 멈추고 일시에 굳었다. 도진은 그녀를 빤히 바라보며 먹먹한 마음을 삼키고, 삼키고, 계속해서 삼켰다. 먹먹한 마음이 마음의 바닥에 닿아, 도진이 외면했던 결론에 닿았다.

아프다.

몸을 돌려세워 차로 향했다. 차에 탄 후, 아인을 잠시간 바라보다 온 힘을 다해 시동을 걸었다. 그리고 그녀를 둔 채 그 자리를 벗어났다.

집으로 돌아와서야 눌러두었던 결론을 꺼내 들 수 있었다.

김아인을 좋아한다.

결론에 닿아 함께 눌려 있던 먹먹한 마음도 함께 딸려 나왔다. 도진은 숨을 길게 뽑은 후 소파에 드러누웠다.

—야! 넌 이 시간에 전화를 하냐? 너 정말 나 쉽게 보는 거지? 나오란다고 바로 나가는 게 아니었어! 아, 박혜수 값 떨어졌어!

혜수에게 전화를 걸자 각오했던 호통이 들려왔다.

"안 받았으면 되잖아?"

—그래도 권도진 전화가 좀 귀해? 놓치긴 아깝잖아. 왜? 또 뭐? 이번엔 술 사주려고?

실은 카페에서 혜수가 했던 말이 계속 생각이 나는 터였다.


"그러니까 마음에 드는 여자 있으면 다 필요 없고, 네가 얼마나 잘났는지 그것만 생각해. 권도진은 잘났다! 이것만 생각하고 과감하게 들이대라고, 알았어?"

"권도진은 잘났다는 것만 생각을 해야 할 것 같은데…… 내가 뭐가 잘났는지 몰라서 물어보려고."

갑자기 혜수가 침묵했다.

—너 일부러 그러는 거지? 칭찬받고 싶어서 일부러 그러지? 내가 오늘 케이크 얻어먹은 값 톡톡히 갚는다. 우리 권도진 잘났지! 일 잘하지, 운동 잘하지, 얼굴 그만하면 됐지, 몸 좋지, 키 크지, 직업 훌륭하지. 갑자기 말하다 보니 열 받네. 여자들은 부임하면 그날로 값 떨어진다고 연수원 졸업하기 전에 아무나 하나 잡아채라고 잔소리까지 듣는데 남자 검사는 언제나 금값이야.

"그건 강주도 똑같잖아."

—이게 아주 제대로 하려고 김강주를 노리네? 보자…… 아! 너 공부 엄청 잘했잖아? 김강주 졸업학점 2점대다? 근데 우리 권도진이는 조기졸업 했지, 수석 했지, 또…….

확실히 혜수는 쓸 만하다. 복잡하고 혼란스러웠던 마음이 차분히 정리되면서 이젠 머리도 좀 맑아진다.

"2학년 때 사시 패스."

—맞다……. 뭐야? 자기 입으로 자랑하고 있어. 이미 다 알고 있네 뭐. 그나저나 말하다 보니 대단한데? 넌 부모님 잘 만난 거지? 부모님이 아이큐가 한 2천씩 되시지?

"자라."

—야, 고맙다는 말은 해야……!

툭 끊어버리곤 팔을 머릿밑으로 넣어 벴다.

아인의 머리를 넘겨주던 변호사의 모습을 눈앞에 빤히 마주하면서, 그날 도진은 뜬눈으로 깊은 새벽을 맞았다.

햇살만이 빈방을 가득 메우고 있었다.

그 언젠가 아인이 사과를 놓고 갔을 때의 도진의 방 풍경과 닮아 있었다. 도진은 주인 없이 홀로 자리를 지키는 의자를 물끄러미 바라보았다.

저기에 앉아 서류를 들고서 끙끙 앓거나, 혼자서 실실 웃으면서 빙빙 돌거나, 기지개를 켜며 하품을 하다가 도진을 발견하곤 눈을 동그랗게 키우곤 했었는데.

그녀가 사표를 쓴 지 사흘째. 지난 사흘간, 의자는 홀로 꼿꼿이 버티는 중이었다.

짧은 기간 동안 그녀에겐 너무도 많은 일이 있었다.

선배였던 변호사에게 이용당하고, 피의자에게 가위로 위협당하고, 연쇄살인 용의자에게 노출되고, 자신 대신 옆집 여학생이 죽었다.

"저요, 선배님 말이 옳다고 생각해요."

아인에게 들었던 말이 머릿속에 웅웅 울렸다.

"전 검사 안 하는 게 맞아요."

아무리 힘들어도 괜찮다며 희망을 태우던 눈이 그 순간엔 오로지 절망뿐이었다.


"안 할 거예요."


누군가 가슴 속을 쥐어짜는 듯했다. 도진은 인상을 쓰며 차분하게 아픈 마음을 털어내고 있을 때였다.

"권도진 검사, 오랜만이야?"

뒤편에서 인사가 들려오기에 돌아봤다. 도진보다 연배가 높은 타 부서의 검사였다.

"이야기 들었는데 귀찮은 일 맡았다며? 초임검사 하나는 도망치고? 어, 이 방 주인이었구나? 김아인 검사. 맞아, 이름 기억나네. 여검사네? 여자가 다 그렇지 뭐. 요새 여자 많아져서 큰일이야."

"여긴 무슨 일이십니까?"

"그냥 지나가다가. 쯧쯧, 정신 상태가 글러먹었어. 지 하나 갑자기 무단결근하면 다른 선배들 힘들 건 생각을 못 하나? 별일도 아닌 걸로 우리 권도진 검사 배당만 늘어나게 말이야. 안 되겠네. 이 여자 다시 출근하면 나 불러. 내가 군기 좀 잡을 겸 피 터지게 양 귀싸대기를 확확!"

마지막 말이 들려오자 순식간에 도진의 눈이 얼어붙었다. 도진은 눈빛으로 상대를 찔러 죽일 기세로 사나운 눈을 떴다.

"지금 뭐라고 하셨습니까?"

도진의 기세를 보고서야 제가 말실수했음을 깨달았다. 상대방은 분위기를 완화하려 사람 좋은 웃음을 지어 보였다.

"응? 아, 말이 그렇다는 거지. 농담이야, 농담. 딴에 자기 후배라고 듣기 싫었구나?"

하지만 아무리 웃어 보여도 도진의 기세가 사그라지지 않자 뒤늦게 사과를 했다.

"알았어, 알았어. 미안해. 내가 말실수했어. 사람이니 그럴 수도 있지. 기분 풀어."

상대방이 별일 아니라는 듯 도진을 툭툭 쳤다. 도진은 티가 나게끔 그 손길을 피하며 그를 둔 채 자리를 뜨기 시작했다.

원래 과한 농담을 자주 하는 인간이라는 건 알고 있었다. 짜증나는 소리를 하면 그냥 상대하지 않는 걸로 충분했건만 이번엔 부족했다. 도진은 한 대 패주고 싶은 기분을 겨우 참으면서, 가다 말고 뒤를 돌아보았다.

"……무단결근 아닙니다."

"응?"

무슨 소린지 몰라 갸웃거리는 모습을 못 본 척하고 다시 제 갈 길을 갔다. 저런 인간들 입에 오르내리기 싫어서라도 김두성을 꼭 잡아야겠다는 생각을 하며 제 방 안으로 몸을 숨겼다.

의자에 앉으니 뻐근한 기운이 목까지 올라왔다. 도진은 눈을 깊게 감으며 고개를 이리저리 돌렸다.

눈을 다시 뜨자 한 계장의 눈과 딱 마주쳤다.

"검사님, 솔직히 말씀하세요. 어제도 밤새우셨죠?"

한 계장이 걱정스러운 눈빛으로 말을 걸어왔다.

"어."

딱히 주변 사람을 생각해 선의의 거짓말을 하는 성격이 아닌 만큼, 가감 없이 솔직하게 말했다. 한 계장은 아아, 하며 한숨과 함께 고개를 떨어뜨렸다.

"제 말 안 들으실 줄은 알았지만 그렇게 당당하게 안 들으실 줄은 몰랐어요. 오늘은 정말 무리하지 마세요. 그러다 김두성 잡기 전에 검사님 먼저 잡겠어요."

"안 잡혀. 아까 부탁한 자료는 준비됐나?"

"네. 여기."

한 계장은 얼른 도진에게 자료를 건네주었다. 김두성을 잡는 데 필요한 자료였다. 도진이 자료를 살피다가 어디론가 전화 문의를 하는 모습에 한 계장은 또 한 번 한숨을 내쉬었다.

지금부터 몇 시간 동안은 또 김두성 사건 관련해서만 조사를 하다가, 자정쯤 되어서야 자신이 배당받은 사건을 검토하고 결정문을 쓰기 시작할 거란 게 눈에 훤했다. 한 계장은 도저히 혼자서는 퇴근하지 못하겠다는 생각을 하며 조금 전 도진이 그랬던 것처럼 고개를 휘휘 돌렸다.

아인이 출근하지 않은 지 사흘.

도진이 밤을 새운 지 사흘.

"약속할게. 나 다시는 그 자식이 시키는 대로 바보 노릇 안 해."

힘에 부칠 때면 아인이 울던 모습을 떠올린다.

"꼭 잡을게. 언니가 그 나쁜 놈, 꼭 잡아줄게."

김두성을 잡고 난 후 아인이 웃을 모습을 떠올리며, 펜대를 움켜쥔다.

"왜 이걸 지금 봤지? 야, 도진아. 이 자식 농사짓는 놈치고 손이 너무 예쁘다?"

김두성을 잡기 위해 프로파일링 전문가인 형규의 도움을 빌렸다. 형규는 도진에게 치즈김밥을 얻어먹은 죄로 벌써 며칠째 새벽별 총총 뜬 하늘 아래 도진과 함께 머리를 싸매는 중이었다.

"호오. 좋았어. 손을 관리한다 이거지? 왜 이걸 지금 봤을까. 큰 걸 놓칠 뻔했네. 잠이 부족해서 그런가."

형규가 시청하던 영상을 멈추며 혀를 쯧쯧 찼다. 그는 잠깐 쉴 참인지 소파로 자리를 옮겼다. 소파 탁자엔 도진이 밤참으로 준비한 참치김밥이 수북하게 쌓여 있었다.

"같이 먹자."

"난 됐어."

"왜애애애애 같이 먹어어어. 안 먹으면 안 도와준다?"

되지도 않는 애교를 부리며 말하자 도진이 인상을 쓰면서도 가까이 다가와 앉았다. 형규는 김밥을 한 줄 집어 친히 은박지까지 까준 후, 도진의 앞에 조심스레 놓아주었다.

사실 굳이 이리 불러다 앉힌 이유는 김밥을 먹이기 위해서가 아니었다.

"내가 이 말을 어떻게 해야 할까 고민을 많이 했는데 말이다."

형규가 떨어지지 않는 입을 겨우 열어 말을 뱉었다. 도진은 김밥꽁다리 두 개를 한 번에 입에 넣고선 형규를 바라보았다.

"김두성 잡는 미끼 말이야······."

2

　한 계장은 독특한 눈썰미가 있는지 도진이 제대로 못 자고 간 날엔 그 사실을 기가 막히게 알아맞힌다.

　그러니 잠을 자야 할 텐데. 그래야 내일 한 계장한테 쓸데없는 잔소리를 안 들을 텐데.

　아무리 애를 써도 감았던 눈은 다시 뜨이고야 만다.

　형규의 말대로, 김두성이 아인을 포기하지 않는 이상 나중에 그녀 혼자 위험한 상황을 겪게 하느니 차라리 미끼로 쓰는 게 더 안전하다.

　그 말이 맞으니 내일 형규의 말을 허락하자, 그리 생각하며 고집스레 눈을 감아도 또 마찬가지였다. 절로 눈이 뜨이면서 형규의 말을 의심하는 갖가지 반박들이 머릿속에 샘솟는다.

　결국 그리 고민해도 결론은 형규의 말이 옳다는 거로 수렴됨을 아는데, 왜 이리 바보같이 구는 걸까.

"아."

그냥 형규의 말을 무시하고 다른 사람을 미끼로 쓸까? 그래서 김두성을 잡기만 하면 아인이 위험해질 일은 없는 거잖아? 하지만 만약 실패하면? 나중엔 정말 아무도 없는 곳에서 혼자 위험해질지 모르잖아. 그럴 거라면 성공 확률을 높여야 하잖아.

성공 확률을 높이려면 아인을 미끼로 써야 하잖아.

딜레마에 빠져 허우적거리다가 결국 참지 못하고 침대에서 일어나 앉았다. 끓는 속을 뱉어내며 의식적으로 세뇌하기 시작했다.

나는 검사다.

검사로서 흉악한 살인범을 잡아 벌을 주는 건 당연한 일이다. 범인을 잡기 위해선 뭐든 하는 게 당연하다.

김두성을 잡기 위해 누군가는 반드시 미끼가 되어야 한다. 그게 누구든 미끼로 사용하기에 가장 효율적이고 합리적인 이를 내세우는 게 옳다.

검사로서 그래야 한다.

나는 검사다.

검사인 권도진에게 있어…… 아인보다도 김두성을 잡는 게 더 중요하다.


더는 번뇌에 빠지고 싶지 않아 오로지 한 가지만 매달렸다.

김두성을 잡는다. 무슨 수를 써서라도.

부원들을 설득할 때도, 아인의 아버지를 설득할 때도, 그리고 아인을 설득할 때도 오로지 그 하나만 생각했다.

김두성을 잡아야 한다.

설령 아인이 조금 다칠지언정, 가장 중요한 건 검사의 자세를 잃지 않는 것이다.

"으으음."

모니터를 통해 아인의 집 내부 상황을 보던 한 계장이 초조한 듯 신음을 흘렸다. 현재 도진과 한 계장을 비롯한 소수의 정예 인원이 도진이 준비한 제2의 작전을 펼치는 중이었다.

도진의 말대로 검찰의 미끼 작전에서 벗어났다고 생각한 김두성이 아인의 집에 잠입해 아인을 위협하고 있었다. 상당히 위험해 보여 한 계장은 애가 타건만, 도진은 아무렇지도 않은 듯 냉정하게 모니터만 뚫어져라 보고 있었다.

김두성이 절대 미꾸라지처럼 빠져나가지 못하도록 그가 아인을 죽이려는 상황을 정확하게 포착해야만 한다는 건 이해하지만, 아인이 김두성에게 머리채를 휘어 잡힌 채 덜덜 떨고 있는 걸 보니 차분하게 때를 기다리기가 쉽지가 않았다. 한 계장은 아인의 무사를 간절히 빌며 쿵쿵거리는 가슴을 꾹 눌렀다.

─대신 다른 재미 좀 봐야겠는데. 이야, 몰랐는데 검사 아가씨 몸매 죽이네.

김두성의 목소리에 한 계장의 눈이 휘둥그레졌다. 그의 머릿속에 빨간불이 깜빡거렸다. 혹시 도진이 무슨 사인이라도 주지 않을까 기대했지만 도진은 꿈쩍도 않았다.

하긴 지금 나서기엔 이르다. 한 계장은 진정하며 다시 모니터를 보았다. 아인이 김두성에게서 벗어나 도망치다가 김두성에게 다시 붙들리고 있었다. 김두성이 그녀에게 올라타며 그녀의 스커트 자락을 움켜쥐어 들어 올렸다.

차마 볼 수 없어 눈을 질끈 감았지만 역시나 아직 출동하기엔 이르다. 이대로라면 끽해야 강제추행 혐의다. 살인으로 엮을 수가 없다.

-악!

아인이 거칠게 저항하자 김두성이 그녀의 따귀를 철썩 소리가 나게끔 때렸다. 그는 분풀이를 하듯 연달아 아인에게 힘을 쏟아냈다. 주먹으로 때리는 모습까지 보였다.

덩달아 아픈 느낌에 심장이 오그라들지만 역시나 이르다……

그리 생각하던 와중.

"어?"

도진이 사인도 없이 급하게 달려 나가고 있었다. 한 계장은 얼떨떨한 기분을 느끼며 뒤늦게 도진을 뒤따랐다.

"검사님!"

도진은 저를 부르는 한 계장의 목소리를 들으며 자신의 발에 저만치 나가떨어진 김두성을 사납게 노려보았다. 그는 조금 전 아인이 당한 대로 한 대 더 쳐주고 싶은 기분을 간신히 참으면서, 재킷을 벗어 들었다.

"선배님……."

아인을 재킷으로 감싸주는 손길이 아무도 모를 만큼 살짝 떨렸다. 도진은 입술 뒤에 숨겨진 이를 악물며 그녀의 통통 부은 얼굴을 바라보았다.

오로지 단 하나.

김두성을 잡는다, 그것만 생각했었는데.

김두성을 잡을 수 있다면 아인이 조금 다치는 거쯤은…… 그 정도는 충분히 참아낼 수 있으리라 여겼는데.

스스로에 대한 과대평가였다.

검사로서 냉정해지는 것보다도, 범인을 잡는 것보다도, 자신에게 더 중요한 게 있음을 뼈저리게 깨달았다.

"흑, 선배님, 저 연습 진짜 많이 했는데…… 호신술 정말 열심히 했는데…… 너무 갑작스러워서, 예상을 못 해서…… 잘하려고 했는데……."

우는 아인을 가만히 바라보던 도진은, 팔을 길게 뻗어 그녀의 머리를 제 품에 끌어당겼다. 그리고 가만히 멈춘 채 그녀의 눈물을 죄다 받아주었다.


아인이 다시 검사로 돌아온 날.

점심때까진 모든 면이 만족스러웠다. 이젠 아인의 의자가 더 이상 외로워 보이지 않는다는 사실이 만족스럽고, 강주 대신 아인이 점심 메뉴를 챙겨준다는 것도 만족스러웠다. 부서의 다른 검사들이 아인에게 연락을 시도했다가 한숨을 내쉬는 모습을 보지 않아도 된다는 것도 만족스러웠다.

하지만 점심시간에 만족스럽지 않은 사실이 하나 생겨버렸다.


"그러고 보면 그러네. 김강주는 막내를 이름으로 부르네?"

"아인이도 나 이름으로 부르잖아요. 다른 선배들한테는 안 그래도 나한테는 강주 선배라고 그러던데."

"선배님, 강주 선배님 못 보셨어요?"

휴게실에 있을 때, 아인이 모습을 드러내며 도진에게 물었다. 도진은 대답은 뒷전으로 한 채 아인이 강주를 지칭하는 호칭에만 온 신경을 곤두세웠다.

"못 보셨어요?"

"어."

"어디 가셨지? 전화도 안 받고…… 혹시라도 강주 선배님 보면 부장님이 급하게 찾으시더라고 전해주세요!"

또 강주 선배라고 한다. 도진은 탐탁지 않은 표정을 짓다가 그녀가 시야에서 사라지자 조용히 상상을 해보았다.

'도진 선배님.'

왜인지 상당히 어색하다. 다른 게 좋을 것 같다.

도진 씨? 도진 오빠? 도진 오라버니?

하나 나은 게 없다. 도진은 결국 적당한 호칭 찾기를 포기하고, 대신 자신이 아인을 부를 때 뭐라고 부르면 좋을지 찬찬히 생각해보기 시작했다.

그냥 이름만 부르는 건 강주랑 동급이니까 그 상위 단계의 호칭으로 불러야 한다. 도진은 제가 아는 범위 내에서 남자가 여자를 부르는 모든 호칭을 찬찬히 떠올리다가, 그걸로 부족해 휴대폰으로 인터넷 검색까지 했다. 그는 누가 보면 굉장히 심각한 사건을 맡은 줄 알게끔 진지하게 검색을 하다가 마음에 드는 한 가지를 골라냈다.

언젠가는 써먹어 봐야지.

막연하게 생각하며 휴대폰을 집어넣었다. 하지만 그가 그 호칭을 써먹는 날은 의외로 빨리 다가왔다.

도진의 부서는 고급 모텔의 주인에게 금품과 향응을 받는 비리 형사를 잡기 위해, 혜수의 지휘 아래 모텔에 잠복하는 작전을 펼치게 되었다.

잠복조는 두 팀으로 한 팀은 입구를 지키는 입구 팀, 나머지 한 팀은 경찰이 향응을 제공받는 방의 옆방에서 대기하는 옆방 팀으로 구성되었다. 도진은 혜수와 부장검사의 환상적인 조합 공격에 의해 거부할 권한 없이 그대로 옆방 팀에 배속되었다.

차를 타고 모텔로 이동하면서, 도진은 자신과 같이 옆방 팀이 된 아인을 힐끗 보았다. 아인은 긴장했는지 뻣뻣이 굳어 고개도 돌리지 않고 정자세로 앞만 보고 있었다.

아인과 함께 모텔이라니 괜스레 이상한 기분이 드는 걸 겨우 억누르는 중이건만 아인이 꼭 겁내는 것처럼 굳어 있으니 기분이 억누르기 전보다 더 이상해져 버렸다. 저래서야 꼭 제가 아인에게 나쁜 짓이라도 하러 가는 것 같지 않은가.

되도록 좋아하는 여자와 단둘이 모텔방에 들어간다는 사실을 의식하고 싶지 않은데, 가면 갈수록 더 의식이 되다 보니 영 불편하다. 도진은 인상을 찌푸리며 일부러 다른 잡념 거리들을 찾아 헤맸다.

"너 가뜩이나 더운데 짜증 나게 할래? 대답해. 들었어, 못 들었어?"

"들었다니까."

"들었어도 또 들어. 남자가 여자 두고 먼저 터벅터벅 가면 절대 애인 사이로 안 보여. 알겠지?"

그런 상태에서 혜수로부터 반복해서 훈계를 받게 되니 상당히 짜증이 일었다. 억지로 붙든 잡념도 흩어져 버리는 데다가 애인 사이처럼 보여야 한다는 말에 괜히 다시 아인이 좋아하는 여자라는 사실이 의식되어버리니.

"굳이 애인 사이로 보일 필요가 있나?"

"모텔 들어가는 남녀가 애인 사이가 아니다? 넌 네 후배가 네가 돈 주고 사온 여자처럼 보이길 바라나 보지?"

짜증을 못 이기고 반박했다가 더 큰 반박을 받아버렸다. 도진은 대꾸하길 관두고 입을 꾹 다물었다.

차가 곧 멈춰 서고 도진과 아인 두 사람이 길에 내렸다. 도진은 조금 전 혜수의 말을 떠올리며 아인의 속도에 맞춰 천천히 걸어주었다.

느리게 걷는 건 의외로 어렵다는 생각을 하던 중 시선을 느껴 아인이 선 방향으로 휙 돌아보았다. 그녀의 미소 띤 얼굴이 언뜻 보이길 잠시, 아인이 발을 뒤로 잘못 디디더니 넘어질 듯 휘청거렸다.

어떻게 해야겠다는 생각을 하기도 전에 이미 아인을 끌어당겨 안고 있었다. 도진은 그냥 잡아주기만 했어도 됐을 텐데 품속으로 당긴 건 과했다는 생각을 하며 뒤쪽으로 슬그머니 고개를 돌려 보았다.

예상했던 대로 혜수가 차 안에서 상황을 지켜보며 즐겁다는 듯 씩 웃고 있었다. 도진은 혜수에게 속내를 드러내지 말았어야 한다는 후회로 인해 한숨이 솟는 걸 느끼며 다시 시선을 앞으로 돌렸다.

"죄송……."

아인이 사과를 하다 말며 도진의 품을 벗어났다. 그러자 은근히 아쉬움이 밀려왔다. 도진은 미련 속에서 아인을 응시하다가, 애인 사이로 보이라고 했던 혜수의 말을 다시금 자각해냈다. 그는 박혜수가 시켜서 어쩔 수가 없는 거라고 합리화를 하며 아인의 어깨를 살짝 감싸 안아 끌었다.

"어?"

"손잡을까?"

"예?"

"손잡는 게 낫겠냐고."

"예에? 저…… 저는 아무렇게나 괜찮은데……."

"어느 쪽이 더 애인 사이로 보이겠냐는 뜻이다."

"아아."

그녀가 불편해하는 것 같아 의중을 물어주긴 했지만 도진으로선 손을 잡는 것보단 지금처럼 제 품에 가까이 두는 편이 좋았다.

"손! 손을 잡는 게 더!"

하지만 그녀는 다른 듯했다. 아인의 대답을 듣는 순간, 도진은 또다시 자신이 아인을 동료가 아닌 여자로 의식했음을 깨닫고 그녀를 얼른 놓았다.

상당히 불편한 상황이다. 도진은 가급적이면 빨리 이 상황을 종료시키자 생각하며 그녀의 손을 홱 낚아챘다.

혼자 두고 간 건 아니니 나중에 혜수한테 할 말은 있다고 생각하며 아인을 붙잡고 성큼성큼 빠르게 걸었다.

"어서 오……!"

"803호 예약했는데요."

모텔 안에 빠르게 들어서, 직원이 인사할 틈도 주지 않고 빠르게 카드키를 받아냈다. 그리고 기다리고 있는 아인을 다시 잡아채또 빠르게 걸었다.

"아야!"

그러다 엘리베이터 앞에 도착해 멈춰 서자, 이끌려 따라오던 아인이 도진에게 부딪치더니 그대로 넘어졌다.

도대체 어떻게 하면 여기서 저렇게 넘어질 수 있는 건지. 어이없는 눈길로 아인을 내려다보다가, 아인이 좀처럼 일어나지 않자 은근히 걱정이 되었다.

혹시 많이 다쳤나 걱정이 되어 몸을 낮추어 살펴보았다. 하지만 아인은 눈을 질끈 감은 채 숨을 고르게 쉬고 있었다. 대충 봐도 아파서 이러는 건 아닌 듯했다. 아마도 넘어진 게 창피해서 못 일어나고 있는 걸 테지.

그렇게 생각하니 지금 이 상황이 상당히 웃기면서 장난기가 샘솟았다. 도진은 며칠 전 마음속에 새겼던 호칭을 슬그머니 꺼내들며 입을 열었다.

"우리 공주님."

이 말을 하는 순간이 이렇게 빨리 올 줄이야.

이로써…… 김강주보다 자신이 아인에게 더 가까워졌다.

멋대로 생각하며 무뚝뚝한 얼굴로 다시 입을 열었다.

"넘어져서 예쁜 다리 다치면 큰일이잖아."

넋 놓은 듯한 아인의 표정이 보였다.

"우리 공주님이 다치면 내 마음이 얼마나 아픈데. 괜찮아?"

아인이 입을 달싹이기만 할 뿐 뭐라 말을 꺼내지 못하고 멍청하게 듣기만 했다. 도진은 뻔뻔하게도 그 어떤 망설임도 없이 다시금 말을 뱉었다.

"아프면 내가 업어줄까, 우리 공주님?"

말이 끝남과 동시에 아인이 도진의 손을 냉큼 잡고는 벌떡 일어섰다. 도진은 좀 더 놀릴 수 있었는데 아쉽다는 생각을 하며 그녀와 함께 엘리베이터에 올랐다.

"아아, 선배님 대체 그런 말은 어디서 배우신 거예요? 저희 아빠도 그런 식으로는 말 안 한단 말이에요."

잠복하기로 한 방에 들어온 후 아인은 뭐가 그리 재밌는지 정신 놓고 깔깔 웃었다. 도진은 그녀의 웃음소리를 무시하며 방 안의 내부 구조를 파악하고 804호와 공유하는 벽을 두드려 두께를 가늠해보았다.

혜수에게 전화를 해준 후, 더는 할 게 없어 심심해하던 도진은 곧 아인이 움직이는 걸 발견했다. 그녀는 방 풍경이 흥미로운지 여기저기 꼼꼼히 구경을 하고 있었다.

좀 전까지는 뻣뻣하게 굳어 있던 주제에 지금은 언제 그랬냐는 듯 자유로운 모습이었다. 도진은 순식간에 분위기를 바꾼 아인을 신기하게 여기며 저도 한번 슬쩍 방을 구경해보았다.

거울의 크기나 방향을 보니 확실히 침대 위에 있는 모습이 잘 비칠 것 같다. 조금 전에 보니 벽의 두께도 얇은 것 같던데 시각에 청각까지 잘 노렸다는 생각을 하던 중 아인의 목소리가 들려왔다.

"어? 음료수다. 선배님, 우리 이거 마셔도 되는 거죠?"

아인은 냉장고를 열어보고 있었다. 음료수를 종류별로 꺼내 보며 감탄하는 그녀를 보고 있으니 어째 죄지은 기분이 들었다.

자신은 옆방에서 들려오는 소리를 들으면서 거울까지 보면 꽤 자극적이겠네, 따위의 생각을 하고 있는 반면에 아인은 음료수를 보고 방긋방긋 웃고 있으니 그럴 만도 했다. 도진은 더 이상 금수에 가까워지진 말자고 다짐하며 일부러 아인의 순수한 음료수 고르기에 동참해주었다.

"드실래요?"

"뭐 있는데?"

"음, 이거랑, 이거. 오, 이건 알로에구나. 먹어본 적 없는데."

알로에를 향한 욕구가 강하게 느껴지기에 일부러 다른 걸 골라 가 주었더니 아인은 행복한 듯 방실방실 웃었다.

"맛없을 줄 알았는데 생각보다 괜찮네요. 엄마한테 하나 사다 드려야겠다."

저런 얼굴을 보고 있으면 조금 전처럼 죄의식이 들어서라도 이상한 생각을 하진 못하겠지. 도진은 마음을 갈고닦는 차원에서 두 눈으로 아인의 활짝 웃는 얼굴을 꿋꿋이 좇았다.

한데 아인이 이상한데 흥미를 보인다.

"이거 일회용품 담긴 거라고 했죠? 열어봐도 돼요?"

아인이 소모품 꾸러미를 든 채 물었다. 여긴 남녀 간의 정사가 주목적인 곳이니 안에 무엇이 들어 있을지는 안 봐도 알 것 같았다. 도진은 음료를 마시던 걸 잠깐 멈춘 후 살짝 인상을 썼다.

"열지 마."

"열면 추가 요금 나오고 그래요?"

"안 나와."

"그런데 왜요?"

호기심이 더 짙어진 아인의 얼굴을 보니, 딱히 이유를 대답하지 못하는 상황에서 무조건 하지 말라고 하는 건 오히려 역효과가 날 수 있다는 생각이 들었다. 나중에 알게 되면 자신이 굉장히 의식하고 있었음을 아인에게 들켜버리는 꼴이니까.

"마음대로 해."

결국 대답을 바꿔주자 또 방긋방긋 웃는 아인이었다. 도진은 차가운 음료수를 마시며 슬며시 끓기 시작하는 속을 조용히 식혔다.

"어? 이것 보세요. 빗도 있네요. 빗을 일회용품이라고 하기엔 좀 그런데. 아깝다."

아인이 이것저것 꺼내는 와중에 드디어 '그것'이 모습을 드러냈다. '그것'은 마치 들키지 않으려 도망치듯 아인을 피해 바닥으로 떨어졌지만, 그냥 둘 아인이 아니었다.

아인은 의욕 없이 널브러진 '그것'을 주워 들더니 손가락으로 잡았다 뗐다 하며 만지기 시작했다. 그 모습에 도진의 속은 차가운 음료수도 소용없이 뜨거워졌다.

"선배님, 이건 뭐예요?"

이 녀석은 정말 몰라서 이러는 걸까. 아니면 놀리는 걸까.

도진이 아는 한 지금 아인의 얼굴은 거짓말을 하는 얼굴이 아니었다. 원체 진심을 숨기지도 못하는 녀석이기도 하고.

진짜 몰라서 저러는 것 같긴 하지만 조금은 의심스럽다.

아무리 그래도 살아온 나이가 있는데 저걸 모를 수 있나?

"샴푸나 린스는 다 따로 들어 있던데. 이건 뭐지?"

아인이 속을 볼 참인지 포장을 뜯기 시작했다. 도진은 그녀의 행동에 어떤 거짓 정보가 없는지 습관적으로 찾기 시작했다.

"음?"

1초. 2초. 3초.

가만히 있던 아인이 입을 떡 벌리며 굳었다. 도진은 빈 캔을 쓰레기통에 던진 후, 아인에게 최후진술의 기회를 주듯 그녀를 빤히 내려다보았다.

"저, 저, 전 진짜⋯⋯ 진짜⋯⋯ 그러니까 이게 책에서 그림으로 봤을 때는⋯⋯ 아, 책에는 이거 안에, 이거 내용물만, 그냥 그 사진만 나와 있었거든요! 그래서 이렇게 포장된 줄은⋯⋯ 물론 지하철 자판기 같은 데서 상자에 담긴 것도 봤었지만, 전, 전 진짜 이렇게 돼 있는 줄은!"

들어보니 납득이 된다. 그럴 수 있겠다고 생각하며 그녀에 대한 의심을 접고 있는데⋯⋯ 갑자기 '그것'이, 이젠 포장지도 벗은 채 과감하게 자신을 마음껏 드러내고 있는 '그것'이 눈에 오롯이 들어왔다.

'그것'이 아인의 손가락 끝에 섬세하게 걸려 있다는 사실이 지나치게 크게 와 닿는가 싶더니, 난데없이 속에 끓던 열기가 아래쪽으로 옮겨갔다.

도진은 아인의 손에서 눈길을 거두었다. 하지만 소용없었다. 이미 꿈틀거리며 고개를 든 녀석은 더 자라려고 점점 더 용을 쓸 뿐이었다.

아인과 한공간에 있으면서 진정할 자신은 없었다. 도진은 현관 옆에 위치한 화장실로 자연스럽게 발걸음을 옮겼다.

"후."

이렇게 허무하게 금수가 되어버리다니. 도진은 팔짱을 낀 채 허탈해하며 날숨을 길게 뽑아냈다.

예상치 못한 공격이니 어쩔 수 없었다지만 그토록 애썼는데 이렇게 쉽게 반응이 올 줄은 몰랐다. 그나마 있는 힘껏 고개를 쳐들지 않은 게 다행이라 여기며 도진은 다시 한 번 더 심호흡을 했다.

검찰청 캐비닛 속에 들어 있는 미제 사건에 대해 찬찬히 생각했다. 그러자 확실히 효과가 있었다. 하지만 조금만 집중을 흩트리면 금세 좀 전의 위험한 장면이 치고 들어왔다. 도진은 인상을 쓰며 있는 힘껏 흉악범의 얼굴을 떠올리고 피해자의 거짓 진술을 떠올렸다.

몇 분 지나니 차분해졌다. 도진은 팔짱을 풀며 밖으로 나왔다.

손을 씻고 있는 아인을 휙 본 후, 도진은 TV 옆에 비치된 영화 목록 책자를 집었다. 영화를 보고 싶은 생각은 일절 없었다. 다만 아인을 보기도, 굳이 다른 곳을 보며 멀뚱히 있기도 어색했기에 시선 둘 곳을 찾은 것이었다.

책자에 박힌 글자를 하나하나 꼼꼼히 읽고 있는 가운데 아인이 옆에 와 앉는 게 느껴졌다. 그때부턴 글자가 아니라 온통 아인에게 신경이 쏠렸지만, 내색하지 않고 가만히 책자를 넘겼다.

"뭐 볼 만한 거 있어요?"

한참 후 아인이 침묵을 깼다. 더 이상 책자를 보는 척하는 게 불편했는데 잘됐다고 여기며, 도진은 말을 받아주듯 고개를 돌려 바라보았다.

"아니요. 제가 지금 영화를 보겠다는 게 아니라."

제 발 저려 손까지 내저으며 변명을 하는 모습을 보니…… 귀엽다. 저도 모르게 빠져들다가 곧 제 못난 상태를 인지해내고는 정신을 차렸다. 더는 이런 생각을 말자, 자신을 다스리며 낮게 입을 열었다.

"봐도 돼."

"예? 업무 중인데요?"

"어차피 할 것도 없잖아."

보란 듯이 책자를 내밀자 아인이 점점 거리를 좁혀왔다. 그에 마음을 다스리던 의지가 흩어지며 도진의 어깨가 뻣뻣이 굳었다. 호흡마저 함부로 할 수가 없었다.

아인은 도진의 옆에 바짝 붙어 도진 쪽으로 살짝 몸을 기울인 채 영화 목록을 살폈다. 도진도 그녀를 따라 영화 목록에 집중해 보려 했다. 하지만 쉽지 않았다.

아인이 무의식적으로 머리를 넘기자 그녀의 손길을 따라 앙증맞은 귀가 모습을 드러냈다. 그녀의 귀가 저런 모양이었던가 하는 생각을 하며 시선을 슬쩍 옆으로 옮기면, 눈꺼풀이 살짝 내리깔려 평소보다 그윽한 분위기를 자아내고 있는 아인의 눈이 시야에 잡혔다.

이제 시선은 자동으로 그녀의 얼굴을 아래로 훑고 있었다. 섬세한 콧날을 지나…… 붉은 입술.

살짝 벌어진 그녀의 도톰한 입술 밖으로 옅은 한숨이 새어 나왔다. 도진은 마른침을 삼키며 저도 모르게 그녀를 향해 서서히 고개를 밀었다.

"여기 언제까지 있을지 모르니까 아무래도 가볍게 웃으면서 볼 수 있는 게……."

그 순간 아인이 고개를 돌렸다. 그녀의 동그란 눈이 도진의 눈을 세차게 찔렀다.

지금이라도 시선을 돌려야 할 텐데, 이미 사로잡혀 버려 무리였다. 오히려 그녀를 놓아주기 싫다는 맘이 치솟아, 그녀가 상체를 뒤로 빼며 도망치는 걸 악착같이 따라갔다.

아인은 거의 눕다시피 몸이 기울어지자, 더는 움직이지 않고 멈췄다. 그저 놀란 눈을 뜨고서 웅크리기만 했다.

숨결이 닿을 정도로 가까운 거리다. 이대로 더 가까이, 닿고 싶다는 충동이 도진을 온통 지배했다. 이대로 더 눌러 그녀를 눕혀 버리고 싶다는 욕구가 자꾸만 솟아올랐다.

마지막 남은 한 치의 이성만이 도진을 뒤로 잡아당겼다. 도진은 안간힘을 다해 이성을 붙들었다. 이성은 느리게 기운을 되찾아 한참 후에야 도진을 일으켜 세웠다.

"아무거나 골라."

아인을 외면하며 곧장 화장실로 향했다.

이번엔 사정이 아까보다 심각했다. 그의 분신이 있는 힘껏 복받친 감정을 표현하고 있었다. 도진은 팔로 타일 벽을 짚으며 심호흡을 했다.

하지만 깊은 심호흡에도 그의 남성은 진정하기는커녕 저를 알아달라는 듯 더더욱 꿈틀거렸다. 도진은 뜨거움을 느끼며 반대쪽 손을 은근히 움직이기 시작했다.

그의 손가락 끝이 벨트에 닿았다. 찰칵 소리와 함께 벨트 버클을 풀어낸 후 망설임 없이 지퍼를 열던 그는, 일순간 아인과 얇은 문 하나를 사이에 두고 있을 뿐이란 걸 깨닫고는 주먹을 움켜쥐며 멈췄다.

양심이 도무지 허락하질 않았다. 도진은 벽을 짚은 손도 주먹으로 뭉치며 인고의 시간을 가졌다.

"흐음."

살면서 이 정도로 충동이 컸던 적이 있나 싶다. 이성이 마비된 채 오로지 충동에 의해서만 어떠한 행동을 취한 적이 있었나 싶다. 조금 전 아인에게 몸을 기울인 채 그녀를 눕히고 싶다는 욕심에 사로잡혔던 제 모습을 떠올리면서, 도진은 자신을 한심해하는 마음 반, 낯설어하는 마음 반으로 몰래 신음을 뱉었다.

도진은 곧 의복을 다시 정갈하게 갖췄다. 그리고 단호하게 팔짱을 꼈다.

"이일은 이. 이이 사. 이삼은 육……."

구구 팔십일까지 다 왼 후, 이단과 삼단을 한 번씩 더 외우고서야 밖으로 나올 수 있었다. 그는 아직 침대에 앉아 있는 아인을 보곤 일부러 그녀를 피해 멀찌감치 떨어져 서 있었다.

"그냥 안 보는 게 좋겠어요. 딱히 보고 싶은 게 없네요."

아인이 굳이 말을 흘리더니 TV 근처로 움직였다. 아마도 영화 목록 책자를 제자리에 두려는 것 같은데 좀처럼 위치를 찾지 못하는 듯했다.

도진은 원위치를 알고 있었다. 그는 아인에게 다가가 원위치에 놓아줄 참으로 그녀에게서 책자를 가져왔다.

그러다 손이 스쳤다.

아주 살짝, 스쳤을 뿐이었다.

그런데 이 자식은 왜 또!

행여 아인에게 들킬까 봐 일단 돌아서고 봤다.

"왜……."

등 뒤로 아인의 목소리가 들려왔지만 무시하고 다시 화장실로 향했다. 성큼성큼 움직여 재빠르게 들어왔다.

"아."

고작 손만 스쳤을 뿐이라고 혼이라도 내고 싶다. 도진은 불룩하게 자신을 내세우는 얄미운 녀석을 탐탁지 않은 눈길로 내려다보았다.

너 원래 그렇게 참을성이 없었냐. 답이 돌아오지 않는 질문을 마음에 품었다가 허탈한 한숨과 함께 인상을 썼다.

"이일은 이. 이이 사. 이삼은 육."

눈을 감고선 짜증을 그대로 실어 말소리를 내뱉기 시작했다. 이번엔 구구단을 두 번씩 외웠다. 도진은 다시 눈을 뜬 후, 이제 정말 다시는 여기에 들어오지 말자고 다짐하며 결연하게 밖으로 향했다.

얼마 지나지 않아 아인의 휴대폰을 통해 혜수로부터 연락이 왔다. 비리 형사가 모텔에 도착했다는 내용이었다. 도진은 아인이 현관으로 다급히 향하는 걸 보며, 자신은 뒷걸음질을 쳐 804호와 공유하는 벽으로 다가갔다.

그 상태로 조금 기다리자 곧 벽 너머에서 소리가 들려왔다. 조금 전에 두께를 가늠해볼 때 느낀 대로, 벽이 얇아서 방음이 잘되지 않았다. 안에 사람이 들어왔는지 아닌지만 알면 되니 딱히 도청까지 할 필요는 없다지만, 그래도 안 들리는 것보다는 잘 들리는 게 나았다.

이제 모텔 주인이 구해주는 여자가 옆방에 들어가기만 하면 이 불편한 작전도 끝이다. 도진은 여자가 최대한 빨리 오길 바라며 옆방의 상황에 집중했다.

"이 반대쪽이 804호죠?"

"어."

아인이 다가와 말을 걸었다. 그녀도 옆방에서 들려오는 소리에 집중하는 듯 더는 말을 걸지 않았다.

옆방에서 말소리가 들려왔다. 도진은 혹시 형사가 누군가와 통화를 하는 걸까 봐, 조금 더 자세히 듣기 위해 벽에 귀를 가까이 가져다 댔다. 그러자 아인도 도진을 마주 보는 자세로 벽에 귀를 붙였다.

통화하는 소리는 아니라 TV를 켠 것 같았다. 딱히 신경 쓰지 않아도 될 것 같다고 생각한 순간이었다.

─아앙…… 하웃…….

왜…… 왜 또 시험에 들게 하는 걸까.

아인 몰래 이를 악물며 온갖 힘을 다 짜내 버렸다.

이제 다시 저 화장실엔 안 들어가기로 자신과 약속했다. 이제 더는 안 들어간다. 해내고야 만다.

의지를 불태우고 있을 때 아인의 눈이 커졌다. 그녀도 저 소리를 인식한 모양이라고 판단한 찰나.

"으아!"

갑자기 아인이 혼자서 벽을 밀더니 미끄러졌다. 도진은 위험을 감지함과 동시에 이것저것 따질 틈도 없이 그녀를 붙잡으려 몸을 내밀었다.

너무도 순식간에 일어난 일인 데다가, 두진 또한 평소답지 않게 몸에 힘이 들어가 있던 상황이라 그녀를 여유롭게 잡아주는 건 무리였다. 도진은 그녀가 다치지 않게끔 넘어지는 방향을 침대로 바꿔주면서, 자신도 그녀의 위로 함께 넘어져 버렸다.

　팔꿈치로 침대를 강하게 찍으며 자신의 상체가 더 내려가는 걸 막았다. 그녀의 가슴과 제 가슴이 맞닿지 않은 건 다행이지만, 다리가 문제였다. 그녀의 다리에 제 다리가 닿아 있는 게 느껴졌다. 그리고 자신의 뜨거운 중심 또한 그녀에게 닿으려 또다시 고개를 쳐들고 있었다.

　다리를 치우고 싶지만 이대로 잘못 움직였다간…… 닿는다. 도진은 함부로 움직이지 못하고 아인을 내려다보기만 했다.

　흐트러진 모습으로 제 품 아래 누워 있는 모습에 하체의 열기가 더욱 거세졌다. 도진은 마른침을 삼킨 후 그 어느 때보다도 큰 한숨을 길게 뽑기 시작했다.

　아인이 곧 정신을 차리고 벗어나려는 듯 움직이기 시작했다. 그녀의 다리가 움찔거리다 제 중심을 스칠 뻔했다. 도진은 순간적으로 손을 뻗어 그녀의 움직임을 억압했다.

　"야."

　"예?"

　"움직이지 마."

　평소보다 나직이 흘린 목소리에 주눅이 든 건지, 아인이 약간 겁먹은 듯 눈동자를 흔들었다.

　그녀의 눈동자를 따라 도진의 마음도 흔들흔들 충동이 일었다.

　이대로 버티는 팔에 힘을 빼고 점차 아래로 내려가고 싶다. 반대쪽 손으로 그녀의 동그란 이마를 쓸며, 머리 라인을 타고 내려와 귀를 건들고 싶다.

귀 뒤로 손을 넣어 목덜미를 받친 후, 그녀의 윗입술부터 턱 끝을 지나 쇄골이 뻗은 곳까지.

거기까지만이라도.

맛보고 내 것이라 새기고 싶어.

눈을 질끈 감으며 고개를 숙여 그녀의 눈동자를 피했다. 악다구니를 쓰듯 이불을 움켜쥐어 버티던 그는 갑자기 몸을 벌떡 일으켰다.

"아오! 진짜!"

도진은 화를 실어 쾅 하고 문을 세게 닫으며 결국 화장실에 또 들어와 버렸다. 그러곤 조금 전처럼 벽을 짚은 채 자신과 싸우기 시작했다.

"이일은 이. 이이 사. 이삼은 육……."

구구단을 외워도 반야심경을 외워도 이번엔 소용없었다. 자꾸만 아인의 입술이며 턱선 따위가 눈에 보여 오히려 더 들끓게 될 뿐이었다.

"하."

그는 한참 싸우다 포기하고 돌아서 벽에 기대며 눈을 감았다.

차가운 타일의 느낌도 그를 식혀주진 못했다. 도진은 더 이상 참는 건 건강을 생각해서라도 안 좋다는 발상을 하며 오른손을 벨트 버클로 가져갔다. 그리고 좀 전보다 더 거칠고 빠른 손길로 순식간에 의복을 헤쳐 나갔다.

"흐음."

손안에 가득 열기를 머금었다. 도진은 손에 힘을 꼭 쥐었다가 풀며 손목을 살짝 움직였다. 입술을 깨물며 한 번 더 움직였다.

하지만 그걸로 끝이었다. 도진은 문밖에서 들려오는 노크 소리에 닫았던 눈꺼풀을 들어 올렸다.

"선배님, 괜찮으세요? 어디 다치신 거 아니죠?"

다친 건 아니지만 하나도 안 괜찮다.

움직임을 멈춘 채 무뚝뚝한 표정으로 앞을 응시했다.

문이 사이에 있다지만 고작해야 그녀와 1미터 거리. 여기서는 도저히 무리다. 게다가 지금은 아인을 생각하며 절정에 이를 게 분명했다. 그녀를 그런 용도에 이용하고 싶지는 않다.

결국 손안의 포만감을 포기했다. 도진은 뿔이 난 얼굴로 옷을 아무렇게나 툭툭 갖춰 입었다.

"지금 모텔 주인이 준비시킨 걸로 보이는 여자가 도착했다는데."

아인의 조심스러운 목소리가 다시 들려왔다. 도진은 신음 섞인 한숨을 허공에 뱉어낸 후, 그녀가 있는 공간을 향해 문을 열었다.


그날 밤.

-야, 권도진! 너 죽을래? 빨리 안 와? 너 고소하는 수가 있어!

"해."

-이 치사한 자식! 너 내일 내 눈에 띄지 마! 진짜 가만 안 둬!

"나 운전 중."

-야!

밥 먹자며 혜수를 검찰청에서 아주 먼, 혜수의 집보다는 더 먼

고급 식당으로 데려가 메뉴를 잔뜩 주문하곤 혼자 집으로 돌아가는 도진이었다. 그는 혜수에게 복수할 다음 수를 찬찬히 떠올리며 미련 없이 집까지 달렸다.


-2권에 계속-